"사랑이란, 사랑할 수 있는 용기를 말한다."

소설·알렉산드리아

이병주

한길사

이병주전집 편집위원

권영민 문학평론가·서울대 교수
김상훈 시인·민족시가연구소 이사장
김윤식 문학평론가·서울대 명예교수
김인환 문학평론가·고려대 교수
김종회 문학평론가·경희대 교수
이광훈 경향신문 논설위원
이문열 소설가
임헌영 문학평론가·중앙대 교수

소설·알렉산드리아

지은이 · 이병주
펴낸이 · 김언호
펴낸곳 · (주)도서출판 한길사

등록 · 1976년 12월 24일 제74호
주소 · 413-832 경기도 파주시 교하읍 문발리 520-11
　　　www.hangilsa.co.kr
　　　E-mail: hangilsa@hangilsa.co.kr
전화 · 031-955-2000~3　팩스 · 031-955-2005

제1판 제1쇄 2006년 4월 20일
제1판 제6쇄 2025년 7월 22일

값 14,500원
ISBN 978-89-356-5949-4 04810
ISBN 978-89-356-5921-0 (전30권)

잘못된 책은 구입하신 서점에서 바꿔드립니다.

이 도서의 국립중앙도서관 출판시도서목록(CIP)은 e-CIP 홈페이지
http://www.nl.go.kr/cip.php에서 이용하실 수 있습니다.
(CIP제어번호: CIP2006000778)

소설·알렉산드리아

소설·알렉산드리아 | 7
매화나무의 인과 | 129
쥘부채 | 157
패자의 관 | 227
겨울밤 – 어느 황제의 회상 | 247

이데올로그 비판과 담론 확대 그리고 주체성 • 조남현 | 297
작가연보 | 311

소설 · 알렉산드리아

밤이 깔렸다.

짙게 깔려진 밤을 바탕으로 수백만의 전등불이 알렉산드리아의 밀도와 지형 그대로의 현란한 수繡를 아로새긴다. 밀집한 성좌와 같은 그 현란한 등불의 수는 중천에까지 헐레이션을 서리우고 헐레이션 저편엔 어두운 허공, 그위에 드높이 천상의 성좌가 고요하다.

고요한 천상의 성좌와 알렉산드리아란 이름의 요란한 지상의 성좌 사이에서 이제야 겨우 나는 나를 되찾은 느낌인데, 되찾은 꼴이라야 허탈해버린 에트랑제가 초라한 호텔의 다락방 창가에 앉아 있는 것이다.

나는 아까 읽었던, 형에게서 온 편지를 다시 집어든다. 대한민국의 수도 서울에 있는 서대문 형무소의 두터운 벽을 뚫고 나온, 그리고 몇 개의 산과 들, 대양을 건너 이 고도古都의 미로처럼 얽힌 골목길을 돌고 돌아 내 손에 쥐어진 편지. 낡은 달걀 빛깔의 봉함엽서 가득히 깨알만한 글자로 꽉 채운 편지를 보고 있으면 편지의 모양 그것이 형의 답답한 심상을 그대로 말하는 것 같다.

"……영하 20도라고 한다. 감방은 영락없이 냉동고다. 천장만 덩실하게 높은 이 비좁은 감방에 세 사람이 웅크리고 앉았는데 그 입김이 유리창에 서려 하늘로 통하는 유일한 창구는 하얗게 두툼하게 얼어붙었다. 조금 받아놓은 물도 돌덩이처럼 얼어붙었다. 방 한구석에 놓인 변기통도 얼어붙었다.

　숨을 쉴 때마다 콧구멍이 따끔따끔하다. 콧속의 털이 얼었다가 녹았다가 하는 것이다. 자연은 그 모든 위세를 총동원해서 만상을 얼어붙이려고 기를 쓰고 있는 모양이다. 그러나 나는 기적처럼 얼지 않고 있다. 양어깨를 죄어 숨이 가쁘리만큼 폐장과 심장을 압박하는 자세로 앉아 있기는 하나, 나는 결코 얼어붙지 않는다. 어머니에게서 물려받은 체온 36도 5분의 기적을 이처럼 야무지게 활용하고 있는 것이다. 그 억센 자연의 위세 속에서 체온 36도 5분을 유지해나가는 육체란 이 얼마나 정교한 메커니즘이냐. 나는 나의 이 체온이 아득히 몇 억 년 전 지구가 혼돈한 유액상乳液狀을 이루고 있을 때 비롯된 온도와 직결되어 있다는 사상을 발견하고 지금 황홀하다.

　그러나 체온 36도 5분으로써 육체의 빙화는 피한다고 해도 마음의 빙화까지 피하기란 어렵다. 그래 노상 책에다 눈을 쏟고 있는 판이지만 종이 위의 활자가 내 눈으로 전달되는 그 도중에서 얼어붙는 탓인지 중추신경에까진 이르지 못하고 만다.

　대강 이런 곳에서의 읽을거리론 성서나 경서 따위가 알맞다고 생각하는 경향이 있는 모양이지만 나의 경험을 통해선 그렇지가 않다. 딴 사람에겐 몰라도 내겐 그렇다. 성서나 경서의 지혜는 너무나 맑게 증류된 물과 같아서 잡스런 음식에 익숙해져 있는 나의 구미에 맞지 않는 것이다. 공기에 부딪히기만 하면 휘발해버리는 액체 같아서 무딘 나의 심장을 칠 만한 실질이 없는 것이다.

내게 필요한 것은 잡스러워도 인간의 체취가 무럭무럭 풍기는 사상, 찐득찐득 실밥에 녹여붙는 엿처럼 신경의 가닥가닥에 점착하는 그런 사상이다. 그런데 이런 생각을 하는 것도 나의 육체가 지방질 음식과 너무나 멀어 있는 탓인지 모른다.

활자가 눈에 들어오지 않는 판이니 눈을 딱 감을 수밖에. 이럴 때면 나는 눈을 감은 채 염불 외우듯 하는 시의 한 구절이 있다. 한용운선생의 다음과 같은 시다.

'타고 남은 재가 다시 기름이 됩니다.'

타고 남은 재가 다시 기름이 된다는 사상. 너는 모를 것이다. 재에서 잿물을 만든다는 사실을. 무엇이든 타면 재가 남는다. 모두들 재가 끝장이라고 생각한다. 그러나 끝장이라고 생각한 재에서 만든 잿물로써 인간이 입는 옷의 때, 아니 인간의 때를 씻는 것이다. 어떻든 타고 남은 재가 다시 기름이 된다는 사상엔 구원이 있다.

나의 정신은 이 구원으로 해서 빙화를 면한다. 그러니 걱정할 건 없다. 영하 20도는 영하 31도보다는 덜 차다. 설혹 영하 30도가 된다고 하더라도 영하 31도보다는 덜 차가울 것 아닌가. 인간의 극한상황이란 숨이 끊어지는 그 순간을 두고는 없다.

아침 세수하러 나가면서 보니 천지는 백설에 뒤덮여 있었다. 높은 담벼락 위에, 띄엄띄엄 배열된 붉은 벽돌의 옥사 위에 앙상한 고목의 가지마다 은빛 눈이 흐뭇했다. 나는 그러한 건물과 수목 사이를 걸어 세면장으로 가면서 오면서 북유럽의 어떤 설국의 어떤 대학의 캠퍼스를 걷고 있는 것 같은 환각을 가져보았다.

그랬는데 지금의 나는 너와 더불어 알렉산드리아에 있다는 환각을 얻으려고 애쓰고 있다. 진짜의 나는 너와 더불어 알렉산드리아에 있고, 여기에 이렇게 웅크리고 있는 나는 나의 그림자, 나의 분신에 불과하다는 환각을 키우려는 것이다.
　사랑하는 아우. 웃지 말라. 고독한 황제는 환각 없인 살아갈 수 없다. ……"

　나의 시선은 그 편지의 말미에 있는 '사랑하는 아우'란 '사랑하는'이란 글귀 위에 잠깐 동안 서성거린다. 아마 손이 곱아서 운필運筆이 제대로 되지 않은 탓일 것이다. 달필인 형의 글씨답지 않게 글자의 획이 이지러져 있는 것이 눈에 뜨인다. 감옥엘 가기 전에도 형이 내게 하는 편지엔 곧잘 '사랑하는'이란 형언이 있었다. 그런데 그땐 그런 형언을 볼 때마다 약간 어색한 느낌을 가졌었다. 형의 내게 대한 사랑을 의심하지 않았고 나의 형에게 대한 애착도 진실이었지만 글로 써놓은 '사랑'이란 것은 어쩐지 어색스러웠다. 그러던 것이 형이 감옥엘 가고 난 뒤부턴 그 '사랑하는'이란 글자가 절박한 호소력을 가지고 나의 가슴을 치게 되었다.

　불쌍한 형. 형의 죄과를 따지면 그만한 형을 받아야 마땅하지만, 마땅하다는 이유만으로선 소화시킬 수 없는 감정이 찌꺼기처럼 가슴 밑바닥에 깔린다.

　벌써 두툼하게 되어 있는 형에게서 온 편지 묶음 속에 그 편지를 꽂아넣고 나는 다시 창으로 향한다.

선뜻 눈에 들어오는 것은 우미한 커브를 그리면서, 정연한 전등불이 화려한 점선을 치고 해안선을 달리고 있는 편은, 파로스섬의 동단에 유난히 거대한 광망光芒으로 깜박거리고 있는 대등대大燈臺다. 짙은 잉크 빛깔의 마레오티스호湖는 언저리를 금실로 수놓은 비로드의 감촉으로 밤을 고였다.

시심市心으로 눈을 옮기면 한결 휘황하게 빛나고 있는 세실 호텔의 네온사인, 이에 질세라 15층 건물의 높이와 넓이에 꽉 차게 이중의 명멸장치를 갖춘 '카바레 안드로메다'의 전기간판이 가로세로 뚜렷뚜렷하게 글자 하나하나를 밤하늘에 부각시키고 있다.

며칠 전까지만 해도 그 안드로메다의 간판은 그지없이 정다운 것이었다. 간판이 아니라 '안드로메다' 자체가 내겐 이를 데 없이 정다운 곳이었다. 그러나 이젠 그 건물이 거대하면 거대할수록 그 네온이 찬란하면 찬란할수록 허황한 느낌이다.

사라 안젤이 없는 카바레 안드로메다는 드라마 없이 관중만 들끓는 극장이나 다를 바가 없다. 사라 안젤이 없는 카바레 안드로메다는 폐허나 다를 바가 없다.

2년이란 세월이 흘렀다. 내가 이곳에 온 지가 어제 일 같은데 시간이 그처럼 분간 없이 가버렸다. 어제와 오늘과 내일이 뒤범벅이 되어 서로들 붐비면서 흘러간 것 같은 지난 2년 동안, 무슨 신기로운 꿈을 꾸다 깨어난 것처럼 새삼스럽게 주위를 두리번거려 보아야 할 심경이다. 알렉산드리아에 발을 들여놓자마자 나는 회오리바람이라고밖엔 표현할 수 없는 사건의 와중에 휘몰렸다. 알렉산드리아에의 호기好奇의 정을 채우기도 전에, 알렉산드리아의 지리에 채 익숙하기도 전에, 이 도시의 연대기 사가年代記史家가 꼭 기록해두어야 할 대사건의 중심부에 뛰어들어 그 목격자가 된 것이다. 그러니 이때까지의 나의 알렉산드리아에서의 생활은 서곡이나 도입부 없이 클라이맥스로만 이루어진 악장과 같았다.

 그 회오리바람도 이제는 끝났다. 그처럼 나의 생활 속에 깊숙이 자리잡고 있던 사라 안젤도 한스 셀러도 이곳을 떠났다. 그것이 불러일으킨 회오리바람도 지금부터 전설화하는 과정을 밟게 될 것이다. 다만 나만이 그 회오리바람이 스쳐간 황량한 들 가운데 외로이 서 있는 한 그루 나무처럼 이렇게 앉아 있다. 나는 알렉산드리아를 서장부터 다시 생활해야 하는 것이다.

 구겨진 양복, 때 묻은 와이셔츠, 나비 넥타이, 플루트를 비롯한 몇 개의 관악기를 챙겨 넣은 트렁크. 이러한 구성으로 이 호텔에 왔을 때의, 어느 모로 보나 유랑 악사의 몰골이었던 2년 전의 나의 모습이 선하게 눈앞에 떠오른다. 그때 느꼈던 망막감이 새삼스럽게 되살아난다 그러나 그때의 망막감엔 모험에의 기대에 따른 전율감이 있었다. 그리고 그땐 나의 곁에 마음 든든한 말셀이 있었다.

 "말셀!" 이렇게 중얼거려 본다. 금방이라도 층계를 올라오는 그의 육중한 소리가 들리는 것만 같다. 문을 노크하는 소리가 들릴 것만 같고, 문을 열고 그의 팔척장신이 천장에 이마를 부딪칠까봐 꾸부리며 들어설 것만 같다. 말셀! 그렇다. 나는 이곳에서 아직 기다릴 사람이 있는 것이다. 며칠 전에 그에게서 받은 엽서를 보면 그는 지금 리우데자네이루에 있다. 반년쯤 후면 이 알렉산드리아에 들를 수 있으리란 사연도 그 엽서에 적혀 있었다.

 말셀 가브리엘. 프랑스 사람이면서 네덜란드 배를 타는 선원. 키가 너무 커 육지에서 살기가 거북하기 때문에 선원이 되었다는 말셀. 그는 육지에 있으면 바다가 그리워서 견디지 못하고 바다에 있으면 육지가 그리워서 못 견디는 성격을 가졌다고 한다. 그래서 그는 스스로를 동경병 환자라고 부른다. 동경병 환자이기 때문에 남의 동경을 이해하고 그 이해가 나를 코리아에서 이 알렉산드리아로 인도했고, 이 호텔에까지 나를 데리고 온 것이다.

갈색의 머리털, 그 머리털과 같은 갈색의 구레나룻에 덮인, 해풍과 바다의 태양에 그슬린 검붉은 얼굴, 바다 빛과 푸른 눈동자. 5척 6촌인 나의 키로선 우러러보아야 할 완장한 턱. 파리의 거리를 걷고 있으면 지나가는 사람들이 사람으로서 자기를 보지 않고 무슨 기현상으로서 보기 때문에 파리가 싫어졌다는 위인. 그의 몸집은 틀림없이 하나의 기현상이다. 마찬가지로 그의 마음도 역시 기현상이다. 거친 선원 생활을 하는 사람으로선 드물다고 할 수 있는 풍부하고 기지 있는 교양, 통속적 표현을 빌리면 비단결 같은 마음씨. 그래 간혹 취중에 "장미에도 가시가 있는데 너에겐 그것조차 없다"는 프랑스의 어떤 시인의 글귀를 내가 외우면, 무성한 구레나룻을 쓰다듬으며 "이처럼 가시가 돋쳐 있는데." 하고 피익 웃는 말셀.

나는 말셀과 처음 만났을 때의 장면을 지금도 선명하게 기억하고 있다.

나는 그때 코리아의 어떤 항구에 있는 주로 외인선원을 상대로 하는 카바레의 밴드 마스터였다. 그밤도 우리는 외인선원의 노스탤지어를 돋우기에 알맞은 악곡만 골라 연주하고 있었다. 조금 높게 차려진 악사석에서 바라보이는 카바레의 내부란 남녀가 뒤범벅이 되어 흥성거리는 꼴이 영락없는 섹스의 전기前技다. 때론 인신대人身大로 확대된 성병균의 난무장같이도 보인다. 그래서 그런 카바레의 악사들은 대개 객석을 보지 않는다. 악보를 보거나, 그저 멍청하게 동공만 열어젖히고 연주만 하는 것이다. 그런데 그밤엔 유난히 눈에 띄는 모양이 있었다. 유달리 체구가 큰 사나이가, 머리가 자기의 배꼽에밖엔 이르지 못하는 쪼끄만 여자를 끼고 흥청거리고 있는 것이다. 그 모양을 좇고 있으니 실소를 터뜨릴 뻔해서 몇 번인가 악기를 입에서 뗀 적이 있었다. 그랬는데 쉬는 시간이 되자, 아까의 바로 그자가 나를 좀 보았으면 한다는 전갈이 웨이터를 통해서 왔다. 손님의 청이기도 하고 호기심도 없지 않아서 나는 그 자리로 갔다.

　내가 의자에 앉자마자 그는 솥뚜껑만한 큰 손을 내밀며,

　"당신이 클라리넷 주자지요?" 했다.

　"그렇다"고 했더니 한 손으론 나의 손을 꼭 쥐고 또 한 손을 그 위에 올려놓고 툭툭 치면서 하는 말이,

　"당신의 클라리넷은 진짜요."

　나는 서슴없이 그렇다고 했다. 자랑이 아니라 나는 목관 금관 할 것 없이 관악기 따위엔 넘치는 자신을 가지고 있다. 내가 원한다면 어떠한 심포니의 베스트 멤버가 될 수도 있고 어떠한 청중이라도 세 시간쯤은 나의 독주만으로써 붙들어 놓을 자신도 있는 것이다. 그러니 나의 클라리넷 연주를 진짜라고 하는 말, 그것엔 놀랄 아무것도 없지만 무식해 뵈는 선원의 입을 통해서 듣는다는 것이 신기로웠다. 그래서,

　"나의 클라리넷 연주가 진짜란 건 틀림없는 사실이지만 당신은 어떻게 해서 그런 걸 아는가." 하고 물었다.

　"귀가 있으니까." 그의 대답은 이렇게 간단했다.

　몇 잔의 술을 교환하고 내가 일어설 무렵, 그도 따라서면서 말했다.

　"내 이름은 말셀 가브리엘, 프랑스인, 타고 있는 배는 네덜란드선.

당신을 알게 된 것을 영광으로 생각합니다."

 이 밤이 계기가 되어 나와 말셀은 친구가 되었다. 밤마다 카바레에 왔고 일이 없는 낮이면 나의 숙소에까지 와서 같이 뒹굴었다.

 그는 그가 흥얼거리는 멜로디의 한 소절만 포착하고도 이 전곡을 완주하는 나의 능력에 놀랐다. 어떤 스코어건 한 번만 보면 외워버리는 나의 재능에도 놀랐다. 깊은 밤, 엷은 벽을 격하고서도 이웃방에 들리지 않게 플루트를 불 수 있는 나의 기술엔 더욱 놀랐다. 나의 기능에 진심으로 감탄해주는 그를 나도 좋아하지 않을 수 없었다.

 내가 알렉산드리아엘 가고 싶다고 그에게 말한 것은 그를 알고 난 약 일 년 후 코리아의 그 항구를 그가 다시 찾았을 때였다. 내게 선사하기 위해, 항구 가는 곳마다에서 사모았다는 악보를 한 꾸러미 방바닥에 내던지고는 벌렁 드러누워버린 그는, 알렉산드리아엘 가고 싶다는 나의 의향을 듣자 무슨 신기한 뉴스나 듣는 것처럼 벌떡 일어나 앉았다.

 나는 내가 알렉산드리아에 가고 싶어 하는 이유를 설명하는 대신 감옥살이를 하고 있는 형에게서 온 편지를 읽어 주었다.

"미군에서 불하한 담요를 깐다. 그 위에 DDT를 담뿍 친다. 이나 벼룩, 기타 반갑지 않은 곤충의 침략을 방지하기 위한 수단이다. 무위안좌無爲安坐도 열여섯 시간이면 거친 노동에 비길 만한 피로를 가져온다. 그 피로한 육체를 DDT가루 위에 눕힌다. 두터운 문밖으로 정복한 관리가 우리의 안전을 지키느라고 복도를 왔다갔다 하는 소리가 들린다. 생각하면 이곳은 참으로 좋은 곳이다. 화재의 염려가 없다. 아닌 밤중에 수재를 입을 위험도 없다. 강도의 침입을 걱정할 필요도 없고 체포당할 공포도 없다. 견고한 호위, 주도한 배려 속에 이 밤도 나는 황제답게 의젓하게 잠들 것이다. 걱정이란 다만 네 걱정이다. 방심한 채 길을 건너다가 자동차에 치이지나 않았나, 술을 마시다가 시간을 어겨 통행금지 위반으로 경찰에 붙들려가지나 않았나, 또는 독감이나 걸려서 네가 그처럼 좋아하는 피리를 불지 못하게 되지나 않았나, 황제란 고독하면서도 이처럼 심뇌도 많은 것이다.

　아아, 바다. 태양. 그런데 왜 이렇게 알렉산드리아엘 가고 싶은 마음이 불현듯 일어나는지 모르겠다. 알렉산드리아에 갈 수만 있다면, 이렇게 안전한 궁전을 버리고 황제의 지위를 내놓아도 좋다. ······"

　억센 사나이의 얼굴에서 천진한 소년의 표정을 보는 것은 기묘한 느낌이다. 말셀은 그러한 표정으로 나를 말끄러미 바라보았다. 나의 형에 관한 여러 가지 사실을 알고 싶어 하는 그의 마음을 그 표정 속에서 읽을 수 있었다. 나는 되도록 간략하게 다음과 같은 사실을 알렸다.
　내겐 한 분의 형이 있다. 이 지구상에 살고 있는 유일한 육친이다. 형은 어려서부터 책읽기를 좋아했다. 나보다는 다섯 살 위인데, 내가 철이 들면서 본 형은 언제나 책과 더불어 있는 형이었다. 책을 좋아하기만 하면 장래에 출세할 수 있으리라는 하나의 통념 같은 것이 우리 부모에겐 있었다. 그래 형은 부모의 총애와 기대를 한몸에 모으고 자랐다.
　이 형과는 반대로 나는 책을 꺼렸다. 책 속에 처박혀 있는 형에 대한 일종의 반발이라는 그런 만만한 것이 아니라 나는 책만 앞에 있으면 머리가 아팠다. 책을 꺼리는 대신 나는 피리를 불었다. 봄철 강변에 자란 포플러에 물기가 오를 무렵이면 나는 그 손가락 두티만 한 가지를 꺾어선 피리를 몇 개씩이나 만들었다. 그러고는 하루종일 그 피리만 불고 돌아다녔다. 또 보리 이삭이 돋아날 무렵이면 그 보리 이삭을 조심스레 뽑아올린다. 그러면 그 이삭의 밑바닥 부분에 상아 빛깔의 줄기가 나타난다. 그 줄기의 마디 밑에서 잘라진 한편을 이빨로써 가볍게 우물거려 놓으면 이것 역시 피리가 되는 것이다.

어린 시절엔 버들피리를 불다가 조금 커선 어른들의 하는 짓을 본따 대피리를 만들었다. 세로 부는 퉁소, 가로 부는 횡적橫笛. 이런 대피리를 불면서부터 멜로디란 것과 리듬이란 걸 파악하게 되었고, 내가 열 살쯤 되어선 어떤 멜로디라도 한 번 들으면 나의 피리는 그 멜로디를 몇 갑절 아름답게 재현할 수도 있고, 내 스스로의 멜로디를 즉흥할 수도 있게 되었다.

책을 좋아하는 아이는 출세하리라는 통념과 더불어 책을 좋아하지 않고 피리 따위나 부는 아이는 장차 패가망신한다는 통념도 있었다. 이러한 통념에 비춰 볼 때 부모가 나를 얼마나 푸대접했는가를 짐작할 수 있을 것이다.

이러한 가운데 형만은 언제나 나의 편이었다. 형은 부모가 나를 꾸중하는 소리를 들으면,

"일기일예一技一藝에 뛰어나면 그로써 도를 통하고 입신할 수도 있는 세상이니 과히 걱정 마시라"고 부모를 달랬고, 나더러는,

"내가 만 권의 책을 읽고도 이루지 못하는 것을, 너는 한 자루의 피리를 통해서 이룰 수 있을 것이라"고 격려하기도 했다.

나는 어릴 적부터 입신할 생각도 출세할 생각도 갖지 않았다. 그저 피리만 불고 있으면 그만이었다. 한 자루의 피리만 있으면 되었지, 장래니 미래니 하는 따위는 필요 없었던 것이다. 마을 사람들은 막대기도 내 입만 갖다 대면 소리가 난다고 소문을 퍼뜨렸고, 어떤 광대 죽

은 귀신에게 내가 홀렸을 것이란 소문을 내기도 했다.

형이 스무 살 되던 해, 그러니까 내가 열다섯 살 되던 해, 우리 부모는 조그마한 유산을 남겨놓고 콜레라에 걸려 2, 3일 사이를 두고 연이어 별세했다. 그때 형은 일본 도쿄의 어떤 대학에 다니고 있었고, 고향의 중학교 입학시험에 떨어진 나는 도쿄에 있는 형의 하숙방에 뒹굴면서 어떤 삼류 중학에 다니는 둥 마는 둥 피리만 불고 있었다. 그때의 피리는 버들피리도 대피리도 아니고 유럽에서 건너온 각종 플루트, 각종 클라리넷이었다.

그러한 나를 대하던 형의 사랑을 나는 잊지를 못한다. 형은 나를 자기의 친구들에게 소개할 때마다,

"피리를 불리기 위해 하늘이 마련한 사람"이라고 자랑스럽게 말했다.

얇은 벽 너머로 소리를 넘겨 보내지 않도록 피리를 불 수 있는 나의 기술은, 옆방에서 책을 읽고 있는 형을 방해해선 안 될 필요가 낳은 것이다. 형은 또한 내게 최선의 교사이기도 했다. 책이란 걸 싫어하는 내가 몇 조각이나마 지식을 가지고 있다면 그것은 오로지 형의 덕택이다. 교사로서 형보다 나은 능력과 기량을 가진 사람을 나는 상상할 수가 없다. 피리를 부는 자도 어느 정도를 넘어서려면 공부를 해야 한다는 지각을 가르친 것도 형이다.

나는 우리 부모가 일찍 돌아가신 것을 다행으로 안다. 만약 오래 살아계셨더라면 부모들은 나의 형에 대해서 커다란 실망을 맛보았을 것이기 때문이다. 형의 학문은 부모가 기대하는 입신과 출세와는 너무나 먼 방향으로 가고 있었다. 판사나 검사 또는 어떤 관리가 될 수 있는 그러한 학문이 아니었다. 의사나 교사나 기술자가 될 수 있는 그러한

학문도 아니었다. 내가 보기엔 그저 아무런 뚜렷한 방향도 없는 책읽기 같았다. 세속적인 눈으로 보면 스스로의 묘혈을 파는 것 같은 학문. 스스로의 불행을 보다 민감하게, 보다 심각하게 느끼기 위해서 하는 것 같은 학문. 말하자면 자학의 수단으로써밖엔 볼 수 없는 학문인 것 같았다. 나의 피리를 부는 업은 세속에서 초탈하기 위한 자위의 수단이 되기도 한다. 허나 형의 학문은 아무리 보아도 자학의 수단으로밖엔 보이지 않았다. 자학을 통해서 자위를 구하는 수단이라고나 할까. 하여간 이러한 건 나의 이해력을 넘는다.

언제부터 내가 형을 비판적으로 보기 시작했는가. 아니 형에게서 불행을 발견했는가엔 뚜렷한 기억을 하지 못한다.

그땐 우리들이 일본의 통치를 받고 있을 시대인데, 형이 일본에 대해서 항거해야 할 것인가, 또는 순종해야 할 것인가에 관해서 고민하고 있는 것을 보았을 때가 아닌가 생각한다. 형은 또 당시 코즈모폴리턴을 자처하면서 민족의 토양에 깊이 뿌리박지 못한 코즈모폴리턴이란 정신적인 룸펜에 불과하다고 자조하고 있기도 했다.

나는 이러한 갈등, 이러한 자조를 싫어한다. 보다도 그러한 감정이 존재하도록 작용하는 바탕인 사상이란 것을 미워한다. 사상이란 무엇이냐? 정과 부정을 가려내는 가치관이 아닌가. 선과 악을 판별하는 판단력이 아닌가. 그러나 자연의 작용에 정·부정이 있고 선과 악이 있는가. 사람은 자연의 일부가 아닌가. 자연의 일부인 사람은 자연 그대로 살면 될 것이 아닌가. 사상이란 자연 속에서 벗어져 나오려는 노력이 아닌가. 그렇다면 사상이란 인간을 부자연하게, 그러니까 불행하게 만드는 작용 이상도 이하도 아닌 것이 아닌가.

강한 힘이 누르면 움츠러들 일이다. 폭력이 덤비면 당하고 있을 일이다. 죽이면 죽을 따름이다. 내겐 최후의 순간까지 피리와 피리를 불 수 있는 장소만 있으면 그만이다. 그런데 사상은 그렇게는 안 되는 모양이다.

  형의 불행은 사상을 가진 자의 불행이다. 형은 만인이 불행할 때 나 혼자 행복할 수 없다고 했다. 나는 그런 말을 거짓이라고 생각한다. 세계가 멸망하더라도 나 혼자 살아남으면 된다는 것이 인간의 자연스런 생각이라고 나는 믿기 때문이다. 나는 형이 고의로 그런 거짓말을 했다고는 생각하질 않는다. 형이 지니고 있는 사상이란 것이 그러한 거짓말을 시킨 것이라고 생각한다. 사상의 발전이 이 세계를 오늘만큼이라도 문화되게 했다는 사실마저 나는 부정하려고 들지 않는다. 그러나 그런 사상이나 문화는 천재라는 역군이 할 일이지 평범한 사람이 맡을 성질의 것이 아닌 것이다. 천재는 스스로의 생활을 불구화해가지고 평범한 사람의 생활을 보다 건전하게 하는 데 의미가 있다고 들었는데 천재도 못 되는 사람이 천재의 행세를 하다간 스스로의 생활을 불구화하고 주변의 사람들만 불행하게 할 뿐 아닌가. 형의 불행은 따지고 보면 천재가 아닌 사람이 천재적인 역군이 되려고 하는 데 있는지도 몰라. 그러나 그것이 운명이라면 도리가 없다. 형의 불행은 형의 운명이니까. 운명은 이에 순종하는 사람은 태우고 가고 이에 거역하는 사람은 끌고간다는 말이 있다.

  그런데 우리나라에 혁명이 일어났다. 그 혁명의 파도에 휩쓸려 형은 감옥으로 가게 된 것이다. 누군가는 이 사건을 불려不慮의 화라고 하지만 나는 그렇게 생각하지 않는다. 어떤 사상이건 사상을 가진 사람은 한 번은 감옥엘 가야 한다고 생각한다. 사상엔 모가 있는 법인데 그 모 있는 사상이 언젠가 한 번은 세상과 충돌을 일으키지 않을 도리가 없는 것 아닌가. 세상과 충돌했을 때 상하는 건 세상이 아니고 그 사상을 지닌 사람인 것이 빤한 일이다. 나는 감옥살이하는 형을 불쌍하겐 여기지만 그의 감옥행이 부당하다고 생각하지는 않는다.

"자네 형은 코뮤니스트인가?"

말셀은 무거운 어조로 물었다.

"천만에, 형은 철두철미한 자유주의자지."

이렇게 말하자 말셀의 얼굴에는 의아해하는 빛이 돌았다.

"우리나라가 남과 북으로 갈라져 있는 사실은 알지. 형은 이렇게 분열된 국토를 통일해야 된다는 논설을 쓴 거야. 그런데 표현이 나빴어. 이 이상 한 사람의 희생도 더 내서는 안 된다. 그러나 어떻게 해서라도 통일은 해야겠다. 이렇게 썼거든. 글쎄 이게 될 말이야? 어떻게 해서라도 통일을 해야겠다면 이북의 통일 방식으로 통일해도 된다는 뜻 아닌가. 경찰관도 이 점을 추궁했지. 경찰관의 태도는 당연하다고 생각해."

말셀은 잠깐 동안 잠자코 있더니 좀더 상세하게 형의 논설에 관한 이야기를 해보라고 했다.

형의 논설을 들먹거린다는 것은, 아직 아물지 않은 상처를 건드리는 거와 마찬가지인 고통을 느끼게 한다. 그러나 이왕 시작한 바에야 이야기를 더 계속하지 않을 수 없었다.

형은 아마 이천 편 이상의 논설을 썼을 것이다. 그중에서 단죄받은 논설이 두 편이 있다. 그 논설 가운데 다음과 같은 구절이 있었다.

"조국이 없다. 산하山河가 있을 뿐이다."

"이북의 이남화가 최선의 통일방식, 이남의 이북화가 최악의 통일방식이라면 중립통일은 차선의 방법은 되는 것이다. 그런데 이것을 사악시하는 사고방식은 중립통일론 자체보다 위험하다."

"이 이상 한 사람이라도 더 희생을 내서는 안되겠다. 그러면서 어떻게 해서라도 통일은 이룩해야 하겠다. 이것은 분명히 딜레마다. 이 딜레마를 성실하게 견디고 해결하려는 노력에서 비로소 활로가 트인다."

대강 이상과 같은 구절이 유죄판결의 근거가 되었다. "조국이 없다"라는 말엔 진정하게 사랑할 수 있는 조국이 없으니 그러한 조국을 만들어야 한다는 뜻과 설명이 잇달아 있었지만 그런 것이 통할 리가 없었고 더욱이 중립통일을 주장하지는 않았을망정, 그러한 표현이 위험하다는 것은 틀림이 없는 일이다. 더더구나 어떻게 해서라도 통일을 해야 한다는 대목에 이르러서는 반공국시가 뚜렷한 이 나라에선 용납될 리 만무한 것이다. 그래서 나는 다음과 같이 말을 맺었다.

"생각해봐. 말셀, 도대체 그러한 글을 쓸 수 있다는 정신상태가 틀려먹은 것 아냐. 조국이 없다가 뭐야. 또 이런 문구도 있지. '조국이 부재한 조국'이란, 검찰관과 심판관이 펄펄 뛸 만하잖아? 정신병자가 아닌 담에야 그렇게 쓰지 못할 거야. 평범하게 분수나 지키며 살아야 할 인간이 뭐 잘났다고 어수선한 글을 썼는가 말야. 그래 나는 변호사더러 정신감정의뢰를 내보았으면 어떠냐는 제안을 해보기도 했지."

"그런데 형은 얼마나 받았지?"

"10년."

"그거 대단히 관대한 처분이구먼. 우리 프랑스에서 같으면 틀림없이 사형감이야. 적게 잡아도 무기."

"나도 관대한 처분이라고 생각했지. 검사의 구형은 15년, 그것도 관대하다고 생각했는데 판사의 언도는 10년이었으니 나는 감격해서 울었다."

"그런데 하나 물어볼 것이 있어. 왜 그 논설을 썼을 때 처벌되지 않고 하필이면 그때 재판을 받았는가."

"논설을 썼을 땐 그걸 벌할 법률이 없었던 거지. 먼저 붙들어 잡아 가두고 난 뒤 법률을 만들었지."

"그럼 소위 소급법이라는 게로구면."

"그렇지."

"소급법을 만들지 못하게 하는 헌법 같은 게 없었나?"

"넌 뚱딴지 같은 소리만 하는구나. 벌해야 할 사람을 벌하는데 소급법이면 어떻구 법률이란 수단을 거치지 않으면 어때."

말셀은 눈을 깜박거리며 중얼거렸다.

"그건 그래. 우리나라에서도 대혁명 당시엔 법률이고 뭐고 아랑곳없이 닥치는 대로 기요틴으로 사람의 목을 잘랐으니까. 소급법이라도 법을 만들고 했다는 건 대단히 훌륭한 노릇이야. 강제수용소에서 마구 집단 살해를 한 독일에 비하면 월등하게 문화적이기도 하고……."

"그런데 형은 아직도 억울하다고만 생각하고 있는 모양이니 딱해. 스스로의 죄를 뉘우치고 속죄하는 마음을 가지면 편할 텐데 말야."

"뭐, 그런 말을 너의 형이 하든?"

나는 대답 대신 또 하나의 형에게서 온 편지를 내밀었다.

"……나는 비로소 이곳에 내가 있어야 할 이유를 알았다. 불효한 아들이었다. 불실한 형이었다. 불실한 애인이었다. 불성실한 인간이었다. 이 세상에 나지 않았으면 좋았을 사람이 본연적으로 지닌 죄. 이것을 원죄라고 해도 좋다. 그리고 지저분하게 살아오는 동안 나 스스로만 지저분하게 한 게 아니라 내가 접촉한 것이면 뭐든, 공기와 산하도,

인물과 기관도, 신문이나 잡지에 이르기까지 지저분하게 만들어버린 죄란, 그 죄가 응당 받아야 할 벌을 상정할 때 지금 내게 과해진 벌은 되레 가벼운 것이다. 무슨 죄인지도 모르고 벌만 받는 것처럼 따분한 처지란 없다. 그런데 이제야 나는 나의 죄를 찾았다. 섭리란 묘한 작용을 한다. 갑의 죄에 대해서 을의 죄명을 씌워 처벌하는 교묘한 작용을 하는 것이다. 꼭 벌을 받아야만 마땅한 인간인데 적용할 법조문이 없을 때 섭리는 이러한 작용을 한다는 것을 알았다. 격언 그대로 섭리의 맷돌은 서서히 갈되 가늘게 간다. 나는 나의 죄를 헤아리느라고 요즘 제대로 잠을 못 잔다. 남의 마누라를 탐한 일이 없는가. 여자의 순정을 짓밟은 일이 없는가. 남의 눈물을 흘리게 한 일이 없는가. 황제는 어떠한 황제이건 그가 걸어온 행렬 뒤에 짓밟힌 꽃을 황제의 특권임을 알고 고스란히 10년을 견딜 작정이다. 거의 나의 청춘의 전부인 10년 동안 이 궁전 속에 묻어버릴 작정이다. 이 궁전에서 나가라고 해도 나는 안 나가고 버틸 작정이다. 그러나 알렉산드리아에 가라고 하면? 이런 나의 각오가 흔들릴까봐 두렵다."

"좋다."
이렇게 외치면서 말셀은 주먹으로 허공을 쳤다.
"좋아. 너를 알렉산드리아에 데려다주지. 너의 형까지 데리고 가는 거다. 그런데 넌 알렉산드리아에 가기만 하면 돼. 거리 한구석에 모자를 펴놓고 앉아 피리만 불어대면 굶어 죽을 염려는 없을 거다. 중형인의 동생, 아니 유폐되어 있는 황제의 동생을 데리고 말셀 가브리엘 알렉산드리아에 나타나다. 좋아. 난 본래 로렌스를 좋아하거든. 나의 경력 가운데서도 빛나는 페이지가 될 것 같아."

지중해의 파도가 그처럼 거칠 줄은 상상 밖의 일이었다. 대륙 사이를 흐르는 강과 같은 느낌을 지도 위에서 느껴온 탓도 있고 그때까지 비교적 평온한 태양 위를 항해한 후이어서 알렉산드리아의 앞바다에 이르자 돌연 성난 파도가 산더미처럼 몰려와 선수에 부딪치는 광경에 실색할 정도로 놀랐다.

그날. 겨울의 일몰, 바람이 세찬데다가 우박을 섞은 빗방울이 난무하고 있었다. 그러나 난무하는 우박과 빗줄기 사이로 바라뵈는 알렉산드리아의, 땅의 이利를 좇아 밀집하고 기어오르고 퍼져나간 항구의 모습을 보았을 때 나의 가슴은 설레었다.

밤이 깊어지길 기다려 조심스럽게 배의 트랩을 내렸다. 그리곤 말셀이 이끄는 대로 호텔 나폴레옹으로 온 것이다. 호텔 나폴레옹이란 신기한 이름의 유래는 이곳에 오기 전부터 말셀에게서 듣고 있었다. 나폴레옹이 이집트 원정을 왔을 때, 이 호텔에 투숙했다는 것이고 그때 나폴레옹의 한 부장部將이 부상을 입고 나폴레옹과 더불어 탈출하지 못한 채 이 집에 머물러 있는 동안 이 호텔의 데릴사위가 되었다. 그런 인연으로 이름을 호텔 나폴레옹이라고 했다는 것인데 지금의 주인은 그의 3대인가 4대째의 손자뻘이 된다는 것이었다. 이렇게 설명하고 나서 말셀은 그 유래의 전부에 관해선 보장하지 못하겠다고 말하고 우리가 그 호텔을 찾는 것은, 그런 거창한 유래에 호기심이 있어서가 아니라 영웅적인 이름과는 정반대로 지극히 비영웅적인 초라한 호텔이기는 하나 방세가 싸고 주인이 호인물好人物인 때문이라고 덧붙였다.

말셀의 말대로 호텔 나폴레옹의 주인은 말셀을 보자 원행 갔던 손자를 맞아들이듯 반갑게 대했다.

"이것 얼마 만이냐, 몽 셰르 휘쓰 말셀!"

말셀은 그 거대한 체구의 가슴팍에밖엔 이르지 않는, 뚱뚱하게 살찐 대머리 노인을 덥석 안아올렸다가 내려놓으며,
"할아버지 안녕하셨어요? 그런데 나의 가장 친한 친구를 데리고 왔지요. 그 다락방 비어 있어요?"
하고 물었다.
다락방에 들기만 하면 숙박비는 거저나 마찬가지로 싸다는 것이다.
"비어 있구 말구. 빈털터리 네가 올 줄 알고 비워두고 있다네."
말셀은 나를 그 노인 앞에 내세우면서 말했다.
"이 사람이 나의 친구 프린스 김. 멀고 먼 코리아에서 온 프린스 김입니다."
"프린스 김? 이거 잘 오셨소." 주인은 나의 손을 정답게 잡았다. 그리고는 장난꾸러기 같은 웃음을 띠우며,
"프린스라고? 엊그제는 네팔 왕의 서자라는 자가 묵고 갔다네. 그러고 보니 요즘 우리 호텔엔 귀빈과 왕족이 끊어지지 않는 셈이구먼. 하여간 반갑습니다." 하고 호의 있는 익살을 부렸다.
말셀이 나를 '프린스 김'이라고 부르는 데는 다음과 같은 경위가 있다. 코리아에 있을 적 여러가지 이야기를 주고받는데 나의 성 '김'의 유래를 설명할 때 옛날 '가야'라는 나라의 왕이 우리의 선조라고 했다. 그러니까 왕손이라고 그랬더니 말셀이 받아서 하는 말이,
"프랑스에 가면 왕손 아닌 사람이 없고 흉적의 자손 아닌 사람이 없다는 말이 있지."
그 말끝에 말셀은,
"너는 왕손이 아니라 왕제王弟다. 그러니 프린스다."
감옥 속에서 보내온 형의 편지마다에 황제란 말이 들어 있는 것을

이렇게 비꼰 것이다. 그리곤 그때부터 그는 나를 '프린스 김'이라고 농담 반 진담 반의 기분으로 부르게 되었다.

다락방은 글자 그대로 다락방이었다. 키가 작은 내가 꾸부려야 들어갈 수 있는 문. 키가 큰 말셀은 앉아 있어도 머리가 닿을까 말까 할 정도로 낮은 천장. 북향으로 철제침대가 놓였고 벽은 세월의 이끼가 끼어 거무스레 낡았다. 장식이란 흔적조차 없는 그저 초라하다는 한마디로써 족한 방의 모양이었다. 그러나 남으로 트인 창을 통해서 알렉산드리아의 시가와 앞바다가 일모에 모여드는 것만은 장관이었다.

자리에 앉자 말셀은 곧 내 선전을 시작했다. 플루트의 명수라고. 온 세계를 등잔만 하게 눈을 부릅뜨고 두루 찾아도 나 만한 명수를 찾기란 힘들 것이라고. 그러고는 성급하게 나더러 플루트를 불어보라고 졸랐다.

나는 우리나라의 고전악기인 퉁소를 꺼냈다. 그리곤 알렉산드리아를 처음 보았을 때부터 다락방에 좌정하기까지의 감회를 바탕으로 창 밖에 바라보이는 조망을 주제로 해서 즉흥을 불었다. 주인의 얼굴에 약간 감동의 빛깔이 보이는 것 같았으나 묵묵하기에 나는 퉁소를 놓고 서양악기인 플루트를 들었다. 그 플루트로써 아까 한 즉흥곡을 다시 한 번 되풀이했다. 곡이 끝나자 노인은 덥석 나의 손을 잡았다.

"당신은 진짜로 프린스다. 오늘날의 세계에서 왕족이나 귀족은 예술의 세계를 두곤 있을 수 없어. 당신이야말로 진짜로 프린스다."

이렇게 말하곤 원래遠來의 프린스를 대접해야 한다면서 총총히 아래로 내려가더니 무딘 빛깔의 유리병에 담은 술과 안주를 들고 돌아왔다.

노인은 술병을 들어 보이면서 말했다.

"이 술은 페르시아의 향초로 만든 술이다. 천리 길 사막을 대상들이 금은보배보다도 더 소중하게 낙타 등에 싣고 온 에레키질, 말하자면

소설·알렉산드리아

불로장생주다."

 술은 압생트를 좀더 향기롭게 한 듯한 맛이었다. 노인은 술을 한 잔 따를 때마다 곡을 하나씩 청했다. 나는 악기를 바꾸어가며 그의 소청에 순순히 응했다. 나는 알렉산드리아에서의 초야에 피리를 마음껏 불 수 있는 행운을 기뻐했다.

 우리들의 잔치가 한참 지났을 무렵 돌연 커다란 별이 구름 사이에서 나타났다. 노인은 그 별을 가리키면서,

 "저, 저별이 대각성이다. 이 알렉산드리아의 수호성. 원래의 프린스를 환영하기 위해서 구름 속에서 나왔구먼." 하는 소리에 말셀은 이 시기를 놓칠세라,

 "그런데 할아버지, 방세는 얼마로 하죠? 프린스 김은 상당 기간 이 곳에 머무를 예정인데." 하고 물었다.

 노인은 손을 저으며 취기어린 눈을 부릅뜨고 소리를 높였다.

 "방세라고? 천만의 말씀. 먼 곳에서 오신 프린스를 이 다락방에 모셔놓고 내가 방세를 받아? 안 될 말이지. 난 유태인이 아냐."

 삽시간에 백년의 지기처럼 될 수 있다는 건 인정의 조화다. 나는 그 인정의 조화 덕택으로 우선 돈이 떨어져도 노숙해야 할 신세는 면하게 된 것이다.

 노인은 또 내가 알렉산드리아에서의 생활에 별반 계획을 갖지 않고 있다는 사정을 알자 카바레 안드로메다의 밴드에 소개해주겠다고까지 약속했다.

 "카바레 안드로메다는 세실 호텔과 더불어 이 알렉산드리아에 있어서의 최대의 명물이야. 그곳의 밴드에 끼이기만 하면 만사는 형통. 프린스 김의 기량이면 틀림없어. 나와 그 악장과는 친구이기도 하니……."

노인이 돌아가자마자 말셀은 밤거리로 나가보자고 나를 꾀었다. 이 정력불륜의 사나이는 그 오랜 항해 끝에도 실오라기만큼의 피로도 보이지 않는다. 나는 혼자 있고 싶다고 말했다. 말셀은 굳이 권하지는 않고 꼭 만나야 할 여자가 있다면서 나가버렸다.

말셀은 항구엘 가면 하룻밤도 빠짐 없이 여자를 안아야 한다는 걸 신조처럼 하고 있는 사나이다. 그는 언젠가 이런 말을 했다.

"여자처럼 좋은 노리개가 있는가. 있을 수 있는가 생각해 보게나. 웃을 줄 알지? 뾰로통할 줄 알지? 감동할 줄 알지? 이 편의 기교대로 능력대로 민감하게 감응할 줄 알지, 남자란 얼마나 좋은 것인가를 증명해 주는 것도 여자가 아냐? 꼬집으면 아프다고 소리 지르고 아프다면서 좋아라고 하고 사랑하는 척할 줄 알고, 눈썹 하나 까딱하지 않고 거짓말할 줄 알고, 눈물을 흘리면서 한 사나이와 이별해놓고 돌아서는 그 길로 딴 사나이의 품 안에서 행복한 신음소리를 낼 줄도 알고, 믿음직하면서도 깔끔하게 배신할 줄도 알고, 그러면서 강하고 유연하고 기술 좋은 나의 섹스의 조종대로 완전 녹초가 되어버리는 여자. 나는 여자가 제일 좋아, 바다는 그 다음이다……."

그 말에 내가,

"여자가 그처럼 좋으면 바다엔 왜 나가는 거야. 육지에서 직업을 갖고 밤마다 여자를 안을 일이지." 하고 반박했더니 그는 대뜸 다음과 같이 받았다.

"넌 애송이다. 난 여자가 좋으니까 바다로 나가 일시적인 단절을 하는 거야. 상상 속의 여자. 이담에 만나면 여자에게 어떻게 해주리라는 구상. 위험 속에서의 기대. 높이 뛰기 위해선 조주助走란 게 필요하지 않아? 여체를 만끽하기 위한 조주로선 바다가 제일이야. 망망한 바다의 에너지를 폐장 가득히 담아오거든. 거침없이 내리쪼이는 바다의 태양이 발산하는 에너지를 함뿍 근육 속에 흡수해 오거든. 바다를 거치지 않고 섹스하는 사나이들을 나는 불쌍하다고 생각하지. 그건 생명의 앙양으로써의 섹스가 아니라 생명의 파멸로써의 섹스니까 말야. 그리고 선원들은 세계 각국의 항구마다에 인종이 다른 애인, 빛깔이 다른 여체를 소유할 수 있거든. 나는 나의 섹스로써 세계의 여자를 구슬꿰미에 꿰매듯 꿰매는 거야. 말셀의 섹스를 통해서 세계의 가지각색의 여체가 한 가닥의 줄에 꿰매인 구슬이 되는 거지."

말셀은 지금쯤 리우데자네이루에서 여체와 더불어 그가 이른바 생명의 앙양운동을 하고 있겠지.

생각이 여기에 미치자 알렉산드리아의 현란한 등불의 수, 요란한 성좌가 관능의 바다처럼 보이기 시작한다. 등불 하나마다에 한 쌍씩의 정사가 결부된다. 등불 하나마다에 엄숙히 거행되는 밀실의 비의가 상념을 사로잡는다.

호화로운 페르시아 융단, 묵직히 드리운 진홍색 커튼, 사향의 냄새가 풍기는 방, 마호가니제 침대, 핑크색 덧이불, 그위에 놓인 꽃무늬가 산산히 흐트러지는 풍정風情으로 희랍의 조각을 그대로 혈육화한 것 같은 남녀의 정사.

천장이 낮고 벽지 위엔 빈대피가 가로세로 혹은 비스듬히 흔적을 남긴 어수선한 방, 값싼 담배 냄새, 독주 냄새가 야릇하게 풍기는 방, 삐걱거리는 침대 위에서 이루어지는 선원과 매춘부와의 정사.

백인과 백인. 백인의 품에 안긴 흑인 여자. 흑인의 품에 안긴 백인 여자. 또는 갈색의 피부와 황색의 피부와 잡다한 빛깔의 남녀의 교합으로 이루어지는 애욕의 드라마. 노인이 소녀를, 소년이 소녀를, 남자가 남자를, 여자가 여자를 간하고 음하는 갖가지의 정경. 소돔과 고모라의 확대판 알렉산드리아. 고전적, 중세적, 현대적, 미래파적으로 음탕한 알렉산드리아. 아라비안나이트적인 교합과 할리우드적인 교합과 이집트적인 교합, 소아시아적, 인도적 교합. 파노라마처럼 심상 위에 전개되는 시인들이 서로 엎치고 덮치는 가운데 나의 하복부에 강렬한 충격이 인다. 밖으로 반사되어야 할 농도 짙은 액체가 거꾸로 장을 통하고 위를 거쳐서 식도 쪽으로 올라오고, 그 짙은 액체가 내분비를 일으켜 혈관 속에 침투해선 심장을 압박한다.

이성의 지배를 거부하는 육체의 어떤 부분의 자의처럼 인간의 고독감을 절박하게 하는 건 없을 것이다. 형의 표현을 빌리면 생명 발상 이래 몇 억 년을 통해서 꿈틀거리는 '암묵의 의사'. 그러나 나는 이 암묵의 의사에 번롱당하기는 싫다. 나는 숨을 몰아쉬고 고개를 돌려 가난한 다락방의 내부에 시선을 옮길 수밖에 없다.

이럴 때 언제나 하는 버릇으로 나는 편지 꾸러미에서 잡히는 대로 또 한 통의 형에게서 온 편지를 꺼내든다.

"사랑하는 아우. 어젯밤 나는 나와 같은 감방에 있는 Y라는 노인에게서 이런 이야기를 들었다. 그 노인은 6·25사변 당시에도 어떤 사정으로 감옥 신세를 진 사람이다.

이야기는 그 노인이 그때 목격한 사실인데 병사한 어떤 소년의 이야기다. 소년은 어려서 부모를 잃고 고모집에서 컸단다. 고모집에서 심부름이나 해주고 얻어먹고 살다가 적령이 채 못됐는데 군에 입대하게 되었다. 입대하자 6·25사변이 터졌다. 소년의 부대는 38선 근처에 있었던 모양인데 급히 후퇴하는 혼란통에 그 소년은 자기가 속해 있는 부대에서 낙오해버렸다. 당시엔 그런 일이 허다하게 있었다. 적이 불의의 습격을 했을 때의 대비 없는 부대란 후퇴에 있어서 질서를 잡을 수가 없는 것이다. 부대의 행방을 찾지 못한 그 소년은 고모집으로 돌아갔다. 거기서 숨어 사는 판인데 괴뢰군이 와 닥쳤다. 소년은 괴뢰군에게 끌려가 그들의 짐이나 날라주고 심부름이나 하는 사역꾼이 되었다. 사역꾼으로서 몇 달을 따라다녔는데 이번엔 괴뢰군이 패주하게 되었다. 그때 괴뢰군에서 소년은 탈출하고 산 속에서 방황하고 있던 참인데 국군에게 붙들렸다. 순진한 소년은 숨김없이 자기가 겪은 일들을 말했다. 드디어 소년은 부대 무단이탈·이적행위 등의 죄목으로 기소되어 재판을 받았다. 소년의 행색은 말이 아니었고 그 정상은 이루 형언할 수 없을 정도였더라고 한다. 그런데 하루는 저녁나절에 돌연 발열하더니 신음으로써 밤을 지새우고 새벽 무렵에 급격히 병세가 악화해선 거짓말처럼 숨을 거두어버렸다. 운명할 순간 소년은 "고모님." 하고 외마디 소리를 질렀다.

허다하게 무고한 소년과 소녀가 또는 노인과 장정들이 전쟁통에 죽었겠는데 이 소년 하나가 감방에서 병사했다고 해서 무슨 대사인 양 말하려는 것은 아니다. 그러나 임종시의 마지막 부르짖음이 '고모님'이었다는 정황이 가슴을 찌른다.

자신의 처지가 어떻게 되지도 모르고 그저 당황하기만 했을 소년의 심상과 불러볼 사람이라야 고모님밖엔 없었다는 그 정황이 마음속에 파고들어 그 이야기를 듣고 하루가 지났어도 답답한 감정은 아직껏 소화시킬 수가 없다.

감옥살이에서 체험한 일이지만, 지식인과 무식자는 똑같은 곤란을 당했을 때 견디어내는 정도가 월등하게 다른 것 같다. 지식인의 경우 감옥 속에 있어도 꼭 죽어야 할 중병에 걸리지 않는 한 호락호락하게 잘 죽지 않는다. 그런데 무식자의 경우는, 육체적으론 지식인보다 훨씬 건장해도 대수롭지 않은 병에 걸려 나뭇가지가 꺾이듯 허무하게 쓰러져버린다. 이런 현상을 어떻게 이해해야 옳을까. 여러 가지 원인을 들출 수 있겠지만 나는 다음과 같은 답안을 내보았다.

교양인, 또는 지식인은 난관에 부딪혔을 때 두 개의 자기로 분화된다. 하나는 그 난관에 부딪혀 고통을 느끼는 자기, 또 하나는 고통을 느끼고 있는 자기를 지켜보고, 그러한 자기를 스스로 위무하고 격려하는 자기로 분화된다. 그러니 웬만한 고통쯤은 스스로를 위무하고 지탱하고 격려하면서 견디어낸다. 그런데 한편 무식한 사람에겐 고난을 당하는 자기만 있을 뿐이지 그러한 자기를 위무하고 지탱하고 격려하는 자기가 없는 것이다. 바꾸어 말하면 지식인은 한 사람이 겪는 고통을 두 사람이 나누어 견디는 셈인데 무식자는 모든 고통을 혼자서 견디어야 하는 셈이다. 지식인이 난관을 견디어나가는 정도가 무식자보다 낫다는 사실을 이렇게 이해할 수 없을까.

지혜라는 것은 결국 이런 것이라고 본다. 동물적인 자기, 육체적인 자기를 인도하고, 통제하고, 나쁜 짓을 했을 때는 책하고, 고통스러울 때는 위무 격려하는 정신적인 자기를 가진다는 것. 어떠한 고난에 빠져 있더라도 절망하지 않고 인간으로서의 품위와 위신을 지켜나가려는 마음의 이법理法이 곧 지혜가 아닐까.

슬픔을 슬퍼할 줄도 모르고, 공포를 무서워할 줄도 모르고, 고난에 직면해서 그저 당황하기만 한 소년의 망연한 모습처럼 구원 없는 지옥이란 없다.

'고모님.' 하고 외마디 부르고 숨진 소년. 이와 유사한 슬픔이 얼마나 많을 것인가. 지금 내가 있는 이 감옥 속에서 지금도 작용하고 있을 이러한 슬픔, 이러한 불행. 오늘 황제는 우울하다."

"고모님." 하고 불렀다는 소년. 형님은 왜 이런 이야기를 쓰는가. 왜 가슴속에만 간직해두지 못하고 나까지 울먹거리게 하는가. 자기의 손이 닿고 입김이 닿고 하는 것이면 자연이건 인간이건 자기 주위의 모든 것을 지저분하게 만들어버린다고 했는데 그런 반성을 형은 하고 있으면서도 왜 그런 행동을 하는지. 스스로의 슬픔을 달래는 마음으로 쓰고 있는가는 몰라도 그런 걸 쓰고 있으면 더욱 구원 없는 슬픔으로 빠져들어갈 것 아닌가. 그런데 내가 만약 숨을 거두는 순간에 이르르면 어떤 소리를 지를까.

"피리"라고 할까. 아니다. 나는 분명 "형님"을 부를 것이다.

내가 알렉산드리아로 온 바로 그 다음날 호텔 나폴레옹 주인의 주선으로 나는 수월하게 카바레 안드로메다의 악사가 되었다. 나를 인견한 악장은 중로를 훨씬 넘은 연배의 이탈리아 사람이었는데, 두세 개의 악보로써 테스트하고 드럼에 맞추어 즉흥곡을 하나 불어보라고 하더니 만면에 웃음을 띠고, "우리 악단의 영광으로 생각하고 귀하를 모시겠다"는 것이었다.

이 광경을 옆에서 보고 섰던 호텔 나폴레옹의 주인은 광맥을 예견하고 그것을 확인한 광산기사처럼 흡족해 했다.

"내 손자가 소르본대학에 입학했다고 해도 이처럼 기쁘지는 않을 것이다."

이렇게 말하면서 노인은 나를 알렉산드리아의 중심부라고 말할 수 있는 모하메드 아리 광장으로 이끌고 갔다.

"이 거리가 모하메드 아리 거리. 지금은 자유의 거리라고 하지. 여기서 남동쪽은 상가, 북쪽으로 가면 그리스로마의 박물관이 있지. 해변 쪽으로 가면 세계 최고의 도서관이라고 할 수 있는 알렉산드리아 도서관이 있고, 거기서 조금 가면 두 개의 식물원, 하나는 누자 식물원, 하나는 안토니오 식물원. 정거장 근처에 대운동장, 여기서 아랍 올림픽 대회가 열린다. 항구 서쪽에 이브라임 궁전, 상가의 남쪽에 네비 다니엘 사원, 이곳에 한때 이 알렉산드리아를 지배한 사우드 파샤와 그 일족의 무덤이 있다. 북쪽 항구는 전혀 오리엔탈 스타일. 거기서 뻗어나간 반도 위에 궁전이 있는데, 파르크가 퇴위한 후엔 일반 사람도 드나들게 되어 있어. 그리고 이 모하메드 아리 가와 서항 사이가 유명한 빈민가. 그런데 이것이 바로 알렉산드리아의 동체야. 이 빈민가에서 운하를 건너면 공업지대. 남쪽에 아랍인들의 묘지가 있는데 이것은 로마의 지하묘지에 비교할 만한 규모를 가진 거대한 것이다. 이와 정반대편에 지금은 알렉산드리아 대학, 옛날엔 파르크 대학이 있고 학생수는 2만에 가깝다. ……"

한바탕 설명이 끝나자 호텔 나폴레옹의 주인은 한숨을 쉬었다. 지나가는 여자들의 모습에 시선을 옮기면서…….

"프린스 김, 조심해야 돼. 저 여자들을 봐. 열에 일곱은 창부다. 예사로 너의 섹스를 녹여버릴 수 있는 맹독을 가진 것들이지. 그러나 삼천년 전 알렉산더 대왕의 막료들의 코를 문질러댄 유서 깊은 병균들이니까 한번 걸려보는 것도 영광스럽겠지."

카바레 안드로메다. 드디어 나는 회오리바람 속으로 휘몰려들어가는 것이다.

로렌스 더럴의 표현을 빌리면…….

알렉산드리아는 파리 떼와 거지 떼가 차지하고 있는 도시다. 그 파리 떼와 거지 떼 사이의 중간적 존재를 향락하며 사람들이 사는 도시다. 다섯 종류의 인종이 붐비고, 다섯 종류의 언어가 소음을 이루고, 몇 타스의 교리가 서로 반목하고 질시하고 있는 도시다.

정상적인 분류로썬 이해할 수 없는 성의 형태, 다시 말하면 남성과 여성만으로선 다할 수 없는 성의 형태, 자웅동종의 형태에 이르기까지 성은 분화하고 그로테스크하게 이지러져 있다. 그만큼 관능의 일락에 관한 한, 이 세계 최고最古의 도시는 그 역사를 뽐낼 수 있다. 섹스만이 목적이 되고 문화의 본질이 되어 있는 도시. 알렉산드리아는 사랑의 거대한 압착기다. 이 압착기를 빠져나온 사람은 거의 병자가 되거나 은사가 되거나 예언자가 된다. 사람들은 이 알렉산드리아에서 스스로의 섹스에 지친다. 다양하고 풍족한 관능의 일락. 그 망망한 관능의 바다 속에 스스로의 무력함을 한탄하지 않을 수 없는 도시. 그러니까 사람들은 병자가 되거나 은사가 되거나 예언자가 되지 않을 수 없는 것이다.

관능적 일락의 바다, 이 알렉산드리아에서도 카바레 안드로메다는 바로 그 중심이 된다. 이집트식 궁전의 위용에 프랑스적인 전아함과 미국식의 편리를 가미한 15층, 300실을 가진 이 대건물은 인간의 향락심에 봉사하려는 것보다도 인간을 일락의 제물로 만들기 위한 신전이다. 수십만 불을 하룻밤에 탕진할 수 있게끔 마련된 갖가지의 설비, 그 일락의 목록만을 적어 보아도 능히 외설문서로서 월등한 가치를 가질 것이다.

내가 그 일원이 된 악단이 10여 개나 전속되어 있는 악단 가운데서 가장 큰 것이고, 카바레 안드로메다의 대홀에 자리잡고 있다.

사라 안젤은 이 카바레의 무희다. 사라가 대홀에 나타나는 시간은 정확하게 밤 열한 시부터 열두 시 사이의 한 시간 동안이다.

사라 안젤!

나는 이 여인을 어떻게 표현하면 좋을지 알 수가 없다. 알렉산드리아에서가 아니면 볼 수 없는 여인이라고나 할까. 나는 사라 안젤을 처음 보았을 때,

"사라 안젤은 카바레 안드로메다의 여왕, 카바레 안드로메다의 여왕이면 이 알렉산드리아의 여왕"이라고 한 호텔 나폴레옹 주인의 말을 이해할 수 있을 것 같았다.

나의 서투른 문장력으로썬 사라의 아름다움과 매력을 전하기가 어렵다. 그저 내가 가진 어휘 전부를 동원해서 서툴게 감탄하는 수밖엔 없다.

소녀처럼 청순하고 귀부인처럼 전아하고 격한 정열에 빛나는가 하면 고요한 슬기에 잠긴 것 같고 관능적이면서 영적인 여인.

사라를 보려고, 아라비아의 대공들이 모여들고, 이라크의 왕족이 모여들고, 요르단의 귀족이 모여들고, 이집트의 부호들이 모여든다. 그러나 사라는 그들에게 여왕처럼 군림했으며, 그들이 선물로써 가져온 온갖 값비싼 보물들을 여왕이 속령의 신하들이 바치는 공물같이 가납했다.

머리는 동양적 검은 머리, 긴 속눈썹에 가려진 눈동자는 향목香木 수풀로 덮인 신비로운 호수, 그 긴 눈썹을 열면 천지의 정精이 고인 듯한 흑요석. 비애도 환희처럼, 환희도 비애처럼 나타나는 표정. 헬레니즘과 헤브라이즘의 조화가 극치를 이룬 전형에 가까운 아름다움. 그리스의 청량함과 예루살렘의 금욕적 정진과 프랑스의 교태와 영국의 마제스틱, 스페인의 정열이 가냘프면서도 탄력성 있는 육체 속에 미묘한

조화를 이루고 있는 신비.

사라는 동공을 열고 정면을 향하고 있을 땐 아무것도 보질 않는다. 폭풍이 불어도 녀성이 진동해도 알렉산드리아가 폭발해도 눈썹 하나 까딱하지 않을 것 같은 무관심이다. 그런데 사라의 얼굴이 조금 갸우뚱해지며 큰 눈이 살큼 좁아지면서 눈동자가 나직할 땐 어떤 흥미 있는 대상을 포착한 찰나다. 그러나 그러한 표정의 움직임은 찰나에서 끝나고, 동공은 다시 크게 열려지며 정면을 향한다.

안드로메다의 대홀엔 루이 왕조풍 샹들리에가 수없이 달려 있다. 탁자가 놓인 언저리엔 진홍색 융단, 벽엔 페르시아의 자수가 놓인 태피스트리. 그러면서 조명은 탕아의 주름살과 유녀의 강작强作한 화장의 거침이 보이지 않을 정도로 어둡고, 필요한 동작을 하기엔 불편하지 않을 정도로 밝은 표정을 나타내고 있다.

이 홀 한가운데 원형의 무대가 마련되어 있다. 이 무대 위에서 사라 안젤은 춤을 춘다. 스페인류의 강렬한 춤, 아라비아풍의 고혹적인 춤, 의상의 날개를 이용한 이집트의 춤, 전라에 가까운 차림으로 추는 춤에 이르기까지.

이러한 사라의 춤, 아니 춤추는 사라를 보기 위해서 사람들은 물 쓰듯 돈을 쓴다.

사라는 인간이란 얼마나 아름다울 수 있는가를 보여주는 하나의 극한. 남성의 정열이 어떠한 대상으로 쏟아져야 하는가를 가르쳐주는 하나의 전형. 여체의 신비가 어떤 것인지를 말해주는 교훈. 진정한 향락이란, 지금 죽어도 좋다는 일락과 유열이란 어떤 것인가를 느끼게 하는 요물.

그러니 사라 안젤을 한번 본 사람이면 그 주박에서 해방되지 못한다. 미국의 어떤 부호가 사라에게 매혹되어 전재산을 탕진했다는 풍문이 있음직도 하고, 영국의 어떤 귀족이 사라 때문에 폐적되었다는 풍문도 있을 법한 일이다.

그러나 사라의 태도는 언제나 여왕과 같이 부드럽고 품위가 있었다. 군림할지언정 순종하진 않는 것이었다. 남자들로 하여금 관능의 바다 속에 익사케 하고 스스로는 그 바다의 언덕에 파로스 대등대처럼 의연하게 서 있는 것이다. 정직하게 고백하지만 나는 사라를 두고 남자로서의 욕망을 느껴보지 못했다. 남자의 더러운 손이 미치기엔 그 육체가 너무나 영적으로 신성하게 생각되었기 때문이다.

내가 안드로메다에서 피리를 불기 시작한 지 일주일쯤 된 후의 일이다. 그 밤의 연주가 끝나고 숙소로 돌아올 채비를 하고 있는데 악장이 내 곁으로 와서 소개할 사람이 있으니 2층 휴게실로 따라오라고 했다. 따라가면서 "누굴 소개할 것인가?"고 물었더니 악장은 "가보면 알겠지, 하여간 프린스 김이 영광으로 여겨야 할 사람임엔 틀림없다"라고 했다.

호기심을 억제하지 못하고 악장의 등 뒤에 서서 휴게실 안을 보았더니, 이건 뜻밖의 일이었다.

사라 안젤이 커튼의 언저리를 만지작거리며 서 있는 것이 아닌가.

"내가 소개한다는 건 바로 이 사라 안젤 양이다. 서로들 인사를 해요. 이 편은 당신이 만나길 청한 프린스 김."

"저 사라 안젤입니다."

나지막한 비로드처럼 산뜻한 감촉의 음성이었다.

"피로하실 텐데 뵙자구 해서 미안해요. 그러나 제가 하나의 청이 있어서요. 그 많은 음향 속에서도 전 당신의 플루트 소릴 가릴 수 있어요.

그만큼 당신의 플루트에 매혹된 셈이지요. 그래 악장에게도 말씀드렸습니다만 당신의 플루트 솔로만으로 춤을 추고 싶어요."

나는 뭐라고 대답해야 좋을지 그저 얼떨떨하기만 해서 구원을 청하는 듯 악장을 보았다. 그랬더니 악장은 자기는 바쁜 일이 있다면서 자리를 뜨고 말았다.

사라는 나의 대답을 기다릴 필요도 없다는 듯이 말을 이었다.

"달빛이 그윽한 사막을 상상하세요. 카라반들이 피로에 지쳐 누워 있지요. 그 피로에 지친 애인의 감정을 돋우려고 유랑의 춤을 추는 겁니다. 아라비아의 신비가 감도는 망막한 사막, 그러한 사막에서의 사랑의 몸짓이니 더욱 안타까운 그런 춤이 될 게요. 프린스 김은 동양적인 정서가 몸에 배어 있는 데다가 아라비아 사막을 이해하고 계시며 즉흥의 곡에 능하다고 들었지요. 그리고 저 자신도 그런 걸 느꼈고요. 그럼 내일 밤, 우리 시험을 한번 해봅시다. 저의 시간 마지막 오 분 동안 손님들에게서 앙코르가 나오면 그때의 저의 의상과 포즈를 보시고 플루트를 불어주십시오. 그럼 부탁합니다."

어안이 벙벙한 채 서 있는 나에게 백 속에서 꺼낸 조그마한 상자 하나를 안겨주곤 사라는 홀연 내 눈앞에서 꺼져버렸다. 나는 대사를 치르고 난 사람처럼 피로를 느껴 가까이에 있는 의자에 쓰러지듯 앉아버렸다. 그리고는 무대 위에서가 아닌, 이제 막 바로 눈앞에 있었던 사라의 인상을 마음속에서 되뇌었다.

꿈속에서 만난 선녀. 무대 위에선 느껴볼 수 없었던 청순가련한 모습. 그러면서도 강렬하게 풍기는 개성, 섹시하면서 섹스의 매력을 초월한 매력을 가진 여인. 여인이 지니는 미덕과 비애와 신비를 일신에 지닌 여인. 관능보다도 더 강렬한 관능. 개성보다도 더 강렬한 개성. 현란 이상의 소박. 그 감동을 호텔에 돌아와 주인더러 말했더니 주인은 본래의 과장된 제스처를 몇 배나 확대시킨 제스처로 나를 안았다.

"자네가 미국 대통령이 되었다고 해도 내가 이처럼 놀라지는 않을 거다."

내가 또 사라에게서 받은 상자를 보여주었더니 주인은 그것을 받아 곧 열었다.

"허, 이건 페르시아의 흑마노다. 굉장한 선물이야 이건. 엘리자베 여왕에게서 선물을 받았다고 해도 이처럼 놀라지는 않을 거다. 이 넓은 알렉산드리아에서, 사라에게서 선물을 받았다는 사람을 난 아직 본 적도 없고 들은 적도 없다. 그 여자는 필요한 의상을 장만하는 외엔 돈이라곤 쓰는 여자가 아냐. 수천만 금을 벌었을 것이란 소문이 있어도 말야."

노인은 그러한 수다를 떨었으나 나의 마음은 불안했다. 피리를 부는 일에 있어서 불안을 느껴본 일은 그때가 처음이다. 기대 섞인 불안 속에서 나는 그밤, 거의 잠을 이루지 못했다.

드디어 그 시간은 왔다. 격렬한 템포의 스페인 무용이 끝났다. 언제나처럼 홀을 진동시키는 환성과 박수와 더불어 앙코르를 청하는 소리가 터져나왔다. 플로어의 라이트가 일순 꺼졌다. 앙코르를 받기 위해서 사라가 의상을 갈아입는 시간이다. 나는 밴드 전면에 나와 그 어두운 일점을 응시했다. 울렁거리는 가슴을 진정하려고 숨을 죽였다.

플로어의 불이 켜지자 블루 암바의 라이트를 받고 연녹색 기다란 의상으로 몸의 반면을 가리고 반면은 나체를 드러낸 사라 안젤이 돌연 땅속에서 솟아오른 것처럼 서 있었다.

나의 피리는 어떤 영감에 이끌려 저절로 소리를 내기 시작했다. 나의 맥박처럼 등 뒤에는 가볍게 울리는 드럼소리가 따랐다.

나의 눈은 사라의 춤에 취하고 나의 귀는 나의 피리 소리에 취했다. 내겐 홀도 청중도 없었고, 하늘과 땅도 없었고, 나와 사라가 있을 뿐이었다. 그처럼 순화되고 앙양되고 충실된 시간이 있을 수 있었을까. 우리는 완전한 일신이 되었다. 나는 사라가 되고 사라는 나의 피리가 되었다. 나는 피리를 부는 것이 아니라 사라를 불고 있는 것이었다.

플로어 매니저의 제지 사인이 없었던들 이 우리들의 플레이는 몇십 분은 더 계속되었을 것이다. 본래 오 분간을 예정했던 것인데 끝내보니 이십 분 이상을 경과하고 있었다. 지금까지 사라가 시간을 초과하면서까지 춤을 추었다는 일은 없었던 것인데.

사라의 춤이 끝나자 장내는 물을 끼얹은 듯 고요했다. 나는 우리들의 플레이가 실패한 것이 아닌가 불안했다. 그런데 조금 뒤에 터져나오는 박수와 함성은 안드로메다를 폭파할 수 있는 위력을 가진 것 같았다. 우리는 비상한 성공을 한 것이다.

나는 '우리'라는 이 표현을 자랑스럽게 사용한다. '우리'란 나와 사라를 합쳐서 말한 것이니까. 환호의 파도 건너를 보니 아라비아의 부호들, 이집트의 부호들이 앞을 다투어 사라의 발밑에 보물을 던지고 있었다.

이 밤을 계기로 해서 사라와 나의 합작 플레이는 공식 스케줄이 되었다. 나의 즉흥 연주는 나날이 세련되어 갔고, 사라의 춤은 날이 감에 따라 정채를 더했다.

악장은 나의 기량에 천재라는 명칭을 붙여주며 칭찬했다. 내가 나타나기 전의 그 악단은 사라의 시종들이나 마찬가지였는데 내가 나타남으로써 밴드가 사라와 동격이 되었다는 악장의 말이었다. 이때의 나는 구름을 디디고 사는 것 같은 기분 속에 있었다.

이러한 어느 날 그 밤의 스케줄이 거의 끝나갈 무렵 내일 점심을 같이 하자는 전갈이 사라에게서부터 왔다.

장소는 안드로메다의 12층에 있는 귀빈용 특별실, 마레오티스호를 눈 아래로 보는, 급사밖엔 드나들지 않는 밀실에서 나와 사라는 단 둘이 만났다.

우리의 식탁 위에 이때까지 내가 보지 못한, 그러니까 이름을 알 수 없는 기묘한 꽃이 꽂혀 있었다. 하도 꽃이 이상해서 사라에게 물었다.

"이 꽃 이름이 뭐지요?"

"브렌데리아란 꽃이에요."

브렌데리아. 기묘한 그 꽃의 모습에 알맞은 이름이라고 생각하면서 나는 그 꽃을 조심스럽게 바라보았다. 화판 셋을 가진 아주 살이 엷은, 그리고 윤택이 없는 붉은 빛깔, 그 꽃 속에 겨자알만큼 조그만, 샛노란 꽃이 또 돋아나고 있는 것이다. 꽃 속의 꽃. 붉은 꽃의 바탕 위에 샛노란 꽃.

그러나 그렇게 이상하다고 해서 그처럼 그 꽃을 바라보고만 있던 것이 아니다. 사라를 정면으로 바라보기가 눈부셔 하는 수 없이 꽃에 시선을 쏟고 있었던 것이다. 이러한 나를 보고 사라는 물었다.

"프린스 김은 꽃을 좋아하십니까?"

"아아뇨."

"꽃을 좋아하시는 것 같은데……."

"꽃을 싫어하진 않지만 좋아하지도 않습니다."

"그건 또 왜요?"

"저도 어릴 적엔 꽃을 무척 좋아했지요. 그랬는데……."

"그랬는데……."

"제가 형하고 일본의 도쿄에 살고 있을 무렵, 저의 하숙집의 옆집 사람이 무척 꽃을 좋아하는 사람이었어요. 온 집이 꽃투성이라 별의별 꽃이 다 있었지요. 그리고 그 집주인의 아침 저녁으로 꽃시중 드는 성의가 대단했습니다. 그래 우리는, 즉 형과 나는 그 사람을 대단히 좋아했었지요. 그런데 어떤 기회에 우리는 그 사람이 전직 일본 경찰관이라는 사실을 알았죠. 그리고 그 사람은 우리 동포를 고문하고 치사케 한 일이 한두 번이 아닌 위인이란 사실도 알았지요. 그자를 아는 사람은 그자의 이름만 들어도 밥맛이 떨어질 지경이라고 말하는 사람도 있었지요. 그 이야기를 듣자 그 사람뿐만이 아니라 그 사람이 좋아하는 꽃까지도 싫어하게 되더군요. 우리 동포를 죽도록 고문하는, 고문할 수 있는 마음과 꽃을 좋아하는 마음과 어떻게 유관할까, 하고 생각해 본 적도 있지요. 꽃을 사랑하는 데서 인정의 아름다움을 배우지 못한다면 꽃은 악마의 마음도 즐겁게 하는 갈보 같은 것이 아니냐. 이런 생각을 하게 되니 꽃에 대한 관심이 점점 줄어듭니다."

"이해할 수 있습니다. 그 마음." 하고 사라는 시선을 창밖으로 돌리면서 이런 말을 했다.

"악한 사람이 좋아하는 것이라고 모조리 싫어하게 되면 사람은 살아갈 수 없겠지요. 그러나 프린스 김의 그 마음 이해할 수 있을 것 같아요. 저에게도 그러한 경험이 있습니다. 나는 꽃을 좋아했지요. 꽃 중에서도 장미를 좋아했죠. 그런데 이런 얘기를 읽었죠. 독일 사람들이 2차 대전 중에 여러 군데 강제 수용소를 만들곤 수백만의 무고한 사람들을 잡아 가두었다는 얘기는 들었죠? 그 가운데 아우슈비츠라는 곳이 제일 컸답니다. 그곳에선 매일 수천 명씩 사람들을 가스실에 넣어서 죽였대요. 죽이고는 그것을 불살라, 재를 만들고 그 재를 수용소 인근에 뿌렸대요. 그 수용소장의 마누라는 죽은 사람의 뼈를 가지고 여러 가지로 세공물을 만들 만한 끔찍한 여자예요. 사진을 보니까 잔인하기 이를 데 없이 생겼습니다. 그 여자가 장미를 썩 잘 가꾸었다나요. 죽은 사람의 재를 비료로 해서 말예요. 연합군이 그곳엘 가보니 수용소장 사택의 뜰에 장미가 만발하고 있었더랍니다. 전 그 얘기를 읽고부턴 장미만 보면 구역질이 나요."

사라의 조용조용 되씹는 것 같은 말을 듣고 있으니 내 눈앞에 그, 사람의 재를 영양으로 하고 검붉게 피어오른 장미가 클로즈업되는 기분이었다.

"프린스 김은 먼 곳에서 오셨다지요? 그래 그곳의 이야기나 들을까 하고 무례인지 알면서 초대했지요. 헌데 프린스 김의 고국은 어디시지요?"

"코리압니다."

"코리아?"

사라는 의아한 표정을 지었다.

"중국 대륙과 일본 사이에 있는 나라죠. 중국 대륙에 결착된 채 일본을 향해서 뻗은 반도가 있지요. 그게 코리아입니다."

사라는 납득한 것 같은, 안 한 것 같은 얼굴로 고개를 흔들었다.

"우리 코리아는 이 알렉산드리아만큼이나 오랜 역사를 가졌지요. 역사 반만년이라고 하니까요. 그러나 이 알렉산드리아처럼 화려한 과거는 못 되죠. 비극이라도 알렉산드리아의 비극은 화려하지 않습니까. 첫째 클레오파트라."

"인구는 얼마나 되죠?"

"지금 우리나란 남과 북으로 갈라져 있죠. 갈라져 있다기보다 북쪽을 공산당들이 강점하고 있는 꼴이죠. 그래 남북으로 합치면 삼천만이 훨씬 넘지요."

"꽤 큰 나란데요."

"꽤 크지요. 그런데 저의 형의 말을 빌리면 오천 년 이래 간단없이 비극이 연출된 무대랍니다. 중국의 화를 입기도 하고 일본의 침략을 받기도 하고…… 지금은 분열되어 있고…… 그런데 사라 안젤은 한국전쟁을 모르십니까?"

"전쟁 얘기는 못 들었어요. 무슨 전쟁인데요."

나는 6·25동란이란 것을 대충 설명했다.

"그럼 동족끼리 싸운 전쟁이네요?"

"그렇다고만은 말할 수 없죠."

사라는 잠자코 있다가,

"스페인 내란 같은 게 아네요?" 하고 물었다.

"그것과도 성질이 다르지요."

덤덤한 침묵이 한참 동안 흘렀다. 오월의 태양이 창밖에 화려했다. 그날의 지중해는 호수처럼 고요했다.

무슨 깊은 생각에서 깨어난 것처럼 사라는 매무시를 고쳐 앉으면서 입을 열었다.

"프린스 김은 게르니카를 아세요?"

"피카소가 그린 '게르니카의 학살'이란 그림의 게르니카 말인가요."

나는 이렇게 되물었다.

"피카소? 그런 사람은 몰라요. 그림을 본 일도 없고. 내가 말하는 게르니카는 스페인에 있는 조그마한 도시 게르니카죠."

"스페인 내란 때 공습으로 인해서 무고한 백성이 많이 죽었다는 곳이군요."

"잘 아시네요."

"헌데 게르니카를 왜 묻죠?"

사라는 동공을 열어젖힌 얼빠진 표정으로 돌아가면서 중얼거리듯 답했다.

"게르니카는 저의 고향입니다. 제가 다섯 살 때까지 거기서 살았죠. 게르니카의 폭격은 제가 다섯 살 먹던 해의 일이죠. 그러니까 아득히 삼십 년 전……."

나는 놀란 듯 사라를 보았다. 사라가 말한 사실에 놀란 것이 아니라, 그렇다면 지금 사라는 서른다섯 살이 아닌가 하는 생각에 놀란 것이다. 앞에 앉아 있는 사라를 어떤 사람이 서른다섯의 중년 여인으로 볼 것인가. 태양의 조명 밑에서 보아도 사라는 스무 살이 넘어 뵈지 않는 것이다. 잔주름 하나 없이 윤택 있는 피부와 맑은 눈동자는 바로 소녀의 피부이며 눈동자였기 때문이다. 세월도 그 가혹한 세파도 이 신비로운 여인만은 침범하지 못하는 것일까, 나는 이러한 감회를 마음속에서 되뇌이며 사라의 이야기에 귀를 기울였다.

"……삼십 년이 지났지만 나는 그날의 일들을 똑똑히 기억하고 있습니다. 그날은 화창한 날이었습니다. 예배당의 첨탑이 눈부시게 빤짝이고 있었으니까요. 우리 집은 게르니카의 한복판에 있었어요. 아버지는 잡화상을 하고 계셨지요. 동무들과 거리에서 놀고 있었는데 돌연 괴상한 굉음이 들리잖아요? 뭔가, 하고 두리번거렸죠. 그랬더니 수십 대의 비행기가 나타났지요. 우리 어린애들은 '야, 비행기가 온다. 비행기가 온다.' 하고 손뼉을 치며 하늘을 쳐다보고 있었지요. 그때만 해도 비행기란 신기한 것이었어요. 그랬는데 천지를 진동시키는 듯한 소리가 터지며, 아니 그런 소리가 터진다고 생각했을까 말까 하는 순간, 저는 정신을 잃어버렸어요. 제가 정신을 차리게 된 것은 그 다음날 변두리의 어떤 마구간에서였습니다. 정신을 차리자 아버지와 어머니를 불렀지요. 그러나 아버지와 어머니 오빠와 동생들은 온데간데가 없었습니다. 그 폭격 때문에 모두 죽어버린 것이지요. 저만이 어떻게 해서 살아남았는데 폭격이 끝난 뒤, 파괴된 집들 사이에 헌 걸레처럼 내동댕이쳐져 있는 나를 지나가는 농부가 들여다보고 아직 숨이 붙어 있으니까 안아다가 자기집 마구간으로 데려간 거지요. 하필이면 왜 마구간에 데려갔을까 싶겠죠? 그 농부의 집도 마구간을 남기곤 죄다 타버렸던 겁니다. 이렇게 해서 저는 일시에 부모와 형제와 집을 잃고 고아가 된 거예요. 그러한 제가 어떻게 해서 이 알렉산드리아에까지 흘러왔는지……. 긴 이야기거리죠."

사라는 여기서 잠깐 추억에 잠기는 듯하더니 다시 말을 이었다.

"그 비행기가 독일 비행기란 얘기를 들었을 때, 어린 마음으로도 독일에 대한 저주감을 가졌지요. 아버지와 어머니 또 오빠와 어린 동생들의 원수를 갚아야겠다고 이를 악물었지요. 그런데 원수를 갚기는커녕 보시는 대로 이 모양이니……. 그러나 저는 비행기를 열 대만 사서 거기 폭탄을 가득 싣고 독일의 도시, 꼭 게르니카만한 크기의 도시를 폭격할 집념에 사로잡히게 되었죠. 저와 같은 처지의 스페인 남자를 비행사로 만들고…… 이 아이디어는 십몇 년 전에 영국의 어떤 민간 비행장에서 영화 촬영을 가장하고 폭격기 네 대가 이스라엘의 독립을 도우려고 떠난 사건이 있었죠. 그 사건에 힌트를 얻은 것인데…… 이게 지금의 저의 꿈이죠. 이 일을 해놓고 나면 저는 아무렇게 되어도 좋아요."

이 말을 듣고 나는 사라가 수천만 금을 벌었을 것임에도 헛돈을 쓰지 않는다는 호텔 나폴레옹의 주인 말을 생각했다. 이 가냘픈 여자의 가슴속에 엉켜 있는 집심執心이라는 것, 나는 사라의 숨은 비밀을 알아낸 기쁨으로 황홀하게 그 여인을 바라보았다.

그 이튿날 나는 헌책 가게에서 세계지도와 피카소의 게르니카의 복사판을 사들고 사라에게 면회를 청했다. 사라는 반기면서 나를 맞이했다. 장소는 바로 어제의 그 방. 나는 자리에 앉자마자 지도를 폈다. 영국을 중심으로 한 지도여서 코리아는 그야말로 극지라는 인상을 주는 자리에 있었다. 사라는 한참 동안 앞발을 모으고 선 토끼 모양의 코리아를 바라보고 있더니 이것저것을 물었다. 그 물음에 대한 나의 설명은 저절로 불쌍한 고국에 대한 푸념 같은 것이 되었다.

나는 이어 피카소의 그림을 꺼냈다.

"이것이 「게르니카의 학살」이란 피카소의 그림입니다."

사라는 호기에 찬 눈으로 그 그림을 뚫어지게 바라보기 시작했다.

"피카소는 프랑스에서 활동하고 있지만 스페인 사람입니다. 스페인 사람이기 때문에 스페인 내란에 관심을 갖지 않을 수 없었고, 더욱이 게르니카 사건엔 커다란 충격을 받은 모양입니다. 그 충격이 이런 명작을 낳은 거죠."

"명작?"

사라는 그 난해한 그림을 보고 뭔지 납득할 수 없는 것 같은 표정을 지었다.

"저도 그림을 잘 모릅니다. 저의 형에게서 들은 얘긴데 독일군이 연습을 가장하고 돌연 바스크 지방의 소도시 게르니카를 폭격한 것은 스페인 내란이 발발한 그 다음해인 1937년 4월 28일이라고 합니다."

"그렇죠. 4월 28일이죠. 화창한 날씨였구요."

사라는 그림에서 시선을 떼지 않은 채 중얼거렸다.

"이것도 형에게서 들은 얘긴데, 피카소는 게르니카 폭격의 소식을 듣고 분노를 억제할 수 없었다고 합니다. 그래 5월 1일부터 이 그림에 착수했다는 겁니다. 아픔을 참고 민절悶絶하는 말, 광란하는 소, 우는 여자, 죽은 아이를 안고 통곡하는 어머니…… 이런 이미지를 고전적인 삼각형 구도 위에 큐비즘풍의 평면분할로써 구성하고 이런 장대한 건축적 회화를 만들었다고 합니다."

"그렇게 설명하시니까 차츰 이해가 가기도 하는데요."

"형은 또 이런 말도 합디다. 투우의 소와 말에 나타나 있는 것처럼 생과 사의 인간적 비극을 비롯해서 억제할 수 없는 본능으로 인한 갖가지의 불행이 여기에 상징되어 있다구요."

"어떻게 그처럼 잘 이해하고 계시지요?"

"저의 이해가 아닙니다. 제 형의 설명을 그대로 옮기고 있는 거지요. 형은 이 그림의 복사판을 처음으로 입수했을 때 그것을 책상 위에 놓고 두고두고 제게 얘기했지요. 스페인 내란 얘기도. 저도 첨엔 뭔지 몰랐지요. 그랬는데 형의 얘기를 듣고 이 그림을 자꾸 보고 있으니까 이 그림을 알 것 같습니다. 사실적 수법으론 에센스를 묘사할 수 없지 않아요?

사실 이상의 사실, 상상 이상의 상징, 게르니카를 비롯한 인간악적 사건 전체에 통하는 심오한 의미가 나타나 있지 않습니까. 요는 이렇게 분노를 성형화시킨 강한 에스프리. 색채를 가지고 언어 이상의 내용을 말하려는 에스프리. 그림에서 의미를 찾는 것 자체가 무의미하죠. 빛과 형 자체가 의미고 목적인데 의미를 갖춘다는 것은 있을 수 없는 일이죠. 형은 또 말하더군요. 이건 게르니카의 의미를 그린 것이 아니라 바로 의미 그것이라고……."

사라는 그림에서 시선을 떼어 나의 얼굴을 똑바로 보면서 물었다.

"프린스 김의 형님은 화가입니까?"

"아아뇨."

"그럼 어떻게 그처럼 그림을 잘 아나요?"

"저의 형은 모르는 것이 없답니다. 그리고 아는 것도 없구요."

"그런 말이 어디 있어요."

"결국 불행한 사람이란 말이죠. 아는 것은 많은데 진짜로 알아두어야 할 건 모른다는 말입니다. 쓸데없는 것만 알고 있는 사람이란 불행한 사람이 아니겠어요?"

"그럼 프린스 김은 꼭 알아야 할 걸 알고 계십니까?"

"천만의 말씀입니다. 저와 형과는 비교가 안 되지요. 형은 불행하기는 하나 인간임엔 틀림이 없지만, 전 인간 축에도 끼지 못하니깐요."

"그건 또 대단한 겸손이신데……."

"겸손이 아니고 정말입니다. 내겐 의견이란 게 없으니까요. 나는 형의 그림자, 그저 피리나 불며 사는 그림자죠."

사라는 엷은 미소를 띠며 말했다.

"그러한 것 자체가 의견 아녜요?"

미소를 띤 사라의 얼굴, 참으로 아름다운 얼굴.

"프린스 김이 그처럼 말씀하시는 걸 들으니 형님은 대단히 훌륭한 어른 같으신데요."

"훌륭하긴 뭐. 형은 죄인이지요. 훌륭한 사람이 감옥엘 갑니까?"

사라의 얼굴에 아른거린 미소가 놀람으로 바뀌었다.

"형님이 지금 감옥에 계세요?"

"그렇습니다. 전 이때까지 형님의 말이면 뭐든 옳다고 생각해왔습니다. 형님의 글이라면 극상품이라고 생각해왔습니다. 그랬는데 형이 감옥엘 가고부턴 생각을 바꾸었습니다. 감옥엘 가야 하는 사람이 옳을 리가 있어요? 잘못되었으니까 감옥엘 가는 것이 아니겠습니까?"

"그렇지도 않겠지요. 그런데 형님께선 소식이 있나요?"

"형에게서 종종 편지가 오죠. 고국의 감옥에서 여기까지 오는 덴 꼬박 두 달 걸려요."

"무방하시다면 프린스 김의 형님으로부터 온 편지를 종종 읽어주실 수 없어요? 더욱이 지금 감옥에 계신다니 어떤 것을 생각하고 계시는지 알고 싶어요."

이런 일 저런 일 해서 나와 사라 안젤은 거의 매일처럼 짧은 시간이나마 서로 만나서 얘기하는 시간을 가지게 되었다. 그리고 형으로부터 온 편지를 사라에게 읽어주는 일이 나의 일과처럼 되었다.

사라에게 읽어준 첫 번째의 편지

"……10년이면 120개월이다. 120개월이면 3,650일이다. 윤년을 빼고도 시간으로 치면 얼마나 될까 놀라지 마라. 8만 7,600시간. 분과 초로써 계산하기는 싫다.

『말테의 수기』의 주인공은 얼마 남지 않은 자기의 생명을 초로써 계산해서 그 일견 흡족한 다량의 수에 우선 안심한다. 그러다가 하룻동안 8만 6,400이란 수가 뭉텅뭉텅 떨어져나가는 바람에 질색을 하는 것이다. 그런데 이곳에서는 되도록이면 시간을 덩이로 헤인다. 10년, 10이란 간단한 숫자가 아니냐. 1년이 가면 9년이 남고, 2년이 가면 5분의 1이 가는 셈이며, 3년이 가면 3분의 1이 가고, 4년이 가면 2.5분의 1이 가고, 5년이 가면 2분의 1이 남을 뿐이다. 그리고 1년이라고 했자, 기껏 12의 숫자, 한 달이라고 해보았자 4주 남짓한 4의 수.

그러나 시간의 실질은 줄지도 더하지도 않는다. 10분이 늦었다고 신경질을 내는 사람이, 한 시간의 공허를 메우지 못해서 안달하는 사람이 고스란히 앉아서 안넘겨야 하는 8만 7,600시간.

고마운 것은 시간이 흐른다는 사실이다. 흐르는 시간과 더불어 생명의 흐름도 고갈하겠지만 그것도 좋다. 죽을 수 있다는 건 얼마나 좋은 일이냐. 만약 사람이 죽지 않는다면 간악한 인간들은 천년만년의 징역을 만들어낼 것이 아닌가. 어떤 의미로써도 백 세 미만에 죽는다는 것은 하나의 구원이 아닐 수 없다. 피해자와 더불어 가해자도 죽어야 하니까.

유폐된 황제의 사상을 아는가. 그건 이카로스의 날개를 달고 태양을 향하는 사상이다……."

"이카로스의 날개란 무슨 뜻이지요?"

형의 편지에서 어떤 감동을 받았는지 이렇게 묻는 사라의 얼굴엔 침통한 빛이 어렸다.

"이카로스란 사람이 하늘을 날아 태양으로 가려고 밀랍으로 날개를 만들었다는 신화가 있지요. 그걸 달고 태양을 향하니 될 말이겠어요?

태양의 열에 녹아 없어지게 마련이지. 감옥에 앉아 해방의 날을 기다리는 것이 죽음의 날을 기다리는 것이나 마찬가지란 뜻이죠."

사라에게 읽어준 두 번째의 편지

"……황제의 식탁은 으레 성찬이다. 백주의 태양에선 광택을, 밤의 어둠에선 고요를 타고 이렇게 천지의 정기를 집약한 쌀과 보리. 어느 두메에서 자랐는지 야무지고 단단한 콩. 모두들 이 땅의 농부들이 애태우며 가꾼 곡식. 대양의 바람이 잠기고 산의 정적이 고이고 들의 새소리가 새겨져 있을 식물들이, 강렬한 스팀으로 인해서 연화되었다가 다시 원통형으로 굳어진 사등밥이란 관명官名이 붙은 밥. 게다가 넓은 태평양도 비좁다는 듯이 웅크려서 살아온 새우의 아들의 아들들이 소금 속에 미이라가 되어 나타나기도 하고 살은 이지러져 흔적이 없고 앙상한 뼈로써 미루어 생선엔 제법 깡치가 센 듯한 생선이 등장하기도 한다. 그런데 소위 생선이라는 게 나타날 때마다 감방 안에서는 가끔 시비가 벌어진다. 이 생선은 바다생활 1년에 육지생활 3년의 경력을 가졌다느니, 아니 바다 1년 육지 5년의 관록을 가졌다느니…….
수프는 지구의 깊은 곳에서 나온 물의 성질을 지닌 채 된장의 향기를 살큼 풍긴다. 들여다보면 거울도 될 수 있어, 황제는 그 수프를 거울삼아 가끔 나르시스의 감정을 가져볼 수도 있다. 황제의 식탁은 이처럼 성찬이지만 고적하다. 그러나 오만하게 버티고 앉아 황제다운 품위를 지키며 젓가락질을 한다…….."

사라에게 읽어준 세 번째의 편지

"……창세기. 수천 년 전 목초를 따라 유랑하던 섬의 유목민족. 그들의 뇌리에 아슴푸레 인각되기 시작한 창세의 신비. '빛이 있거라.' 하니 '빛이 있었다.' '그것이 하나님이 보시기에 좋았더라.' 이 '있거라'와 '있었다' '하나님이 보시기에 좋았더라'로 이어 '저녁이 되어 아침이 되니 이는 첫째 날이니라.' 하고 되풀이하는 감격적 표현. 이러한 간결하고 감동적인 표현에 이르기까지엔 몇천 년의 시간과 수만 두뇌의 여과를 거쳐야 했을 것이다. 그러나저러나 '있거라' 하면 지체없이 '있었다'로 되는 능력. '있거라' 하고 외쳐도 울어도 있어지기는커녕 없어져가는 생명. 살려달라고 외쳐도 들은 척도 않고 휘두르는 학살의 도끼 밑에 전전긍긍해야 하는 인간들이 어쩌면 이처럼 힘찬 염원을 아름답게 권위 있게 발현할 수 있었을까.

 그런데 중요한 것은 다음에 있다. 하나님은 자기 모습대로 사람을 만들어 놓았으나, 사람의 분수를 지키도록 해야 하는 수단을 꾸미지 않을 수 없었다. 당연한 일이다. 그래서 금지규정을 만들었다. 그때 바나 댄스홀 같은 것이 있었더라면 금지규정의 내용은 좀 달라졌을 것이다. 그런데 당시는 모든 것이 초창기가 되어서 금지할래야 금지할 거리가 없었다. 사과가 금지규정의 재료로 뽑힌 것은 그 반들반들 윤이 나는 붉은 빛깔이 유난히 여호와의 눈을 끌었다는 극히 우연한 사건 때문이었을 것이다.

 이렇게 우연한 일이긴 해도 이 금지규정은 썩 잘된 것이다.

 '존재'란 이 금지규정에 의해서 비로소 성립된다. '있다'는 것은 '없다'는 걸 조건으로 한다. '먹어선 안 된다'는 건 '먹어야 산다'는 절실한 사정 위에서만 있을 수 있는 금지규정이다. 우리는 '먹어선 안 되는' 만 가지 물건 속에서 먹으며 산다. 우리는 '해선 안 된다'는 사상 속에서 무슨 짓이든 하고 산다. '안 된다'는 규정을 수록한 목록의 틈서리에 '된다'는 여유를 개척하는 것이 우리의 생활이다. 인류가 스스로의 생의 바탕에 이 금지규정을 자각하기까지 얼마만한 대가를 치루어야 했던가.

'이것을 먹어선 안 된다'고 했을 때 세계는 아연 유혹의 세계로서의 매력을 띠고 나타났다. 강력한 유혹력 없는 금지란 무의미하다. 당시 우리의 조상의 눈 앞에 세계가 돌연 두 개의 면모를 나타낸 것이다. 금지의 세계와 유혹의 세계.

사람은 이 금지규정을 어김으로써 동물의 우등생으로선 실격하고 인간으로 비약 혹은 전락하게 된 것이다. 금지규정을 어기고 난 뒤의 인간과 여호와의 관계는 처음으로 학교의 교칙을 어겼을 때의 학생의 의식 속에 재현된다. 자유의 대가는 매력과 전율이다.

인류 최초의 드라마를 연상해보는 것은 흥미 있는 일이다.

　무대 ― 신장개업한 지구
　조명 ― 최신 제조의 태양
　등장동물 ― 이 드라마가 끝날 때까진 아직 인물이 생성되지 않았다.
　배암 ― 계주같은 사람
　이브 ― 딸라장수같은 사람
　아담 ― 딸라장수의 남편 같은 사람
　여호와 ― 한 푼의 소작료도 감해주지 않는 노지주 같은 신

이런 구성으로 드라마가 진행한 결과 여호와의 전능이 불가능하게 되었다. 바꾸어 말하면 '있거라' 하면 '있었다'로 되지 않고 '있거라'…… 얼마간의 계교, 그리곤 '있었다'로 그 과정이 늘었다.

결국 이 드라마의 결말은 신의 권위의 실추와 인간 승리를 기록하게 된 것이다.

금지규정을 깨뜨리지 말고 에덴 동산에 그냥 살았더라면 하는 사람이 있는지 물어 보라.

사람을 날씬하게 때려눕히는 기술을 가진 그것만으로 수억만 금을 번 역도산 같은 사람에게 물어보면 알 일이다. 예기치 못한 환락을 즐기고 있는 침대 속의 버튼과 리즈에게도 물어보면 알 일이다.

그런데 이 궁성과 황제에겐 너무나 금지규정이 많다. 나는 우울한 게 아니라 지쳐 있는 것이다. 지쳐 있는 신경을 일깨우기 위한 노력이 성전을 왜곡했는지 모를 일. 용서하라, 아우."

사라에게 읽어준 네 번째의 편지

"……옥창獄窓 너머로 산을 바라볼 수 있다. 간혹 산 위에 바깥 사람들이 서 있는 것이 보인다. 비탈길을 짐을 진 남자, 짐을 인 여자들이 기어오르고 기어내리는 것을 볼 때도 있다. 거의 산마루까지 기어오른, 따닥따닥 부스럼딱지 같은 판자집엘 들락날락하는 사람의 그림자를 볼 때도 있다. 나는 그런 사람들을 자유라고 부른다. 자유로운 사람이 아니라 바로 '자유' 그것. 그래 사람이 셋이 보이면 저기 자유가 셋이 있다고 말하고 다섯이 보이면 저기 자유가 다섯 있다고 말한다.

자유, 얼마나 좋은 말인가. 오늘은 따스한 늦은 봄의 날씨. 운동이란 이름으로 계호戒護하는 관리의 효과적 시야 안에서 다람쥐 쳇바퀴 돌듯 하고 있으면서 나는 그러한 자유를 보고 자유에 대해서 생각해보았다.

　짐을 지고 비탈길을 기어오르고 있는 자유. 짐을 지고 비탈길을 내려오고 있는 자유. 두세 개의 감자를 구워 요기를 하고 화전을 파고 있는 지리산 속 농부의 자유. 할아버지가 죽고 아버지가 죽은 바다로 편주에 몸을 맡기고 떠나는 자유.

　만약 날더러 그러한 자유와 지금 내가 놓여 있는 부자유를 송두리째 바꿔줄 생각이 있느냐고 물으면 나는 어떻게 할까.

　아마 나는 바꿔주지 않을 것이다. 사람은 스스로의 운명을 살아야 한다는 그런 뜻에서 안 바꿔준다는 것이 아니다. 돼지로서 사느니보다 소크라테스로서 죽는 편이 낫다는 그런 오만한 생각에서 안 바꿔준다는 것도 아니다.

　내게 있어선 내가 절대라는 것을 안 것이다. 지금의 나의 비자유가 내겐 절대란 걸 깨달은 것이다. 황제는 설혹 죽는 한이 있더라도 노예가 될 수는 없다. 나는 단순히 황제로서의 비자유를 노예의 자유와 바꿀 수 없다는 심정을 가졌을 뿐이다.

　흔히, 절대적 진리란 없고 상대적 진리밖엔 없다는 말을 듣는다. 역사라고 하는 불사의 눈으로써 보면 그럴지도 모른다. 일반론을 통하면 그런 귀결이 나올지도 모른다. 그러나 사람은 불사가 아니라 제한된 생명 속에 있는 것이다. 인간의 시간과 역사적 시간은 다르다.

　인간은 절대적인 삶을 절대적인 시간 속에 절대적으로 살고 있는 것이다. 그럴 때 어떻게 해서 절대적 진리가 없다고 말할 수 있는가. 역사의 눈을 빌려 모든 가치를 상대적으로 관찰할 수는 있을지 모른다.

그러나 동시에 거기에도 있고 이곳에도 있을 수는 없는 것이다. 같은 시간에 그 길도 가고 이 길도 갈 수는 없는 것이다. 하지만 나는 아까 짐을 지고 산을 기어오르는 사람의 자유를 나의 비자유 속에 흡수시키는 이념의 조작은 할 수 있는 것이다. 그런데 그 사람의 자유는 나의 비자유를 흡수시키지 못한다……."

사라에게 읽어준 다섯 번째의 편지

"……산상수훈을 비롯한 예수의 가르침을 그대로 지키려는 자는 광신자가 아니면 자살 희망자, 아니면 위선자일 게다. 그 정신을 살리면 되지 지엽말절에 구애될 필요가 없다면 이미 그것은 황금률이 아니고 역사의 유물이다. 나는 그렇게 설교한 예수의 모습을 권위에 찬 당당한 것으로 상상할 수는 없다. 피곤한 얼굴. 세상사에 지친 젊은 늙은이를 상상한다. 세상에 이와 같은 설교를 한다는 건 이만저만하게 지쳐 있는 것이 아닌 증거다. 내세의 보응을 확신시킬 수 있는 증거를 제시하지도 않고 어떻게 이런 자멸적 설교를 할 수 있었을까. 여간 강한 개성이 아니다.

그런데 이 어처구니없어 뵈는 자멸적 설교가 상식을 벗어난 바로 그 점으로 해서 뜻밖의 박력을 이 종교에서 주고 있는 것이다.

세속에 영합하기에 만전을 다한 이 종교가 세속국가에 의해서 박해를 받고, 온유한 복음을 근본으로 하는 이 종교가 예수의 이름으로 무수한 인간을 학살했다는 사실은 역사의 장난이다.

『한국천주교사』란 책을 읽었다. 가슴을 찌르는 것은 백 몇십 년 전이면 서양에선 문명이 일진월보하고 있는 때인데 이 나라는 천여 년 전의 생활양식 그대로를 살면서 서로들 모해, 모살하는 데 영일이 없었다는 사실이다.

그때도 살해하는 방법, 고문하는 방법만은 월등하게 발달해 있었다. 전기시설을 이용한 최신식 방법을 제외하곤 고문에 있어선 그 당시 벌써 우리나라는 세계적 수준을 능가하고 있었다고 단언할 수 있다. 한국의 천주교사의 전반부는 이러한 예증으로서 귀중한 문헌이다. 그러니 이땅에 뿌려진 천주교의 씨앗은 선배들의 희생으로 인해서 만만치 않게 뿌리를 박고 있는 것이다.

……

아가雅歌. 수천 년 전의 사랑의 노래. 수천 년 전 이스라엘 사람의 가슴속에서 솟아나온 상사의 노래. 그 노래를 부르던 사람들은 그들의 백골을 고성능 현미경으로도 검출할 수 없을 정도로 흙이 되었다. 그러나 그 노래는 지금도 쟁쟁하게 우리들의 가슴에 울린다.

'예루살렘의 여자들아! 내가 원하기 전엔 깨우지 말라.'

이젠 깨울 사람도 없고, 깨워도 일어날 사람도 없다.

이런 감회를 지니고 모세의 오서를 읽어보면 권력에 관해서 뭣인가를 배울 수 있다.

왜 권력이 필요했느냐?

어떻게 해서 권력이 필요했느냐?

어떻게 해서 권력이 발생했느냐?

권력은 무엇으로 지탱되어 있느냐?

권력이 어떤 형태로 변해갔느냐?

권력이 스스로를 지탱하기 위해서 꾸며진 구구한 계교, 그 계교를 위해서 또 꾸며진 계교의 가지가지. 그런 계교로 꾸몄을 당시엔 대견한 일. 그러나 지금은 생각해보면 보잘것없는 책략.

모세의 지도력이란 따지고 보면 결국 사기력詐欺力으로밖엔 이해할 수 없는 재료로써 가득찬 것이 창세기를 제외한 펜타튜크다.

무수한 죄의 목록을 만들고 거기에 따른 속죄 방법, 처벌 방법을 만들어 이 방법을 통해서 지배계급의 먹이를 장만하고, 야성의 인간들을 거미줄에다 얽매던 이 기록을 보고 있으면 인간이란 것의 우열함이 시간의 원근법에 열을 비춰서 더욱 확연하다. 그러나 그날의 우열과 오늘날을 비교해 보면 전일의 우열함을 알고 있는 연후의 우열이니 오늘날의 우열이 더욱 악성이라고 말하지 않을 수 없다. 헤아릴 수 없는, 수없는 지성이 수많은 대학에서 쏟아져나와도 이 꼴 이 모양이니 원죄라는 의식을 재조명해볼 필요가 있는 것이다."

사라에게 읽어준 여섯 번째의 편지

"……미국의 케네디 대통령이 오스왈드란 청년이 쏜 흉탄에 맞아 절명했다는 소식이 두터운 감옥의 벽을 뚫고 내 귀에까지 이르렀다. 그 소식은 내게 있어서 커다란 충격이 아닐 수 없었다. 루스벨트 이래의 가장 의욕적인 대통령, 미국적인 정치정세가 용허하는 한에 있어서, 그가 그 속에 성장한 상황이 용허하는 한에 있어서, 그의 비전은 언제나 선명했고 진취성이 있었다. 벌써 전통으로서의 부담감을 지니게 된 미국의 정치사회에 선풍을 불어넣은 사람, 앞으로 그러한 방향으로 줄기찬 노력을 할 수 있는 사람이 그의 위업 도중에 쓰러졌다는 것은 슬픈 일이다. 역사는 어떤 인간의 자의 때문에 돌연 그 방향을 바꿀 수가 있다. 크게 보면 방향이 바꾸어진다고 해도 일시적인 우로를 취할 뿐이지 전체의 흐름은 그대로라고 할 수 있을는지 모른다. 개인을 어떠한 사회현상 속에서 설명할 수 있을는지는 모르나 개인이 또한 역사나 사회현상에 결정적인 영향을 끼친다는 사실을 우리는 등한히 할 수 없다. 프랑스 대혁명이 나폴레옹적인 인간을 낳은 게 필연적 사실일지는 몰라도 바로 나폴레옹이 등장했기 때문에 생겨난 현상을 무시하지 못할 것이 아닌가.

어느 때의 독일 정세가 히틀러적 인간을 있게끔 금하는 필연성을 지녔을지 모르나 다른 사람 아니고 바로 그 히틀러였기 때문에 생겨난 정세의 변화를 또한 무시할 수 없는 것이 아닌가.

케네디의 경우도 마찬가지다. 케네디가 없어도 미국의 방향은 그것이 갈 곳으로 갈 것이다. 그러나 케네디가 있었기 때문에 조금이라도 달라진 방향 그것이 장래에 커다란 성과를 가져오게 할지도 모를 것이 아니었던가.

옥중에 앉아 지극히 부족한 데이터로써 이런 것 저런 것을 생각해 보았댔자 쑥스러운 일이고, 그보다 더 슬픈 환경에 있는 자가 그를 슬퍼하는 꼴 자체가 우스운 일이긴 하다.

케네디란 인간의 개인적인 입장에서 보면, 사십 몇 세에서 정치인으로서의 절정에까지 이르렀으니 남이 팔십이나 백 살을 산 것 이상의 보람을 가졌다고도 할 수 있다.

영광은 순간이 있으면 족하다. 인간은 영광을 위해서 비탈길을 기어오르고 영광에 이르고 나면 그 영광의 그늘 속에서 산다. 그러나 영광의 절정에서 깨끗하게 산화해버리는 것도 그렇게 나쁜 피날레는 아닌 것이다.

그런데 한 가지 이상한 생각이 든다. 범인 오스왈드는 서른 몇 살이라고 하니까, 케네디가 열대여섯 살일 무렵의 어떤 밤, 아니 어떤 낮이라도 좋다. 하여간 케네디가 화려한 장래를 꿈꾸고 자고 있었든지, 공부하고 있었든지, 했을 어느 순간에 오스왈드는 이제 막 그의 아버지의 성기에서 발사되어 그의 어머니의 바기나, 그 음습한 동굴 속을 수억 동료의 선두에서 서서 헤어오르고 있는 한 마리의 정자였던 것이다. 그 정자가 삼십 몇 년을 지난 뒤 케네디를 죽인 흉족이 되었다는 사실. 당연한 이야기, 빤한 얘기를 대견스럽게 말하고 있다고 말하지 말라. 나는 인간의 운명, 또는 우연을 이렇게 번역해놓고 암연한 표정으로 앉아 있는 것이다. 이 생각은 그러나 나의 창작이 아니다. 언젠가도 언급한 적이 있는 Y라는 나와 동방에 있는 노인이 취조관 앞에 불려나갔다가 돌아오더니 이런 말을 한 것이다.

'그 취조관은 아무리 봐도 서른 될까말까야. 그러니 내가 중학교 다닐 때, 상급학교 수험공부 하느라고 공부를 하고 있었을 어떤 밤, 그 사람은 저희 아버지의 섹스에서 발사되어 저희 어머니 섹스 속으로 들어가고 있었던 한 마리의 정자였을 것 아냐. 취조관 앞에 앉아 그의 얼굴을 보며 그것을 생각하고 있으니까, 무슨 장난 같드구먼. 에라 될 대로 되라 하는 생각도 들구.'

케네디 이야기를 쓰다가 이런 지저분한 것까지 듣추게 되었지만, 하여간 인류는 또 하나 아까운 인간을 잃어버렸다. 그가 당선되었을 때 내가 얼마나 기뻐했는가를 기억하고 있을 너는 나의 이 상심을 충분히 이해할 것이다……"

사라에게 읽어준 일곱 번째의 편지

"나와 같은 방에 있는 K는 아직도 자기의 죄를 발견하지 못한 모양이다. 자기의 죄를 발견하지 못하면서 징역살이를 하고 있는 사람의 처지처럼 딱하고 우울한 건 없다. 나는 내가 나의 죄를 발견해준 과정을 설명해줄까 하다가 삼가기로 했다. 스스로의 죄를 발견하는 과정에 의미가 있고 속죄의 길이 있는 것이기 때문이다. 그리고 그는 결코 나와 같은 지저분한 사람이 아니다. 부모에게 불효하지도 않고 마누라에게 부정하지도 않고 친구들에게 불신한 사람도 아니니 나의 경우와는 다르다.

그는 말한다. 나의 죄는 이 나라를 스칸디나비아반도의 여러 나라와 같은 나라로 만들어 보겠다고 응분한 노력을 다한 죄밖에 없다. 소가 겨울 동안 쓸쓸해 할까봐 외양간의 벽에다 풍경화를 그리는 덴마크의 농부를 이 땅에서도 만들어보고자 노력한 죄밖에 없다고.

그런데 실상 이것이 대죄인 것이다. 만약 어떤 사람이 압록강 경계에서부터 이 나라를 송두리째 끊어내어 하와이나 타히티 부근으로 옮기자고 떠들어대서 백성들의 마음만 부풀게 해놓으면 그게 죄가 되지 않겠는가 말이다. 스칸디나비아의 나라들과 같은 나라를 만들자고 떠들어대는 이야기는 따져보면 이 나라를 유라시아 대륙에서 떼어다가 하와이나 타히티 부근으로 옮기자는 말과 똑같은 것이 아닌가. 안 될 일을 하라고 덤비면 귀찮은 일, 귀찮은 일을 하는 사람에겐 당연한 제지가 있어야 될 일이 아닌가.

이런 뜻을 말했더니 젊은 K는 발끈 화를 냈다. 그리고 나를 보고 당신은 재판을 그대로 긍정하느냐고 물었다. 나는 긍정한다고 답했다.

죄목엔 약간의 불만이 없지 않으나 벌은 당연하다고 생각한다고 말했다. 그랬더니 그는 나를 비굴하다고 했다.

비굴? 비굴이란 무엇일까. 나는 잠자코 K의 욕설을 참았다. 실권한 황제는 욕설 따위엔 관대해야 하는 것이다.

전번에 열거한 죄목 외에도 나는 나의 죄목을 많이 발견하고 있다. 예를 들면 나는 나의 몸에서 알콜분과 니코틴분을 말쑥이 빼고 명창정궤明窓淨机 앞에 앉아야 되겠다고 십수 년을 별렀다. 그러나 나는 나의 뜻을 이루지 못하고, 언제나 자기 배신의 죄를 되풀이하지 않았던가. 나는 자기 배신처럼 큰 죄는 없다고 생각한다. 자기를 배신하는 사람이면 남을 또한 배신할 수 있는 것이다.

이러한 자기 배신에 대한 벌이란 의미에서도 나의 징역 10년을 승인한다. 나의 의지만으로써 할 수 없었던 정화작업, 우선 나의 몸에서 알콜분과 니코틴분을 빼는 작업을 벌이 강행해주는 것이 아닌가.

젊은 K의 흥분은 쉽사리 가라앉지 않았다. 그는 다음과 같은 말을 했다. "어떤 사람이 당한 억울한 꼴이 그게 그 사람에게서만 끝나는 것이 아니고 언제 자기의 운명이 될지도 모르는 것이 아니겠소. 그렇다고 해서 남의 억울한 사정만을 돌보고 있을 수는 없을 거요. 하지만 소극적이나마 할 수 있는 행동의 범위에선 최선을 다해야 하지 않겠소. 우리 모두 억울한 꼴을 당하고 있는 사람들 아뇨? 그런데 당신은 사실을 직시하지 못하고 피하려고만 하고 있소. 그러니까 비굴하단 말이오."

말인즉 그럴는지 모른다. 그래 난 이 말에 무슨 답을 할 필요를 느끼지 않았다. 대신 이런 얘기를 하고는 그 자리를 얼버무렸다.

"미국 어떤 대학생들이 인도의 네루 수상을 방문했을 적에, 수상은 나이에 비하면 대단히 젊게 보이시는데 무슨 비결이 있느냐고 물었다네. 그랬더니 네루 수상의 답이 자기는 평생의 상당한 부분을 감옥에서 보냈기 때문에 그게 위생상 좋은 결과를 가져왔는지 모르지, 하고 대답했다는 얘기야. 억울하다, 억울하지 않다 하는 말은 지금 할 말이 아니고 우리가 숨을 거둘 때 그때, 대차대조표를 만들어놓고 검토해야 할 문제가 아닌가.”

　대수롭지 않은 의견의 차이. 조금만 바꿔 생각하면 납득이 갈 수 있는 문제도 이곳에선 대단한 문제가 된다. 그리고 바깥 세상에선 '에라 술이나 한잔 하세.'하고 해소해버릴 수 있는 감정을 소화시키기에도 며칠이 걸리는 판이다…….”

　이런 편지를 읽고 있는 동안 사라는 알아들을 수 없는 특수한 것을 제외하곤 일언반구도 말을 섞지 않고 조용히 듣고만 있는 것이다. 지저분한 이야기가 태반을 차지하고 있었지만 먼 곳의 감옥 속에 갇혀 있는 수인의 감정이 사라의 심부에 있는 어떤 의식을 자극하기도 한 모양이다.

　그런데 하루는 사라가 입을 열었다.

　"프린스 김은 형님을 덮어놓고 나쁘다고만 하는데 내가 그 편지를 통해서 짐작할 수 있는 정도로선 그렇겐 생각이 들지 않는데요?”

　이에 대해선 나는 이렇게 답했다.

　"글을 쓴 것은 하나의 의태가 아니겠습니까. 그 의태만 가지고는 저의 형을 모릅니다. 나는 형의 권력에 항거하는 그 자세가 틀렸다고 생각합니다.”

　사라가 나의 말을 멈췄다.

"편지를 통해서 보면 항거하는 자세란 게 보이지 않지 않아요?"

"감옥에서 편지가 나오려면 검열이란 게 있습니다. 그것을 고려에 넣으셔야죠."

"그렇다고 거짓말을 쓰지는 않았을 것 아니예요?"

"그렇지요. 거짓말을 쓴 것은 절대로 아닙니다. 그렇지만 감정의 색채가 약간 다를 것이고 말하고 싶어도 말하지 않은 부분이 많을 것이란 건 미리 알아두셔야 하죠. 어떻든 전 형이 언제나 사회의 주류에 설 생각은 하지 않고 그 주류에서 일탈하려는 꼴이 보기 싫단 말입니다. 형은 권력이란 어떤 형태이건 나쁘다는 관념에 사로잡혀 있는 것 같애요. 권력이란 그것이 형성되기까지 그렇게 형성될 수 있는 본래적 이유와 객관적 조건을 갖추고 있는 것이 아니겠습니까. 그렇다면 이에 반항, 또는 외면하는 사람은 그런 현실을 부정한다는 이야기이고, 현실을 부정한다는 건 그의 생명을 부정하는 결과가 되는 것이 아니겠습니까."

"전 그런 어려운 문젠 잘 모르겠어요. 저 자신 현실에 편승한 채 거기서 헤어나올 생각을 하고 있질 않는 사람이니까, 그런 의미에서 전 프린스 김과 같은 의견일지도 모르죠."

나는 여기서 알렉산드리아에 회오리바람을 일으킨 장본인 한스 셀러를 등장시켜야겠다.

내가 그를 처음 만난 것은 안드로메다에서의 일을 끝내고 자정이 넘어서, 호텔 나폴레옹의 나의 숙소인 6층 꼭대기에 있는 다락방으로 올라가는 도중 3층과 4층 사이의 계단에서였다.

서양 사람으로선 키가 그다지 큰 편이 아닌 얼핏 보아도 40을 넘어 보이는 사람이었는데 서로 지나칠 때 나는 그에게서 범상치 않은 의미 같은 것을 느꼈다.

넓은 이마. 그 위에 숱이 그다지 많지 않은 금발의 머리카락. 움푹 들어간 눈, 코와 귀와 턱이 단정한 윤곽을 이루고 있으면서 고독감을 풍겨내는 그러한 얼굴, 한번 슬쩍 보아도 사람 됨됨을 곧 알 수 있는 그러한 풍채. 나는 한눈으로 그가 평범한 인물이 아닐 것이란 단정을 마음속으로 내렸다.

그와 처음으로 말을 건네게 된 것은 그 다음 날 아침 세면장에서였다. 아무런 인사도 없이 둘이 세면을 마치고 나오는데 복도에서 그는 내게 손을 내밀었다.

"전 한스 셀러라고 합니다. 귀하는 아마, 프린스 김이지요?"

나는 그의 손을 정답게 잡으며,

"그렇습니다. 프린스 김이라고 부르죠. 헌데?"

어떻게 내 이름을 알았느냐는 듯 그를 바라보았다. 그는 눈치를 챘던지,

"나는 그저께부터 이 호텔에 묵고 있지요. 그런데 이 호텔의 영감님이 당신 자랑을 합디다. 동양에서 온 프린스를 모시고 있다고. 플루트의 천재, 음악의 천재라고 대단한 자랑이시던데요."

"주인영감은 본래 좀 과장벽이 있지요."

둘이서 명랑한 웃음을 띠었다.

"난 당분간 이 집에 머물 작정입니다. 폐가 되시질 않거든 종종 만나 뵐 기회를 주시기 바랍니다."

정중한 그의 청에 대해서 나도 정중하게 대답했다.

"귀하의 청을 기쁘게 받아들이겠습니다."

그날부터 나와 한스와의 교제가 시작되었다.

한스는 하나의 목적만을 끈기있게 추구하고 있는 사람의 특유한 정신의 깊이 같은 것이 인생의 바탕을 이루고 있는 그러한 사람이다. 그는 자기를 독일인이라고 했는데, 나는 프랑스인 말셀과 대비해보지 않을 수 없었다.

말셀은 익살꾼이고, 호방하고, 가끔 우울할 때가 없지는 않았으나 늘 명랑한 성격만이 전면에 나타났다. 말셀은 프랑스가 독일군에 점령되었을 당시 레지스탕스의 일파에 속했던 그의 형이 나치에게 붙들려 학살당한 이야기를 할 때도 유머와 위트를 잊지 않는 그러한 위인이다.

이와 반대로 한스는 농담을 할 줄 모른다. 침통하리만큼 고요하다. 그러나 그의 천성이 선량하기 때문에 그의 침울한 언동으로 해서 주위의 사람들에게 불쾌감을 주지는 않았다. 고요한 가운데 어딘지 모르게 격렬한 정열이 깃들여 있는 것 같고 냉정해 뵈는 외면임에도 다정다감한 인간성의 편린이 보석처럼 빛나기도 했다.

나와 그는 금시에 의기상투하는 사이가 되었다. 둘 다 먼 고국을 떠나와서 살고 있는 생활환경이 우리들의 친밀도를 더했는지 모른다.

그는 매일처럼 어디론가 쏘다녔다. 그러곤 지쳐서 숙소로 돌아오곤 했는데, 어떤 날은 하루종일 방에 처박혀 있기도 하고 나를 따라 안드로메다에 나타나선 나의 일이 끝날 때까지 박스에 앉아서 술을 마시기도 했다.

어느 날 밤이다. 둘이는 거리에서 실컷 술을 마시고 숙소에 와서 마실 술까지 준비하고 집으로 돌아왔다. 그리고 그날 밤은 그의 방에서 밤새워 술을 마시게 되었는데 나는 취한 김에,

"넌 매일처럼 어디론가 돌아다니는데 도대체 뭣을 하는 거야." 하고 물어보았다.

그 물음을 받자 한스의 눈썹이 꿈틀하는 것같이 보였다. 그러면서 힘없는 미소를 짓고는,

"사람을 하나 찾고 있지." 할 뿐 그 이상 말을 하고 싶지 않은 눈치였다.

취기의 탓도 있어 그런 그의 태도에 본래 내가 가지고 있던 독일인에 대한 감정이 되살아났다. 그래 이렇게 쏘았다.

"난 독일사람이란 건 싫어. 베토벤이나 모차르트 같은 천재는 별도로 하고 일반 독일인에 대해선 일종의 증오감을 갖고 있지. 그런데 당신에겐 그런 걸 느끼지 않으니 이상해."

이에 대한 그의 대답은 그의 성품처럼 조용했다.

"독일인을 좋아하지 않을 이유야 많겠지. 나는 솔직하게 그걸 인정해. 독일인인 내 스스로가 독일인을 싫어하니까. 헌데 프린스 김이 독일인을 싫어하는 이유가 뭐지?"

"나야 뭘 알아? 내 형님이 독일인을 대단히 싫어하거든. 나도 솔직하게 말하면 그 형의 영향을 받은 거지."

"당신 형은 왜 독일인을 싫어하지?"

"그렇게 시비조로 물으면 곤란한데……."

"시비가 아냐. 그저 알고 싶은 거야."

"내 형은 히틀러를 미워하지. 아마 형이 가장 미워하는 사람이 있다면 그저 히틀러와 히틀러적인 인간일 거야. 형은 말버릇처럼 했지. 내가 꼭 살인을 승인해야 할 유일한 경우가 있다면 히틀러나 이와 유사한 족속들에게 대한 살인이라고."

"히틀러가 독일인 전부는 아니잖아?"

한스의 얼굴엔 여전히 미소가 있었다.

"형의 의견을 빌리면 히틀러를 만들어낸 것은 독일인이고 그러한 독일인은 결국 히틀러 같은 사람이라는 게지. 히틀러가 대죄인이고 인류의 적이라면 그를 열렬히 지지한 독일인은 전부 그의 공범이라는 거지."

"히틀러."

한스는 신음하는 듯한 소리로 이렇게 중얼거리며 역시 조용한 어조로 말했다.

"내가 지금 찾고 있는 사람이 바로 히틀러다."

"히틀러를 찾아?"

나의 놀란 얼굴을 한스는 취기 어린 눈으로 바라보며,

"정확하게 말하면 히틀러의 앞잡이 가운데 하나다."

이렇게 말하곤 그는 단숨에 술잔을 비웠다.

"프린스 김의 형이 히틀러의 죄상을 어느 정도 알고 있는지는 몰라도 아마 그분이 알고 있는 부분이란 히틀러의 죄상 중에서 천분의 일, 만분의 일도 안 되는 정돌 거다.

내가 히틀러의 죄상을 한 번 이야기할까. 히틀러가 정권을 잡고 독재 체제를 만들기 위해서 행사한 그 야비한 수단, 또 정권을 유지하기 위해서 쓴 그 잔인한 수법은 그만두고라도 그가 만든 강제 수용소 얘기를 하지.

1940년에서 1945년까지 히틀러가 죽인 사람의 수는 1,200만 명 이상이 된다. 이건 전투에서 죽은 것, 제법 재판이라도 받고 죽은 것을 포함하지 않은 수다. 그러니 순전히 무저항 상태에 있는 시민을 1,200만 명이나 죽인 거다. 물론 독일사람만을 죽인 것은 아니지. 유럽 전역에 걸쳐 히틀러가 점령한 지대의 시민들을 정치범, 또는 유태인이란 명목으로 강제 수용소에 잡아넣어선 집단살육을 한 거야. 독일의 과학이 발달했다고들 하지? 그 발달한 과학적 기술로써 눈 깜짝할 시간에 인격적 주체인 인간을 한 킬로그램의 재로 만들었으니 독일의 과학도 자랑할 만하잖아? 요컨대 인류의 역사 가운데 이렇게 조직화한 악이란 게 이때껏 있어본 일이 있는가. 귀국의 인구가 얼마랬지? 삼천여만? 그 반수 이상을 죽인 셈이지.

가장 악명이 높은 곳이 아우슈비츠의 수용소다. 희생자들을 먼저 가스실로 통하는 지하의 탈의실로 데리고 가지. 거기서 옷이며 장신구들을 모조리 벗겨놓고 목욕탕으로 데리고 간다면서 가스실에 처넣는 거야. 그런 시간의 지옥을 한번 생각해봐.

그래도 여자들은 아이들만은 그 운명을 면하게 해주려고 벗어놓은 옷으로써 아이들을 감싸놓기도 했대. 그러나 그 지독한 놈들이 어디 그런 틈서리를 주어? 탈의실을 철저히 탐색해가지곤 아이들을 색출해서 가스실로 끌고 가는 거야.

가스실에 가스를 주입하기 시작한 지 30분만 되면, 전기조정기가 자동적으로 활동하기 시작해서 시체는 승강기로써 소각로로 운반되는 거야. 거기서 이천의 시체가 열두 시간 동안에 한꺼번에 재가 되어버리는 거지.

가스를 사용한 살해법 외에 총살도 있고, 생매장도 있고, 주사로써 죽이는 방법도 있고…… 그들의 과학자들은 어떻게 하면 가장 짧은 시간에 가장 많은 사람을 죽일 수 있을까를 연구하고…… 난 과학이란 말만 들으면 진절머리가 나. 한편에선 의학이니 뭐니 해가지고 사람의 병을 치료한다지만, 한편에선 이런 대량학살에 과학이 쓰이는 판이니, 과학이란 도대체 뭔가 말이다. 누군가가 이런 말을 했지. 사람 살리는 방법은 소매적인 것밖엔 발명되지 못했는데 사람을 죽이는 방법은 도매적이라고.

　이런 참혹한 일은 아우슈비츠에만 있었던 일이 아냐. 적어도 이십여 군데 이와 대동소이한 규모의 인간 도살장이 있었거든. 그리고 사람을 죽인 것은 수용소에서뿐만이 아니야. 독일 도처에 있는, 점령지구 도처에 있는 게슈타포에서 매일 수십 명씩 고문을 받고 죽어갔거든. 인간이란 도대체 어떤 것일까. 남을 불행하게 만들기 위해서 쓰여지는 인간의 두뇌란 건 도대체 뭘까.”

　이렇게 말하고 있는 한스의 얼굴에 피로의 빛이 돌았다.

　“그래 당신은 유태인인가?”

　“아냐. 되레 유태인으로라도 태어났으면 좋았겠어.”

　“그런데 히틀러의 앞잡이를 찾아다니는 이유는?”

　한스의 눈썹은 또 한 번 꿈틀했다. 나는 곧 말을 그쳤다.

　“아냐. 얘기하기 싫으면, 아니 피로하다면 얘기 안 해도 좋아.”

　한스는 술잔을 만지작거리며 무언가를 골똘히 생각하는 눈치더니,

　“좋다. 좋은 기회다. 프린스 김에게만은 다 이야기하지. 아직 누구에게도…… 거의 십오 년째 내 가슴속에서만 간직해둔 비밀을 프린스 김에게만 얘기를 하지…….”

　이와 같이 시작된 한스의 이야기를 간추리면 다음과 같이 된다.

　한스에겐 아우가 하나 있었다. 한스가 자동차 수송병으로서 출정할 때 그 아우는 농업전문학교의 학생이었다. 한스의 집은 꽤 큰 농장을 가지고 있었다. 아버지는 일찍 돌아가시고, 편모를 모시고 농장이나 경영할 양으로 농업학교에 간 것이다.

　한스의 동생 이름은 요한이라고 했다. 요한은 병아리가 죽는 것을

보아도 가슴 아파하는 심약한 소년이었다. 아마 평생 동안 개미 한 마리 밟아 죽이지 못했을 것이란 그런 소년이었다. 형이 출정한 후의 일인데, 그 소년이 그의 친구인 유태인 소년 하나를 자기집 마구간의 위층에 숨겨주었다. 그 사실을 게슈타포의 앞잡이 노릇을 하고 있던 엔드레드란 놈이 말을 빌리러 와서 우연히 알아냈다. 유태인 소년은 물론 강제 수용소로 끌려갔다. 동시에 요한 소년을 게슈타포의 유치장에 감금했다. 거기서 요한은 형언할 수 없는 고문을 받았다. 또 숨겨놓은 유태인이 있을 것이니 바로 대라는 것이다. 요한은 당시 병력이 모자라서 그 보충 때문에 골치를 앓고 있던 시국임에도 병역을 면제받을 수 있을 정도로 허약한 체질이었다. 이와 같이 몸도 마음도 약한 요한이 그 지독한 고문을 이겨낼 도리가 없었다. 그는 드디어 고문대 위에서 숨을 거두었다.

이 사실을 안 요한의 어머니는 광란 상태가 되어 게슈타포엘 찾아가 시체만이라도 내달라고 호소했다. 게슈타포는 모른다고 잡아뗐다. 그러던 참인데 어떤 농부가 요한의 어머니에게 귀띔을 했다. 언젠가의 새벽 게슈타포의 차가 마을 건너편 산으로 뭣인가를 운반해서 거기서 그걸 묻는 모양이더라고. 요한의 어머니는 농장의 인부들을 동원해서 그 산을 뒤졌다. 그리고 최근에 흙을 건드린 것 같은 곳이 있기에 파보았더니 요한의 시체가 나타났다. 전신의 타박상, 등 뒤에 전기인두로 지진 흔적, 손목엔 전선을 감은 흔적, 두개골은 거의 쪼개질 정도로 부서져 있는 처참한 꼴이었다.

요한의 어머니는 그 시체를 집으로 옮겨와서 며칠을 울고 지내더니, 가까운 농장인부를 불러 다음과 같은 부탁을 했다.

"내 큰아들이 만약 살아서 돌아오거든, 천千일 만萬일을 하지 못하더라도 이 원수만은 갚아야 한다"라고.

　이것이 유언이 되었다. 그 뒤 얼마 안 가 요한의 어머니는 요한의 뒤를 따른 것이다.

　전쟁이 끝나고도 한스는 오 년 만에야 고향으로 돌아왔다. 소련에 억류되어 있었기 때문이다.

　한스가 돌아와서 이 이야기를 듣고 그는 결심했다.

　"내가 앞으로 산다고 한들 무슨 보람이 있을 것인가. 사는 의미가 도대체 어디에 있겠는가."

　그는 어머니를 사랑하고 아우를 사랑했다. 그 처참한 원한을 외면하곤 그는 살아갈 것 같지 않았다. 행복? 포기한 지 오래였다. 그 무수한 죽음을 밟고 넘어온 한스는 죽어 없어진 친구들을 생각하고 이미 행복이란 이미지를 지워버린 지 오래였다. 그러나 살아남은 데 대한 고마움으로 그는 고향에 돌아가 어머니를 모시고, 아우를 돕고 평생을 안온하게 살겠다는 데 모든 희망을 걸고 있었던 것이다.

　그는 농장을 팔았다. 꽤 많은 액수의 돈이었다. 한스는 그것을 자금으로 해서 아우의 원수, 어머니의 원수를 갚으려고 나섰다.

　"모든 사람이 원한에 사무쳐, 그러나 견디며 사는데, 나 하나가 원수를 갚는다고 해서 무슨 의미가 있겠는가 하는 생각도 들었다. 또 사람들이 저마다 원수를 꼭 갚아야 한다고 서둘면 이 세계가 앞으로 어떻게 될 것인가, 하는 반성도 없지는 않았지만 나는 참고 견딜 수가 없었다. 만 사람이 다 참아도 나는 참지 않겠다. 만 사람이 다 용서해도 나는 용서하지 않겠다. 그 때문에 내가 지옥의 겁화에 불태워지고 아우가 겪은 것 같은 고문으로 인해서 죽음을 당하더라도 되레 그렇게 죽는 편이 낫다고 생각했다.

개미 한 마리 죽이지 못한 아우, 병아리가 앓는다고 밤잠을 이루지 못했던 아우가, 죄라곤 친구를 숨겨주었다는 그것으로서 고문을 받고 죽었다는 사실, 그 시체를 안고 울고 새워, 울다가 지쳐 죽은 어머니를 생각할 때 나는 결심하지 않을 수 없었다. 내게 만약 프린스 김처럼 피리 같은 것이 있었더라도 또 모르지. 내겐 아무것도 없거든. 사랑하는 사람의 원수를 갚는 일, 이 이상 큰일, 의미 있는 일을 나는 생각해 낼 수가 없었지. 사랑하는 사람의 원한을 풀어주지 않고 무슨 사랑이냐. 나는 이렇게 마음을 다졌지."

이런 마음으로 한스의 원수찾기는 시작되었다. 처음에 그는 그 부락에 주재해 있던 게슈타포의 명단을 입수했다. 조사해본 결과 그가 찾는 엔드레드를 제외하곤 모두 폭사했거나, 전사했거나, 전후의 혼란 틈에 맞아 죽었거나 한 사실을 확인할 수 있었다. 그런데 엔드레드만은 생사여부를 확인할 수가 없었다.

그러자 조금 뒤 엔드레드와 다정하게 지낸 적이 있다는 창부를 알게 됐다. 그리고 그 여자를 통해서 엔드레드의 고향이 프랑크푸르트이며 거기에 그의 누이가 아직도 살고 있다는 사실을 캐냈다.

프랑크푸르트란 대도시다. 그런 곳에서 엔드레드의 누이를 찾기란 풀밭에서 수은을 찾기보다 더 어려운 일이었다. 그러나 그는 묘하게 그의 누이의 거처를 알아냈다. 그 집 하녀를 매수해서 그집으로 오는 우편물을 뒤지기 시작했다.

그 우편물에서 얻은 지식을 근거로 한스는 유럽 일대를 돌고 남미·일본에까지 간 적이 있다. 그랬는데 그를 찾기 시작한 지 십오 년 만에 그 집 하녀에게서 한 통의 편지를 이탈리아에서 받았다. 그 편지에 의하면 그자가 지금 이 알렉산드리아의 어떤 공장에 기사로 취직하고 있다는 것이다. 숨어다니다가도 세월이 그만큼 흘렀으면 나타남직도 한데 워낙 깜찍한 놈이 돼서 지금도 거처는 확실히 알리지 않고 변명으로써 편지를 한다는 것이지만, 그자가 알렉산드리아에 있는 것만은 틀림없는 사실이라고 한다.

"유태인이 모조리 보따리를 갖고 떠나버린 후에 그자는 알렉산드리아에 흘러들어온 게 틀림없어."

"당신이 매수했다는 그 하녀가 대단한데. 돈을 얼마 주었는가 모르지만 십오 년 동안이나 꾸준히 연락을 했다는 것이 말이야."

"십오 년 전에 벌써 사십을 넘은 여자였으니까 지금쯤은 노파가 되었겠지. 같은 집에 십오 년이나 계속해서 있는 것도 대단한 일이긴 하지. 그러나 맨 처음엔 그 여자가 매수된 거지만 뒤에 사정을 알고부턴 충심으로 내게 협력하게 된 거야. 그 여자의 동생도 게슈타포의 희생이 됐다는 거지. 혹시 내게 협력하기 위해서 그 집에 달라붙어 있는 것인지도 모를 일이고……."

"그자의 얼굴은 아나?"

내가 이렇게 묻자 그는 안주머니에서 낡은 사진 한 장을 꺼냈다.

"이것을 우연히 입수했는데 사진을 보니까 기왕에 내가 두세 번 본 적이 있는 놈이드군. 그러니까 만나기만 하면 알지."

나는 그 사진을 내 손에 옮겨놓고 들여다보면서 말했다.

"그럼 나도 이자의 얼굴을 좀 익혀두어야지. 안드로메다에 나타나는 일이 있을지도 모르고 혹 거리에서 만나는 수도 있을는지 모르니까. 우리나라 속담에 소 뒷걸음치다 쥐 잡는다는 얘기가 있지……."

얼굴의 윤곽은 비교적 정돈되어 있는 편이었지만 생김새 전체에서 풍기는 인상엔 야비하고 사악한 데가 있었다. 간단히 말하면 악한 독일인의 전형적인 얼굴이었다.

한스의 이야기를 들은 그날 밤, 나는 잠을 이룰 수가 없었다. 사랑이란 뭣인가. 사랑하는 사람의 원수를 갚아주지 않고 무슨 사랑이냐. 나는 한스의 자기 아우에게 대한 또는 어머니에게 대한 사랑과, 나의 형에게 대한 사랑을 부득불 비교해보지 않을 수 없다. 나의 형에게 대한 사랑은 한스의 그의 아우에 대한 사랑에 비하면 너무나 초라하고 무력했다. 나는 베개를 안고 흐느껴 울었다.

한스의 고백을 듣고 잠을 이루지 못한 그 다음날 난 여느 때와 마찬가지로 사라를 만났다.

사라는 장난스러운 어조, 그러나 약간 가시가 돋힌 듯한 어조로 말을 걸어왔다.

"요즘 소문을 들으니 프린스 김에게 새로운 친구가 생겼다지요?"

"그렇죠. 대단히 좋은 사람입니다. 이름은 한스 셀러."

"그 사람 독일사람이라지요?"

"그렇습니다."

"독일사람을 미워한다는 프린스 김의 얘기를 아직도 전 기억하고 있습니다. 어찌 하필이면 독일사람하고 친구가 되죠?"

나는 한스의 고백을 빼고, 한스에 관한 이야기를 장황하게 늘어놓았다. 그리고 독일사람 중에도 좋은 독일사람이 있고 나쁜 독일사람이 있는데, 한스는 좋은 독일사람이라고 설명했다.

사라의 표정은 돌연 험악해졌다.

"그런 상식은 저도 모르는 바 아닙니다. 그러나 저는 굳이 이해해선 안 될 부분을 가지고 있어야 된다고 믿고 있습니다. 프린스 김에겐 그만한 상식으로써 행동할 수 있고 여유가 있을 겁니다. 그러나 저에겐 그런 여유가 있을 수 없어요. 그 사람도 히틀러를 향해서 '하일!'을 외친 사람 아녜요? 히틀러의 명령을 받고 전쟁터에 나간 사람 아녜요? 그자에게 만약 비행기에다 폭탄을 싣고 게르니카를 폭격하라고 히틀러가 명령했더라면 서슴없이 게르니카를 폭격했을 사람 아녜요? 물론 독일사람 중에는 좋은 사람도 나쁜 사람도 있겠죠. 그러나 그건 어디까지나 독일사람 중의 이야기지 게르니카에서 아버지와 어머니, 오빠와 동생을 잃은 저에게는, 아버지와 어머니를 죽인 독일놈과 그 독일놈의 공범으로서의 독일놈, 공범후보자로서의 독일놈이 있을 뿐입니다.

저의 감정이 이렇다고 해서 프린스 김까지 나의 감정을 본떠라고는 말씀하진 않습니다. 다만 제가 존경하고 좋아하는 프린스 김이 독일사람과 사귀고 있는 사실이 가슴 아프다는 것입니다."

나는 어쩔 줄을 몰랐다. 그래 다음과 같이 변명했다.

"그러나 사라 안젤, 그 사람도 당신과 똑같이 히틀러를 저주하고 있습니다."

"실패한 상전을 신하들은 미워하게 되죠."

"그런 뜻으로 미워하는 게 아닙니다. 인류의 적, 대죄인으로서 미워하고 있습니다."

그러나 사라의 감정은 풀리지 않는 것 같았다. 그래 그날은 이런 응수가 있고 난 뒤에 따르는 서로 석연하지 않은 기분으로 헤어졌다. 나는 우울했다. 추운 겨울날 겨우 빌어 얻어 양지 쪽에 앉았는데 돌연 태양이 구름 속으로 들어가버린 후의 거지의 초라한 서글픔 같은 것이 가슴 속에 서렸다.

이런 경위를 나는 한스에게 이야기하지 않을 수 없었다. 사라의 이야기를 이미 나는 한스에게 말한 바 있었고, 한스 또한 열렬한 사라의 팬이었기 때문이다.

내 말을 듣자 한스는 침통한 표정을 더욱 침통하게 흐리게 하면서, 그의 버릇대로 조용하게 입을 열었다.

"그럼 프린스 김, 이렇게 전해줄 수 없을까. 난 지금 대사를 계획하고 있는데, 아냐, 바로 원수를 갚아야 한다는 사정을 말해도 돼. 그 목적을 이루고 나면 내가 독일사람을 대표하는 건방진 이야기지만 독일인이 저지른 죄악을 속죄하는 의미에서, 단적으로 게르니카에서 범한 죄악을 씻는 의미로 사라 앞에서 자결하겠다고. 그 대신 독일사람 중엔 무력해서 반항을 못 했을 뿐이지, 히틀러와 그 일당을 증오하고 그 일당들 때문에 심한 고통을 당한 사람이 많은데 그 사람들에게 대한 감정만은 풀어달라고. 그렇지 않아? 프린스 김. 스페인사람 가운데도 게르니카 폭격을 하게끔 한 사람이 있고 그 때문에 화를 입은 사람이 있을 게 아니겠소. 나는 게르니카에서 화를 입은 스페인사람과 같은 처지의 독일사람이라고. 나와 같은 처지의 독일사람이 많다고. 사라의 마음은 당연하지. 그러나 그런 의미에서 나를 미워한다면 견딜 수가 없어."

그날 밤 나는 사라를 찾았다. 그리고는 한스의 이야기와 그에 관한 이야기를 모조리 털어놓았다. 한스가 말하는 사랑을 위한 복수. 그 때문에 십오 년여에 걸쳐 원수를 찾아 세계를 돌아다닌 불굴의 정신과 노력. 그리고 한스와 같은 독일사람이면 어떤 국민에게도 뒤지지 않을 만큼 훌륭한 인간이 아닌가고.

사라는 한스의 자기 아우나 자기 어머니에게 대한 사랑 이야기를 듣고 감동의 빛을 숨기지 않았다.

"좋습니다. 프린스 김, 그 한스란 분과 같이 만나게 해주십시오."

사라와 한스의 첫 대면. 뒤에 회상해 보니 이것은 숙명적인 인연인 것 같았다. 뭐라고 꼬집어 지적할 수는 없지만 애초부터 이상한 기분이 감돌았다. 서로 견인하는 마력과 같은 것. 반발과 견인의 기묘한 작용. 이것 역시 뒤에 다짐해본 일이지만 꼭 만나야 할 사람들의 필연적인 상봉이라고 할까.

처음엔 어색한 분위기가 아닐 수 없었다. 서로들 민족을 대표하는 사람들과 같은 회화가 오갔다. 한스의 말은 처음부터 부드러웠으나 사라의 말엔 날카로운 가시가 돋혀 있었다.

"히틀러가 왜 게르니카를 폭격했지요? 그 이유를 아십니까."

사라의 이러한 질문에 한스는 "히틀러는 공산주의자들의 세력을 꺾기 위해서 한 짓일 겁니다." 하고 답했다.

"빨갱이를 폭격하는 건 좋아요. 우익과 좌익의 싸움이니까 우익이 좌익을 공격하는 건 당연하죠. 그러나 빨갱이를 폭격하려면 빨갱이 있는 곳을 폭격해야 되지 않겠소? 왜 아무런 죄도 없는 사람들을 죽이는 거죠? 빨갱이도 아무것도 아닌 순박한 백성들만 살고 있는 도시를 왜 불사르는 거죠? 노인과 여자와 어린아이는 왜 죽이는 거죠? 난 빨갱이를 싫어하니까 빨갱이를 어떡한다고 해서 항의하는 건 아네요. 내 아버지도 어머니도 오빠도 어린 동생도 나도 빨갱이 아니었습니다. 그런데 왜 그런 사람들의 머리 위에 폭탄을 터뜨리는 거죠? 전쟁과는 아무런 관련도 없는 도시에다 뭣 때문에 폭탄을 뿌린 거죠?"

"그러니까 나쁜 짓이죠. 그러니까 미국의 대통령도, 영국의 수상도, 프랑스의 대통령도, 로마 교황도, 심지어는 프랑코를 지지하는 나라들까지도 게르니카 폭격은 비인도적인 야만행위라고 일제히 항의성명을 내지 않았습니까. 독일인의 한 사람으로서 사과를 드립니다."

어디까지나 겸손하게 처신하는 한스 앞에서 사라의 서릿발도 녹지 않을 수 없었다. 사라는 아까와는 딴판인 훨씬 누그러진 어조와 태도로서 이같이 말했다.

"프린스 김에게서 당신에 관한 얘기, 당신의 의견에 관한 얘기를 충분하게 들었어요. 당신은 당신의 목적을 달성하면 내 앞에서 죽어도 좋다고 말했다지요. 당신의 눈을 보니 그 말이 진심이라고 믿을 수가 있습니다. 나도 부모형제의 원수를 갚아야 한다는 집념을 이때까지 키워왔습니다. 그러나 지금까진 전 저대로의 준비는 하고 있어도 어디까지나 공상이며, 어느 정도가 실현 가능성이 있는지조차도 분간할 수 없었어요. 그런데 당신의 이야기를 듣고 있으니 앞으로의 나의 행동에 대해서 뚜렷한 이미지가 나타나는 것 같습니다. 또 용기를 얻었구요. 여태껏 살아온 보람 같은 것도 느꼈구요. 당신의 원수를 갚는 것이 내 원수를 갚는 거나 마찬가지란 생각도 들었구요. 난 당신의 사업에 협력하겠습니다. 당신 말대로 당신의 원수를 갚고 난 뒤에 내가 당신을 죽이든 어떻게 하든 내 맘대로 할 수 있지요? 그런 조건으로 난 당신에게 협력하겠어요."

그 후로부터 사라와 내가 만나는 자리에 한스도 끼이게 되었다. 사라와 내가 단 둘이 만나고 있을 땐 별반 화제라는 것이 없어서, 형에게서 온 너절한 편지들을 읽고 그것에 관한 의견이나 주고받고 할 정도였는데, 한스가 끼이게 되자 우리의 모임은 활발해졌다. 화제의 폭이 넓어지고, 형의 편지를 읽고 난 뒤의 감상도 다채로웠다. 때론 히틀러 치하에 있어서의 독일 이야기, 원수를 찾아 전세계를 돌아다니면서 얻은 견문을 말하는 한스의 화술에 시간이 가는 줄을 모르기도 했다. 더욱이 한스가 겪은 소련에서의 쓰라린 체험담엔 기막힌 대목이 많았다.

한스의 소련에서의 억류생활 오 년 동안의 체험을 듣고 사라는,

"스탈린이나 히틀러나 똑같이 흉측한 놈들이에요." 하고 중얼거렸다.

"그들뿐만이 아니라 독재체제를 갖추고 있는 자들의 생리란 모두 그렇습니다."

이렇게 말하곤 한스는 과거를 회상하듯 시선을 멀게 보냈다.

사라가 한스를 보는 눈엔 날이 갈수록 광채가 더해지는 것 같았다. 많은 고난을 사내답게 견디고, 오로지 한 가지 목적에만 정신을 집중시키고 있는 사람은 이상한 매력을 발산하는 것인가.

사라는 한스의 그러한 매력을 조금씩 느껴가는 모양이다.

알렉산드리아에 있어서의 한스의 일과는 다음과 같다.

(1) 이미 매수해놓은 국제우편국 직원으로부터 독일에서 온 우편물의 주소를 체크하고 독일로 가는 우편물의 송신처, 수신처를 체크하는 일.

(2) 공항과 부두에서 발착하는 비행기와 배에 타고 내리는 사람들을 체크하는 일.

(3) (1) 방법으로써 입수한 주소를 들고 알렉산드리아 시가를 돌아다니는 일.

이렇게 하길 벌써 두 달, 한스가 찾는 엔드레드의 행방과 거처는 묘연했다. 침착한 한스의 얼굴에 초조의 빛이 돌기 시작했다. 그는 곧잘 피곤하다고 드러눕기도 했다.

그런데 하루는 사라가 이런 제안을 해왔다. 그 요지는 다음과 같다.

알렉산드리아에 있는 독일사람이란 공식적으로 나타난 숫자로는 거의 없다. 그러나 비공식적인 제안을 해서 100명 내외는 될 것이라고

추산할 수 있다. 그러니 독일사람만을 위한 특별한 시설, 특별한 오락, 특별한 음식이 없다. 이런 점으로 보아 독일의 연예 쇼를 안드로메다에서 초청해서 공연시키면, 그리고 그것을 신문이나 라디오, 텔레비전을 통해서 대대적으로 선전해놓으면 독일사람은 한 번쯤은 와볼 것이 아닌가. 한스가 눈에 뜨이지 않는 곳에서 입구를 지켜보고 있으면 혹시 엔드레드란 사나이가 나타나는 것을 볼 수 있을 것이 아닌가.

좋은 아이디어라고 한스는 말했다. 그러나 연예 쇼를 어떻게 초청하느냐가 문제라고 했다.

"그건 걱정할 것 없어요. 내가 안드로메다의 주인에게 교섭할 테니."

사라는 자신만만했다.

"그럼 이렇게 하면 어떨까." 하고 한스는 망설이면서 말했다.

"먼저 이탈리아나 프랑스의 쇼단부터 초청하는 거야. 독일 쇼만 불러 놓으면, 엔드레드같이 신중한 놈은 당장에 무슨 미끼처럼 생각해서 경계할 것이니 말야."

그거 신중한 말이라고 나는 찬성했다.

사라도 그 의견에 찬동은 했으나, 차례차례로 그렇게 초청하게 되면 시일이 너무 많이 걸리는 게 탈이라고 했다.

그러더니 돌연 눈을 반짝거리고 손벽을 치며 말했다.

"이탈리아와 독일의 쇼를 한꺼번에 부르면 되죠? 격일로 공연해도 좋고 낮과 밤의 무대로 교대시켜도 좋구…… 그렇게 합시다. 돈이 들 일이 있으면 내가 마련할 것이니 그런 걱정은 없어도 되고……."

사라의 청은 카바레 안드로메다에선 지상명령이나 마찬가지다. 사라의 이야기가 있자마자 안드로메다에서는 두 사람의 외무원을 하나는 독일로 하나는 이탈리아로 보냈다. 그리고 열흘쯤 후엔 알렉산드리아의 신문마다에 초청된 양국의 쇼 광고가 현란하게 나붙기 시작했다.

사라의 아이디어가 좋다고는 했으나, 그 아이디어가 그처럼 목적의 과녁에 빨리 적중하리라곤 나와 한스는 생각하질 않았다.

사라의 예견은 빈틈없이 들어맞았다. 독일의 쇼가 안드로메다에서의 공연을 시작한 지 이틀 만에 한스가 십오 년 동안을 추적하고 있던 엔드레드는 카바레 안드로메다의 대홀에 나타난 것이다.

나는 그 소식을 밴드의 박스에 앉아서, 도어보이를 시켜 한스가 보내온 쪽지를 보고 알았다. 나는 곧 그 쪽지를 사라에게 보냈다. 나는 비상한 흥분에 사로잡혀 피리의 소리를 제대로 내지 못할 지경이었다.

나와 사라와 한스는 휴게시간을 이용해서 쇼가 끝난 뒤 우선 그자를 안드로메다의 15층에 있는 퀸즈룸으로 유도해 올리는 계획에 대해서 대책의 합의를 보았다.

한스는 쇼 전후, 그리고 진행 중 줄곧 엔드레드의 거동을 지켜볼 것이다.

사라는 쇼가 끝나고 자신의 춤이 끝나면, 무대의상 그대로 객석에 내려가서 이 테이블 저 테이블에 종전엔 하지 않던 애교부리기를 하다가, 드디어는 엔드레드의 테이블에 가서 앉을 것, 그리고 다음은 사라의 수단에 맡겨두고 있다가, 사라와 엔드레드가 퀸즈룸으로 가는 승강기를 타면, 그 뒤 승강기로 나와 한스가 15층으로 올라갈 것. 그때 나와 한스는 한 명씩 여자를 데리고 올 것. 15층에 이르면 나부터 여자를 데리고 퀸즈룸에 들어와서 사라의 맞은편에 앉을 것. 사라는 엔드레드의 옆자리에 앉을 것. 사라가 나를 소개하는 말이 들릴 때, 한스가 여자를 데리고 들어올 것. 들어와선 엔드레드의 정면에 앉을 것.

만약 엔드레드가 퀸즈룸에 오길 거절할 땐? 그때는 또 적당한 방법을 생각할 것.

약 두 시간 후, 우리는 계획한 그대로 안드로메다의 15층, 퀸즈룸에 앉게 되었다.

엔드레드는 이미 거나하게 취해 있었다. 안드로메다의 여왕, 알렉산드리아의 여왕의 시중을 받는 것이 한결 더 그의 취흥을 돋우는 모양이었다. 엔드레드는 한스와 친하려고 제스처를 썼고, 내게도 만만치 않은 환대의 정을 보였다.

한스는 상용商用으로 알렉산드리아에 왔다가 우연히 사라를 알게 되었노라고 함으로써 엔드레드의 경계심을 풀어놓았다.

그런데도 엔드레드는 자기 소개를 할 때, 본명을 대지 않고 릭켈트란 가명을 썼다. 왼편 어깨 밑이 부자연하게 부풀어 있는 것으로 보아 권총을 지니고 있음이 분명했다.

한스는 태연하게 술잔을 기울이면서, 먼 타향에서 고국의 동포와 만날 수 있는 것이 반갑다고 말하고 알렉산드리아에 있어서의 독일인의 상황을 물었다.

자칭 릭켈트란 엔드레드는 독일인과는 전연 교제가 없다고 말하면서 다음과 같이 덧붙였다.

"교제할 필요도 없구요. 독일인과 교제하려면 독일에서 살지, 뭣 때문에 이런 델 왔겠소. 독일은 오늘날 꽤 부흥했다고 합디다만 패배한 고국에 싫증을 느꼈소. 독일인으로서의 프라이드를 전연 상실한 것 같구요. 그런데 당신은 상용으로 오셨다고 하는데 대강 어떤 용무지요?"

"난처한 질문인데요." 하고 한스는 망설이는 투로 말했다. "이 거리엔 외국인도 있고, 나도 독일에서 살 수 없는 이유가 있어서 이곳에 오지 않았겠소."

한스의 말에 엔드레드는 무슨 자극을 받은 것 같았다. 이를테면 자기의 동지를 발견한 것 같은, 그래 돌연 쾌활해지면서,

"아까 본 쇼걸들 참 예쁘던데. 어떤 잡지를 보니까 근래 독일의 여성들이 일반적으로 예보다 훨씬 아름다워졌다는 건데…… 그런데 그 아름다운 육체를 미국놈들에게 내맡기고 있으니 비위가 상해서……."

"아직도 그 국수주의를 그대로 간수하고 계시는 모양이니 대단히 반갑습니다."

내게 곁눈질을 하면서 한스가 한 말이다.

"몸은 비록 타향에 있다고 해도 게르만의 프라이드를 잊을 턱이야 있겠습니까. 어떻습니까. 이 밤을 우리 실컷 술을 마셔 새웁시다. 고국의 동지를 만나서 이렇게 술을 나누어 보는 것도 십여 년 이래 처음의 일입니다."

엔드레드는 한스를 자기의 동지라고 인정해버린 모양이었다.

한스는 엔드레드의 제안을 좋다고 했다.

엔드레드는 진정 기쁜지,

"사라 안젤 양과 프린스 김께서도 우리 두 사람의 상봉과 앞날을 위해서 같이 축배를 들어줄 용의를 가져주십시오." 하고 술잔을 내밀었다.

사라가 그때 얼굴에 띠운 야릇한 웃음. 지온콘다의 웃음을 방불케 하는 웃음. 나는 가슴의 동계가 점점 심해짐을 느꼈다.

엔드레드는 완강한 체구. 한스는 허약하다고는 말할 수 없지만 화사

한 몸집. 일대일의 승부로선 한스는 도저히 엔드레드의 적수가 못 될 것 같아서 나는 불안을 느꼈다.

한스와 사라 사이에 무슨 계획이 사전에 짜여 있는지는 모르나 내가 알기엔 그때까진 엔드레드를 찾아내서 복수를 한다는 그 관념 이외엔 무슨 뚜렷한 계획이 없었다. 그리고 퀸즈룸까지 엔드레드를 유도하기는 했어도, 그 뒤에 어떻게 한다는 건 전연 계획 밖의 일이었다. 그러니 사라와 한스가 어떤 작전을 세웠는지 궁금했다. 아니 사라와 한스도 아무런 작전이 없는 것이 아닌가 하고 생각하니 불안하기 짝이 없었다.

나와 사라와 한스는 되도록이면 술을 적게 마시려고 수단을 썼다. 엔드레드는 사라 안젤의 뜻밖의 환대와 오랜만에 고국의 동포를 만났다는 흥분으로 큰 잔을 단숨에 들이켜고 또 들이켜고 했다. 엔드레드는 취기가 더하자 자랑인지 회상인지 분간할 수 없는 말을 터뜨리기 시작했다.

"세상이 세상 같으면 말야, 이 안드로메다뿐만이 아니라 세실 호텔까지도 나는 살 수 있었을 거야."

듣고 보니 독일이 패망한 원인은 유태인 때문이라는 것과, 국내에 반역자가 있었다는 데 귀착되었다. 말하자면 1,200만 명의 유태인과 정치범을 죽여놓고도 그런 사람들을 덜 죽였기 때문에 독일이 졌다는 식의 논법인 것이다.

엔드레드의 말을 한스는 다음과 같은 질문으로써 막았다.

"그때 당신은 유태인과 반역자 숙청을 위해서 얼마만한 공을 세웠소?"

엔드레드는 한스의 이 말을 자기의 공과 견줄 생각으로 묻는 말인 양

착각을 한 것 같았다.

"헤아릴 수 없지. 히틀러 총통의 뜻이 이루어지기만 했었다면 내 이 가슴이 못다 찰 만큼의 훈장을 받았을 거다. 나만큼 철저하게 했다면 결코 독일은 지지 않았어."

"대단한 공로입니다."

"대단하구 말구. 직접 내 손으로 처치한 것만 해도 천 명을 넘을 거야. 전쟁터에 나간 어떤 용사라도 나만한 기록은 갖지 못했을 거야. 병정 하나가 적 천 명 이상을 처리했다고 가정해봐. 전쟁의 결과는 빤하지 않겠어."

"그런데 당신이 죽였다는 천 명은 어떻게 해서 죽였지."

한스는 시선을 탁자 위에 떨어뜨리고 이렇게 물었다.

"그걸 몰라서 묻소?"

엔드레드는 정색을 했다. 그리고는 한스더러 물었다.

"당신은 전쟁 중 어디에 있었소?"

"나?" 한스는 맥이 풀린 어조로 대답했다. "우크라이나 근처에 있었지. 수송병으로……."

"수송병? 계급은?"

"졸병이지."

"졸병?"

엔드레드는 갑자기 무슨 우월감 같은 것을 느꼈던 것 같았다.

"그러면 당신은 전쟁 중 뭘 했지?"

한스의 소리가 나의 기분 탓인지 조금 날카롭게 되었다.

"난 총통의 직속기관에 있었지. 다시 말하면 게르만 정신의 중심부에 말야."

"그런데 당신 바이에른 근처에서 근무한 적이 없나?"

한스의 질문엔 위엄이 있었다.

"바이에른? 거기 있었지. 그곳뿐인가. 독일 국내에 내가 안 가본 덴 없지."

한스는 고개를 들고 잠깐 동안 묵묵히 엔드레드를 바라보았다. 실내엔 일종의 긴장감이 감돌았다. 아무것도 모르고 따라온 여급들도 이 이상한 공기에 눈치를 챈 모양이다. 그러나 술 취한 엔드레드는 기왕의 경력이 졸병에 불과했다는 동포를 앞에 두고 불안을 느낄 턱이 없었다.

나는 이제 곧 발화점에 와닿은 불이 도선을 태우면서 근접해 올 때의 다이너마이트를 보고 느낄 수 있는, 그러한 긴장감 속에서 입안이 마를 지경이었다.

드디어 한스가 입을 열었다.

"당신은 바이에른에서 어떤 소년을 고문하고 죽이고 산 속에 암매장해버린 사건을 기억하고 있나?"

"고문이 다 뭐야. 국가를 위해서 정당한 조사를 하는데 반역심을 품고 바른말 하지 않는 놈 경을 쳐주는 거지."

"그렇겠지 물론, 그런데 그렇게 경을 치다가 죽어버린 사람이 있었을 것 아냐?"

"어디 하나 둘이라서 외우고 있겠어? 자, 그런 케케묵은 얘긴 집어치우고 우리 술이나 마셔."

이렇게 말하곤 엔드레드는 자기의 술잔을 들어 사라의 잔에다 갖다대면서,

"자, 알렉산드리아의 여왕을 위해서 건배. 클레오파트라의 매력보다

도 월등한 매력과 품위를 지닌 사라 안젤을 위해서 건배!"

하고 떠들어대는 엔드레드를 차가운 눈으로 바라보면서 한스는 다시 조용하게 물었다.

"요한 셀러라는 소년을 기억하지 못해?"

"요한 셀러, 바이에른에서…… 아, 그 얘기 집어치우라니까. 그놈의 아이 지금 생각해도 지긋지긋해. 유태인을 숨긴 것이 뭐 나쁜 거냐고 대들지 않아? 주먹 한 방 놓으면 죽어 없어질 녀석이 바락바락 반항만 하구 바른말은 하지 않구……."

"그래서 전기인두로써 지지고 막대기로써 두개골을 깨고 해서 죽였구먼……."

한스의 말은 여전히 고요했지만 또박또박하게 가시가 돋쳤다.

"앗다, 그런 얘긴 그만 하래두. 기분 잡친단 말야."

그러고는 자리를 사라 곁으로 가까이 하더니 엔드레드는 야회복 위에 드러난 사라의 어깨에다 자기의 입을 갖다대려고 했다.

그 찰나.

사라는 보기좋게 왼 손바닥으로 엔드레드의 오른편 뺨을 쳤다.

"이 게슈타포의 개 녀석. 어디다 입을 갖다 대."

한꺼번에 술이 깬 듯한 엔드레드의 표정. 가까스로 제정신이 돌아왔는지,

"쳇! 기껏 갈보년이 어쩌고 어째? 그래 게슈타포가 어떻단 말이냐. 너 유태인이지?" 하고 고함을 질렀다.

"엔드레드!"

한스가 음성을 높여서 불렀다.

엔드레드라는 이름이 한스의 입에서 튀어나오자 엔드레드는 일순,

흠칫하는 것 같았다.

"엔드레드! 난 네가 고문해서 죽인 요한 셀러의 형 한스 셀러다. 널 찾아내느라고 꼬박 십오 년이 걸렸다."

한스의 말엔 천 근의 무게가 있는 듯 싶었다.

최초의 당황함이 가시자 엔드레드는 겨우 스스로의 침착을 되찾은 것 같았다. 그는 거만한 웃음을 띠며,

"그래 어쩔 테냐. 여긴 알렉산드리아다. 유태놈들은 한 놈 남기지 않고 추방해버린 도시의 비밀기관의 촉탁이야, 나는. 내겐 너희들 손가락 하나 대지 못한다."

어느새 사라가 권총을 꺼내 들었다. 거의 동시, 아니 그보다 일순 앞의 일인지 모르겠다. 엔드레드의 손에도 권총이 쥐어져 있었다.

"쏠 테면 쏘아라. 보아하니 내 앞에 있는 녀석이 너의 정부인 모양인데 네가 나를 쏠 때 너의 남편인지 정부인지 모르지만, 이자도 내 손에 죽는다."

그 뒤의 상황을 나는 정확하게 소상하게 설명할 수가 없다. 너무나 장면의 변화가 단시간 동안에 급격하게 일어났기 때문에 세부를 파악할 수 없었다.

"쏠 테면 쏘라"고 다시 한 번 엔드레드의 고함이 커지자 갑자기 테이블이 뒤집혀지더니 커다란 엔드레드의 덩치가 뒤로 나가떨어지고 탁상의 그릇이 왈그락 부서지는 소리와 여급의 비명이 들렸는가 했을 때 권총소리가 몇 방—퀸즈룸은 삽시간에 수라장이 되었다가 삽시간에 고요를 되찾았다.

그 동안 1분. 아무래도 2분은 넘지 않았을 것이다. 그러나 영원한 시간처럼 느껴지기도 한 기묘한 시간이었다.

정신을 차리고 보니 엔드레드는 바른편 어깨 쪽에서 피를 흘리면서 천장을 보고 쓰러져 있었고, 한스는 창백한 얼굴을 하고 우뚝 서 있었고, 사라는 이제 막 불을 뿜은 권총을 쥔 채, 넘어져 있는 엔드레드가 깨어나기만 하면 또 쏠 것이라는 듯이 노려보고 있었다. 그러나 엔드레드는 다시 일어나지 못했다. 그대로 죽어버린 것이다.

허망했다. 이것이 한스가 십오 년 동안에 노력한 결과인가, 하고 생각하니 허망했다.

한스와 사라는 그 자리에서 알렉산드리아의 경찰청으로 연행되어 갔다. 그날 아침의 신문은 일제히 이 사건을 1면 톱에다 센세이셔널한 제목을 달고 보도했다.

나는 신문마다에 난 한스와 사라의 사진을 바라보고 있으면서, 무슨 꿈을 꾼 것 같은 느낌에서 벗어날 수가 없었다.

엔드레드가 쓰러져 누워 있는 장면. 탁자가 뒤집힌 장면. 한스와 사라가 각각 한 팔씩 한 개의 수갑에 묶여 있는 장면 등의 사진이 신문의 제1면을 메우고 있었는데, 그런 광경을 내가 직접 목격했으면서도 어떤 영화의 장면을 보는 것 같아 도무지 실감이 나질 않는 것이다.

한스와 사라의 조사가 진행됨에 따라 나도 빈번히 증인으로서 불려 다녔다.

내게 대한 증언청취의 요점은 한스의 살의유무에 있었다. 나는 한스에게 살의가 있었는지 없었는지를 그때까지 생각해본 적이 없었다. 한스도 그저 원수를 갚는다고는 했으나, 엔드레드를 죽이겠다고 말한 적이 없다는 사실이 새삼스럽게 생각이 났다.

'원수를 갚는다'란 말을 곧 '죽여 없앤다'는 뜻으로 생각할 수 없는 것이 아닌가. 나는 이 점을 한스에게 따져보지 못한 것이 한스러웠지만, 그의 마음속을 알 수 없는 나로선 추측만 갖곤 판단을 내릴 수가 없었다. 그래 취조관 앞에 나선 나는,

"원수를 갚아야 한다는 뜻을 그 사람이 가지고 있었던 것은 틀림없는 사실이지만, 원수를 죽여야 하겠다는 말은 들어보지 못했다"고 되풀이할 수밖에 없었다.

사실 한스에겐 살의가 없었는지도 모른다. 엔드레드를 붙들었을 때 그에게서 반성과 참회의 흔적이 보였으면 한스는 그와 더불어 같이 눈물을 흘리며 죽은 어머니와 아우의 영전에 사과시킴으로써 끝장을 냈을지 모를 일이다. 그러니 그날 밤 엔드레드가 그러한 불손한 태도만 취하지 않았더라면 이와 같은 결과가 나질 않았을는지도 모른다는 생각도 해볼 수 있었던 것이다.

사건 직후 한스는 허탈한 사람처럼 되어 있었다. 경찰청으로 연행된 후, 처음으로 면회하러 갔을 때의 그는, 완전히 생의 의미를 잃어버린 것 같은 지친 모양을 하고 있었다.

이와는 대조적으로 사라 안젤은 얼굴빛에 생기를 더하고 생의 의미를 찾은 사람처럼 명랑했다.

한스와 사라의 사건에 관해선 신문들이 연일 새 사실을 발견해서, 그들에 관한 읽을거리를 계속해서 게재해선 시민들의 흥미를 돋우었다. 이렇게 사라는 명실 공히 안드로메다의 사라로부터 알렉산드리아의 사라가 되어버렸다.

그런데 사라 없는 안드로메다에서의 생활이란 내겐 고역이었다. 그로부터 나의 주된 과업이란, 한스와 사라를 번갈아 찾아 면회를 하면서 그들 사이의 연락을 취해주는 일이었다.

한스와 사라가 재판에 회부될 무렵엔, 이 사건의 전모가 알렉산드리아의 전 시민에게 알려졌다. 그로부터 이 사건에 대한 시민의 관심이 더욱 높아져 갔다. 맨 처음에는 안드로메다의 고명한 무희가 끼인 살인 사건으로써 일반의 단순한 호기심에 작용한 정도였지만, 사건의 실마리가 이십 년을 거슬러 올라가야 하는 복잡한 배경을 가진 것이고 보니 식자들의 관심까지도 끌게 되었다. 알렉산드리아의 신문들은 그들의 독자적인 입장에서 사설을 발표했고, 알렉산드리아의 대학생들은 사라와 한스를 석방하라는 플래카드를 들고 시가행진에 나섰고, 가장 보수적 색채가 짙은 빅토리아 컬리지의 학생들까지도 사라와 한스를 위한 데모를 감행했다. 또 신문보도에 의하면 하루에 수백 통씩 그들의 구명을 바라는 투서가 알렉산드리아 법원에 날아든다는 것이다.

이러한 소란 속에서 나는 고독했다. 분주히 하루 일을 끝내고 나면 말할 친구도, 같이 놀 친구도 없는 형편이라, 창가에 무릎을 안고 우두커니 지중해를 바라보거나, 고국의 감옥에서 보내온 형의 편지를 읽거나 했다. 이 무렵에 형에게서 온 편지엔 다음과 같은 것이 있다.

"……엄지손가락만한 쇠창살이 10센티미터 가량의 간격을 두고 세로 일곱 줄 박혀 있는 넓이의 창. 이 창살을 30센티미터의 폭으로 석 줄의 쇠창살이 가로질러 있다. 그 쇠창살 안으로 각각 여섯 칸의 사각형으로 나눠진 유리 창문 두 짝이 미닫이식으로 달려 있다.

이렇게 가로세로 꽂힌 쇠창살과 함께 열두 칸의 유리창이 겹쳐, 누워서 보면 어린이가 서툴게 그려놓은 그래프 바닥처럼 보인다. 이 그래프에 좌표처럼 해가 걸리고 달이 걸리고 별이 걸린다. 생각하니 우리는 해를 가두고 달을 가두고 별을 가두어놓고 살아 있는 셈이다. 얼마나 오만한 황제냐. 내가 갇혀 있는 것이 아니라 태양과 달과 별을 내가 가두어놓고 사는 것이니 말이다.

그런데 이 하늘을 금 지어놓고, 태양과 달을 가두어놓는 창 앞에서 발돋움을 하면 막바로 사형장의 입구가 보인다.

두터운 담장의 일부에 거기만 푸르게 페인트칠한 문, 두 사람이 한꺼번에 들어갈 수는 없을 정도로 좁고, 키 작은 사람이라도 난장이가 아니면 꾸부리지 않고는 들어갈 수 없을 정도로 낮은 문.

문. 대통령이 대통령으로서 관저로 들어가는 문. 유적流謫의 황제가 유랑의 길에 오르기 위해 나서는 문. 어린 학생이 란도셀을 메고 학교로 들어가는 문. 안주와 미희가 기다리는 요정으로 통하는 문.

인간의 생활이란 따지고 보면 문을 드나드는 행동에 불과하다. 인류는 살아오는 과정에서 무수한 문을 세웠다. 앞으로 살아가는 과정에서 또 무수히 문을 세울 것이다.

문 가운데 문을 세우고 또 그 문 속에 문을 세우는 문. 인생의 수를 무한하게 적분積分한 만큼의 수의 문을 드나들며, 무수한 다른 문은 다 제쳐놓고, 인생은 왜 하필이면 저 문으로 들어가야 하는가.

가령 어느 13인의 인간이 저 문으로 들어가면 나올 땐 12인이 나온다. 1인은 이미 시체가 되어 있는 것이다. 들어갈 땐 자기 발로 걸어들어가지만 나올 땐 자기 발로 걸을 수 없게 되어 있는 것이다.

해질 무렵이면 삐걱거리는 수레의 바퀴 소리가 들린다. 사형장에서 시체를 끌어내어 시체 수용소로 옮겨가는 소리다. 이튿날 뒷문이 열리고 시체는 가족에게 인도된다. 인수할 가족이 없으면 감옥에서 소정한 장소에 묻는다.

어제 J라는 청년이 사형집행을 당했다는 뉴스가 흘러들었다. 시간을 꼽아보니 우리들이 한창 식사를 하고 있던 시간이었다. 불과 100미터도 떨어져 있지 않은 곳에서 인간 도살의 작업이 진행되고 있을 때, 그때 황제는 보리밥덩이를 분주히 입 속에 집어넣으면서 내 속의 돼지를 먹이고 있었던 것이다.

남이 사형을 집행당한다고 해서 내가 밥을 먹지 말아야 할 법은 없다. 죽는 자로 하여금 죽게 하라! 죽을 만한 죄를 지었기에 사형을 당하는 것이겠지. 죽어야 할 운명이었기에 죽고 있는 것이겠지.

어젠 청명한 날씨였다. 나뭇가지에 미풍이 산들거리고 새는 흥겹게 재잘거렸다. 이러한 날, 드높은 하늘 밑에서, 그 밀실에서 법률의 이름을 빌려 사람이 사람을 교살하는 작업이 진행되고 있었던 것이다.

사형이 뭣 때문에 필요한가를 생각해본다. 사형이 필요하다는 논의만을 가지고라도 능히 하나의 도서관을 이룰 수 있는 부피가 될 게다. 허나 이와 같은 부피의 사형이란 있어선 안 된다는 논의도 있다.

어떠한 경우라도 사람을 죽여서는 안 된다면 설혹 신의 이름, 법률의 이름으로도 사람을 죽일 수 없는 것이 아닌가. 사람을 죽였다고 해서 사람을 죽인다고 하는 것은 어떤 면으로 보더라도 이건 모순이다. 이것을 감상론이라고 할지 모르나, 사형에 관한 문제는 이미 이론의 문제를 넘어서 신념의 문제인 것이다.

어떤 사람은 사형을 폐지하려면 이러이러한 조건이 충족되어 있어야 한다고 말한다.

그러나 인간 만사에 있어서 모든 조건의 충족을 기다려서 이루어지는 일이란 드물다. 웬만한 조건으로서 타협하는 것이 인생이다. 그러니 어떠한 조건의 충족을 기다리기 전에 웬만한 정도에서 우선 사형부터 없애놓고, 그러한 조건이 충족되게끔 계속해서 노력할 수도 있을 것이 아닌가.

 베카리아 이래 많은 사형폐지론이 나왔다. 그 골자는 사형이 궁극에 가서 범죄 예방을 위해 효과적이 못 된다는 것이고, 회복 불가능한 것이고, 위협수단으로서의 속죄의 길을 막는 것이며, 혹 오판이라도 있었을 경우엔 상환불능한 것으로, 그저 복수의 뜻만 강한 형에 불과하다는 것이다.

 그리고 사회의 질서를 유지하기 위해서 인간이 인간을 율(律)하지 않을 수는 없으되, 인간이 인간의 생명을 빼앗는 정도까지 율한다는 건 너무나 지나친 월권이 아닐까.

 하지만 이러한 논의가 얼마나 무력한 것인가를 나는 알고 있다. 그러기에 사형폐지의 문제는 이론의 문제가 아니라 신념의 문제라고 한 것이다.

 최근 처형된 어떤 흉악범이 '나는 가도 나의 죄는 남는다'고 말했다고 한다. 진정 그렇다. 그 범인은 죽어 없어지더라도, 그 범인이 범한 죄는 남아 있는 것이다. 죄를 미워하되 사람을 미워해선 안 된다는 말이 있다. 이럴 때 미워해야 할 죄만 남고, 미워해선 안 될 사람만 없앤다고 해선 말이 안 되는 것이 아닌가. 두고두고 죄인이 스스로의 죄를 속죄할 수 있도록 생명을 허용해주는 것이 옳지 않을까.

 꼭 그렇게 안 되겠다면 흉악범 외의 죄인에 대해선 사형을 적용하지 않는 배려만이라도 있을 수 없을까. 그 죄인에게 부모가 생존해 계실 때 그 죄인의 사형집행을 부모가 돌아가고 난 후로 연기시키는 배려라도 있을 수 없을까.

 교수대의 삼줄은 단말마의 고통을 겪는 사형수들의 목에서 분비된 기름으로 해서 반들반들 윤택이 나 있다고 한다.

반들반들 윤택이 나 있는 교수대의 삼줄을 상상해 본다. 무수한 생명을 묶어 없앤 그 삼줄. 그 삼줄은 넓은 하늘 밑, 넓은 들판에서 무럭무럭 자랐다. 4, 5월의 태양을 흠뻑 받고 농부의 정성으로 해서 자랐다. 시골의 아낙네들이 삼을 벗기고 삼에서 실을 뽑아내는, 길쌈하는 것을 보았지. 청순한 소녀의 이빨로써 쪼개지고 하얀 살결이 포동포동한 무릎 위에서 꼬여진 삼줄, 그러한 역정을 밟아 교수대 위에 걸리게 된 삼줄.

너도 잘 아는 R정권시대의 고관 K가 집행당할 때의 이야기다. K를 사형장까지 끌고 갔는데 집행관들이 아직 현장에 도착해 있지 않았다. 그래 거기서 기다리고 있는 참인데, K가 소변이 마렵다고 하기에 집행장 밖으로 데리고 나와서 소변을 시켰다는 것이다. 집행관을 기다리고 있으면서 소변을 보고 있는 K의 모습을 생각해 보라. 마지막으로 만지는 자기의 섹스, 그 섹스가 뿜어내는 오줌 줄을 바라보고 선 그 모습, 그 마음. 나는 눈을 감을 수밖에 없다.

그러나 쓰는 김에 한 가지만 더 얘기해 두자. 어떤 죄명으로 당초엔 사형선고를 받았다가 무기형으로 감형되어, 십삼 년을 복역한 죄수가 있었다. 그런데 이 죄수가 기왕 지은 죄가 또 하나 발각되어 다시 재판을 받고 이번에도 사형선고를 받았다. 무기형으로 복역하고 있는 죄수이기 때문에 정상참작의 여지도 없다고 해서 극형이 언도된 것이다. 그 죄수의 집행에 입회한 어떤 담당(그 사람은 그 후 형무관직을 그만두었다.)이 그 죄수의 마지막 말을 다음과 같이 전했다.

'나는 이왕 당하게 되었으니 할 수 없지만 내 뒤엔 다시 이렇게 참혹한 일이 없도록 했으면 좋겠다.'

아무리 법률이 잘 정비되어 있고 신중하게 재판이 진행되었다고 해도, 판결은 언제나 오판의 부분을 포함하고 있는 것이다. 천의 살인사건, 만의 살인사건이 있어도, 경험과 사람의 성품까지를 고려에 넣을 때 각각 다른 사건이다. 천 가지 만 가지로 다른 사건을 불과 열 개도 되지 않는 경화된 법조문으로 다루려고 하면 법관의 양심 문제는 고사하고, 필연적으로 오판의 부분이 생겨나지 않을 수 없는 것이다. 최선을 다해도 오판의 부분이 남는다는 법관의 고민이 진지하다면 극단의 형만은 삼가야 할 것이 아닌가.

작년만 해도 이 감옥에서 처형된 사형수의 수가 57명이 넘는다고 한다. 57명의 생명이 그 문으로 걸어들어간 것이다. 나는 그 푸르게 페인트칠한 조그마한 문과 그 곁에 서 있는 플라타너스의 아직 어린 나무를 바라보고 있다. 저 어린 플라타너스는 머지않아 적적한 거목으로 자랄 것이다. 그때까지 또 몇 사람이 저문을 들어간 채 나오지 않을 것인지. 아아, 나는 이 감옥에서 나가면 사형폐지 운동이나 할까보다.

꽃 피는 아침에 눈을 비비며 일어나 엄마를 부르던 아이가 커서 옥중에 앉아 사형을 기다리고 있다."

"사랑하는 아우. 오늘은 부활절이다. 억울하게 박해를 당하는 사람이 이 세상에 없어지지 않는 한, 어질고 착하고 가난한 사람들이 고통하고 번뇌하고 있는 한, 예수에의 호소는 언제나 새롭고 절실하다. 나는 예수의 부활을 믿는 사람이다. 누구보다도 마음이 착했다는 죄, 누구보다도 불쌍한 사람을 동정했다는 죄, 누구보다도 눈물이 많았다는 죄, 누구보다도 동포의 구원을 희구하고 그 때문에 노력했다는 죄밖엔 없는 사람이 터무니없는 박해를 당했는데, 십자가에 못 박혀 창에 찔려 죽었는데, 그러한 사람이 부활하지 않을 리가 없는 것이 아닌가. 만인의 눈물 속에서 만인의 가슴 속에서 예수는 부활했다. 생전의 모습 그대로 그 이상의 실제로서 부활한 것이다. 부활해서 영생을 얻은 것이다. 만약 이런 사람이 부활하지 않았다면 이 세상은 다 아무런 가치도 없고, 살아 있을 필요도 없는 세상이다. 그러니 나는 예수의 부활을 믿는다.

마리아는 이러한 예수의 어머니다. 그 아들의 참변을 겪은 어머니다. 마리아의 눈물은 억울한 운명을 견디어야 했던, 견디어야 하는, 그리고 지금 견디고 있는 아들 가진 온누리의 어머니의 눈물이다. 사지에 몰려들어간 아들을 어머니의 사랑으로도 구해내지 못했을 때의 그 어머니의 마음의 지옥. 그 지옥의 마음으로 흘린 어머니의 눈물에 보람이 없어서 되겠는가. 꼭 사형을 없앨 수 없다면 그 수인의 어머니가 돌아가시고 난 연후에 집행하도록 하는 법률은 만들 수 없을까. 그렇게 흔하게 만들 수 있는 법률이 아닌가.

마리아에게 드리는 기도는 전 세계의 어머니에게 드리는 기도다. 그러니 그 기도에 은총이 없을 수 없는 것이다. 예수에게 드리는 기도는 억울한 운명을 앞서 걸은 선배에게 대한 기도다. 그 기도에 위안이 없을 수 없을 것이다. 그런 의미에서 나는 마리아와 예수에 드리는 제식에는 찬성한다. 나는 그런 뜻에서 크리스천이다. 그러나 여기에서 빗나가 우리의 생활과 정신을 얽매어 그 근본의 에스프리와는 무관한 방향으로 끌고 가려는 일체의 교조에는 반대한다.

그런데 다음과 같이 말하는 니체의 주장은 어떻게 이해해야 옳을까.

"신약성서는 인간 중에서도 가장 비천한 종족에 속하는 자의 복음이다. 기독교는 자랑·거리의 애수·위대한 책임·고양과 정신·굉장한 야수주의野獸主義·전쟁과 정복의 본능·정열의 신격화·복수·분격·염려·모험·지식 등의 가치를 부정하기 때문에 단죄되어야 한다."

버트런드 러셀은 이러한 니체에 관해서,

"니체의 예언은 지금까지의 어떠한 자유주의나 사회주의자들의 예언보다도 사태의 진상에 적중하고 있다. 니체가 하나의 병폐의 표현이라면, 이 병폐는 현대사회의 전 분야에 걸쳐 상당히 뿌리 깊이 침투되어 있다."

고 말했다.

줄잡아 말하면 니체가 병이라면 이 사회가 병들어 있다는 이야기다.

니체를 안티 그리스도라고 한다. 그러나 나는 어쩐지 니체가 거꾸로 표현된 예수 그리스도같이만 생각이 든다. 어떤 곡의 조를 바꾸어 놓으면 환희의 음악이 절망의 음악이 되듯이.

니체는 격한 어조로써 외쳤어도 마음씨는 소녀와 같이 수줍었다고 하지 않는가.

"나폴레옹은 위대하다. 병사, 아사해서 추잡하게 죽을 천민들에게 전사라고 하는 장렬한 죽음의 형식을 주고 있으니까."

나는 이 니체의 말을 읽고 니체의 본바탕을 알 것 같은 느낌을 가진 적이 있다.

"네 왼뺨을 때리거든 오른뺨마저 대주라. 오 리를 가자 하거든 십 리까지 따라가라"는 예수의 설교를 듣고 그저 온유하게만 살아서 지독한 독재자들의 노예로서 살아온 사람들에게 대한 분노의 폭발인 것이다.

아까의 니체의 말을 똑바로 번역하면,

"왜 꼼짝도 못하고 끌려다니느냐. 왜 나폴레옹에게 항거하지 못하고 네겐 아무 이득도 없는 전쟁터에 끌려나가 개처럼 죽느냐"는 뜻으로 될 것이 아닌가. 그러기에 니체는, "반항할 때만 노예도 고귀하다"

고 외쳤던 것이 아닌가.

지나친 이야긴지는 몰라도 나는 '니체가 예수가 부활한 하나의 면모가 아닌가? 그 전체는 아니더라도.' 하는 생각을 가져본다.

이러한 니체를 히틀러가 이용했다는 것은 자기들의 구세주를 십자가에 못 박아 죽인 역사의 작희作戲와 다를 바가 없다고 나는 생각한다.

오늘, 부활절. 나는 예수의 부활을 믿는 마음으로, 네게도 그렇게 믿어달라는 마음으로 이 편지를 썼다."

사라와 한스의 공판이 진행되자 재판정은 매번 인산인해를 이루었다. 사라라는 여자가 워낙 알렉산드리아의 명물인데다가 사건 자체가 대중의 흥미를 돋우기에 알맞은 때문이기도 했다.

공판이 진행되는 도중 나는 하나의 중대한 사실을 발견했다. 사라와 한스와의 사이에 미묘한 작용이 일어나고 있는 것이었다. 쉽게 말하면 어느덧 두 사람은 상애相愛의 사이가 되어 있었던 것이다.

나는 한스와 사라가 사귀고 있는 동안 서로 호의를 가지기 시작했다는 사실만을 알고 있었다. 그러나 사라는 그의 성질과 그의 집념으로 해서 쉽사리 사나이를 사랑할 수 있는 여자가 아니라는 것도 잘 알고 있었다. 그리고 범행 직전까지도 두 사람의 사이는 서로 사랑하는 정도에까지 이르지 않고 있었다는 것을 나는 확언할 수 있다. 그런데 공범적인 입장에 놓인 그 순간부터 두 사람의 사이엔 급격한 변화가 일어난 모양이다.

검사가 사라더러,

"당신은 한스의 정부냐"고 모욕에 가까운 심문을 했을 때 사라는 서슴없이 "그렇다"고 대답해서 법정을 소연하게 한 일도 있었다.

또 범행동기를 물었을 때, 사라는 게르니카의 상처도 말했지만 주로 사랑하는 사람을 위한 행위였다고 당당히 진술하고 살인의 직접적인 하수인은 자기며, 한스는 엔드레드에게 적개심을 가지고 있었을는지 몰라도 살의는 없었으며 살인행위도 없었다고 주장했다.

일방 한스는 사라가 권총을 발사한 건 사실이지만 그것은 자기가 엔드레드에게 치명상을 가하고 난 연후의 일이라고 말하고 사라가 쏜 총탄은 그의 어깨를 스쳤을 뿐인데, 그 정도 가지고는 사람이 죽지 않는 것이라고 덧붙였다. 그러니 엔드레드는 한스 자신이 뒤엎은 탁자에 부딪쳐 뒤로 나가떨어지면서 후두부를 다쳐 죽은 것이라고 주장했다.

그리고 검사나 변호인이나 판사의 물음에 대해서 분명히 살의가 있었다고 답했다.

사실심리가 진행됨에 따라 검사와 변호인 사이에 유죄냐 무죄냐 하는 문제를 두고 치열한 논쟁이 벌어졌다. 이때 알렉산드리아의 각 신문은 다시 사설로써 이 사건을 논평했다. 유태인 배척에 언제나 급선봉적 역할을 하는 아랍계의 몇 신문을 제외하고는 대강 피고들에게 유리한 논조였다.

그중, 알렉산드리아에서 가장 많은 부수를 가진 『알렉산드리아 데일리 뉴스』의 사설은 다음과 같았다.

카바레 안드로메다 사건은 근래에 드문 센세이션을 일으켰다. 이 사건을 분석하고 해석하고 그 등장인물의 과거를 추구하고 확대·추리하면 몰락 과정에 있는 유럽의 병리를 발견할 수 있을 것이다.

이 사건은 그 본질에 있어서 규명하자면 나치 독일의 죄악에까지 미처야 할 것이고 1937년에 일어난 게르니카의 학살 사건을 다시 한 번 회상해야 하는 노력이 필요할 것이다.

게르니카 사건이 있게끔 한 스페인 내란은, 부패해가는 유럽의 병리적 현상이 집약되어 폭발한 축도적 사건이었으며, 유럽 정신이 타락해간 단면을 나타낸 사건이다. 이 사건을 중심으로 우리는 국제적 음모와 배신과 계교가 인류의 미덕을 산산히 짓밟는 사실을 역력하게 들출 수가 있다.

그러니 이 사건이 당 알렉산드리아의 법정에서 심리된다는 데 깊은 의미가 있는 것이며, 마땅히 지대한 관심을 쏟지 않을 수 없는 것이다. 이슬람 문명과 헤브라이 문명, 그리고 헬레닉 문명을 종합·흡수해서 배양하고, 유럽 정신·유럽 문명의 요람이 되었던 이곳에서 병든 유럽 문명을 단죄하는 셈이 된다.

비법과 불법 사이에서 인간은 어떻게 해야 하느냐의 문제가 여기에 제기되어 있다. 그럴 때 취해야 하는 하나의 태도가 여기에 나타나 있다. 잊어버리고 체념해야 할 태도와는 강한 콘트라스트를 보이며, 기어이 잊지 않겠다는 태도가 여기에 나타나 있는 것이다.

피고의 하나는 자기의 일생을 희생시킬 하나로써 원수를 갚겠다고 마음을 먹었다. 그리곤 십여 년 동안을 원수를 찾으려고 전심전력을 다했다고 한다. 이것은 하나의 고전적 미덕이라고 할 수가 있다. 동시에 충분히 새로운 의미를 가지고도 있는 것이다.

체념·망각·타협·도피·자기변명으로서 지내는 세계 속에서 이처럼 깨어 있는 의식이란 신기하지 않을 수가 없다. 그렇다고 해서 우리는 이러한 태도, 이러한 의식을 무조건 용납할 수는 없다.

만약 그러한 태도, 그러한 의식을 용납하게 되면 인간은 복수의 영원한 링 속에 말려 들어가고 만다. 인류의 진보는 여기에서 중단된다. 그러나 일반론은 이 문제에 관한 한 적용될 수가 없다. 인간의 보존본능은 복수본능보다 훨씬 강한 것이다. 복수의 본능이 보존본능을 넘어서는 경우는 특수하다. 이 경우는 그러니 특수한 경우로서 다루지 않으면 안 된다.

똑같은 결과의 범행일지라도, 만인이 미워해야 할 동기로써 이루어진 것인가, 만인이 동정할 수 있는 동기로써 이루어진 것인가에 따라서 다루는 방법도 또한 달라야 할 것이다.

심리과정에서 나타난 바에 의하면 피고는 자기 자신에 관한 직접적인 원한에 대해선 이를 견디고 복수할 생각은 하지 않았다고 한다. 그러나 자기가 사랑하는 사람의 원한은 풀어주어야 한다고 마음먹었다고 한다. 자기를 밀고하고, 구박하고, 학대한 사람들에게 대해선 소련의 억류생활 중에 얼마라도 원수를 갚을 수 있었지만, 모든 것을 피차의 운명으로 돌리고 되레 감싸주었다고 한다. 이 사건의 보도가 전해지자 이러한 그의 성품을 증명할 만한 투서가 기왕의 전우에게서 본사 앞으로 수십 통 날아들기도 했다.

이러한 한스의 태도는 유럽의 기사도, 일본의 무사도를 방불케 하는, 그러니까 공감할 수는 있으나 실천하기는 어려운 일이다. 자기희생이 병행되기 때문이다. 이건 도의가 짓밟히고, 사랑이 기교화되고, 편리화되고, 수단화된 오늘날에 있어선 상당히 높게 평가해야 할 모럴이라고 아니할 수 없다.

말하자면 장려할 수도 있는 모럴이다. 이와 동시에 우리는 사람을 죽이거나 폭행을 해서는 안된다는 모럴도 소중히 해야 할 처지에 있다. 이건 분명히 하나의 딜레마다. 이 딜레마는 만약 이와 같은 모럴을 처벌하지 않으면, 복수의 모럴이 유행해서 사회의 질서를 혼란케 하지 않을까 하는 우려와, 만약 이 모럴을 처벌하면 보기 드문 인간의 미덕을 벌하는 결과가 되지 않을까, 하는 우려의 딜레마로서 현실화한다.

그러나 이와 똑같은 경우란 있을 수 없는 것이다. 다음에 만약 이와 비슷한 사건이 난다면 그것은 이 사건이 있은 다음의 사건이란 점에서 벌써 평가의 입장이 달라져 있는 것이다.

가령 이번의 사건이 무죄판결을 받았다고 치고, 그 뒤에 나타난 사건이면 설혹 똑같은 희생정신이 발동한 범행일지라도 무죄판결을 받은 사건을 본뜬 범행이라고 해석할 수 있기 때문에 정상참작의 폭이 그만큼 줄어드는 것이다. 말하자면 무죄판결을 받을 수 있으리라는 예측 하에서 한 범행으로 보고, 가상해야 할 자기희생 정신의 평가에 있어서 감점하지 않을 수 없을 것이니, 그것이 바로 유죄판결의 근거가 될 수 있는 것이다.

지금 이 사건은 살인이냐 과실치사냐 정당방위냐 하는 결론을 에워싸고 심리 중에 있다. 만약 그것이 살인이란 결론으로 낙착되더라도 가상할 수 있는 동기를 참작해서 관대한 처분이 있어야 할 것이다. 그러나 단순폭행으로 인한 과실치사라 하더라도 15년간 원한을 품어 온 것이 사실인 이상 간단하게 취급될 문제가 아니다.

법관의 명식과 현찰이 어떻게 이 문제를 처리할 것인지 기대해 볼 만하다.

『알렉산드리아 가젯트』란 신문엔 이런 투서가 실렸다.

카바레 안드로메다 사건의 피고들에겐 부득불 벌을 줄지라도, 그런 행위는 권장해야 한다. 법률이 응분한 보복, 징벌, 또는 살계의 수단을 갖추고 있는데도 불구하고 사감으로써 살인을 했다면 이는 응당 엄벌에 처해야 한다.

그런데 원한의 대상이 분명 불법, 비법, 불의였음에도 법률이 이를 징치할 수단을 갖지 않을 때 개인은 그가 지니고 있는 원한을 어떻게 풀어야 하는가.

최후의 심판이란 건 없다. 내세에서의 보복이란 것도 없다. 이럴 때 한스와 사라가 행한 것 같은 복수 행위를 권장하는 것이 인도에 맞는 일이며, 악인과 비겁한 놈이 날뛰지 못하도록 하는 효과적 방법이 아니겠는가.

최고의 미덕은 불의를 행한 자에게 자기희생을 각오하고 복수하는 행위다. 동서의 법률 전통에는 관허官許의 복수 행위가 있었다. 이것을 부활시켜야 한다. 이래야 불의를 행한 놈이 꿈쩍 못 하리라.

불의와 사악한 야심에의 정열은 치열해가는데, 이를 징치해야 할 테러의 정열이 식어간다는 것은 통탄할 일이다.

히틀러 정권 따위의 강도적 협잡정권의 앞잡이 하나쯤을 죽였다는 사실을 가지고 왈가왈부하는 것은 영광의 도시 알렉산드리아의 영예를 위해서 부끄러운 일이다.

사랑하는 사람을 위해 자기희생을 각오한 복수는 최고의 미덕이란 모럴을 우리는 정립해야 하겠다. 복수하는 것도 좋지만 절서도 지켜야 하니 이것은 딜레마라고 『알렉산드리아 데일리 뉴스』의 사설은 말하고 있지만 우리는 딜레마를 겁낼 필요가 없다. 딜레마를 해결하는 유일한 방법은 테러이다.

겁나는 것은 무질서보다도 전도된 질서다. 전도된 질서의 표본이 나치적 질서가 아닌가. 그러한 질서에 적대하기 위해서라도, 적대하는 정신풍토를 만들기 위해서라도 한스와 사라에겐 관대한 처분이 내려야 한다. (알렉산드리아 대학생)

알렉산드리아의 검찰청에서 한스와 사라 사건에 관한 참고 재료를 얻기 위해 게르니카·바이에른·프랑크푸르트에 파견된 조사관들이 돌아왔다는 신문보도가 나자, 그 일주일 후에 검사의 논고가 있었다.

검사의 논고

본건은 독일인 한스와 스페인 여성 사라가 공모해서 독일인 엔드레드를 살해한 사건입니다. 시체검증, 현장검증, 범행 시 목격자의 증언, 경찰·검찰 그리고 당 법정에서 행한 피고들의 진술을 통해서 볼 때, 이는 명명백백한 공모살인사건이며, 살인사건의 법적 범죄구성 요건에 관해선 추호의 의혹도 개재할 여지가 없습니다.

피고 한스는 2차대전 중 독일군의 일원이었습니다. 그가 귀향하자, 그의 아우 요한이 게슈타포의 직원인 엔드레드에게 연행되어, 그 직원에게 고문을 당하고 죽었다는 사실과 그 때문에 충격을 받아 어머니도 죽었다는 사실을 알았습니다. 그래 한스는 엔드레드에게 원한을 품고 세계를 전전 찾아다니다가 우연히 이 알렉산드리아에서 그를 만나게 되었습니다. 그는 그의 정부 사라와 공모해서 엔드레드를 카바레 안드로메다의 퀸즈룸에 납치, 한스는 탁자를 뒤엎어 엔드레드를 쓰러뜨리고 사라는 권총을 발사해서 엔드레드를 즉사케 한 것입니다. 사건의 경위는 이렇게 간명합니다.

그런데 이 사건을 정치적으로 흐리게 하려는 일련의 작용이 있다는 사실을 본관은 대단히 유감스럽게 생각합니다. 나치가 어쨌건, 게슈타포가 어쨌건 게르니카가 어쨌건, 그런 것은 당 알렉산드리아의 사직당국이 관여할 바 아닙니다.

본직은 이곳에서 발생한 하나의 살인사건, 명명백백한 공모로 인한 살인사건을 알렉산드리아의 법률에 비추어서 고발하고, 범법자의 처벌을 당 법정에 요구할 뿐입니다.

본관도 인간인 이상, 그들의 범행동기엔 일말의 동정을 갖지 않는 바는 아닙니다. 그렇지만 개인에 의한 개인에의 복수는 사회 질서 유지상 엄격하게 금지되어 있을 뿐만 아니라, 만약 이와 같은 행위에 조금이라도 관용하는 태도를 보였다간 사회를 파멸로 이끄는 결과를 초래할 것입니다.

더욱이 피살된 엔드레드는 공무를 집행한 사람입니다. 공무를 집행하다가 월권행위를 해서 무고한 생명을 죽였다는 것이면 독일에도 엄격한 법률이 있었을 것이니 응당 의법 처단되었을 것입니다. 그런 처단이 되지 않았다면 당시의 독일 국정이 그렇게 하지 않아도 되었다던가 그럴 필요가 없었던가 했음이 분명합니다. 무슨 사정으로 안 한 것인지에 관해선, 본 검찰로선 알 수도 없고 알 바도 아닌 것입니다. 아무리 명예로운 알렉산드리아의 법정이라도 남의 나라의 사정을 살펴 내정간섭에까지 이르는 처사는 할 수 없으며, 더구나 남의 나라의 공무집행 상황을 비판해서, 그것을 본건 처리에 영향이 미치도록 작용시킨다는 것은 언어도단한 일입니다.

그러니 본관은 범행에 동기를 주었다고 하는 엔드레드의 행위는 공무를 집행한 행위로서 이미 완료된 것이라고 취급합니다. 그런데 이 공무집행이 어떤 사람의 감정에 거슬린다고 해서 복수를 허용, 또는 관용하는 따위의 사고방식을 가진다면 바로 이 알렉산드리아의 안위에 관한 문제로 발전할 것입니다. 다시 말하면 범행 동기의 근원이 외국에 있고, 범행자가 외국인이라고 하더라도 범행의 장소는 바로 이 알렉산드리아며, 이 사건을 어떻게 처리하느냐에 따른 영향은 바로 이 알렉산드리아가 받게 되는 것입니다.

개인의 보복을 금한 것은 발달된 법률사상에 그 근거를 두고 있는 것입니다. 그렇게 금지해야만 된다는 자각과 반성이 낳은 인간의 두뇌가 획득한 성과의 하나인 것입니다. 그러고 복수 감정을 이해한다고 하더라도 한스와 아우 요한이 죽은 것은 지금부터 이십 년 전의 일입니다. 아무리 흉악한 범죄도 이십 년이 지나면 시효가 되어 소추가 불능하게 되는 것입니다. 이 시효라는 것도 발달된 법률사상이 낳은 것입니다. 비정한 법률도 시효를 인정하고 있는 판인데, 하나의 원한을 장장 이십 년, 아니 십오 년 동안을 품어왔다는 이 놀라운 사실에 우리는 착목할 필요가 있습니다.

이십 년, 또는 십오 년이란 세월은 웬만한 대사건도 망각 속에 파묻혀버리는 시간입니다. 그 동안 지구 위엔 대사건이 연달아 일어났습니다. 창상(滄桑)의 변화도 있습니다. 원수가 되었다가 다시 동지가 된 시간입니다. 어떠한 원한도 이슬 녹듯 사라지고 원수끼리 서로의 손을 잡을 수 있는 시간인 것입니다. 그럼에도 불구하고 그 원한을 십오 년 동안이나 품어와선 드디어 살해하기에 이르렀으니 이 사실을 통해서 본관은 피고인 한스의 본성이 범인을 넘어선 흉포성·잔인성·집요성을 지니고 있는 것이라고 지적하지 않을 수 없습니다.

그러니 죄질과 경위, 국가사회와 전세계에 미치는 영향, 또 이 알렉산드리아의 위신을 위해서 알렉산드리아 형법이 규정한 극형, 즉 무기형을 요구할 것이지만 육친을 비명에 잃었다는 만인이 공감할 수 있는 슬픔을 참작해서 징역 십오 년을 구형합니다.

공범 사라에게 대해선, 비범한 매력으로 알렉산드리아를 현혹하고, 인심을 매혹하고, 그 소행이 건전한 시민생활에 유독한데, 그 위에 또 이번과 같은 범행을 저질렀으니 역시 극형인 무기형을 요구할 것이지만, 애인을 위한 정열과 게르니카 비극이 낳은 고아로서의 비운을 참작해서 한스와 동량으로 징역 15년을 구형합니다.

구형하는 순간 신문·기타 보도 관계자들의 카메라가 일제히 플래시를 터뜨렸다. 한스와 사라의 의연한 자세, 영웅의 면모가 있었다. 더욱이 이날의 사라처럼 고귀한 사라는 이때까진 보질 못했다. 이날에 찍힌 사라의 프로필이 브로마이드가 되어 시중에 범람했고, 이 브로마이드에 사라의 사인을 얻으려고 쇄도한 군중들을 그 뒤에 보았을 때 알렉산드리아의 전 시민이 나와 공감하고 있었다는 사실을 알았다.

경사의 논고와 구형이 있은 뒤 이어 변호인 A의 변론이 있었다.

변호인 A의 변론

동기엔 동정을 금할 수 없으나, 그것이 미치는 결과를 생각해서 엄벌에 처해야겠다는 것이 검사의 논고 요지였습니다.

일견 그럴듯한 말이나, 우리는 냉정하게 그런 사고방식을 검토할 필요가 있다고 생각합니다. 나타난 결과만을 가지고 따지는 것과, 어떻게 되었더라면 그 결과가 이렇게 될 수도 있으리란 추측, 그것이 아무리 확실한 것처럼 보이더라도 그런 추측을 가지고 따지는 것과는 엄밀히 구별될 줄을 믿습니다.

일례를 들면 여기 어떤 사람이 어한禦寒을 하기 위해서 어느 집 근처에서 모닥불을 피웠다고 합시다. 그럴 때 이 사람을 일개 도시를 불태울 수 있는 결과를 가져올 것이란 추측으로 극형에 처해야 한다고 주장하고, 사실상 일개 도시를 불살라버린 사람과 동일하게 단죄한다면 될 말이겠습니까.

그렇다면 그 동기에 충분한 동정을 할 수 있는 범행을, 이를 관대하게 처리하면 사회의 질서를 문란케 한다고 해서, 다시 말하면 이러한 행동이 속속 드러날 것이라고 추측해서 엄벌을 내릴 순 없는 것이 아니겠습니까.

어떠한 범행이라도 우리는 이것을 얼마라도 확대추측, 확대해석할 수 있습니다. 그러나 이와 같은 확대추측, 확대해석에 의한 법 운용상의 과오를 없애기 위해서 여러 가지 해석이 가능할 땐 피고에게 가장 유리한 해석을 채택해야 한다는 원칙이 서 있는 것이며, 이 원칙도 아까 검사가 들먹인 발달된 법률사상에 바탕을 두고 있는 것입니다.

또 일벌백계주의란 법 운용상태가 있으나, 이것처럼 위험하며 비인도적인 법 운용이란 있을 수 없는 것입니다. 하나를 희생시키고 다수를 살린다는 뜻은 간단한 산수 문제 같습니다. 그럴듯한 외양을 갖추고 그럴듯한 논리도 갖추고 있습니다. 그만큼 해독도 또한 큰 것입니다.

인신어공人身御供이나 희생제가 통용된 미신의 시대, 전쟁과 같은 극한상황이 아니고서야 하나를 죽이고 다수를 살린다는 문제 설정은 있을 수 없는 것입니다. 하나를 다수를 위해서 희생시켜야 하는 경우란 극한상황입니다. 그러한 극한상황에서 마지못해 불가피하게 상황의 강박에 의해서 취해질 마지막, 그야말로 최후의 수단이지 일반적인 원칙으로서 일벌백계를 내세울 수는 없는 것입니다. 다수와 소수라고 하면 산술적 설득력을 가지고 있지만, 지금 다수라고 하는 그것도 하나를 단위로 이루어진 것이고 언제 그것이 다수를 위해서 희생되어야 할 하나가 될지 알 수 없는 것입니다.

 문제를 냉정하게 검토해 봅시다. 아까 말한 바와 같이 극한상황, 또는 극한정세를 제외하고 "하나를 희생시켜 다수를 위한다"고 할 때, 언제나 희생되는 사람은 확실하게 존재하고 있는데, 위함을 받는 다수는 막연한 존재인 것입니다. 그러니 죄는 어디까지나 죄상과 정상 그대로를 확대추리와 확대해석을 피해 다루어야 하지, 일벌백계 사고방식을 도입해서 죄상파악과 정상참작에 영향을 끼치는 일이 있어선 안 되는 것입니다.

 막연한 관념적 추리 위에 관념적 다수를 위해서 구체적이고 생명 있는 한 사람을 희생시키거나 부당하게 엄벌하는 일이 있어서는 안 됩니다.

 법률이 개인의 복수를 금하고 있는 것은 사실입니다. 그러나 본건은 특수한 성격을 지니고 있습니다. 개인의 복수를 금하는 것은 개인을 대신해서 법률이 이를 처리해준다는 전제가 암암리에 승인되어 있는 것입니다. 그런데 본건의 경우 개인의 원한을 법률이 처리할 수 있는 방법이 전연 없는 것입니다.

 법률이 보장해주지 않는 인권은 개인 스스로가 보장해야 하지 않겠습니까. 법이 처리하지 못하는 불법은, 혹은 고의로 처리해주지 않는 불법은, 그것이 결정적으로는 불법이라는 단정이 내린 것이라면 당사자 개인이 이를 처리할 수 있다는 어떤 모럴이 허용되어야 하지 않겠습니까. 법률은 자체의 미급함을 항상 반성하고 법률에 우선하는, 그러나 법률화할 수 없는 이러한 도의를 인정해야 옳지 않겠습니까. 법률만이 모든 것을 처리하고, 법에 위배한 일체의 처리는 그것이 인정에 패반悖反됨이 없고, 공의에 어긋나는 점이 없음에도 부당하다고 생각하는 건 법률의 오만이 아니겠습니까. 그러한 오만이, 법률이 본래 존귀하게 보장해야 할 인간의 가치를 하락시킴으로써 법률 본래의 목적에 위배하는 결과가 되지 않겠습니까.

불법이지만 정당하고, 합법이지만 부당한 인간행위가 있는 것입니다. 이런 복잡미묘한 인생에의 이해에 입각해서, 한정되고 불안한 법률의 능력을 인식할 때 비로소 인간을 위한 법률운용이 가능한 것이라고 본 변호인은 믿고 있습니다.

아까 검사는 한스의 범행 동기의 근원이 된 엔드레드의 행위가 공무집행 행위로서 완료된 것이라고 말씀하셨습니다만, 공무집행이기 때문에 모두가 정당하며 이에 대한 방해·반항·사후 시정 등의 노력이 부당하다는 단정, 즉 불법이면 부당하다는 단정은 너무나 조급한 판단이 아닐까 이렇게 생각이 됩니다. 그러한 판단이 인간을 위한 법 운용이 아니고 법률을 위한 법운용이란 경화된 태도가 아니겠습니까.

여기서 문제된 국가의 공무집행이란 두말할 것 없이 나치 독일의 공무를 말하는 것입니다. 전 세계를 살상의 도가니 속에 몰아넣고 천수백만 명의 인명을 앗은 나치 독일의 흉포한 범죄의 일환을 공무집행이란 말로써 검사는 엄폐하려 하고 있습니다. 아까 검사는 또 엔드레드의 행위를 공무집행이라고 말하고, 그 월권된 부분에 대해선 독일의 사직이 의법처단했을 것이고, 안 했으면 국정이 다른 탓이니 그것을 논의한다는 건 내정간섭에 속하는 일이라고 했는데, 검사는 이 점에서 분명히 문제점을 착각하고 계십니다. 나치 독일의 공무집행 상황을 우리는 간섭하려는 것이 아니라, 이 사건의 심리에 필요한 정도로 그 상황을 검토해보자는 것입니다. 내정간섭이 아니라, 인도의 입장에서 비판해보자는 것입니다. 아무리 타국의 일이라도 우리는 인도에 벗어난 행위는 이를 규탄해야 하며, 비판할 수 있는 권리와 의무를 가지고 있는 것입니다.

나치는 천수백만의 인명을 살해했습니다. 공무집행으로서 아우슈비츠의 직원들은 매일 유태인과 정치범을 가스실에 넣어 죽였습니다. 그것을 비난하는 것도 내정간섭이겠습니까.

엔드레드가 요한을 잡아간 것은, 요한이 유태인을 숨겨주었다는 죄로서 그랬고, 고문해서 치사케 한 것도 숨겨놓은 유태인이 있을 것이니 그것을 자백하라고 강요한 행위였던 것입니다. 다시 말하면 엔드레드의 공무집행은 유태인 학살에 관련된 공무인 것입니다. 한스의 행동을 공무집행자에 대한 반항이라고 보아도 좋습니다. 그렇다면 한스는 바로 이러한 범죄적 공무집행에 대해 반항한 것입니다. 유태인 학살이란 공무집행에 반항했다고 해서 단죄할 수 있겠습니까. 나치의 범행은 이미 뉘른베르크의 법정에서 인도상의 대죄악으로서 판정되어 있지 않습니까. 아까 알렉산드리아 법정의 위신을 말했는데, 만약 검사와 같은 논법에 본 법정이 지배된다면 그야말로 알렉산드리아 법정은 세계 앞에서 그 면목을 잃고 말 것입니다.

검사는 십오 년 동안이나 원한을 품고 왔다고 해서, 이 사건을 피고의 흉포하고 잔인한 성격의 소치로 돌렸습니다. 이는 실로 본말 전도된 의견이라고 아니할 수 없습니다. 십오 년 동안이나 어머니와 아우에게 대한 사랑을 고스란히 지녀왔다는 사실엔 착목하지 않고, 그로

인한 원한을 잊지 못한 갸륵함이 높이 평가해야 할 미덕이란 점엔 눈을 가리고, 그의 성품을 흉포하고 잔인하다고 지적하는 마음을 본 변호인은 섭섭하게 생각합니다.

 오늘날 우리들이 범하는 과오는 대개 건망증에서 온 것입니다. 옛날의 원한을 잊지 않았던들 오늘날 우리는 이처럼 나약하지는 않을 것입니다. 옛날의 실패를 잊지 않았던들 오늘날 이와 같은 추태는 없었을 것입니다. 오늘날 인류의 문화는, 또한 미덕은 건망증에 걸려 있는 대다수 가운데 건망증에 걸리지 않은 극소수의 사람들이 건재해 있는 덕택입니다. 너무나 심한 건망증 때문에 골치를 앓고 있는 사회에서 건망증에 걸리지 않았다고 해서 흉포한 성품을 지녔다는 말은, 사랑을 일시적인 발작으로 알고, 아무리 고귀한 감정도 지나쳐 버리면 헌신짝 잊듯 하는 이 세상에서 영원한 사랑을 간직한 귀한 감정을 지닌 사람을 흉포하다고 하는 말밖엔 되지 않습니다.

 여기서 참고로 말씀드릴 것은, 피고 한스는 자기가 직접 당한 학대에는 일체 적개심을 갖지 않았으며, 원한을 품지도 않았다고 합니다. 그러나 사랑하는 사람이 당한 학대는 이를 참지 못하겠다는 것입니다. "사랑이란 사랑하는 사람의 원한을 풀어주는 실천이다. 사랑이란 사랑할 수 있는 용기를 말한다." 이것이 한스의 신념인 것입니다.

 하지만 살인행위는 벌을 받아야 합니다. 동시에 이 사랑하는 사람을 위한 무상행위엔 상을 주어야 합니다. 이 딜레마는 상을 주어야 할 행위에 상을 주지 않음으로써, 벌을 주어야 할 부분에 벌을 주지 않도록 상쇄함으로써 해결이 될 줄 믿습니다. 그렇다고 해서 본 변호인은 한스와 사라가 살인행위를 했다고 인정하는 것은 아닙니다. 살인행위를 했다고 가정하더라도 그렇다는 말씀입니다. 이 문제에 관해선 변호인

B씨의 변론에 기대하겠습니다.

　상피고 사라 안젤에 관해선, 우연히 그 현장에 있다가 친구 또는 애인의 위급을 구하기 위한 단순한 행동이며, 사라가 게르니카의 딸이란 점에서 정상이 한스와 같다고 보고, 어디까지나 한스가 주된 입장에 있는 사람이므로 한스에의 변론이 사라 안젤의 변론을 겸한 뜻이 되리라고 믿습니다.

　재판장 및 그리고 열석하신 배심원 제씨, 인도의 이름 아래 또 이 알렉산드리아 법정의 명예를 위해서 여러분의 양식이 한스와 사라 양 피고에게 무죄의 결정을 내릴 것을 믿어마지 않습니다.

　변호인 B씨의 변론

　이제 변호인 A씨로부터 본건을 도의적·인도적·법이론적으로 본, 명쾌하며 정열적이고 감동적인 변론이 있었기 때문에 나는 일체의 이론을 배제하고, 본 사건의 진상을 구체적으로 분석하고자 합니다.
　검사는 논고에서 피고인 한스와 사라가 공모해서 엔드레드를 살해했다고 주장하고 있습니다. 피고인들도 그렇게 했다고 자백하고 있습니다. 그러나 본 변호인은 이러한 주장과 자백에 이의를 제출합니다. 피고들의 자백은 결과적으로 엔드레드가 죽었으니, 그 결과에 대한 도의적 책임으로 자기들이 살해한 것이라고 말하는 것이지, 사건의 진상은 그렇지가 않습니다.
　우리는 한스가 원수를 갚아야 한다고는 항시 생각하고 있었으나 어떻게 원수를 갚을 것이냐 하는 방법과 형태는 미처 생각하지 않았다는 점에 착목해야 할 것입니다.

혹시 엔드레드의 반성을 촉구하고 고향으로 돌아가 어머니와 아우의 무덤 앞에 사죄를 시키고, 그것으로써 어머니와 아우의 원한을 풀었다고 했을는지도 모릅니다. 혹은 또 엔드레드를 화가 풀릴 때까지 구타하고, 그것으로 복수를 끝냈을는지 모를 일입니다. 그러나 한스의 성품, 그의 고향에서 입수해온 한스의 기왕의 행적으로 봐서 이런 경우는 충분히 있을 수 있는 일이라고 생각합니다. 그리고 원수를 갚아야겠다는 생각과 살의를 품었다는 것을 혼동해선 안 됩니다. 한스와 사라는 어디까지나 살의를 품었었다고 말하고 있지만, 이런 말 역시 결과에서 거슬러 올라간 도의적이고 양심적인 태도의 표현일 따름입니다. 허기야 이놈을 잡기만 하면 죽여버리지, 하는 생각을 왕왕 했었을 것이란 사실은 응당 있었을 것입니다. 그러나 죽여버리지, 하는 막연한 상념과 꼭 죽이겠다는 결의는 다른 것입니다. 만약 한스가 그런 결의를 했다면, 그러한 어떤 흔적이 있어야 할 것이 아니겠습니까. 사건이 발생한 후, 한스의 소지품을 샅샅이 들췄지만 하나의 무기 비슷한 것도, 약물도 발견하지 못했습니다. 사라를 시켜 권총을 가져오게 했다고 하나, 그건 사실과 다릅니다. 사라가 호신용으로 항시 권총을 휴대하고 다녔다는 사실은 여러 증인들이 말하고 있는 것입니다.

그러나 엔드레드가 죽은 사실은 어떻게 할 수가 없습니다. 사라와 한스가 공모해서 살해했다는 피상적이지만 그렇게 단정할 수 있는 조건도 갖추어져 있습니다. 그런데 여러 증인의 증언을 종합하면 이렇게 되어 있습니다.

한스가 요한에 관한 사실을 추궁하자, 엔드레드는 그런 얘기는 집어치우라고 하면서 사라 가까이 가선 입술을 사라의 어깨에다 대려고 했습니다. 사라는 엔드레드의 뺨을 치고 "게슈타포의 앞잡이"라고 욕설을 퍼부었습니다. 이때 한스가 엔드레드, 하고 고함을 질렀습니다. 엔드레드는 한스와 사라에게 폭행을 할 기세를 보였습니다. 체격으로 보아 한스는 엔드레드의 적이 아니었습니다. 그래 사라는 엉겁결 권총을 꺼냈습니다. 그땐 벌써 엔드레드의 손에도 권총이 쥐어져 있었습니다. 그런데 누가 먼저 권총을 꺼냈는지는 분명하지 않습니다. 요는 엔드레드의 권총과 사라의 권총이 서로 대치된 몇 순간이 있었던 것만은 사실입니다. 엔드레드는 나를 쏘면 한스도 죽는다는 위협을 했다고 합니다. 이런 순간 한스는 재빠른 동작으로 앞에 있는 탁자를 엔드레드 쪽으로 뒤집은 것입니다. 이 불의의 습격 바람에 엔드레드는 뒤로 나가떨어져 후두부에 심한 타박상을 입었습니다. 검시 결과 충분히 치명상이 될 수 있는 뇌진탕 증세를 나타내고 있었습니다. 그때 엔드레드의 마지막 경련이 사라에겐 권총을 쏠 것 같은 동작으로 보였던 것입니다. 그래 사라는 엔드레드의 어깨를 향해 두 발의 탄환을 쏜 것입니다. 엄밀하게 말하면 사라는 죽어가는 시체, 또는 이미 시체가 된 엔드레드를 향해서 권총을 쏜 것입니다.

결정적 사인은 넘어질 때 일으킨 뇌진탕이란 건 검시자 일동의 보고서로써 확실합니다. 그런데 뇌진탕을 일으키게 한 원인엔 두 가지가 있습니다. 하나는 한스가 탁자를 뒤엎은 동작, 하나는 엔드레드 자신의 취기. 만약 엔드레드가 대취하지 않았더라면 뒤엎이는 탁자를 피할 수 있었을 것이고 탁자에 부딪혔다고 해도, 그렇게 쉽게 나가떨어지지는 않았을 것입니다. 그리고 사라가 쏜 탄환은 하나는 빗맞고 하나는 오른편 어깨를 관통하고 있었는데 이것은 치명상이 될 수 없는 것입니다.

이상을 간추려 보면 한스가 엔드레드를 향해서 탁자를 뒤엎은 행위는 어느 모로 보나 정당방위입니다. 그러니 한스의 행동은 정당방위에 의한 과실치사, 사라의 행위도 역시 정당방위에 의한 상해, 또는 과실치사, 좀더 엄격하게 말하면 정당방위의 과잉으로 인한 시체상해, 이렇게 됩니다.

정당방위에 의한 과실치사는 당 알렉산드리아 법정의 판례에 의하면 벌금 이상의 형을 받은 적이 없습니다. 그러니 정당방위의 과잉으로 인한 시체상해도 그 이상의 처벌대상이 되지 못합니다. 이런 진상과 아까의 변호인 A씨가 말한 바 정상을 참작하면, 양 피고에게 응당 무죄의 판결이 내려야 할 줄 믿습니다.

여기에서 한 가지 부언하고 싶은 것은 예루살렘에서의 아이히만 재판을 상기해야 된다는 점입니다. 누구도 아이히만을 예루살렘으로 끌고간 사람을 죄인이라고 생각하지 않습니다. 이스라엘 국내에선 물론, 전 세계의 사람들이 그를 죄인이라고 생각하지 않습니다. 그러니 한스의 경우 엔드레드를 예루살렘으로 데리고 가서 죽였던들 그의 행위는 문제도 되지 않았을 것입니다. 그러나 한스에겐 엔드레드를 데리고 갈 예루살렘이 없습니다. 유태인 아니고 한스가 엔드레드를 예루살렘으로 넘겨줄 생각도 없었습니다. 이런 경우 엔드레드에게 원한을 품은 한스는 어떻게 해야 옳았겠습니까. 설혹 이 사건이 살인사건으로 판정되더라도 이와 같은 과실치사, 또 정당방위 본능에 의한 시체상해 사건이라고 본 변호인은 주장하고, 재판장 및 배심원 제씨에게 인도의 이름 아래 이 알렉산드리아 법정의 명예를 위해서 피고들에게 무죄판결 있기를 바랍니다.

검사의 논고, 변호인들의 변론이 있은 후, 알렉산드리아 시민들의 이 사건에 대한 관심은 클라이맥스에 달했다. 언도공판이 있는 날은 법정 내는 물론, 법원 앞 광장에 인파가 가득차고도 남은 군중이 거리에까지 넘쳐, 기마경찰까지 출동해서 교통정리를 하는 등, 소란이 일어났다. 그런데 개정하자마자 모여든 사람들은 아연했다. 뜻밖인 실로 뜻밖인 사태가 벌어졌다.

재판장은 착석하자, 서기를 시켜 다음과 같은 결정 사항을 낭독케 한 것이다.

당 알렉산드리아 법정은 한스·사라 사건에 관해서 다음과 같이 결정한다.

한스 셀러와 사라 안젤이 이 결정이 있은 후 일 개월 이내에 알렉산드리아에서 퇴거할 것을 조건으로 판결을 보류하고 즉시 석방한다.

알렉산드리아에서 한스 셀러와 사라 안젤이 퇴거하지 않을 때는, 다시 날을 정해 판결 보류를 해제하고 언도공판을 연다.

이 결정은 알렉산드리아 검찰청과의 합의 아래 이루어진 것이다.

이 결정은 판결이 아니므로 판례로써 취급하지 않는다. 이상.
알렉산드리아 제 일심 법원백.

이 결정이 내려진 뒤의 군중의 흥분과 소란을 기록할 필요가 있을까. 이 결정을 순순히 받아들여 석방되어 나오는 한스와 사라, 특히 사라를 환영하는 군중의 거의 광란에 가까운 흥분상태를 상세히 묘사할 필요가 있을까.

어떤 신문은 이 법원의 결정을 알렉산드리아 법원의 역사 이래 처음으로 보여준 파인 플레이라고 격찬했고, 어떤 신문은 법원이 정당한 의무를 회피한 것이라고 논평하기도 했다.

나는 한스와 사라가 석방된 것은 반가웠으나, 일 개월 이내에 알렉산드리아에서 퇴거해야 한다는 사실엔 가슴이 아팠다.

사라는 기자회견을 통해 알렉산드리아 퇴거 후의 플랜을 다음과 같이 말했다.

"나는 한스와 결혼할 것입니다. 그리고 뉴질랜드 근처의 섬을 하나 살 작정입니다. 내겐 그만한 돈이 있습니다. 그 대신 비행기를 열 대쯤 사고 비행사를 양성해서 사들인 비행기에다 폭탄을 가득 싣고 독일의 어떤 도시를 폭격해서 게르니카의 복수를 해야 한다는 계획은 포기했습니다. 내가 태평양 가운데 있는 섬을 사는 것은, 독일의 어떤 도시를 폭격하겠다는 계획을 포기한 데서 남은 돈으로써 충당된 것입니다."

그 뒤의 한 달 동안 한스와 사라는 분주했다. 첫째, 사들일 섬을 물색하는 일. 거기다가 소알렉산드리아를 만들기 위한 설계와 재료 사들이기. 사라의 재산은 본인의 예상을 훨씬 상회한 막대한 금액이었다. 태평양 한가운데 소알렉산드리아를 만들고도 남을 거액이었다. 그 돈을 모조리 찾아내는 바람에 알렉산드리아의 대은행은 비명을 올렸다. 법원의 결정을 저주한 부류가 있다면 첫째가 은행, 둘째가 안드로메다의 주인, 셋째가 나.

사라는 나더러,

"같이 섬으로 가지 않겠느냐"고 물었다.

한스도,

"꼭 같이 가자"고 했다.

그러나 나는 알렉산드리아를 떠나지 못하겠다고 했다. 나는 형님을 이 알렉산드리아에서 기다려야 하기 때문이다.

그들에게 내가 마지막으로 읽어준 형에게서 온 편지는 다음과 같은 것이다.

"동이 틀락 말락할 무렵이면 참새들은 잠을 깨나부다. 그중에서도 제일 먼저 잠을 깬 새가 밖으로 나온다. 당번제가 돼 있는지 모르지. 그 새가 오동나무나 벚나무에 앉는다. 그러고는,

'쨱 쨱' 하고 운다.

이건 필경 신호일 게다. 이 구멍 저 구멍에서 새들이 기어나온다.

'쨱 쨱' 하는 소리가 늘어간다. 인사를 주고받는 듯 소리의 종류가 다채로워지고, 억양의 변화도 느껴진다.

'쨱 쨰 쨱' 하는 소리, '쨰쨰 쨱', 하는 소리, '쨰 쨰 쨱', '쨰쨰 쨱' 하는 소리 등 여러 가지 소리의 부피가 커간다. 그 새소리가 나의 귀의 컴컴한 동굴 속으로 갈잎 위를 스치는 미풍처럼, 동굴 속의 선모를 쓰다듬으며 고막에 이른다. 고막의 진동은 대뇌, 소뇌의 골짜구니에 메아리친다. 그 메아리 소리가 높아가면 나의 중추신경은 드디어 잠을 깬다.

오늘도 나는 이런 과정을 밟아서 잠을 깼다. 그러나 오늘은 내게 있어서 다른 날과 약간 다른 의미를 가지고 있는 날이다. 이날로써 내가 이 궁전에 유폐된 지 꼬박 3년이 되기 때문이다. 3년. 날수론 1,092일, 시간 수론 2만 6,252시간, 분으론 157만 5,120분.

잘도 견디어 왔다. 팔짱을 끼고 하늘을 쳐다보며 높은 담장 밑을 하염없이 걷고 있으면 영락없이 장기수의 모습이 된다. 세인트헬레나에서의 나폴레옹 같은 풍채를 닮아 보려고 하지만 이 동양의 황제는 그처럼 화려하지 못하다. 외관도 그렇거니와 회상에 있어서도 그렇다.

내가 이곳에 오기까진 세인트헬레나의, 옛날 나폴레옹이 살고 있었던 집의 못池에 나폴레옹이 살고 있었을 무렵에 있던 거북이 아직도 살아 있었다고 했는데, 그 거북이 지금까지 살고 있는지 알려주면 좋겠다. 누구의 안부를 묻는 것보다 그 거북의 안부를 묻고 싶다.

이제 3년이 지났으니까 남은 건 7년이다. 눈도 코도 귀도 입도 없는 세월이니 단조롭기 짝이 없지만, 지난 3년을 돌이켜볼 때 참으로 빠르게 흘렀다. 견디는 현재는 지루한데 지나버린 시간이 빨라 뵈는 것은 내용 없는 시간이기 때문에 그렇다는 것을 겨우 알았다. 1년 전 그날이나, 한 달 전 그날이나, 그제의 날이나, 어제의 날이나 꼭같이 무내용하니까, 흘러가버리고 나면 한 덩어리가 되어버리는 모양이다.

그러니까 앞으로의 7년도 문제가 없으리라고 생각한다. 청춘을 다 썩힌다는 비애가 없지 않지만 사람들이 청춘이면 그저 좋은 줄 알아도, 따져보면 아까운 청춘을 가진 사람이란 거의 없는 것이다. 청춘은 무한한 가능으로써 빛나는 것인데, 그 가능성을 충전하게 활용한 사람이 도대체 몇이나 될 것인가 말이다. 되레 가능을 봉해버린 감방에 앉아, 가능했는지 모르는 청춘의 가능을 헤아려보는 감상이 나을는지 모른다.

그러나저러나 7년만 지나면 이 초라한 황제도 바깥바람을 쏘일 수 있을 것이다. 그때의 행동 스케줄을 지금부터 작성하고 있는 것도 좋은 일이 아닌가.

나는 누에 모양 스스로 뽑아낸 실로써 고치를 만들어, 그 속에 드러누워 번데기가 되었다. 세상 사람들은 모두들 나를 죽었다고 생각할 것이다. 죽었다고까진 생각하지 않아도, 죽은 거나 마찬가지라고 생각하고 있을 것이다. 그러나 나는 번데기이긴 하나 죽지는 않았다. 언젠가 때가 오면, 내 스스로 쌓아올린 이 고치의 벽을 뚫고 나비가 되어 창공으로 날 것이다. 다시는 장난꾸러기 아이들에게 잡혀 곤충표본함에 등에 바늘을 꽂히우고 엎드려 있는 꼴은 당하지 않을 것이다. 간악한 날짐승을 피하고, 맹랑한 네발짐승도 피하고, 전기가 통한 전선에도 앉지 않을 것이고, 조심스레 꽃과 꽃 사이를 날아 수백수천의 알을 낳을 것이다.

그러나 한편 이런 생각도 든다. 일단 이 고치의 벽을 뚫고 나가기만 하면, 가장 황홀하게 불타고 있는 불꽃 속에 단숨으로 뛰어들어 흔적도 없이 스스로를 태워버렸으면 하는.

수백 수천의 알을 낳았다고 하자. 결국은 모두가 번데기가 될 운명에 있는 것이 아닌가. 번데기가 되어도 나비까지 될 수 있으면 좋지만, 간악한 인간들은 고치의 벽을 뚫기 전에, 고치와 더불어 뜨거운 물속에 집어넣어 삶아버리는 것이다.

"희망은 무한하다. 그러나 나는 글러먹었다."—카프카

인간의 근원적인 자유이건 역사의 필연이건, 다만 그런 것은 마음의 조작에 불과한 것이다. 그러나 이 조작의 방식 여하에 따라 생의 건설 방식이 달라진다.

지금 내가 있는 이 옥사는 72개의 감방을 가지고 있다. 대충 계산해 보니 무기수를 빼고도 2천 년의 징역이 이 옥사에 들어앉아 있는 것이다. 그러니 이 감옥 전체를 합하면 몇만 년의 징역이 될지 모른다. 감옥 속에서의 산술은 언제나 이렇게 터무니가 없다.

'사람을 죽여서 굶주린 개의 창자를 채워라.'

누구의 말이던가?

벽의 낙서를 본다.

또렷또렷 새겨진 '忍之爲德'이란 글자 ('참는 것이 덕이니라.'—이렇게 주석까지 달고). '미결통산 120일.' '입소 단기 429×년 ×월 ×일. 만기 단기 42××년 ×월 ×일.' '사랑하는 영아.' '살자니 고생이요, 죽자니 청춘.' '여우의 연구.' '무전이 유죄로다.' '법률의 올가미' '왜 생명을 깎아야 하나.' '변소의 낙서만도 못한…….' [B와 K에 있어서의] ……

일본인들이 한국을 합병하자마자 지었다는 감옥. 수십 년의 역사. 낙서를 통해서 나타난 역사의 단면. 고통의 흔적. 그 지저분한 낙서 투성이의 추잡한 벽은, 곧 이곳에 있는 우리들의 심상 풍경의 축도다.

꼬박 3년을 지내고 앞으로 또 7년을 바라보니, 품위있는 황제도 이런 푸념밖엔 할 것이 없고나.

그러나 사랑하는 아우. 알렉산드리아에서의 너의 행복을 빈다."

이 편지를 통해서 눈에 떠오르는 형의 지쳐버린 얼굴. 한스도 사라도 그들의 행복을 부끄럽게 여기지 않을 도리가 없는 모양이었다.

"언제든지 꼭 와요."

"형님을 모시고 우리들 같이 살도록 하자."

태평양의 섬으로 떠나면서 사라와 한스가 내게 남겨놓은 말들이다.

꿈속으로 오라는 꿈 같은 이야기.

결국 내게는 나의 육친인 형밖에 없는 것이다. 그런데 형은 왜 형의 애인에 관해선 일언반구의 언급도 없을까.

날이 샐 모양이다. 동이 트기 시작한다. 그 요란한 전등불의 수繡의 광채가 차츰 없어져 간다. 이윽고 태양이 오를 것이다. 클레오파트라의 눈동자에 생명의 신비를 쏟아넣은 태양이, 누더기를 입고 안드로메다의 골목길에서 프리지아 꽃을 파는 소녀의 눈동자에도 역시 생명의 신비를 쏟아넣을 것이다. 태양은 더욱더욱 그 열도와 광도를 더해선, 음탕한 알렉산드리아의 꿈을 산산히 부수고 그 잡스러운 생활의 골짜구니를 가차없이 비쳐낼 것이다.

　나의 불면의 눈꺼풀은 무겁다. 그러나 나는 애써 중얼거려 본다. "스스로의 힘에 겨운 뭔가를 시도하다가 파멸한 자를 나는 사랑한다." 형이 즐겨 쓰는 니체의 말이다. 그러나 이 비장한 말도 휘발유가 모자란 라이터가 겨우 불꽃을 튀겼다가 담배를 갖다대기 전에 꺼져버리듯, 나의 가슴에 공동의 허전한 메아리만 남겨놓고 꺼져버린다.

매화나무의 인과

지옥이란 있는 것일까, 없는 것일까.

우연히 이런 시비가 벌어졌다. 시비래야 쟁론에까지 이르진 않는, 이런 얘기 저런 얘길 하다가 얘깃거리가 거의 없어져 갈 무렵, 불쑥 튀어나올 수 있는 그런 화제에 불과했지만, 설익은 허무주의자들은 간혹 이런 화제를 두고 정열을 가장하고 쟁론을 위조해보는 버릇을 가지고 있는 것이다.

장소는 청진동 뒷골목 언제 가도 한산한 대포술집. 모인 사람은 배裵라는 성을 가진 모 출판사의 편집장, 김金이란 성을 가진 모 신문사의 논설위원, 유柳라는 성을 가진 모 대학의 교수, 그리고 일정한 직함이란 여태껏 가져보지 못한 나.

때는 물론 밤, 극적 효과를 위해서도 밖에선 진눈깨비가 내리고 있어야 한다.

이야기는 배군의 지옥 개설부터 시작되었다. 이 박람강기한 사나이는 지옥이란 말의 각국어의 어원부터 캐고 들어간다.

영어로는 '헬' 희랍어로는 '헤이드' 유태어로선 '세올'. 이어 기독교적인 뜻은 어떻고 '이슬람'에선 어떻고 '자이나교'에선 어떻고 불교에선 어떻고……

 기독교적인 뜻 하나를 설명하는데도, '예수 그리스도'가 지옥에 언급한 구절은 마태복음 25장 41절 46절, 마가복음 43절에서 46절, 이 개념을 확대·명시한 것은 사도 '바울'인데 고린도 6장 9절, 에베소 5장 5절, 갈라디아 5장 21절, 로마서 6장 25절. 이런 따위로 설명해서 '이슬람', '자이나', '불교'에까지 미微를 쪼개고 세細를 극하는 판이니 흥미를 가지면서도 하품을 참을 도리를 강구하지 않을 수가 없다.

 나는 형광등 언저리에 점점으로 찍힌 파리똥을 쳐다보며 옛날 호기심으로 배워본 적이 있는 맹인용 점자의 지식을 활용해서 그 파리똥의 배열에 '개새끼'란 글자를 조립하려고 하는데 '개새'까지는 약간 무리해서 될 것 같았지만 '끼'자가 어울리지 않아 조바심이 났다.

 배裵에게 발언권을 맡겨 두었다간 밤이 새도 한이 없을 것 같았는지 논설위원 김金이 나섰다.

 "지옥이란 건 없어."

 김의 어조는 습관적으로 단호하다. 이렇게 단호한 어조로 배의 말문을 막고 나선 신문의 논설조라고 하기보다 검사의 논고조로 지옥 부재의 증거를 열거하기 시작했다.

 나는 형광등에서 시선을 옮겨 군데군데 담배불에 찢어진 탁자 위의 상처를 대포사발의 밑바닥으로 긁기 시작하면서 아득한 옛날 중학생 시절, 중국집에서 우동을 먹었던 그 탁자가 역시 이런 꼴이었다는 기억을 새롭게 했다.

 '그때는 우동을 먹고 지금은 내포를 마시고.'
 "지옥은 있어야 해, 꼭 있어야 하는 거야."

대학교수 유柳의 말에 나의 귀는 솔깃했다.

"생각해 보게나. 지옥이 없어서 되겠는가. 비열한 수단으로 사람을 모함하고 참혹한 방법으로 사람을 못살게 군 자들이 말야. 죽어 없어졌다고 해서 그 뒤 아무런 일이 없이 그냥 끝나버린다고 해서야 되겠어? 자기의 야심을 채우기 위해서 사람을 죽인 놈들, 그 흉측한 놈들이 글쎄, 죽었다고 해서 일체의 책임에서 벗어날 수 있는 그런 따위를 용인할 수 있겠는가 말야. 지옥은 꼭 있어야 한다. 있어야 하고 말고."

"단테의 『신곡』엔 죄명대로 지옥이 시설되어 있지."

배가 한마디 거들었다.

만약 신이 없다면 일체의 행위는 용인되리라.

누구의 말이던가. 몽롱한 의식 속에 나는 이 말이 누구의 말인가를 찾아내지 못한다. 박람강기한 배더러 물으면 당장에라도 알 일이지만 나는 묻는 대신 맞은 편 벽을 바라보았다.

우중충한 벽, 이곳저곳에 비스듬히 붙여 놓은 안주 품목. 어느 하나도 식욕을 돋우어 줄 것 같지 않은 안주의 가지가지와 황탁한 빛깔의 막걸리란 액체.

나는 버나드 쇼의 '지옥'은 천당보다 되레 재미나는 곳이라고, 한마디 거들 작정으로 망설이고 있는 판인데 김의 단호한 어조가 가로막았다.

"그래도 지옥은 없다. 천당도 없구."

유는 바락 흥분한 기색을 보였다.

"글쎄 히틀러 같은 놈이 자살해버렸다고 만사 끝난 거로 치워버릴 수 있어? 일제 때 애국 투사를 고문하고 학대한 놈들이 지옥을 맛보지 않고 그냥 죽은 대로 두어서 되겠어?"

"딱한 사람 다 보겠네. 있어야 된다는 것 하구 있는 것 하곤 다르지 않나, 없는 걸 어떻게 하느냐 말야."

이 말이 끝나자마자

"지옥은 있습니다. 분명히 있습니다."

하는 소리가 들려왔다.

그 소리는 건너편 탁자 앞에 아까부터 혼자 앉아 있는 사나이에게서 건너온 소리였다.

남의 좌석의 토론에 난입한 주책없는 주정뱅이쯤으로 나는 그 사나이를 훑어보았다. 그랬는데 눈여겨 그 사나이를 보자 나는 이상한 감동 같은 것을 느꼈다.

그 눈빛은 음산했다. 그 모습은 초췌했다. 그 음산한 눈빛은 분명히 지옥을 보고 온 눈빛 같았다. 그 초췌한 모습은 분명히 지옥을 견디어 온 모습 같았다. 정열을 가장하고 쟁론을 위조하고 있었던 배도 김도 유도 나와 같은 인상을 그 사나이에게서 받은 것 같았다. 우리들은 서로 의논이나 한 것처럼 말문을 닫고 그 사나이의 입을 통해 나올 이야기를 기다리는 자세가 되어버렸다.

다음은 그 사나이의 이야기를 통속소설적인 기승전결을 배려하면서 기록해본 것이다.

성 참봉집 매화나무는 그 나무가 없어진 지 십여 년이 지난 지금에 이르러서도 인근 마을 사람들에겐 물론이고 가까운 고을 사람들에게까지도 변함없는 얘깃거리가 되어 있다.

농한기에 집어들어 곳곳의 사랑방에 사람들이 보여 한담할 시간만 있게 되면 으레 성 참봉집 매화나무 얘기가 나오게 마련이다.

"성 참봉집 매화꽃은 호박꽃보다 더 컸지."
"그렇게까지야, 모란꽃쯤이나 됐을까?"
"아냐, 호박꽃만 했어."
"아냐, 모란꽃 정도야."

이렇게 시비가 걷잡을 수 없게 되면 잠잖게 조정하는 사람이 나타나기도 한다.

"호박꽃과 모란꽃 사이쯤으로 보아 두면 될 게 아냐."

꽃의 크기에 대한 시비는 이쯤의 조정으로 끝나지만 다시 다른 시비가 일게 된다.

"성 참봉집 매화나무의 열매는 거짓말 조금도 보태지 않고 어린애 대가리만 했었지."
"그건 좀 심해. 복숭아 정도였지."
"어린애 대가리만 했대두."
"이왕 그럴 바에야 수박만큼 했다고 해라."
"그럼 내가 거짓말했단 말야?"
"복숭아 정도를 어린애 대가리만 하다구 우기니까 하는 말이지."
"수박만큼은 못 돼. 아주 갓난애기의 대가리만큼은 했어."
"아니래두 쎄워, 복숭아야 복숭아."

빛깔에 관해서도 의견은 구구했다.

어떤 사람은 바로 피빛깔과 조금도 다름없었다고 우기고 어떤 사람은 짙은 분홍색이라고 고집을 하고 어떤 사람은 연분홍 바탕에 핏줄이 무늬처럼 새겨져 있었다고 이설을 내놓기도 했다.

이런 시비를 가지고 거의 밤을 새울 때도 있었고 아무 이해관계도 없으면서 서로들 비위를 상해 욕지거리를 할 경우도 있었다.

어쨌든 성 참봉집 매화꽃이 다른 매화꽃보다는 컸고 그 열매도 다른 매화 열매보다는 컸고 그 빛깔이 다른 매화꽃과는 달랐다는 것은 사실이다.

그러나 성 참봉집 매화나무가 그 꽃과 열매와 빛깔 때문에 유명해지고 얘깃거리가 된 것은 아니다. 그 매화나무가 지닌 인과로 해서 두고 두고 얘깃거리가 된 것이고 이제 말한 바와 같은 시비들은 어떤 사실이 전설화하는 과정에서 흔히 나타날 수 있는 현상이고, 그 인과 얘기에 들어서기 위한 일종의 '프롤로그'인 것이다.

본시 그 매화나무는 성씨 일문이 공유하고 있는 재실 뜰에 있던 나무였다. 그 나무를 어느 해의 여름밤, 성 참봉이 돌연 그의 집 사랑 앞뜰에 옮겨 심었다.

마을 사람들이 그 매화나무와 성 참봉집에서 차례차례로 일어나는 이변을 결부시켜 얘기하게 된 것은 훨씬 뒤의 일이지만 매화나무를 옮겨 심은 그 예를 계기로 성 참봉의 성벽性癖이 달라지고 천석 거부를 뽐내던 그 집의 재산과 가세에 금이 가기 시작했다.

맨 처음 마을 사람들을 놀라게 한 것은 돌쇠라는 성 참봉집 머슴의 돌변한 태도였다.

돌쇠는 스무살 안팎의 더벅머리 총각 머슴이다. 치재와 사람 부려먹는 덴 지독하다고 소문이 난 성 참봉의 성화 밑에, 이를테면 채찍 밑에 도는 팽이처럼 새벽부터 밤 늦게까지 몸을 움직이지 않고는 배겨나지 못했던 머슴이었다.

그 돌쇠가 돌연 어느 여름날부터 일손을 놓게 된 것이다. 뿐인가 꾀죄죄 때 묻은 삼베 삼방이를 입고 다니던 것이 한산 모시의 고의 적삼을 날씬하게 차려 입고 머리엔 기름깨나 바르고 낮부터 마을 앞 주막집에 나타나 술을 마시게까지 되었다. 그러한 돌쇠를 보고도 성 참봉이 한마디 꾸지람도 없을 뿐 아니라 후하게 용돈까지 준다는 이야기니 우선 집안 사람들이 놀라고 마을 사람들의 눈이 휘둥그레질 수밖에 없었다.

돌쇠의 청대로 옷을 해 입히라고 참봉의 분부가 내렸을 때 참봉 부인은 어안이 벙벙해 말문이 막혔다.

참봉 큰아들이 돌쇠의 갑자기 거만해진 태도에 대해서 아버지에게 불평을 털어놓았을 때 참봉의 노발대발한 꼴은 심상치가 않았다.

"내 하는 대로, 시키는 대로 하면 돼. 돌쇠의 비위를 거슬렸다간 가만 안 둘 테니 그렇게만 알아."

이렇게 되고보니 어제의 머슴 돌쇠는 오늘 그 집안의 상전으로 군림하게 된 셈이다.

집안 사람이나 마을 사람들은 그 영문을 몰라 궁금했다.

어릴 때부터 너무 가혹하게 부려먹어 놔서 죽을 때가 되니 갑자기 불쌍한 생각이 든 것이로구나.

기껏 이런 추측밖엔 할 수가 없었는데 그렇다고 치더라도 돌쇠의 태도는 분에 넘치고 도에 넘쳤다.

변한 건 돌쇠에게 대한 태도만이 아니었다. 하루에도 몇 차례씩 집안팎을 드나들며 혀를 끌끌 차곤 잔소리 군소리가 많았던 참봉의 그런 버릇이 없어졌다. 일없이 들이며 마을이며를 돌아다니며 놀고 있는 소작인을 보면 왜 빈들거리고 있느냐고 성화를 부리고 이곡利穀을 놓은 사람에겐 약속을 어길세라, 만날 때마다 되풀이해서 다짐하던 그런 버릇도 없어졌다.

꼼짝도 하지 않고 사랑마루에 앉아 옮겨 심은 매화나무 쪽에 곁눈질을 하면서 하루를 보내는 것이 참봉의 습관이 되어버렸다.

그 정정한 노인도 나이엔 못 이겨 드디어 망령이 든 모양이라고 쑥덕이면서도 망령 치고는 얌전한 망령이라고 밉지 않게 생각하는 사람들도 나타났다.

소작인과 채무자를 대하는 사람이 성 참봉 아들이 되었고 그 아들의 성품이 아버지보다 훨씬 온유한 편이니 참봉의 망령을 밉지 않게 생각하게끔도 되었다.

그럭저럭 그해가 가고 봄이 왔다. 성 참봉 앞뜰에 옮겨 심어진 매화나무가 그 뜰에서 처음으로 꽃을 피웠다.

그 꽃은 일견해서도 다른 꽃과는 달랐다. 빛깔도 짙었고 꽃 크기도 달랐다.

간혹 성 참봉을 찾는 사람은 모두들 그 꽃에 관해서 한마디씩 하는 것을 잊지 않았다. 다분히 아첨이 섞인 말들이었지만 그 꽃은 확실히 칭찬받을 만한 특징을 가지고 있었다.

성 참봉은 꽃에 관한 칭찬을 들어도 묵묵부답했다. 원래 화초엔 관심이 적은 사람이기는 했지만 자기 뜰에 있는 꽃의 칭찬을 받으면 약간의 반응이라도 있음직한 일인데 성 참봉은 그런 말을 들을수록 귀찮아하는 눈치를 보였다.

꽃이 지고 열매가 열어 그 열매가 가까스로 익어가려는 무렵이었다. 참봉집에서 끔찍한 사건이 발생했다.

성 참봉 큰아들이 매실주를 담글 요량으로 그 매화 열매를 따고 있었다. 뒷간에 갔다 오다가 이 광경을 본 참봉은 미친 사람처럼 아들에게 달러들었다. 그리곤 나짜고짜로 매화나무에서 아들을 떨게 하려고 밀어냈다.

영문을 알 수 없는 아버지의 행동에 아들은 항거하는 시늉을 했다.

아들의 항거에 부딪치자 참봉은 미친 사람처럼 날뛰었다. 나무에 기대놓은 막대기를 손에 쥐자 참봉은 아들을 향해 머리, 등, 어깨, 허리 할 것 없이 마구 내려 갈겼다.

"이놈, 이 매화를 따? 함부로 따? 그래 애비에게 대들어? 이 불효막심한 놈 같으니."

참봉은 숨을 헐떡거리며 소리소리 질렀다. 그 사이에도 맷손을 멈추지 않았다.

소란 소릴 듣고 사람들이 달려왔을 땐 참봉의 아들은 땅 위에 뻗은 채 기절하고 있었다.

기절한 아들이야 어떻게 되었건 아랑곳없이 참봉은 아들이 따놓은 매화 열매를 광주리째 변소에 갖다 버리고 나무에 남아 있는 열매도 모조리 따가지곤 역시 변소에 버렸다.

성 참봉 아들은 척추가 부러지고 허리뼈에 금이 갔다. 그로부터 반신불수의 몸으로 영영 병석에 눕게 되었다.

참봉이 출입하지 않게 되자 집안 살림을 큰아들이 보살피는 형편이었는데 그 아들이 불수의 몸으로 병석에 눕게 되자 방대한 재산을 관리할 사람이 없어졌다. 작은아들이 있긴 했지만 아직 학교에 다니는 몸이고 중간 심부름을 시키고 있었던 친척이 몇 사람 있었으나 성 참봉은 도통 그 사람들을 신용하지 않았다.

그러니 자연 돌쇠의 비중이 커졌다. 항상 눈앞에 가시처럼 거북스러웠던 주인집 큰아들이 앓고 눕게 되었으니 돌쇠는 강아지 겨드랑에 날개가 돋친 격이 되었다.

돌쇠의 비위만 맞춰놓으면 소작료를 싸게 물어도 되고 이곡의 반환을 늦출 수도 있게 되었으니 이때까진 장난으로 또는 술잔이나 얻어 먹는 재미로 오냐오냐 해왔던 것이지만 그로부턴 돌쇠를 대하는 마을 사람들의 태도가 상전을 대하듯 은근하게 된 것도 무리가 아니다.

그러나 돌쇠는 그렇게 호락호락 마을 사람들의 꼼수에 넘어갈 위인은 아니었다. 매일처럼 주막집에 앉아 남산 까마귀, 북산 까마귀 다 불러놓고 술을 퍼마시고 있긴 했어도 참봉집 살림을 관리하는 데 있어선 다구진 데가 있었다.

얼근히 취하면 때론
"성 참봉집 재산은 내 것이나 다를 게 없다."
고 호언하기도 했는데 그것이 사실일 것같이도 생각되었고 그러니까 돌쇠가 더욱 영악하게 구는 이유도 된 성싶었다.

그러는 가운데 또 한 해가 가고 봄이 왔다. 무럭무럭 자란 그 매화나무는 제법 의젓한 한 그루의 나무가 되었다. 꽃은 작년보다도 더 짙은 빛깔로, 더 큰 화면으로 아직 겨울의 황량함이 가시지 않은 마을에 그 윽한 향기를 바람에 실어보냈다.

그 매화꽃이 질 무렵, 아직 열매가 맺기 전 또 하나의 참변이 발생했다.

참봉 부인과 며느리는 영험이 있다고 소문이 난 복술자가 있기만 하면 불원천리하고 점을 치러 다녔었다. 그 점괘마다에 매화나무가 등장했다. 그 매화나무가 있는 한, 성씨집은 편할 날이 없을 것이란 이야기다. 그런데 최근에 친 점에 의하면, 매화나무가 열매를 맺기 전에 그 나무를 없애버리지 않으면 작년에 있었던 큰아들의 봉변 같은 건 유도 안 되는 대사건이 발생한나는 것이었다.

기왕에도 참봉 부인은 그런 점괘가 나왔을 때마다 남편에게 그 나무를 없애자고 종용했었다. 그럴 때마다 참봉은 노발대발했다. 그리곤 매화나무에 누가 접근할까 봐 한결 경계를 엄하게 했다.

그래 참봉 부인은 이번엔 남편에게 알리지 않고 매화나무를 베어 없앨 각오를 단단히 하게 된 것이다. 때마침 작은아들이 방학이라서 집에 와 있었다.

감기 기운이 있다고 해서 참봉이 일찍 자리에 들게 된 어느 날 밤이었다. 참봉 부인은 남편 곁에서 병구완을 한답시고 밤 늦게까지 버티고 앉았다. 기침으로 부인이 신호를 하면 작은아들이 도끼를 들고 매화나무 쪽으로 가게 되어 있었다.

예정대로 작은아들이 매화나무에 다가서서 첫 번째 도끼질을 했을 때였다. 잠든 줄만 알았던 참봉이 벌떡 일어나 문을 차고 밖으로 뛰어나갔다. 부인이 남편을 붙들 사이도 없는 번개 같은 동작이었다. 작은아들은 겁에 질려 그 자리에 웅크리고 앉아 버렸다.

어둠 속을 더듬는 참봉의 손에 잡힌 것이 도끼였다. 참봉은 도끼를 휘둘렀다. 도끼 날을 세워 친 것이 아니고 도끼의 측면으로써 후려 갈겼건만 그 육중한 타박은 작은아들의 두개골을 깨고 말았다. 작은아들은 그 자리에서 즉사했다.

밤중에 생긴 일이고, 본 사람도 없고 했기 때문에 축대 위에서 미끄러져 뇌진탕을 일으켜 죽었다는 명목으로 작은아들의 장사를 치르기는 했으나 성 참봉은 하룻밤 사이에 십 년을 늙어버린듯 노쇠 현상이 두드러지게 눈에 띄게 되었다.

이 일이 있고부턴 성 참봉집은 점점 흉가의 면모를 띠기 시작했다. 청기와 지붕 위에 풀이 돋아나도 그걸 뽑을 사람이 없고, 뽑아야 되겠다고 생각하는 사람도 없었다. 뜰에 잡초가 우거져도 그것을 뽑을 사람도, 뽑게 할 사람도 없었다. 창과 미닫이에 구멍이 뚫려도 그걸 다시 바를 엄두를 내는 사람이 없었다. 구석마다에 거미줄이 걸리고 마루엔 먼지가 쌓였다. 덩실하게 크기만한 집이 지저분해지면 도깨비가 난다고 한다. 성 창봉집에 도깨비가 난다는 소문이 퍼진 것도 무리가 아니다.

 그해도 가고 다시 봄이 돌아왔다. 성 참봉 큰아들은 병석에서 쇠약해가기만 하는데 매화꽃은 해를 거듭함에 따라 그 요염함이 더해가기만 했다.

 그 무렵 참봉의 며느리는 어떤 점술가에게서 최후통첩 같은 선고를 받았다―그 나무를 없애지 않으면 당신 남편이 죽는다는.

 며느리는 시아버지에게 마지막 소원이라면서 매화나무를 없앨 것을 탄원했다. 당신의 장자, 그리고 지금은 유일한 아들의 생명을 구해달라고 울면서 호소했다. 그러나 참봉의 태도는 바위와 같았다.

 "내가 죽는 꼴을 볼 생각이면 저 매화나무에다 손을 대라. 설혹 내가 죽고 없어진 뒤에도 그 나무에 손을 대선 안 된다. 만약 손을 대기만 해봐라, 난 도깨비가 되어 너희들을 저주할 게다. 허무맹랑한 점쟁이의 말은 들어도 시아비의 말은 듣지 않을 텐가. 어림도 없다, 어림도 없어."

 그날 밤 며느리는 아들을 살리고 집안을 구하기 위해서 그 매화나무를 없애달라는 유서를 써 놓고 다락방 대들보에 목을 매어 죽었다.

 그래도 성 참봉의 매화나무에 대한 집착은 미동도 안 했다. 따라서 그 매화나무는 자꾸만 유명해졌다. 인근 사방에서 담 너머에서나마 그 꽃을 구경하려고 오는 사람이 있을 정도까지 되었다.

 그 나무에 성 참봉 선대의 원령이 붙었다는 둥, 성 참봉의 지독한 처사 때문에 희생당한 귀신이 붙었다는 둥, 선산을 잘못 쓴 탓이라는 둥 이야기는 꼬리에 꼬리가 달렸다.

어느 해의 봄이다. 매화꽃은 세사와 구구한 억측에 초연한 듯 그해는 더욱 아름답고 황홀하고 요염했다. 그러한 어느 날의 오후 성 참봉은 곤히 잠들고, 참봉 대신 돌쇠가 매화나무를 지키고 있었다. 참봉과 돌쇠가 번갈아 매화나무를 지키게 된 것은 점괘마다 그 나무를 없애야 한다고 하더라는 이야기를 부인이 참봉더러 한 때부터였다.

그날도 아침부터 술에 취한 돌쇠가 마루에 걸터앉아 매화꽃을 바라보고 있었을 때였다. 삐걱거리는 대문소리가 났다. 고개를 돌려보니 창숙이가 가방을 들고 들어오는 것이었다. 창숙이란 성 참봉의 막내딸이다. 이웃 도시에 있는 학교에 다니고 있는데 봄방학이 돼서 귀가한 것이다.

창숙이의 모습을 보자 돌쇠의 가슴은 울렁거렸다. 엊그저께까지 젖 냄새가 나는 아이로만 보았는데 어느 사이에 성숙한 처녀, 그것도 예쁘기 그지없는 처녀가 되어 있는 것이 아닌가.

'옳지, 저 계집애를 내 마누라로 삼아야겠다.'

돌쇠는 황홀했다. 지금까지 그런 생각을 해보지 않은 스스로를 바보라고 느꼈다.

'됐다. 참봉 어른이 반대할 수 없을 게구, 반대해봤자 내가 우기면 될 게구.'

참봉이 잠이 깨기를 기다려, 쇠뿔은 단김에 빼야 한다는 각오를 단단히 한 돌쇠는 단도직입적으로 시작했다.

"참봉 어른, 저 장가 들어야겠어요."

"장가? 가라문. 그래 적당한 신붓감이 있단 말인가?"

"있지요."

"누군데."

"말하문 장가 들게 해주시려우?"

"그러지."

"창숙일 저 마누라로 주시오."

"창숙이?"

노인은 무슨 소린지 잘 알아듣지 못하는 시늉을 했다.

"참봉 어른 막내딸 말이유."

노인의 얼굴은 무섭게 이지러졌다. 그리고 뱉는 듯이 말했다.

"안 돼."

"왜요?"

돌쇠의 표정이 굳어졌다.

"하필이면 왜 창숙이야, 창숙이 아니라두 얼마든지 좋은 신붓감이 있을 텐데."

"딴 여잔 싫어요."

"어쨌든 창숙이는 안 되네."

"안 된다구요? 흥, 두고 봅시다. 되는가, 안 되는가. 난 밑져야 본전이니까요. 아까울 것 아무것도 없구, 해볼 대로 해봅시다."

"그렇게 성낼 필요는 없잖은가. 꼭 창숙이 아니면 안 된다는 이유가 어딨어."

"그럼 창숙일 내게 주지 못하겠다는 이유는 뭐지요? 내가 머슴이니까 그렇소? 머슴은 인종이 다른가요? 가만 듣고 있자니 사람을 너무 허술히 보는구먼요. 그러지 맙시다. 나도 인젠 신사라오. 창숙일 준다면 전 지금부터라도 글을 배우겠어요. 주막집에도 안 가구요."

"안 된다면 안 되는 줄 알아!"

노인의 음성은 노기로 해서 부들부들 떨었다. 아무리 생각해도 막내딸을 머슴놈에게 줄 수는 없는 것이었다. 망령이 들었건 정신이 돌았건 딸에 대한 자정은 있었다.

"그럼 좋소. 마나님께선 저 매화나무를 없애는 것이 소원이니 그걸 없애주는 조건으로 마나님께 삶아 보겠소."

"뭣!"

노인은 새파랗게 질렸다.

"이놈! 막가겠다는 말이로군. 막가면 네게 좋은 일이 있을 것 같애? 나는 죽을 날이 앞으로 얼마 안 남았지만 넌 빌어먹을 팔자밖에 더 될 것이 어딨어. 막가려면 막가 봐라 이놈아!"

노쇠했어도 아직 기는 셌다. 참봉은 자기 분에 못 이기는 듯 온몸을 와들와들 떨었다.

"좋아요. 지금 당장이라도 저 매화나무를 파버릴 게요. 전 밑져야 본전이니까요. 지금까지 잘 먹고 잘 논 것만 해도 팔자에 없는 일이지 뭐요. 좋아요 당장이라도 저것을……."

돌쇠는 성큼 일어섰다. 성 참봉이 황급히 따라 일어섰다.

"왜 이러시오, 이 팔 놓으시오."

"……."

성 참봉의 입술은 꾸물거렸으나 말은 되지 않았다. 중치가 막혀 말이 나오질 않는 것이다.

불길하고 불행한 가운데서라도 일시 조용하기는 했던 성 참봉집은 이날을 계기로 다시 회오리바람이 휩쓸기 시작했다.

참봉이 부인과 아무런 의논도 없이 돌쇠와 창숙이의 결혼을 선언해버린 것이다. 모든 것을 참고 견디어 온 참봉 부인도 이 문제에 있어서만은 일보도 양보할 기색을 보이지 않았다.

"죽었으면 죽었지 이 일만은 안 돼요."

이 소문은 순식간에 인근 마을에 퍼졌다. 사람들은 이 사건의 귀추에 사뭇 흥미를 돋우었다.

그러나 이 사건은 마을 사람들의 기대에 어긋나는 방향으로 끝나버렸다. 어느 날 창숙이가 행방을 감추어버린 것이다.

창숙이는 서울로 왔다.

몰래 보내주는 생활비를 이용해서 타이프를 배워 어떤 회사의 타이피스트가 되었다. 그 직장에서 창숙이는 어떤 청년과 사랑하는 사이가 되었다. 아버지가 돌아가시기 전엔 결혼할 수 없다는 사연을 알리고 먼 장래를 바라보며 그래도 행복한 나날을 보냈다. 하지만 창숙이가 등지고 나온 집안의 일이 검은 구름처럼 그 처녀의 얼굴을 흐리게 했다. 청년은 그러한 창숙이를 더욱 사랑했다. 우수에 물든 젊은 여성의 얼굴은 그 얼굴이 아름다울 때 더욱 매력적인 것이다.

그 뒤 몇 번인가 봄이 오고 봄이 갔다. 성 참봉집 매화나무는 세세연년 꼭같이 아름답게 꽃을 피우고 탐스런 열매를 맺었다. 참봉은 늙어 귀신 같은 몰골이 되었고 돌쇠는 자포자기로 매일 장주에 흉폭한 난행조차 잦았다. 그러던 어느 날 큰아들은 숨졌다.

이 소식을 듣고 창숙은 남몰래 눈물을 흘렸다. 그러나 사랑하는 사람에겐 그 사연을 알리지 않았다.

뒤쫓아 창숙이는 아버지의 부보를 들었다. 창숙이는 사랑하는 청년에게 아버지의 부보를 알리고, 장사가 끝나는 대로 편지할 것이니 그때 내려와서 어머니를 뵙고 결혼 준비를 하라고 이르고는 고향으로 떠났다.

 그런데 한 달이 지나고 두 달 석 달이 지나도 창숙에게서의 소식은 없었다. 청년은 거의 매일처럼 편지를 보냈지만 한 장의 회신도 없었다.

 변심한 애인! 청년은 몇 번인가 단념하려고 노력해 보았으나 스스로의 생명을 단념하기 전엔 창숙을 단념할 수 없는 자기를 발견할 뿐이었다. 창숙의 고향으로 달려가고 싶은 마음이 간절했지만 하급 사원인 그는 그러한 틈을 만들 수가 없었다.

 그가 상사에게 사정을 말하고 창숙의 고향을 찾게 된 것은 창숙이 고향으로 돌아간 일 년만의 일이었다.

 기차를 두 번 바꿔 타고 버스를 두 번 바꿔 타고 도합 스물 몇 시간이 걸려야 서울서 창숙의 고향에 이른다.

 초가을 어느 날 해질 무렵, 저 동산을 넘어서면 창숙이 사는 마을이 있다는 곳에서 자동차를 내렸을 때, 청년은 어느 이국에 온 것 같은 환각을 느꼈다.

 길가 주막집에 들러 창숙이의 가정 사정을 대강 물어볼 참이었는데 모두들 그런 질문에 답하길 꺼려하는 눈치여서 청년의 불안은 한층 더 심해졌다.

 '만약 결혼을 했다면 내가 불의의 난입자가 되어 평화로운 가정을 파괴하는 꼴이 되지 않을까?'

 청년은 주막집 사람들이 답을 회피할수록 대강의 사정을 미리 알아두어야겠다고 마음을 다짐했다.

 어느덧 어둠이 짙었다.

 청년은 방을 하나 빌려 들었다. 사방 토벽의 방. 콩알만 한 등잔이 방 한가운데 놓였다. 청년은 술상을 하나 차리게 하고 그 집 바깥주인을 청했다.

"창숙 씬 지금 집에 있습니까?"

"있겠지요."

뭔가를 경계하는 말투다. 청년은 가방에서 담배를 두어 갑 꺼내어 주인 앞에 밀어놓고 다시 물었다.

"창숙 씬 결혼했는가요?"

"결혼하지 않았죠."

"왜 아직 결혼하지 않았을까요?"

"글쎄요."

왜 이곳 사람들은 이처럼 무뚝뚝한지 알 수가 없다고 조바심이 났다. 청년은 꿀꺽꿀꺽 막걸리를 몇 사발 마시고 주인에게도 권했다. 그리곤 넉넉지 않은 여비 가운데서 돈 얼마를 꺼내 주인 손에 쥐어주며 창숙의 가정 사정을 아는 대로 말해달라고 간청했다.

중로가 훨씬 넘어보이는 주막집 주인은 얼근하게 취한 탓인지, 담배와 돈을 받은 데 대한 미안함에서였는지 아까까지의 경계하는 태도를 풀고 이렇게 되물었다.

"젊은이는 그 집과 무슨 관계가 있소?"

"전 그 집 따님과 약혼한 사입니다."

주인은 취안으로 청년을 말끄러미 바라보았다. 그리고는 다시 물었다.

"그런데 그 처녀가 지금 어떻게 되어 있는지 아시오?"

"모르니까 궁금하다는 것 아닙니까. 일 년을 기다려도 소식이 없기에 이렇게 서울에서 내려온 것 아닙니까."

"그러니까 그 성 참봉집 사정을 전연 모르신다 그 말씀입니까?"

"그렇습니다. 전연 모릅니다. 그저 창숙이란 분과 서울서 만나 친하게 지냈다는 것뿐이지요."

"창숙이, 아니 그 처녀가 혹시 매화나무 이야기를 하지 않습디까?"

"매화나무? 그런 얘기 들은 적이 없는데요. 자기집 사정 얘기는 전연 없었어요. 다만 자기집 주소와 아버지가 돌아가시기 전에 결혼할 수 없다는 사정을 알렸을 뿐이죠."

'흠' 하는 표정으로 주막집 주인은 잠깐 동안 망설이는 빛을 보이더니 입을 열었다.

"성 참봉댁은 당대에 천석을 이룬 집이지요. 해방 후, 농지 개혁이 있기 전에 이 근처 농토의 거의 전부가 성 참봉 것이었소. 그런데 그 집이 어떤 사정으로 삽시간에 패가해버렸죠."

"그 얘기를 좀 해주실 수 없어요?"

"이 근처에서 모르는 사람이 없으니까 얘기해드려도 무방하지만."

그러나 뭔지 내키지 않는 듯이 주저주저하는 주인을 청년은 졸랐다.

수수께끼에 싸인 매화나무가 그 인과를 밝힌 날은 아버지의 부보를 듣고 막내딸 창숙이가 옛집을 찾아온 바로 그날이었다.

참봉이 죽자 가장 난처하게 된 것이 돌쇠였다. 그처럼 그를 두둔하던 참봉이 없어진 마당에서 돌쇠는 무슨 징그러운 동물과 같은 취급을 받았다.

아침부터 술을 처먹고

"내가 이 집 주인이다."

하고 떠들어 보았자 누구 하나 거들떠보는 사람이 없었다.

성급한 성 참봉의 친척은

"저놈을 밖으로 내몰아라."

고 호통을 치기조차 했다.

돌쇠는 코웃음을 쳤다.

"흥, 나를 깔봐 봐라, 너의 문중이 성할 건가."

"뭣이 어째? 이자식."

성씨 문중의 젊은이가 돌쇠의 멱살을 잡았다. 멱살을 잡혀 있으면서도 돌쇠는 고래고래 고함을 질렀다.

"내 말 하나만 떨어지면 느그 일문은 망한단 말이다."

왼손으로 그의 멱살을 잡고 있던 청년은 바른손으로 돌쇠 뺨을 쳤다.

"내 말이 거짓말인 줄 알아? 참봉 어른이 왜 내게 쩔쩔맸는가 너희들이 모르니까 그렇지, 이놈들!"

돌쇠는 울며불며 발악을 했다.

고인의 장례를 치를 절차는 고사하고 돌쇠와의 아귀다툼이 온 상가를 휩쓸어버렸다.

"할 말이 있으면 해봐라, 이 녀석아."

"저놈을 밖으로 내쫓아라!"

하는 소리가 섞여서 소리가 더했다.

이때 창숙이가 와 닿은 것이다.

창숙이를 보자 돌쇠는 고함을 질렀다.

"나는 이 집 사위다. 참봉 어른이 창숙이가 공부하고 돌아오면 나와 결혼시킨다고 했어. 창숙이헌테 물어봐!"

창숙은 이런 소동은 거들떠보지도 않고 안집으로 들어가 어머니를 부둥켜안고 목놓아 울었다.

돌쇠는 눈을 부릅뜨고 한참 뭔가를 생각하더니 다시 고함을 질렀다.

"좋다, 놔라. 너희들 성씨 일문은 지금부터 망한다. 내가 저 매화나무를 파 드러낼 테다. 거기서 뭣이 나오는가 봐라!"

"파 봐라, 이 녀석아!"

하는 아우성소리가 몇 개 걸쳤다. 돌쇠는 헛간으로 달려가 괭이를 들고 나왔다. 그의 눈알은 곤두서 있었다.

그러나 일부에선 말리는 사람이 나섰다. 고인이 임종의 자리에서 매화나무엔 어떤 일이 있어도 손대지 말라는 부탁을 몇 번이고 되풀이한 것을 들은 사람들이다.

하지만 '저 밑에서 뭣이 나오나 봐라'고 한 돌쇠의 고함이 일반의 호기심을 잔뜩 북돋아 놨기 때문에 소수인의 힘으론 돌쇠의 동작을 말릴 길이 없었다.

돌쇠 또한 일단 들었던 괭이를 놓지 못하게 되었다.

돌쇠는 미친 듯이 괭이질을 했다. 드디어 매화나무는 땅 위에 쓰러지고 땅 속 깊이 스며든 뿌리들이 찢긴 생살처럼 노출되기 시작했다.

돌쇠의 괭이질이 계속되자 난데없이 사람의 두개골이 나타났다. 이어 가슴팍 뼈, 팔다리뼈가 속속 드러났다. 지켜보던 사람들은 숨을 죽였다.

몇 년이 되었는지는 알길이 없으나 틀림없이 인간의 해골이 그 매화나무 밑에서 나타난 것이다.

뒤이어 돌쇠는 형색은 허물어졌으나 가죽 가방이라고 짐작이 되는 물건을 꺼냈다. 그리고 돌쇠는 '후유' 하는 한숨과 더불어 그 자리에 쓰러져버렸다. 기진맥진한 탓이다.

급보에 접하고 경찰관이 달려왔다. 경찰관 입회 하에 열린 가방 속에서 무슨 증서 같은 흔적의 물건과 몇 장의 일본 지폐 같은 것과 쇠망치가 나타났다. 그 증거물과 돌쇠의 자백에 의해서 그 해골의 생전 이름이 서익태란 것이 밝혀졌다.

 서익태의 백골이 어떻게 해서 성 참봉집 매화나무 밑에서 나타났을까. 실종 신고를 받은 지도 이미 오래된 망각의 먼지 속에 깊숙이 파묻힌 서익태가 어떻게 해서 해골이 되어 어떤 영문으로 성 참봉집 앞뜰에서 나타났을까.

 이야기는 이십 년 가까운 세월을 거슬러 올라가야 한다.

 서익태의 부친이 상당한 액의 돈을 성 참봉에게서 빌려쓴 적이 있다. 열 마지기 남짓한 논을 잡히고 고리채를 쓴 것이다. 무슨 장사 밑천을 한다고.

 장사는 실패하고 이자는 복리로 쌓였다. 드디어 돈을 갚을 수 없는 서익태의 부친은 잡힌 논을 송두리째 성 참봉에게 빼앗기고 말았다. 그 논은 가뭄을 타지 않고 수해를 입을 걱정도 없는 일등 호답이었다. 그것을 없애고 난 후 익태의 부친은 홧병에 걸려 죽고 말았다. 그때의 유언이, 어떻게 해서라도 그 논을 다시 찾도록 하라는 것이었다. 그 논을 돌이키지 못하면 죽어도 눈을 감을 수가 없다고 했다. 저승에 가서도 선조를 대할 면목이 없다고 했다. 그 유언을 받았을 때 익태의 나이는 스물다섯.

 익태는 부친의 삼년상을 치르고 난 후 성 참봉을 찾았다. 동리 어른들을 모신 가운데 성 참봉에게 탄원했다. 십 년 이내에 복리에 복리를 가한 그 돈을 갚을 테니 그때 그 논을 돌려달라는 탄원이었다.

 주위의 권고도 있고 해서 성 참봉은 그렇게 하겠다는 각서를 써주었다. 그 각서를 품속에 넣고 익태는 일본으로 떠났다. 십 년 동안은 편지도 안 할 것이니 그리 알라고 가족에게 타이르고는 돈벌이에 나선 것이다.

일본으로 건너간 뒤 익태의 소식은 없었다. 십 년이 지나도 없었고 해방이 되어도 소식이 없었다. 기다림에 지친 가족들은 익태가 어디서 죽은 것으로 체념하지 않을 수 없었다. 바로 그 서익태가 성 참봉집 매화나무 밑에서 거의 이십 년이 지난 뒤 백골이 되어 나타났다.

매화나무 밑에서 나타난 증거를 중심으로 추리를 하면 다음과 같이 된다.

익태는 약속한 기한 내에 소원하던 액수의 돈을 벌었다. 그리곤 고향으로 돌아왔다. 해질 무렵에 등성 너머 자동차길에서 버스를 내렸거나, 버스를 놓치고 4~50리 되는 읍에서 걸어 마을에 도착한 것이 초저녁쯤 되었거나 했을 것이다.

익태는 고개등에서 감개무량한 느낌으로 마을을 내려다보았다. 집으로 가기 전에 성 참봉집엘 가서 그로 인해 아버지가 홧병으로 돌아가시게 된 논문서를 찾아갈 작정을 했다. 논을 도로 찾지 않고는 집 문턱을 다시 넘지 않으리란 맹서도 한 바 있었으니까.

익태는 성 참봉을 찾았다. 그때 성 참봉은 혼자 사랑에 있었다.

익태는 인사를 드리고 약속한 대로 돈을 가지고 왔으니 논문서를 돌려달라고 했음이 분명하다. 그런 말을 하는 가운데, 도중에서 아무도 만나지 않았다는 것과 집에도 들르지 않고 또 사전에 집에 알리지도 않고 바로 참봉 어른을 찾았노라는 이야기를 함으로써 논을 돌려받기 위한 자기의 간절한 마음을 강조했을 것이다.

성 참봉은 순순히 이에 응했다. 자필로써 증서를 써 준 증거로 봐서 그렇게 짐작할 수 있다.

서익태는 가방 속에서 지폐뭉치를 꺼냈다. 성 참봉은 다락 속에 간직해둔 문서함을 꺼내려고 다락문을 열었다. 그때 우연히 쇠망치가 손에 닿았다. 쇠망치를 쥐어보자 성 참봉의 탐욕이 강력하게 발동하기 시작했다.

　방 한구석에 쌓인 매력적인 지폐뭉치, 아까움이 와락 심해진 일등 호답 열 마지기, 오는 도중 아무도 만나지 않았다고 했겠다, 사전에 집에 알리지도 않았다고 했겠다, 성 참봉의 의식이 전광석화처럼 탐욕을 중핵으로 눈부시게 회전하는 판인데 꾸부리고 앉은 서익태의 뒤통수…… 의식에 앞서 쇠망치가 그 뒤통수를 내리쳤다.

　아차, 했을 때는 이미 만사가 끝나 있었다. 익태는 벌써 하나의 시체. 어떻게 처리할까?

　성 참봉은 대문을 잠그고 안채로 통하는 중문도 잠그고 부랴부랴 뜰 한 구석을 파기 시작했다.

　몇 시간을 그렇게 팠을까. 하여튼 그 시체를 처리할 수 있을 만한 넓이와 깊이로 팠다. 그리곤 성 참봉은 익태의 시체를 업고 나와 이제 막 파놓은 구덩이에다가 넣으려고 했을 때 난데없이 돌쇠가 담을 넘어 들어왔다. 초저녁에 놀라 나갔는가, 주인의 꾸지람이 무서워 대문을 열어 달랄 수도 없고 담을 뛰어넘었는데 공교롭게도 괴상한 장면에 부딪힌 것이다.

　참봉은 기겁을 하고 흙더미 위에 주저앉았다.

　돌쇠 역시 기겁을 하고 멈칫 한 발자국 뒤로 물러섰다.

　서로의 심장 뛰는 소리가 상대방에게 들릴 정도로 고요하고 숨가쁜 순간.

　그 순간이 지나고 난 뒤, 두 사람 사이에 어떤 밀약이 이루어졌는가는 유치원생의 상상력으로도 충분히 짐작이 가는 일이다.

　다만 매화나무를 거기다가 옮겨 심자는 제의를 누가 했는지가 궁금

할 뿐이다.
 이 사실이 밝혀지자 마을은 벌집 쑤셔놓은 것처럼 되었다. 돌쇠는 즉일로 구속되었다.
 아무도 장례를 거들 사람이 없어 성 참봉의 시체는 한 달 동안을 방치되었다. 그래 그 냄새가 마을을 휩쓰는 바람에 인부를 사서 거적때기에 둘둘 말아 공동묘지 한구석에 평토장을 했다. 익태 가족들의 시체에 대한 복수를 두려워했기 때문이다.
 이 사건은 창숙에게 커다란 충격이었다. 처음엔 기교한 웃음을 간혹 웃고 하는 정도이더니 참봉의 시체가 썩어감에 따라 창숙의 정신은 차츰 허물어져 갔다.
 아버지의 장사를 치른 뒤엔 완전한 정신착란증 환자가 되어 그로부터 창숙인 그 기교한 웃음도 거둬버리고 일절 말문을 닫고 말았다. 그리고 자기 방에서 일보도 밖으로 나오지 않게끔 되었다.
 주막집 주인에게서 이런 경위를 듣자 청년은 생소한 길인데도 밤중에 성 참봉집을 찾았다. 일순도 주저할 수 없는 심정이었다. 으스름 달빛 아래 참봉집 대문은 굳게 닫혀 있었다.
 청년은 담을 뛰어넘어야 했다.
 넓은 집 뜰엔 잡초가 우거지고 집 전체가 무슨 귀기 같은 것을 풍겼다. 그러나 청년은 서슴지 않고 안마당으로 들어가 아슴푸레 불빛이 서려 있는 창 앞에 서서 인기척을 했다. 아무런 대꾸도 없었다.
 청년은 용기를 내어 창문을 열었다. 문을 열자마자 코를 찌르는 이상한 냄새에 멈칫 하다가 마음을 가다듬은 그의 눈앞에 백발의 노파와 일 년 전 헤어졌던 그 모습 그대로의 창숙이가 조상彫像처럼 호롱불을 사이에 두고 앉아 있는 것이 아닌가.

백발의 노파는 창숙의 어머니였다. 어머니의 정신은 말짱했으나 이 돌연한 야밤의 손님을 보아도 놀라지 않았다. 너무나 험한 일들을 겪어왔기 때문에 놀라는 감각이 무디어 있었던 것이다.

청년은 어머니에게 자기는 창숙의 약혼자라고 말하고 인사를 드린 후 창숙의 손을 잡았다.

어머니의 정성이리라, 창숙의 얼굴은 맑았고 머리는 곱게 빗겨져 있었고 옷차림도 깨끗했다. 그러나 창숙의 눈은 아무것도 보지 않았고 그 손은 죽은 사람의 손처럼 차가웠다. 흔들어 보아도 목상과 같은 반응밖엔 없었다.

통곡을 터뜨리며 청년이 창숙의 이름을 외쳐 불러도 창숙의 얼굴에선 석고상처럼 표정이 돋아나질 않았다.

청년은 그 방에, 발광한 창숙이 곁에 청춘을 묻어놓고 혼이 나간 텅 빈 육체만을 이끌고 서울로 돌아왔다.

이야기를 끝맺자 그 음산한 눈빛을 가진 사나이는 나지막한 목소리로 덧붙였다.

"이래도 지옥이 없어요?"

그리곤 술값의 셈을 했는지 어쨌는지 그림자처럼 그 사나이는 아직 진눈깨비가 내리고 있는 밤 속으로 사라져버렸다.

이 밤이 있은 뒤 지옥이란 관념이 나의 뇌리를 스치든지 지옥이란 말을 듣든지 하면, 황량한 겨울 풍경을 바탕으로 하고 요염하게 꽃을 만발한 한 그루 매화나무가 눈앞에 떠오르곤, 광녀 머리칼처럼 흐트러진 수근樹根의 가닥가닥이 썩어가는 시체를 휘어감고, 그 부식 과정에서 분비되는 액체를 탐람하게 빨아올리는 식물이란 생명의 비적秘蹟이 일폭의 투시화가 되어 그 매화나무의 환상에 겹쳐지는 것이다.

쥘부채

하아얀 눈 위에 검은 나비가 앉아 있었다.

주춤, 동식은 발길을 멈췄다. 이제 막 걷힌 어둠의 여운이 안개처럼 서려 있는 눈 위에 한 마리의 나비가 습습한 검은 날개를 활짝 펴고있는 모습이었다.

이 겨울, 눈으로 덮인 이 계절에 나비가 웬일인가? 하고 시선을 쏘았는데 나비로 뵈던 그것이 나비가 아니었다. 나비의 그림이 새겨져 있는 부채 모양의 것이 반쯤 펼쳐져 있는 것이었다. 동식은 그것을 집어 들었다.

조그만 쥘부채였다.

동식은 그 부채를 손에 들고 안팎으로 뒤집으며 한참 동안 들여다봤다. 그리고 접어보기도 했다. 길이는 7센티미터나 될까. 두께는 2센티미터, 아니면 2센티미터 반. 접은 채 손아귀에 넣어보니 그 쥘부채는 길이로서도 부피로서도 동식의 손아귀에 버긋하지 않고 넘어나지 않았다. 동식의 손바닥 치수를 재어보고 맞추어 만들어놓은 것만 같았다.

그는 저도 모르게 주위를 살피는 눈이 되었다.

아직 이른 아침. 버스와 택시들이 바퀴에 끼운 체인 소리를 요란하게 철거덕거리며, 눈길을 질주하고 있을 뿐, 영천 고개에서 동식이 서 있는 독립문 근처까지, 그리고 서대문 네거리에 이르는 길엔 사람들의 그림자가 드물었다.

동식은 다시 쥘부채를 펴봤다.

축을 중심으로 180도 일직선이 된 부분의 길이가 14센티미터 가량, 축에는 청실·홍실·검은 실로 어우른 술이 달렸다. 부채라고 하기보단 부채를 닮은 완구, 완구라고 하기보단 마스코트의 의미가 짙은 그런 것이다.

상앗빛으로 매끄러운 피죽과 부챗살은 여간 섬세한 솜씨가 아니었다. 무슨 비단인 성 싶은 하늘빛 바탕에 수놓인 검은 나비의 형태도 이만저만한 정교함이 아니었다. 너무나 섬세하고 정교한 그만큼 그 조그만 쥘부채엔 음습한 요기마저 감도는 느낌이었다.

단순한 습득물로서 소화시키기엔 그 진기함이 지나쳤다. 그러나 어떤 운명의 계시로서 받아들이기엔 동식의 심정은 아직도 신비로운 사고에 익숙하지 못했다. 그냥 집어던져 버릴 수도, 호주머니에 집어넣을 수도 없는 야릇한 심정으로 동식은 그 부채를 흔들어보았다. 그런대로 바람은 일었다.

그는 부채를 접어 잠바 포켓에 넣고, 바로 그 길을 걸어 서대문 네거리를 거쳐 신문로로 빠질까, 대로를 건너 사직터널을 지나 공원 앞 지름길로 빠질까 하고 망설이다가 자동차가 뜸한 틈을 타서 대로를 건넜다. 사직터널로 지나기로 한 것이다.

동식은 포켓 속에서 쥘부채를 만지작거리면서도 그 부채 생각은 잠시 잊고 다시 아까의 상념 속으로 말려들었다. 동식은 영천 고개를 넘어 부채가 떨어져 있는 곳까지 눈을 밟고 오면서 줄곧 설악산의 조난 사고만을 생각하고 있었다. 간밤, 라디오를 통해 그 조난 사고의 소식을 듣고 동식은 자기 나름의 충격을 받았었다. 아침, 눈을 뜨자마자 곧 라디오의 스위치를 틀었지만 그 몇 시간 동안에 진전된 소식이 있을 리도 없었고 사실 있지도 않았다. 동식이 받은 충격은 의연 꼬리를 물고 있었다. 버스를 타지 않고 눈길을 걷게 된 것도, 걸으면서 자기의 충격을 가라앉힐 속셈이었던 것이다.

설악산에서 조난한 열 명 가운데 동식의 친구가 섞여 있는 것도 아니고 아는 사람이 끼여 있는 것도 아니다. 감수성이 강한 탓으로 조난한 사람들에게 유별난 동정을 느낀 때문도 아니었다. 어쩐지…… 그렇다, 어쩐지 그 조난 사고에 마음이 휘말려들고 있을 뿐이다.

방학인데도 서울을 뜨지 않고 거리의 먼지처럼 굴러다니고 있는 동식에겐 난데없이 이목 앞에 솟아난 설악산이란 그 이름이 우선 거창한 충격이었고, 겨울의 설악산을 등반하려다 조난한 비장함이 신선한 놀람이었고, 그 충격과 놀람이 불러일으킨 감정이 상승 작용을 하며 퍼져가는 파문을 뚫고 설악산이 다시 신비로운 모습으로 다가서곤 했다.

동식은 설악산에서 조난한 사람들에게 일종의 질투 비슷한 감정조차 느끼고 있는 스스로의 마음을 발견했을 때 얼굴을 붉혔다. 그러면서도 질투의 연유를 곧 깨달을 수는 없었다. 며칠 전 읽었던 어떤 글에서 얻은 감동과 무슨 관련이 있는 것인지도 몰랐다.

산으로 가라!

해발 1만 척, 산 위에선 에덴 동산의 샘물과 같은 맑은 공기를 마실 수 있다. 네 육과 마음을 감싼 공기엔 아무런 압력도 없다. 아무런 빛깔도 없다. 그 공기를 마신 나의 폐장엔 달콤한 꿀방울 같은, 육과 마음의 영양만이 남는다. 나는 소생한다. 그러나 이건 산 위에서의 얘기다.

아니다, 라는 내심의 소리가 있었다. 동식은 사직터널 안으로 걸으면서 '사자死者는 영원히 젊다'는 사상을 익혀보았다.

'그럴 수밖에, 죽은 사람은 영원히 젊다.'

만일 그들이 설악에서 죽었다면 그들은 설악에서 영생을 얻은 셈이다. 이렇게 생각하다가 동식은 지금 이 순간 죽음과 격투하고 있을지도 모르는 그들을 죽은 사람으로 감정해보는 스스로에게 죄를 느꼈다. 그 조난자 열 명의 가족들과 애인들의 모습이 아무런 구체성도 띠지 않으면서 가끔 어떤 추상화에서 받은 것 같은 강렬한 인상의 더미가 되어 눈앞을 스치기도 했다.

그러나 생각은 자꾸만 죽음의 방향으로 기울어 들었다.

수천 년 동안 젊음을 냉동할 수 있는 얼음 자국이 쌓인 눈, 설악! 그들은 죽음으로써 영원한 젊음을 설악에서 얻었다. 다가선 죽음을 그들은 어떻게 맞이했을까. 프로메테우스처럼 비장한 얼굴이었을까, 헤라클레스처럼 단호한 표정이었을까. 아마 고통은 없었을 게다. 냉정하고 슬기로운 정신을 담은 채 육체가 그대로 동상마냥 빙화했을 것이니 말이다. 축축이 젖어오는 습기와 더불어 육체가 얼어가면 의식은 잠들 듯 조용해지고 완전히 얼어버린 순간 가냘픈 생명은 촛불처럼 꺼지고, 눈은 쉴 새 없이 내리고 쌓여 순백의 무덤을 만든다. 이집트 황제의 무덤보다 거대하고 페르시아의 궁전보다 찬란한 무덤. 설악산은 이제 막 젊은 영웅들의 죽음을 안고도 움직이지 않고 슬퍼하지 않는다.

동식은 돌연 자기가 설악의 무덤 속에 동상마냥 빙화하고 있는 모습을 상상했다. 설악산에서 빙화한 그의 모습은 그를 버리고 미국으로 떠난 변절한 애인의 가슴 속에 평생토록 녹지 않을 빙상으로서 남을 것이었다. 해와 더불어 그 여인의 머리칼에 백발이 불어가고 그 얼굴에 주름이 더해가도 그 가슴팍에 얼어붙은 동식의 젊음은, 그 젊은 눈동자는 언제나 차가움게 눈을 뜨고 있을 것이었다. 그런데도 설악에서 얼음의 동상이 되지 못하고 설악의 조난자들에게 대한 터무니없는 질투를 반추하면서 동식은 먼지처럼 지금 어두운 터널을 굴러가고 있는 것이다.

자동차가 지나가는 빈도가 잦아졌다. 줄줄이 헤드라이트가 터널의 벽을 스치고 클랙슨 소리가 귀에 따갑도록 요란하게 반향한다.

동식은 터널을 빠져나와 사직공원 앞에서 지름길을 걸어 신문로로 나왔다. 거기엔 파출소가 있었다. 그는 문득 쥘부채 생각을 했다. 경찰관에게 신고를 해버릴까 하는 마음도 돋았지만 그 마음과 더불어 그럴 수 없다는 생각이 의지처럼 굳어졌다.

설악산과, 젊은 죽음과, 변절한 애인과, 거리의 눈 위에서 주운 쥘부채, 이러할 맥락 없는 관념의 인자들이 어떤 의미의 방향을 모색하려는 듯 바쁘게 교차하는 심상을 지켜보는 마음으로 동식은 포켓 속에서 다시 한 번 그 쥘부채를 쥐어보았다.

동식이 가는 곳은 신문로에 있는 유柳 선생의 집이다. 거기에서 동식을 끼워 네 사람의 학생이 유 선생을 중심으로 프랑스의 희곡을 읽게 되어 있는 것이다. 모이는 시간은 그때그때의 사정에 따라 달랐지만 수업이 있을 때는 매주 한 번, 방학할 때는 매주 세 번씩 모이기로 되어 있었다. 모든 일에 게으른 성미를 가진 학생들이었지만 유 선생 집에서 모이는 이 모임에만은, 벌써 일 년 남짓한 세월이 지났는데도 아직껏 한 사람도 빠진 일이 없고 피차의 사정을 어렵게 할 정도로 정한 시간을 어긴 적이 없었다. 그만큼 모두들 유 선생을 좋아했고 이 모임이 마음에 들어 있었다.

유 선생은 학생들이 다니고 있는 대학의 선생도 아니고 다른 학교에 나가는 선생도 아니다. 본인의 말을 빌면 그저 누항에 묻혀 사는 은사다. 우연한 기회에 어느 선배의 소개로 프랑스 문학과 철학에 조예가 깊다는 것을 알고 불문과에 다니는 친한 친구끼리 유 선생을 찾아간 것이 기연이 되어 함께 책을 읽기로 된 것이다.

신문로는 고급 주택이 많이 서 있는 지대다. 2, 3층의 고급 주택이 즐비하게 늘어서 있는 사이에 유 선생의 집만이 구가의 옛모습을 지니고 조촐하게 끼여 있다. 대문이 반쯤 열려 있었다. 동식은 좁은 뜰을 걸어 몸채에서 잇달아 낸 서재 앞으로 갔다. 노크를 할 필요도 없었다. 유리창을 넘어 한창 얘기꽃을 피우고 있는 학우들의 모습도 보였고 소리도 들려왔기 때문이다.

도어를 열었다. 방 안의 훈기와 더불어 낯익은 시선들과 향긋한 커피 냄새가 한꺼번에 풍겨 왔다. 활활 소리를 내며 타고 있는 오일 스토브 위의 커피 케틀이 기분 좋게 끓고 있었다.

차가운 설악의 풍경이 일순 뇌리를 스쳤다.

"동식이, 너 오늘 조금 늦지 않았어?"

A가 팔뚝을 들어 시계를 보면서 말했다. 동식은 엉겁결에 왼손이 만지작거리고 있는 쥘부채를 꺼낼까 하다가 말고 유 선생에게 인사를 드리고 소파의 끝에 가 앉았다.

동식이 들어오는 바람에 중단되었던 얘기가 다시 이어졌는데 역시 설악산의 조난 사고가 화제였다. 그런데 이상하게도 각기 익살을 부림으로써 내심의 감상을 카무플라주 하려는 눈치였으나 모두들의 어조엔 조난자들에게 대한 동정보다는 그들에게 대한 시기, 아니면 동경 같은 냄새가 묻어 있었다.

"하여간 죽음의 형식으로서는 최고가 아닌가?"

C가 이렇게 말하자 B가 혀를 찼다.

"넌 약간 건방져. 자아식 죽음의 형식을 골고루 마스터한 것 같은 소릴 하구 있어."

C도 지지 않았다.

"이놈아 꼭 마스터해야만 되는가? 이 형편없는 실증주의자!"

B가 뭐라고 말하려는 것을 유 선생이 막았다.

"아직 어떻게 되어 있는지 모르는데 죽었다는 말은 하지 말어!"

이 유 선생의 말을 받고 A가 말했다.

"가만히 듣고 있자니까 B나 C는 설악산에 가서 죽지 못해 환장한 놈 같은 말투다."

"너절한 평화보다 상쾌한 비극이 낫다, 이 말 아닌가."

C가 이렇게 말꼬리를 물고 나오자 유 선생이 손을 저었다.

"이대로 나가단 또 일대 논전이 벌어지겠다. 너희들은 꼭 벌레 같다니까. 자 커피나 마시자."

커피는 케틀에서 포트로, 포트에서 컵으로 옮겨질 때의 과정이 좋다. 암흑색 액체의 줄기가 쭈르르 소리를 내고 장밋빛 안개가 아련히 피어나는 순간이 기막히다.

컵을 양손으로 움켜쥐고 홀홀 불며 한 모금 마시고는 A가 호들갑을 떨었다.

"커피란 게 이렇게 좋은 맛이란 건 처음으로 알았다."

참으로 좋은 커피맛이었다. 유리창 밖으로 바라뵈는 눈꽃을 꽃피운

절부채 163

나뭇가지가 더욱 맛을 돋우었다. 설악의 친구들은 이 커피 맛과도······ 하다가 동식은 매정스럽게 자기를 버리고 딴 사람과 결혼해버린 애인을 생각했다. 그 여인은 버릇처럼 말하곤 했다.

"내일 아침 또 따끈한 커피를 마실 수 있을 게다, 생각을 하면 행복하게 잠들 수가 있다."

실감이 있는 말이라고 그것을 들었을 땐 흐뭇해 했다. 사람의 행복이란 결국 그런 사소한 즐거움의 누적에 지나지 않는 것이 아닌가, 하는 식으로 제법 대견스러운 의견을 덧붙여 보기도 하면서.

한 잔의 커피가 끝나기도 바쁘게 C군이 익살을 부렸다.

"커피 맛도 알고 술맛도 알고 했으니 이제 무엇 맛도 알면 A군은 사람 다 되네."

"그 뭣 맛이란 건 뭐냐?"

B군이 짓궂게 물었다.

"너 몰라서 묻나?"

"그래."

"풍기상 대답을 못하겠어."

"C군 꽤나 말을 할 줄 아는데."

하고 유 선생이 웃었다. 학생들도 따라 웃었다.

"사람이 되자면 우선 환멸의 맛을 알아야 하는 거다."

A가 제법 함축이 있는 듯이 말했다.

"아직 환멸의 맛을 모르나?"

하고 B가 시비조로 나섰다.

"나면서부터 환멸, 환멸 아냐? 나고 보니 중단된 국토였더라, 얼마 안 가 6·25동란이더라, 대학에 들어가보니 그 꼴이 그 꼴이더라."

"환멸의 맛은 쓰디쓴 쑥물처럼 쓰다, 예이츠의 시에 그런 게 있잖아?"

"C군, 그런 엉터리 떨지 마, 예이츠의 시에 어디 그런 게 있어?"

"야야 B여! 조금쯤 내가 아는 척하는 것 봐 넘겨주면 어때?"

"그렇게 간단하게 항복해버릴 건 뭐 있노?"

A가 거들었다.

"그러다가 버릇된다야, 아무개 교수처럼."

B가 눈을 흘겼다.

"환멸이 쓴 것만은 아냐. 쓰다고 해서 나쁜 것만도 아니구. 한 꺼풀, 한 꺼풀씩 가면이 벗겨져 나가는 뜻도 되는 게고, 그만큼 실상에 다가서는 뜻도 되는 거지. 환멸 없는 인생이란 게 있었나, 생활의 양념 같기도 한 거다."

설교 비슷한 얘기가 되고 보니 유 선생은 약간 수줍은 표정을 띠었다. 유 선생은 학생들보다 거의 한 세대 위이면서도 어른 티를 내지 않는 것이 좋았다. 어떤 철따구니 없는 소리를 학생들이 지껄여대도 그 하잘것없는 의견을 무시하는 태도를 취하지 않았고, 의견 충돌이 있으면 동격으로 싸웠다. 학생이 언젠가 그런 뜻의 말을 했더니 유 선생의 한다는 말이 이랬다.

"아직 나도 철이 덜 들었으니까."

유 선생이 텍스트를 꺼내 들었다.

"그럼 시작해볼까. 오늘은 제3장부터지. 자 그럼 A군."

A는 유창한 발음으로 읽어 내려갔다. A의 프랑스어 발음은 본바닥의 파리장을 뺨칠 정도라는 정평이 있었다. A군에 비하면 유 선생의 발음은 엉망이다. 로마자를 표기한 그대로 읽어가는 발음이었다. 맨

처음 학생들은 유 선생의 발음을 듣고 킬킬대며 웃었다. 학생들은 학교에서 프랑스의 반제품半製品쯤이나 되는 선생들에게서 월등하게 좋은 발음으로 배워왔기 때문에 아무리 자제를 하려고 해도 유 선생의 뒤죽박죽한 발음엔 실소를 터뜨리지 않을 수 없었다.

유 선생은 고등학교 때 고의로 발음을 무시하는 일인日人 교사에게서 프랑스어를 배웠다. 대학에 들어갔을 땐, 그 대학에 발음 겸 회화를 가르치는 젊은 프랑스 여성이 있었는데 첫 시간에 그 여성의 비위를 거슬려놓았다. 환영하는 뜻으로 서툰 프랑스 단어를 휘두르며 환성을 올린 것을 그 여성은 자기에게 대한 인격적인 모욕으로 받아들였던 것이다.

"프랑스는 자유의 나라라고 하지만 사제간의 구별은 대단히 엄격한 모양이야. 그런 전통 속에서 자란 여성이 돼 놓으니까 우리들의 소행을 용서할 수 없었던 모양이지. 학교를 그만둬버렸어. 주임 교수가 노발대발해서, 너희들이 뿌린 씨앗은 너희들이 거두라면서 끝내 발음 교사와 회화 교사를 우리 반엔 보내지 않고 말았지."

그러나 후회하지 않는다면서 유 선생은 이런 말도 했다.

"외국어의 발음은 조금쯤 서툴러야 해. 나처럼 심한 경우는 물론 안 되지만. 외국어를 너무 잘 지껄이면 뭔지 비루해 뵈고 닳아 먹은 것 같고 하잖아? 더욱이 프랑스어는 콧소리를 내야 하는데 서툴게 잘 하려다가 실수한 콧소리를 들어봐. 이가 빠진 문둥이 흥청대는 소리나 다를 게 있는가. 허지만 이런 소린 약자의 변명이지. A군쯤 되는 사람이 해야 할 소리다."

학생들은 유 선생의 말을 약자의 변명만으로 듣지 않았다. 우선 발음에 능한 A가 대단히 좋은 소리를 들었다면서 재빨리 실천하려고 들었다. 학교의 강의 시간에 A가 텍스트를 읽는 지명을 받았는데 A는 유 선생 투로 텍스트를 읽어 내려간 적이 있었다. 주임 교수인 Y선생이 깜짝 놀란 표정으로 노려보고 있더니, 어떻게 된 셈이냐고 따졌다. 그리곤 교실을 조롱한다면서 호되게 A를 나무랐다. 이 얘기를 했더니 유 선생도 정색을 하고 A를 꾸짖었다.

"발음은 너희들 배운 대로 해. 내 뽄을 따면 나를 조롱하는 것이라고 인정할 테니까."

이것은 모두 옛날 얘기다. 유 선생은 학생들과 어울리기 위해서 필요하다고 생각했던지 자신의 발음을 대폭 고쳤다.

A에서 B로 넘어와 어느덧 C가 읽을 차례가 되었다. 텍스트는 흥미가 있는 내용이었지만 동식은 잠바 주머니에 있는 부채에 자꾸만 마음이 쏠렸다. 부채에 마음이 쏠리자 이젠 명료한 물음의 혁신으로 생각이 번져만 갔다.

어떤 사람의 부채일까, 누가 만든 부채일까, 뭣을 하기 위한 부채일까. 어떻게 바로 그 부채가 거기에 떨어져 있었을까, 하필이면 내가 왜 그 부채를 줍게 되었을까, 어떤 우연 이상의 의미가 있는 것일까……

C가 동식의 옆구리를 꾹 찔렀다. 깜짝 놀랐다. 동식이 읽을 차례였다. 어디부터지? 하는 눈초리로 페이지 위를 더듬는 것을 보고 C는 손을 건너 동식의 책장을 두어 장 넘겨놓곤,

"여기부터."

하고 손가락으로 가리켰다.

동식은 읽어 내려갔다. 두어 페이지 읽고 나니 유 선생은 그만, 하고 이때까지 읽은 부분을 우리말로 고쳐보라고 했다. 다행히 대수롭지 않은 것이어서 동식은 건성으로라도 우리말로 옮겨갈 수 있었다. 그러는

도중 'Va-t'en'이란 대사가 부딪쳤다. '봐, 땅'이란 '가라'는 뜻이다. 그런데 '가라'고만 번역하기엔 뭔지 조금 모자라는 느낌이었다. 하지만 적당한 생각이 떠오르지 않고 그 이상 망설이고 있을 수도 없어서 '가라'라고만 해버렸다.

"가라! 그래도 되긴 하지만."

하면서 유 선생은 아쉽다는 표정으로 말했다.

"전후의 문맥이 있잖아? 어떻게 좀더 적당하게 할 수 없을까?"

동식이 머뭇거리는 눈초리로 A쪽을 보았다. A가 말했다.

"그럼 가라, 또는 가요 그럼 하면?"

"됐어, 이 경우엔, 가요 그럼이 적당하다."

다시 차례는 A로 넘어갔다. 그러나 동식은 '봐, 땅'이란 말에 걸려버렸다. VA TE EN의 준말, EN은 '여기에서'라는 뜻을 가진 말이다. 직역을 하면 '여기에서 떠나자'로 된다. 그런데 EN이란 말엔 '그럼'이란 뜻이 또 있단 말인가. 이런 초보적인 문제를 들고 물어볼 수도 없는 쑥스러운 마음의 바탕 위에 '봐, 땅'이란 단어가 검은 부채와 더불어 빙빙 돌았다.

다시 동식의 차례가 되었다. 그는 또 어물어물했다.

C가 책장을 넘기고 읽을 곳을 가리키지 않으면 안 되었다.

"너 이상한데?"

B는 중얼거렸다. A는 의아한 표정이었다. 동식은 고개를 들어 유 선생의 얼굴을 볼 수가 없었다. 어색하게 텍스트를 읽기 시작했다.

이럭저럭 그날의 과업이 끝났다. 끝나고 난 뒤 유 선생이 물었다.

"동식 군, 무슨 걱정이라도 있나?"

동식은 당황했다. 화끈 얼굴이 달아오르는 느낌이었다. 선뜻 쥘부채를 꺼내려고 왼손을 잠바 주머니에 넣었다. 그러나 손을 거기에서 멈춰 버리고 간신히 말했다.

"아뇨, 별일 없습니다."

A군이 불쑥 한마디 했다.

"걘 실연했어요."

"실연?"

하고 유 선생은 동식을 보며 부드럽게 웃었다. 그러나 그 이상 아무 말도 하지 않았다.

"남산으로 가자."

"남산으로 가서?"

"눈에 덮인 서울을 구경하다가 내려와서……."

"그리고?"

"영화나 보다가."

"나이롱뽕이나 할까?"

"그리곤?"

"진 놈이 대포 사지."

유 선생의 집을 나와 한길을 걸어오면서 이런 말들을 주고받다가 C는 돌연 혀를 찼다.

"기껏 낸다는 아이디어가 항상 그 꼴이야."

"태평성대의 대학생이 그렇고 그렇지, 뭐 별수 있겠나."

한 것은 A.

"그렇다고 설악산에 뒤쫓아가서 조난이라도 당해야겠단 말인가."

한 것은 B.

그러나 일단 남산으로 가기로 작정은 했는데 동식은 그속에 끼지 않기로 했다. 셋은 일제히 공격의 화살을 던졌다. B는 심지어 '너 성병에 걸린 건 아니지?' 하는 투로 신랄한 조롱까지 했다. 중구난방의 상태에서 동식은 '급한 볼일이 있다.'고만 해놓고 학우들에게 등을 돌렸다. 어수선한 문제를 혼자 간직한 채 그들과 어울려 놀 수 있을 것 같지 않았기 때문이다.

동식은 혼자 덕수궁 담길을 돌았다. 사람의 그림자가 드문 호젓한 길, 담벼락 위로 자욱이 쌓인 눈, 그위로 넘실거리는 가지마다에 꽃핀 눈! 위트릴로의 설경도 이처럼 아름답지는 않다고 생각했다. 설악산의 조난자들이 다시 뇌리를 스쳤다.

그들은 아무도 기다리는 사람이 없는 설악산으로 갔다. 영화관도 다방도 대폿집도 도서관도 없는 험준한 산으로, 산이 거기에 있다는 이유만으로 부모의 곁을 떠나 애인과 하직하고 거기엘 갔다. 건강한 마음이 좇는 허망이란 병든 마음이 키우는 희망보다는 더 허망하다. 태양처럼 찬란한 허망, 태양처럼 넓은 허망 속에 그들의 건강과 의욕과 젊음은 수정처럼 결정할 수 있을까. 일체의 정열과 포부와 염원을 압축해서 한 알의 수정이 되리라는 사상엔 감동이 있다. 동식은 덕수궁 안으로 들어섰다. 눈이 쌓인 오전의 덕수궁 뜰엔 사람의 흔적이란 없었다. 역사의 이끼가 눈의 의상을 입고 이날의 덕수궁은 학생의 독차지였다. 눈을 인 등나무 밑 벤치, 마른 곳을 찾아 동식은 걸터앉았다.

호주머니에서 부채를 꺼냈다. 그리고는 그 부채를 180도 각도로 펴들고 자세히 들여다보기 시작했다. 양편 피죽은, 폭 4밀리미터 가량, 방사형으로 뻗은 대오리는 각각 2밀리미터, 대오리와 대오리 사이의 가장 넓은 부분도 2밀리미터, 일직선을 이룬 축엔 8모로 깎인 못이 박혀 있고, 이 못이나 대오리나 피죽은 모두가 상아, 아니라도 그것 비슷한 것으로 되어 있었다. 그런데 피죽이나 2밀리미터씩의 폭을 가진 대오리는 정밀 기계에서 뽑아낸 것처럼 정교했다. 동식은 부채를 앞으로 돌렸다.

낡은 하늘색의 바탕 위에 두부^{頭部}를 밑으로 한, 나비 한 마리가 손바닥의 넓이 가득히 수놓여 있었다. 나비의 빛깔은 검게 보일 정도의 녹색, 날개의 바닥엔 붉은 무늬를 점점이 놓았고, 날개 언저리의 굴곡에는 교치^{巧緻}를 다하고 있었다.

보면 볼수록 정교하게 만들어진 부채, 아무튼 하루 이틀에, 아니 한두 달에 만들어질 수는 없는 물건의 됨됨이였다. 대오리 사이에 끼인 비단의 빛깔은 진한 감색인데 색이 낡은 하늘색인 것을 보면 한두 해가 지난 물건도 아닌 것 같았다. 더욱이 그 상앗빛의 피죽과 대오리엔 긴 세월을 두고 사람의 기름이 스며든 듯한 반들반들한 두께마저 느껴졌다. 그럼에도 섬뜩한 마음은 들어도 불결하다는 생각은 들지 않으니 이상한 일이었다.

"사랑을 구하기 위한 기원의 산물인가?"

"저주하기 위한 부첩의 뜻인가?"

사랑을 비는 마음에도 알맞은 부채이며 저주를 위한 부첩으로서도 어울리지 않을 바 아닌 부채라고 생각하니 동식은 선뜻 무슨 계시와 같은 것이 상념 위를 스치는 것 같아 마음을 가다듬었다. 이렇게도 저렇게도 생각할 수 있는 부채의 의미 저편에 성녀의 의미심장한 미소가 떠올랐기 때문이다. 동식은 그 미소를 사랑할 수 있었다. 동시에 그 미소를 저주할 수도 있었다.

성녀는 동식보다 세 살 위인, 동식이 다니는 대학의 대학원생이었다.

자질구레한 동기만으론 동식의 성녀에 대한 사랑을 설명할 수가 없다. 동식이 이 세상에 태어난 것이 우연이었다면 그 사랑도 우연일 것이고, 동식이 이 세상에 태어난 것이 필연적이었다면 그 사랑도 필연이었을 것이다. 동식이 성녀를 처음 만났을 때 그는 성녀를 사랑하기 위해서 자기가 이 세상에 나왔다고 느꼈고, 성녀는 자기를 사랑하기 위해서 있다고 생각하며 의심하지 않았다. 그만큼 서로는 자연스럽게 말을 건넬 수 있었고 함께 거리를 걸어다닐 수 있었고 거리낌 없이 서로의 마음을 펴보일 수가 있었다. 사랑의 고백을 한 것은 성녀 편에서였다.

　동식은 그 밤을 잊지 않는다. 2년 전의 4월 20일 밤 아홉 시, 동식과 성녀는 남산의 팔각정 위에 있었다. 오를 때 안개가 짙어 자동차의 헤드라이트가 1미터 앞을 뚫을 수 없는 정도였는데 팔각정에 이르자 시야는 완전히 막혀버렸다. 그 무수한 전등불이 하나도 보이지 않았다. 서울의 도시는 완전히 안개 속에 묻혔고 동식과 성녀는 아득히 하계를 하직하고 구름 위로 올라온 천사의 고독을 닮을 수 있었다.

　그때였다. 성녀가 동식의 목을 안고 속삭였다. "아이 러브." 동식은 벅차게 숨을 내쉬면서 응했다. "오오 씨 무아." 둘이 얼마 동안을 서로 안고 안긴 채 서 있었는지 모른다. 안개의 바다 위에 하나 둘 전등불이 솟아나고 서울의 면모가 소생한 등불로 해서 아슴푸레 윤곽을 찾았을 때, 동식과 성녀는 경찰관들의 눈치를 피하면서 조용히 산을 내려왔던 것이다. 무슨 일이 있었는지, 단순한 짙은 안개를 걱정한 때문인지 그날 밤 팔각정 근처엔 무장한 경찰관들이 출동해 있었다.

　동식은 성녀와의 사랑의 고백을 위해서 서울의 등불이 일제히 그 빛을 안개 속에 숨겨주었다는 해석을 즐겼다. 그런데 지금에 와서 보면, 안개의 위계에 넘어간 것이 아닌가 하는 생각으로 마음이 쏠쏠했다.

성녀의 사랑의 고백을, 서울을 덮어버린 안개의 조작을 예상하지 않고는 상상할 수가 없다고 생각하면 그 고백은 절해고도에서의 사랑의 가능을 시사한 것이긴 해도 절대적인 사랑의 고백이라곤 할 수 없는 것이 아니었을까. 그 숱한 우리말을 두고 하필이면 어색한 영어와 프랑스어로써 응수되었다는 점에도 벌써 안개의 위계를 깨달아야 할 틈서리가 있지 않았던가.

"그렇다면 이 검은 나비의 부채는 기왕에 그 안개와 지금 내 가슴속에 서려 있는 안개를 깨뜨려 없애라는 운명의 계시일지도 모른다."

그러나 이건 너무나도 터무니없는 생각의 비약일 뿐이다. 동식은 다시 한 번 부채를 접었다가 폈다가 하면서 성녀와의 일을 생각했다.

성녀는 까다로운 애인이었다.

"호텔에 갈까?"

"노오."

"여관에라도 갈까?"

"노오."

"다방엘 갈까?"

"노오."

"중국집에 가서 뭣을 먹을까?"

"노오."

"레스토랑에 가서 양식을?"

"노오."

이러한 '노오'가 백 번쯤 계속된 다음 겨우 한 번의 '예스'를 얻었다는 것이 한강변 버드나무 밑에 같이 앉는 일이고, 도봉산 개울에 같이 발을 담가보는 일이고, 덕수궁 돌담을 돌아보는 일이었다. 어쩌다 영화관엘 같이 가보면 뉴스가 비위에 맞지 않는다고 나와버리고 음악이 마음에 들지 않는다고 나와버리기가 일쑤고, 중국 음식은 불결해서 못 먹고, 냉면은 매워서 못 먹고, 불고기집엔 사람이 득실거려 못 가고, 비프 스테이크는 덜 구웠다고, 또는 지나치게 구웠다고 먹지 않는다.

'‘노오’로써만 만들어진 육체, 일체에 ‘노오’로써만 응하기 위해 기능하는 신경, 그래도 목도 팔도 다리도 허리도 가늘고 얼굴은 언제나 파리했는데…….'

젖가슴과 궁둥이와 허벅다리에만은 약간의 볼륨이 있었다. 그래 동식은,

"당신은 최대한의 노오와 최소한의 예스로써 된 여자"

라고 빈정대기도 했었다. 그러면 성녀는,

"앞으로 당신은 이 최대한의 노오를 어떻게 처리할 셈이지?"

하고 웃었다. 그런데 그 웃음이 좋았다. ‘노오’의 연속에 지친 동식의 신경은 그 일순의 웃음으로써 구원을 받았다. 새하얀 이빨이 엷은 입술 사이로 살짝 드러나면서 왼쪽 눈이 치째이듯 가늘어지는 그 웃음! 아마 지금 그 웃음이 눈앞에 있으면 검은 나비가 수놓인 쥘부채로써 성녀의 이마빼기를 살짝 때려주기도 했을 것이다. 동식은 그 부채를 들려서 알맞을 성녀의 체구를 상상해봤다. 성녀의 얼굴과 몸집 그대로를 3분의 1쯤으로 줄이면 될 것이었다.

‘요정이다.’

하마터면 그 요정이란 말이 입 밖으로 튀어나올 뻔했다.

"그렇다. 요정이다. 이건 분명 요정의 소유물이다."

하면서 보고 있는데 그때까진 보이지 않았던 것이 눈에 뜨였다.

나비의 두부가 향한 바로 그 밑에 노랑 반점 같은 것이 있었다. 자세

히 보니 그것은 한 떨기의 꽃이었다. 너무 작아서 눈에 뜨이지 않았던 것인데 분명 꽃이었다. 나비의 머리끝을 반쯤 묻고 있는 나리꽃 비슷한 모양의 꽃이었다. 사랑을 비는 마음이 간절한 의미로서 담겨진 물건임이 틀림없었다. 동식은 숨을 몰아쉬고 그 부채를 소중히 접어 포켓에 넣고 뜰을 걸어 덕수궁 정문으로 해서 밖으로 나왔다. 잠자코 있을 수 없는 충동 같은 것이 솟구쳤다.

덕수궁에서 나와 서소문 근처 어떤 중국 음식점에 들었다. 성녀 같으면 질색을 할 곳이다. 담뱃불로 지져 온통 곰보투성이가 된 탁자에서 허기진 식탐으로 짜장면 한 그릇을 먹었다.

서소문 육교 밑에서 서대문 쪽으로 꼬부라지는 바로 그곳에 쓰러질 듯이 서 있는 나지막한 기와집이 있다. 그곳을 지날 때마다 아직 거기에 있구나 하는 심정으로 보아 오던 집이다. 이조 말엽을 훨씬 거슬러 올라간 때부터 있었던 집일 것이다. 흙담은 무너질 듯 위태롭고 지붕의 기와 사이엔 마른 풀이 엉성했다. 그 집의 삐걱거리는 대문을 열고 붉은 스카프로 머리를 싸맨 상냥한 얼굴의 소녀가 나오는 것을 보고 짐짓 놀란 적이 있었다. 그 쓰러질 듯한 고옥과 신선한 소녀와는 아무래도 어울리지 않았다. 현대식 고층 빌딩의 복도에서 삼베 치마저고리의 노파를 보는 위화감과 맞먹는 그런 기분이었던 것이다.

유심히 그 대문에 시선을 쏟으며 앞을 지났으나 비스듬히 틈서리를 보인 채 대문은 조용히 닫혀져만 있었다. 소녀의 얼굴의 구체적인 윤곽은 기억에서 사라졌지만 그 얼굴이 풍긴 신선함은 아까 일처럼 뚜렷했다. 동식은 이런 생각 저런 생각을 하면서 걷다가 보니 독립문 근처에 와 있었다. 범인은 반드시 범행 현장에 한번 와 본다는 이야기가 기억 속에 떠올랐다.

아침의 그 신선한 눈은 간 곳이 없고 부채가 떨어져 있었다고 생각되는 곳은 뻘물 투성이가 되어 있었다. 동식은 아침의 정경을 되도록 정확하게 상기해보려고 애썼다.

인도와 차도와의 접경, 차도 편으로 부채는 떨어져 있었다. 그런데 그 언저리의 눈엔 수레바퀴가 지난 흔적도, 사람의 발자국도 없었다. 줄잡아 1미터쯤 상거가 있는 곳으로 차도 지났고 사람의 발걸음도 지났다. 그러고 보니 그 쥘부채는 차에서 떨어진 것도 아니고 걸어가는 사람이 떨어뜨린 것도 아님이 분명하다. 영천 고개에서 온 인도가 독립문 바로 가까이에 이르러 곡선을 그리기 시작한 그 지점에 2미터 사방으로 처녀설處女雪을 남겼는데 그 처녀설 가운데쯤 쥘부채가 반쯤 펼쳐진 채 있었던 것이다.

그러나 그 정경을 아무리 선명하게 뇌리에 재현하고 확인해봐도 답안은 나오지 않았다. 되레 불가사의하다는 관념이 섞이기 시작하니 생각은 오리무중을 헤매는 거나 같았다. 탐정이나 수사가 스릴러 소설을 읽는 것처럼 쉬운 것이 결코 아니라는 엉뚱한 생각마저 섞였다. 동식은 그 근처를 왔다갔다 하며 서성거렸다. 그 자리에 있어 보았댔자 신통한 수가 터질 리가 없으리란 짐작도 들었지만 그렇다고 해서 훌훌 떠나버리기엔 뭔지 아쉬움이 남았다.

동식은 그곳에서 서성거리고 있다가 문득 교도 작품 직매소란 간판을 봤다. 교도 작품이란 뭘까 하고 생각했다. 교도 작품이란 학생들의 작품이란 말인가. 그런데 그것이 하필이면 그곳에 있을 리가, 하고 생각하다가, 형무소를 교도소라고 하더라는 지식이 떠올랐다. 동식은 그 직매소엘 들어가 보았다. 옷장·이불장·찬장·탁자 같은 큰 가구를 비롯해서 쟁반·목기 같은 것이 꽉 차게 진열되어 있었다. 아니나 다를까, 형무관인 듯싶은 사람들이 가게를 지키고 있었다.

동식은 얕은 견식의 탓인지는 모르나 그의 눈엔 그곳에 진열된 물건들은 어떤 일류의 가구점에 갖다놓아도 전연 손색이 없을 것 같았다. 너무도 열심히 들여다보고 있었던 탓인지 젊은 형무관 한 사람이 동식의 곁에 와서 말을 걸었다.

"뭣을 사시겠습니까?"

"아뇨, 구경을 할까 하구요."

"실컷 구경하십시오. 시중의 물건에 비해 손색도 없으려니와 가격도 싸니까요."

하고 형무관은 친절하게 말했다.

"이것 모두가 형무소 죄인들이 만든 겁니까?"

"그렇죠. 그러나 요즘은 죄인이란 말은 쓰지 않습니다. 재소자라고 하지요."

"재소자?"

"교도소에 수감되어 있는 사람이란 뜻으로서 재소자라고 합니다."

죄인과 재소자라는 명칭의 차이가 수감되어 있는 사람들의 위치에 어느 정도의 영향을 미칠까 하고 생각하다가 동식은 복받쳐 오르는 일종의 감회를 어떻게 할 수가 없었다.

'이런 훌륭한 물건을 만들 수 있는 사람들이 무슨 죄를 짓고 형무소 생활을 하는 걸까.'

하는 의심과,

'형무소에서 배운 기술로써 이런 훌륭한 물건들을 만들었다면 얼마나 긴 동안 형무소 생활을 했을 것인가.'

하는 의심이 겹쳤다. 그래 물어보고 싶은 마음이 목구멍까지 치밀어 올랐으나 입 밖에 낼 수는 없어 겨우 이렇게 말해보았다.

"참으로 훌륭한 기술인데요, 그런 훌륭한 기술자들이 형무소 안에 지금도 많이 있습니까?"

"있구 말구요."

하고 그 형무관은 요즘은 형무소라고 하지 않고 교도소라고 한다고 덧붙였다.

동식은 조그마한 쟁반 위에 파인 조각을 눈여겨봤다. 난을 방불케 하는 풀과 그 풀 위로 날고 있는 나비의 형상에 우선 마음이 끌렸고 그 조각의 솜씨에 감동했다.

"이건 진짜 예술인데요."

하며 동식이 감탄하자 그 젊은 형무관은 자기가 직접 칭찬을 받는 것처럼 희색을 만면에 띠며 말했다.

"재소자 중에는 그야말로 굉장한 예술가가 있습니다."

하곤 주머니를 만지작거리더니 주위를 얼른 살펴보곤 가느다랗고 조그마한 물건을 동식의 손에 잡혀주었다.

그것은 5센티미터 길이도 못 되는 여자의 나상이었다. 폭은 성냥개비를 두 개 겹친 것쯤이나 될까. 그런데 그 조그만 물체에 성숙한 여자의 유방·허리·발톱까지 달린 다리와 발을 섬세하게 조각해놓곤 그 끝에 귀이개를 마련해놓은 것이었다. 동식은 숨을 죽였다.

젊은 형무관은 얼른 그 물건을 동식에게서 도로 받아선 자기의 포켓에 집어넣어버렸다. 찰나의 사건이었다. 이제 막 만지고 있었던 것이지만 눈앞에서 사라지고 나니 꿈속에서 본 것이 아닌가 하는 착각조차 일었다.

"그것도 형무소, 아니 교도소에서 만드는 것입니까?"

"그런 걸 만드는 걸 범칙이라고 하지요. 들키면 야단을 먹지요. 물론 몰수당하고…… 그러나 아무리 금해도 그런 정도의 범칙은 그치질 않습니다."

"재료를 어떻게 구하나요? 아까 그걸 보니 상아나 인조 상아 같은 거던데."

"상아가 다 뭐요. 칫솔대 있잖아요? 칫솔대를 깎아 그렇게 만들어요."

동식의 눈은 번쩍 뜨였다. 쥘부채가 불현듯 눈앞으로 스쳤다. 그 피죽이나 대오리를 상아, 아니면 인조 상아로만 생각하고 있었던 것인데 그것이 바로 칫솔대라는 것을 안 것이다. 그렇다면 그 쥘부채는 형무소에서 나온 물건이다. 수인의 손으로 만들어진 물건이다. 그런데 그 수인은 여자. 동식은 아무렇지도 않은 것처럼, 마음의 흥분을 가라앉히며 물었다.

"그런 물건을 만드는 사람은 대강 어떤 사람들이죠?"

"대부분이 장기수들입니다."

"서대문 형무소, 아니 교도소에는 여자 수인, 아니 여자 재소자도 있습니까?"

"있습니다."

"여자 장기수도 있습니까?"

"그야 있지요. 무기도 있고 20년, 15년, 10년 짜리도 있고……"

동식은 주저한 끝에,

"아까 그 물건을 제게 팔 수는 없습니까?"

하고 물었다.

쥘부채 179

젊은 형무관은,

"그건 팔 물건이 아닙니다."

하며 야릇한 웃음을 띠었다. 동식은 얼굴이 붉어지는 것 같은 수치를 느꼈다. 그것을 팔아달라는 동식의 속셈이 여자의 나상이란 점에 있지 않았나 하고 형무관이 생각했을 것 같아서였다.

거기서 나와 동식은 다시 부채가 떨어져 있던 자리로 돌아왔다. 그 쥘부채가 형무소에서 만들어진 것이라고 단정할 수 있는 단서를 잡은 것만 해도 대단한 일이었다. 쓰다가 버릴 수밖에 달리 용도가 있을 것 같지도 않은 칫솔의 대로써 쥘부채를 만들고 여자의 정교한 나상을 만들 수 있다는 사실을 안 것도 커다란 수확이 아닐 수 없었다.

그러고 보면 우리들의 생활의 주변엔 신비의 가능이 충만해 있다는 얘기가 아닌가. 충만한 신비의 가능을 외면하고 매일매일을 평범한 회색으로 도말하고 있는 생활이란 불행하지 않은가. 불행은 어디서 덮쳐오는 것도 아니고, 주어지는 것도 아니고 스스로가 준비하는 것이며 스스로가 만들어내는 것이다.

동식은 생각했다.

'나는 설악에도 갈 수가 있었다. 미지의 가능을 발굴할 수도 있었다. 성녀의 결혼식장에 뛰어들 수도 있었다. 그러나 아무것도 하지 않았다…….'

동식은 또한 쥘부채를 만지작거리며 아까 본 여인의 나상을 생각했다. 요정의 이미지는 그 조그만 나상으로 인해서 보다 선명해졌다. 그 나상은 섹스에 기갈이 난 죄수가 벌을 무릅쓰고 감방 안에서 스스로의 섹스를 승화시킨 집념의 화신이었다. 악취를 풍기는 사타구니 속의 발기를 만지던 불결한 손끝에서 영롱한 옥과 같은 요정이 탄생했다.

동식은 그런 정황을 상상하면서도 아까의 그 나상에 순화된 에로티시즘을 느꼈다. 에로티시즘이 예술이 되자면 고난과 시련의 용광로를 통해 극대화의 방향으로든, 극소화의 방향으로든, 아무튼 정신의 빛깔이 스며든 변형이 있어야 하는 것 같다.

동식은 또한 아까의 그 나상의 작자와 에로스의 만화경을 꾸며 보인 '예프다 나이만'과의 정신적 거리가 얼마나 될까 하고 생각해봤다. '예프다 나이만'은 방대한 패널을 만들 작정으로 알루미늄의 유방, 알루미늄의 궁둥이를 통해 아름다운 형들을 구축했다. 서대문 형무소의 예술가는 예프다와 같은 자각은 없이, 버려진 칫솔대의 그 비좁은 세계 속에서 요정을 방불케 하는 여자의 아름다운 유방·허리·궁둥이·허벅다리를 발굴해냈다.

그러고 보니 쥘부채도 음습한 요기와 같은 에로티시즘을 지니고 있었다. 손바닥 크기만한 검은 나비와 작은 나리꽃의 교환交歡이란 이미지가 평범한 관념으로써 이루어질 리가 없다. 거기엔 어떤 집념이 개재하고 작용하고 있을 것이었다.

검은 나비의 이미지와 아까 본 나상이 겹쳐지자 동식의 마음속에도 어떤 집념의 원형질 같은 것이 괴기 시작했다. 새침한 옆 얼굴로 성녀의 모습이 떠올랐다. 성녀가 미국으로 떠나간 것은 그 여자로선 다행한 일이다. 만일 그들의 신가정이 서울 안에 있었더라면 주먹 크기만한 돌덩이가 그 신가정의 유리창을 산산이 부숴놓고 말았을 테니까. 테러리스트는 제정 러시아에만 있는 것이 아니다.

동식의 마음속에 어렴풋이 하나의 계획이 짜여졌다. 그 계획에 따라 동식은 당분간 그 자리를 떠날 수 없었다. 그의 계획이란 그 자리에 서서 사람이 좋아 뵈는 형무관 하나를 만나 수단껏 궁금한 것을 물어본다는 것이었다.

 동식은 모자나 차림으로 보아 간부에 속하는 듯한 젊은 형무관이 가까이 오는 것을 봤다. 동식은 그 형무관 가까이에 가서 공손하게 인사를 하고, 긴요하게 물어볼 일이 있으니 잠깐 동안 시간을 빌 수가 없겠느냐고 말을 걸었다. 그 형무관은 수상쩍은 표정으로 동식을 바라보더니 그가 학생임을 알자, 짤막한 동안이면 좋다고 하면서 근처의 다방엘 가길 승낙했다.

 동식은 되도록이면 속셈을 보이지 않으려고 주의하면서 원거리에서부터 이런 일 저런 일을 묻기 시작했다. 그러나 형무관은 직무에 따른 기밀에 관계된다고 하면서 좀처럼 입을 열지 않았다.

 그러고는,

 "도대체 어떤 목적으로 그런 것을 알려고 하느냐?"

 고 반문했다.

 동식은,

 "소설을 쓰려고 하는데 기초 재료가 필요해서 물어보는 것입니다."

 하고 얼버무렸다.

 "소설을 쓰겠다고? 그럼 요약해서 알고 싶은 것만을 말해 보시오."

 "우선 어젯밤부터 오늘 아침까지에 석방된 사람의 명단과 그 사람들에 관한 간단한 사실을 알고 싶습니다."

 "석방된 사람이라고 해도 미결에서 나간 사람이 있고 기결수도 있고 한데……."

 "장기수들만이라도 알았으면 합니다."

 "그걸 알아 어떻게 할 셈인데?"

 "가장 흥미가 있어 뵈는 사람을 찾아가서 얘길 들으려고 그럽니다."

"그런데 하필이면 왜 어젯밤과 오늘 아침에 나간 사람만을 대상으로 삼지?"

"그러지 않으면 너무 범위가 넓어지니까요."

"알겠소. 그럼 학생의 신분증을 내놓으시오. 신분이 확실하고 목적이 그렇다면 협조할 테니까."

동식은 신분증을 내놓았다. 형무관은 수첩을 꺼내 동식의 신분증에 기재된 사실을 적어넣곤,

"주소는 여게 쓰여 있는 곳과 다름이 없죠?"

하고 따졌다. 동식은 그렇다고 했다. 형무관은 내일 이맘때 이 다방으로 나오라고 하곤 자리를 떴다.

동식이 집엘 돌아가 보니 최崔로부터 두툼한 편지가 와 있었다. 최는 지리산 밑을 고향으로 하고 있는 동기생이다. 최는 방학 동안 고향에 돌아가 있었다.

최의 편지는 이러했다.

느그 서울 놈들을 깜짝 놀라게 하려고 방학 동안에 소설을 한 편 쓸 작정이었지. 깜짝하고 브릴리언트하고, 깊고, 정서적인 그런 것을 하나 써서 불역佛譯까지 할 참이었는데 슬프도다! 뜻대로 되지 않는구려. 줄거리가 있는 소설은 낯이 간지러워 쓸 수가 없고, 줄거리가 없는 것은 싱거워서 못 쓰겠다. 형식으로 말하면 줄거리가 없기도 하면서 있기도 한 그런 것이라야 하고, 내용으로 말하면 우리의 생의 실상에 파고드는 그런 것이라야 할 텐데 역부족이 아니라 환경의 탓으로 어쩔 수가 없다. 난 파리엘 가야만 소설을 쓸 것 같다. 평균 1.5마리의 기생

충을 기르고 있는 누리티티한 백성들의 얼굴이 눈앞에 보이지 않아야 만 세계의 수준으로 소설을 쓸 수 있을 것 같다. 막대기를 헤아리고, 막걸리를 마셔야만 선거할 줄 아는 우리 동포와 어느 정도의 거리를 두어야만 문학다운 소설이 나올 것만 같다. '더블린' 사람들만을 예상 하고 조이스가 「율리시스」를 쓸 수 있었겠느냐. 스릴러 소설이나 읽고 서부 소설이나 읽는 미국 독자만을 예상하고 헨리 밀러가 「넥서스」를 썼겠느냐? 더블린을 떠나서, 미국을 떠나서 제임스 조이스와 헨리 밀 러는 더블린을 빛내고 미국을 빛내는 작품을 비로소 쓸 수 있었던 것 이 아니겠느냐.

이와 같은 이유로 해서 소설을 써서 느들 놀라게 할 것은 단념하고 시를 쓰기로 했는데 아아, 여게도 또한 난관이 있도다.

유행가 가사에 아름답고 매끄러운 말은 죄다 뺏겨버리고 '랭보' 동 방에 태어나 그 언어의 연금술을 부리려니까,

예 하나,
형이상학은 까마귀가 물어가고
형이하학은 개가 물어가고
쌀은 벌레가 먹어버리고
느근 서울 골목 중국집에서
가짜 고춧가루를 뿌리고 우동이나
묵나!

예 둘,
도지사는 군수에게 시키고

군수는 면장에게 시키고
면장은 이장에게 시키고
이장은 반장에게 시키고
반장은 머슴에게 시켰는데
머슴은 시킬 사람이 없으니까
밭에 나가 이랑에다 말똥 같은
똥을 누었다.

이상과 같이 되었는데 내용일랑 보지 말고 형식만을 보아주라. 아무리 독창적인 유행가 작사자라도 형이상학이란 말은 뺏어갈 수 없겠지. '도지사님 날 사랑해 주오'란 가사는 만들지 못하겠지. '그리운 머슴이여 말똥 같은 똥 누지 말라.'는 가사에 곡을 붙이지는 않겠지. 유행가의 촉수를 피해 시를 만들자면 이렇게 고귀한 어휘만을 가려야 한다네. 한국에서 시를 살리자면 시 이전에서 요령껏 하든지 아예 시를 넘어서 버리든지 해야 할 것이 아닌가. 자네의 의견을 준비해두게. 시를 쓰려는 동기는 느그를 놀라게 할 목적도 있었지만 우리 고향 국민학교 여선생이 문학소녀인지라, 대학하고도 프랑스 문학과에 다닌다면서 그 흔한 시 한 수 짓지 못하느냐는 핀잔어린 눈초리가 무서워서였는데 이와 같은 시인 파산선고를 자초하고 말았다.

PS-1
헌데 나는 요즘 '티보가의 사람들' 중의 「회색 노트」를 읽었다. 그 가운데 열 몇 살밖에 안 되는 자크와 다니엘의 왕복 편지가 있다. 작품의 평가는 고사하고 그 왕복 편지가 너무나 엄청나게 훌륭한 데 놀랐다.

그 편지를 읽고 지금 내가 써놓은 것을 읽어보니 기가 탁 막히는구먼. 에르네스트 디무네 선생이 미국 대학생의 지적 수준은 프랑스 고등학생의 지식 수준과 비슷하다고 했는데 만일 나를 표준으로 한다면 한국 대학생의 지적 수준은 프랑스 중학생의 지적 수준에도 미달이 아닌가 생각이 된다, 이 말씀이다. 그래 이 편지도 부치지 않으려고 생각했네만 내 실력 자네가 잘 아는 터이라 그냥 보내기로 했다.

PS-2

소생의 건강에 대해선 걱정 말아라. 두뇌의 발달은 정지한 지 오래인데 위장의 발달은 일익증대하여 무예대식無藝大食의 표본이 될까 하노라. 속도 모르는 부모는 잘 먹고 잘 자니 그저 좋단다. 돼지나 되었더라면 그 기술로 효도할 방법도 있으련만. 불쌍한저, 부모님이 아닌가배.

PS-3

자네의 상처를 건드릴까봐 심히 우려하는 바이나, 성녀와의 일 깨끗이 잊도록 하게. 우찌 아는가 싶어 놀랬재. 난 다 안다. 눈치를 보고도 알고, 거동을 보고도 알고, 앉아 천 리 보고 서서 만 리는 못 볼망정 친구에게 일어난 대사건을 내가 어찌 모르겠는가. 그러나 안심하게, 우리 반 친구로선 나밖에 모를 테니까. 대장부 생을 받아, 일개 아녀자 때문에 심금을 어지럽게 한다면 하위지군자호何謂之君子乎야. 우리 몇 해 뒤에 파리로 가서 프랑수아즈 사강 같은 여자나 낚자. 그래서 문자 그대로 실질적인 동서 교류를 하는 거다. 그때를 위해서 모든 것을 참고 견디어 내자. 자칭 천재는 3월 중순께나 상경한다.

동식은 이 편지를 읽고 쓴웃음을 지었다. 최가 어떻게 해서 자기와 성녀와의 사이를 알아차렸을까 하는 의혹도 생겼다. A도 대강의 짐작은 하고 있는 모양이었지만 최처럼 당돌하게 밟고 들어서지는 않았다. 도회의 청년과 시골 청년의 기질의 차이에서 오는 것일까. 대체로 서울의 친구들은 이 편에서 의논을 하지 않는 한 사적인 고민이나 가정적인 일에 간섭하려 들지 않는다. 이와는 반대로 시골의 친구, 특히 경상도 친구는 이 편에 무슨 고민이 있다고 짐작만 하면 묻지도 원하지도 않는데 의논 상대를 자처하고 일익의 힘이 되어주려고 애쓴다.

때론 이런 것이 불쾌하게 느껴지는 경우도 있지만, 최의 경우엔 어쩐지 그렇지가 않았다. 최의 특이한 성격을 이해하고 있는 탓인지도 몰랐다.

최가 그 특이한 성격을 드러낸 것은 1학년 때부터였다. 대학에 들어온 지 얼마 안 되고 아직 급우들의 낯을 익힐 시간의 여유도 없었을 무렵 대학가는 데모 선풍에 휘몰렸다. 학생회의 간부가 동식의 교실에까지 데모에 참가할 것을 권유하러 왔다.

학생회 간부는 다음과 같은 요지의 말을 했다.

"학생은 공부하기 위한 선발된 신분이며 동시에 선발된 양심이다. 더욱이 우리 대학은 전국 학생의 선봉에 서야 할 자각적 위치에 있다. 국가, 또는 민족의 중대사에 이 선발된 양심이 결집해서 위력을 발휘하지 못하면 국가와 민족의 장래는 경색되고 만다. 그러나 일단 유사시엔 우리 학생도 총을 잡고 전선에 나가야 하듯이 지금 저질러지려고 하는 부정과 불의에 단호히 항거해야 한다. 우리의 항거 수단은 지금 단계에 있어선 데모 행동이다. 자 여러분 데모에 나서자!"

그때,

"그 의견은 존경합니다. 그러나 나는 따를 수가 없습니다."

하고 일어선 것이 최였다. 학생들의 시선이 일제히 최에게 쏠렸다. 뜻하지 않은 반격에 흥분한 학생회의 간부가 데모를 할 수 없다는 그 이유를 따지고 들었다.

최는 침착하게 답변했다.

"데모를 하려면 죽을 각오를 하고 해야겠습니다. 그런데 내겐 그런 각오가 서 있지 않습니다. 데모를 하려면 그 목적이 관철될 때까지 철저하게 해야겠습니다. 그런데 내겐 그런 각오가 서 있지 않습니다. 데모를 하는 것과 나의 이익이 80퍼센트까지라도 일치해 있으면 그런 각오를 해보기로 결심이라도 하겠습니다. 그런데 80퍼센트는커녕 50퍼센트의 일치도 있을까 말까 하니 각오조차 할 필요가 없다고 생각합니다."

데모를 하는 것과 민족의 이익과는 100퍼센트 일치되어 있는데 어째서 50퍼센트도 일치되어 있지 않다고 하느냐. 그것은 민족으로서의 자각과 학생으로서의 순수성이 결여되어 있는 탓이 아닌가 하고 학생회의 간부는 탁자를 두드리며 울부짖었다.

이에 대해 최는 이렇게 말했다.

"데모의 목적이 명백하다고는 하나 추상적이고 그 결과는 애매한데, 데모를 하다가 잃을지 모르는 우리의 생명은 구체적이고 그 결과는 명백하니까, 50퍼센트의 일치도 없다는 것입니다."

그렇다면 결국 비겁하다는 얘기가 아닌가 하고 학생회의 간부는 호통을 쳤다.

"자기 소신대로 행동하려는 것이 비겁한지, 자기의 소신을 굽히고까지 부화뇌동하는 것이 비겁한지는 각자의 주관에 따라 다르겠지요. 나는 지리산 밑에서 자랐습니다. 수많은 사람들이 지리산에서 죽었습니다. 옳건 그르건 소신대로 죽은 사람도 있을 것입니다. 그런데 그 가운데 본의 아니게 뇌동하다가 죽은 자도 많을 것입니다. 본의 아니게 뇌동하다가 죽는 것처럼 비참한 일은 없다고 생각하며 나는 자랐습니다. 나는 뇌동하는 행동은 결코 하지 않겠다고 다짐하며 자랐습니다."

아직 지각이 모자라는 대중이나 학생이 선견지명이 있는 지도자나 선배의 지도에 따른 것이 어찌 뇌동이 된단 말인가고, 학생회의 간부는 더욱 소리를 높였다.

"지각 없는 대중과 학생은 지도자의 지시에 따라야 하지요. 그러나 뇌동이 되지 않으려면 그 지시를 자기 나름으론 납득하고 따라야 할 줄 압니다."

미리 납득하길 거부하고 있는 우매하고 완고하고 비겁한 의식 형태도 있다면서 학생회의 간부는 4·19의 정신을 이해하고 그 전통을 이어받을 생각은 없느냐고 힐난했다.

"4·19의 정신을 이해하는 것과 이번의 데모에 참가하는 것과는 별도의 문제라고 생각합니다. 4·19의 정신을 이해하는 동시에 4·19가 그 뒤 어떠한 상황을 만들어 내었는가 하는 데 대해서도 이해와 연구가 있어야 할 줄 압니다."

그럼 '너는' 하고 낮은 인칭으로 학생회의 간부는 4·19의 역사적 의무를 무시할 것이냐고 흥분했다.

"4·19가 찬란한 민족사의 한 페이지로서 남을 것은 의심하지 않습니다. 그러나 민족사의 한 페이지를 찬란하게 하기 위해 나를 희생하는 영웅이 되길 나는 원하지 않습니다. 나는 천재가 되길 원합니다. 영웅이 될 포부가 있었으면 사관학교를 갔든지 대학이라도 정치과를 택

했을 것입니다."

 천재라는 단어가 튀어나오자 학생회의 간부는 어이가 없다는 듯 최를 쏘아보고만 있었다. 긴장한 교실의 공기가 유머러스하게 누그러졌다.

 학생회의 간부는,

"현명하고 순수한 민족적 양심을 가진 여러분은 비겁한 사나이의 궤변에 속지 않고 구국의 대열에 참여할 줄 믿습니다."

 하는 말을 남겨놓고 총총히 교실에서 사라져버렸다. 학생회의 간부가 나가자 누군가가 소리쳤다.

"나는 영웅이 되길 원하지 않고 천재가 되길 원한다, 좋은데……"

 당시 불문과 1학년이 학년 단위로 데모에 참가하지 않은 것은 최의 영향이 큰 작용을 한 때문이었다. 그날부터 최에게 '앙팡 테리블'(무서운 아이)이라는 별명이 붙게 되었다.

 그 후 최는 학생회의 사문査問을 누차 받은 모양이지만 조금도 기세를 꺾이는 것 같지 않았다. 이러한 최의 기왕을 돌이켜보며 동식은 최에게서 온 편지를 다시 한 번 읽었다.

 아직 완전히 잠을 깨지 않은 동식의 의식 속에 쥘부채의 수수께끼를 푸는 단서, 아니면 그 단서의 힌트가 그 쥘부채에 있을 것이란 생각이 돋아났다. 동식은 이 생각과 더불어 자리에서 일어나 세수를 하곤 아침 밥상을 물리기가 바쁘게 자기 방의 문을 잠그고 고등학교 때에 사용한 확대경으로 쥘부채의 세부를 관찰하기 시작했다.

 피죽·대오리·바탕·축, 이런 순서로 자세히 관찰해 가는데, 있는 그대로가 확대되어 나타날 뿐 신발견은 없었다. 다만 축에 청실 홍실 검은 실로 어우른 술이 달려 있는데, 청실과 홍실은 보통의 실이었고 검은 실만은 실이 아니라 머리칼이었다. 음부의 치모^{恥毛}가 아닐까 하는 엉뚱한 생각도 섞였지만 그런 생각을 묵살하고라도 머리칼을 섞었다는 사실에 은밀한 의미가 함축되었다고 볼 수가 있었다.

다음에 동식은 나비의 머리를 반쯤 묻고 있는 나리꽃에다 확대경을 들이댔다. 술을 표현한 듯한 형상의 것이 세 줄기 나비의 두부를 에워싸고 있는 것 같았다. 그 첨단에 육안으로 볼 때 깨알 같은 반점이 있었는데 그 반점을 세밀하게 확대해보니 뚜렷한 형태가 솟아나왔다. 반점의 하나는 'ㅅ', 또 하나는 'ㅁ', 다른 하나는 'ㅅ'이었다. 보면 볼수록 어떤 의미를 가지고 ㅅ, ㅁ, ㅅ을 새긴 것이 분명했다. 그는 수첩에다 ㅅ, ㅁ, ㅅ이라고 기입했다.

반점에 의미가 있는 것을 깨달은 동식은 이번엔 나비의 날개를 살폈다. 그다지 힘들지 않게 왼편에서 오른쪽으로 차례차례 다음과 같은 부호가 나타났다.

ㄱ, ㄷ, ㄱ

이것은 ㅅ, ㅁ, ㅅ에 대응하는 부호임이 분명했다. 그리고는 아무리 살펴보아도 뜻이 있어 뵈는 단서, 또는 힌트 같은 것은 더 이상 나타나지 않았다.

동식은 부채와 확대경을 책상 서랍에 넣어버리고 벌렁 드러누워 ㅅ, ㅁ, ㅅ과 ㄱ, ㄷ, ㄱ의 의미를 모색하기로 했다. 모색한다느니보다 추리를 한다는 것이고 추리를 한다느니보다 그럴싸한 이야기를 꾸며보는 수밖에 없었다.

남자를 상징하는 나비를 크게 비긴 것을 보면 부채를 만든 사람은 틀림없이 여자다. 그리고 나비의 날개에 남겨진 ㄱ, ㄷ, ㄱ은 남자의 이름일 게고 나리꽃의 술에 달린 ㅅ, ㅁ, ㅅ은 여자의 이름이다.

나비와 꽃. 이것을 해명하긴 어렵지 않다. '당신은 죽어서 나비가 되고, 나는 죽어서 꽃이 되리라'고 이 나라에 전해내려온 상문상사相聞相思의 노래에 불행한 애인이 불행한 애인에게 대한 애절할 사랑을 담아 본 것일 게다. 쥘부채는 그러니까 상사의 부채다.

"그러나 ㄱ, ㄷ, ㄱ은 어떻게 읽으며 ㅅ, ㅁ, ㅅ은 어떻게 읽을까. 어떤 사람들이었을까."

동식은 초조하게 어제의 형무관과 만날 시간을 기다렸다. 기다리다 못해 약속한 시간을 한 시간이나 앞두고 그 다방엘 나갔다.

신문으로 보는 설악산의 상황은 오늘도 비관적이었다. 우선 구조대가 현장에 도착하질 못한다니 딱한 일이다. 그러나 비정한 신문 기사를 통해서도 한 가닥의 기적을 비는 마음이 안타깝게 나타나 있다는 사실만이 위안이라고 할 수 있었다. 기적이 있을 수 있다면 얼마나 신나는 일일까. 파헤친 눈 속에서 눈을 말똥말똥 뜨고 조난자들이 무사히 기어 나올 수 있다면 얼마나 반가운 일일까. 얼어붙은 육체에 서서히 온기가 돌고 다시 숨을 쉬게 되는 기적이 나타날 수 있다면 얼마나 기쁜 일일까. 기적이 있기에 비는 마음이 있는 것이 아닌가. 기적이 없다면 기도하는 마음처럼 허무한 건 없다.

동식은 이제라도 저 다방의 문을 통해 성녀의 파리한 얼굴이 나타날 수 있는 기적을 순간 꿈꾸어 봤다.

뉴스가 마음에 들지 않는다고 표까지 사 가지고 들어간 영화관에서 예사로 나와버리는 성녀가 아니었던가.

'그 녀석하고 살아보니 시시해서 견딜 수가 없더라.'

하며 백을 팽개치듯 탁자 위에 던져버리고 살짝 동식의 옆자리에 앉는다고 해도 성녀로선 조금도 어색하지 않을 행동일 것이었다. 그렇게

만 되면 동식은 아무 말 없이 상냥한 미소를 띠고 성녀의 팔목을 잡아 언제나 하듯이 가볍게 흔들어볼 것이었다.

그러나 그런 기적이 나타날 리가 없었다. 동식은 그저 음산한 눈을 뜨고 지난날을 되새겨보았다.

모든 행동이 얌체 가시내와 선머슴을 섞은 것 같은데 성녀의 키스만은 정성스러웠다. 속눈썹이 길게 뻗은 눈을 다소곳이 감고 얼굴의 각도를 어떻게 하든지 이 편에 맡기곤 그 가냘픈 팔의 한쪽으로 동식의 목을 안고 한쪽으론 허리를 감아 정염이 완전히 가시도록 키스의 동작을 되풀이하는 것이다. 시간을 잊게 하고, '예스'와 '노오'를 조작하는 의식의 피안에다 황홀한 엑스터시를 만들어내는 명수라고 할 수 있었다.

이렇게 황홀한 키스가 끝난 어떤 때 성녀는,

"너보다 내가 세 살이나 위인데."

하면서 한숨을 섞었다.

동식은 무슨 잠꼬대를 하느냐고 투덜댔다.

"디즈레일리의 부인은 디즈레일리보다 몇 살 위였지? 셰익스피어의 부인은 셰익스피어보다 몇 살 위였지?"

그러니 나이가 많고 적고가 성녀로 하여금 배신케 하는 이유와 동기는 되지 못하는 것이 아닌가.

형무관은 약속한 정시에 다방엘 나와 동식 앞에 앉았다. 동식은 반갑게 인사를 드렸다.

형무관은 종이 쪽지를 꺼내, 탁자 위에 놓으면서 동식이 알아달라고 한 명단이라고 했다. 전부 합쳐 일곱 명의 이름이 쓰여 있고 이름 밑엔

연령·재감 연수·죄명·석방된 후의 주소가 쓰여 있었다. 동식이 실망한 것은 모두가 남자라는 점이었다. 그러나 동식은 실망의 빛을 나타낼 수가 없어 그 명단을 주의 깊게 보는 척했다. 강도·살인 미수·방화·절도가 둘, 보안법 위반이 한 사람 끼어 있었다. 재감 연수는 8년이 최고, 3년이 최하였다.

"흥미의 대상이 될 것 같은 사람이 있소?"

형무관이 담배에 불을 붙여 물면서 물었다.

"글쎄요."

하고 동식이 망설이자 형무관은 또 하나의 쪽지를 끄집어내며,

"여사女舍에다 물었더니 석방된 여수女囚는 없고 어제 새벽 병사한 시체가 하나 가족에게 인도되었다고 하던데 이건 그 죽은 여수의 이름이오."

하곤 그 쪽지도 탁자 위에 놓았다.

동식은 시선이 와락 그 쪽지 위로 쏠렸다. 그 쪽지 위의 기록은 다음과 같았다.

신명숙申明淑 39세, 형기 20년, 재감 17년 병사, 시체 인수자 양수연(병사자의 이모부), 주소 서울특별시 M동 산 13번지.

동식은 그 쪽지를 읽고 넋을 잃었다. 너무나 놀라운 재료가 나타난 바람에 감상을 간추릴 여유가 없었다.

"비상조치법 위반으로 무기형을 받은 여자인데 민주당 정권 당시 20년으로 감형되었다오. 17년 살았으니 앞으로 3년만 더 살면 나갈 수 있었을 텐데, 죄인이긴 해도 불쌍한 마음이 듭니다. 어때 학생, 그것 소설감이 되지 않겠소?"

이러는 형무관의 말에,

"되구 말구요."

하고 엉겁결에 대답은 했으나 가슴의 동요가 심해서 소설이고 뭐고 염두에 없었다. 그래 간신히 물었다.

"17년을 살았으니 1950년에 수감된 게구먼요."

"그렇지. 그러니까 나이는 스물두 살 때지."

"아직도 이런 재소자가 많이 있습니까?"

"아직도 많지. 전국적으로 말하면 상당한 숫자가 될 거야."

"사면이나 감형 같은 것이 있다고 하던데요."

"국가보안법 위반, 반공법 위반, 아까 말한 비상조치법 위반 같은 죄인에겐 사면이나 감형은 없지. 민주당 정권 때 꼭 한 번 있었을 뿐야."

"그건 왜……."

"바로 그들은 국가의 적, 민족의 적이 아냐? 우리나라의 형편으로선 아직 그런 분자들에게 관대할 수 있는 여유가 없잖아?"

물어보고 싶은 일들이 많은 것 같았으나 요령 있는 질문의 형식이 되지 않아 동식은 덤덤히 앉아 있었다. 형무관은 그럼 가봐야겠다면서 자리에서 섰다. 동식은 어디 같이 가서 식사라도 하자고 그를 만류했으나 곧 교도소로 돌아가야 한다면서 동식의 제안을 거절했다.

"지금 또 근무하러 가십니까?"

"우린 24시간 근무요. 형무관 10년 하면 징역 5년을 치르는 격이란 말은 옛말이고 지금은 8년 징역을 치르는 셈이란 말요."

"수고가 많겠습니다."

"뭣, 직업이니까."

동식은 고맙다는 말을 몇 번이나 되풀이하면서 형무관을 다방 입구

절부채 195

에까지 전송하곤 다시 자리로 돌아와 앉았다.

　'신명숙, 형기 20년, 재감 17년, 출감 3년을 앞두고 병사. 스물두 살의 처녀로서 수감되어 서른 아홉에 시체가 되어 나오다. 소설? 어림도 없는 이야기다.'

　깊은 피로가 엄습하는 것 같았다. 동식은 눈을 감았다. 성녀의 모습이 나타났다가 꺼졌다. 친구의 얼굴도 떠올랐다가 꺼졌다. 설악의 조난 사고도 심상 위로 스쳤다.

　"내가 살아온 세상! 이건 장난이 아닌가!"

　그 길로 돌아와 동식은 열을 내고 자리에 누웠다. 으스스 오한이 스미는 몸을 이불 속에 도사리고 누웠으면서도 생각을 멈출 순 없었다.

　ㅅ, ㅁ, ㅅ이 신명숙 자신을 뜻하는 부호일 것이란 추측이 신념처럼 굳어만 갔다.

　'그렇다고 치고 그 쥘부채는 왜 거기에 떨어져 있었을까?'

　열띤 머리를 굴려 드디어 동식은 하나의 이야기를 꾸몄다.

　'그날의 새벽, 한 대의 리어카가 형무소 문간에 가 닿았다. 이윽고 철문 곁에 있는 통용문이 열렸다. 거기서 조잡하게 만든 관과 유품을 싼 보따리가 나왔다. 먼저 관을 리어카에 싣고 다음에 보따리를 실었다. 늙은 이모부가 리어카를 끌고, 늙은 이모가 리어카를 밀며 백설이 덮인 길을 더듬어 내려왔다. 리어카의 진동이 심한 까닭으로 보따리의 끈이 풀리기 시작했다. 독립문 그곳에 이르렀을 때, 유류품의 제일 위에 얹어놓은 그 부채가 소리도 없이 미끄러져 눈위에 떨어졌다.'

　일련의 판토마임을 보는 것처럼 뇌리에 전개되는 상상의 정경을 보고 있는 동안에 동식은 스스로가 꾸민 이 이야기를 사실인 양 믿고 싶은 심정으로 기울어 들었다.

 다음 날 오후, 선생님 집에 수척한 얼굴로 나타난 동식을 보고 유 선생을 비롯해서 모두들 놀랐다.
"너 참으로 실연했니?"
B가 물었다.
"실연을 했으면 했다고 정직하게 말해 봐."
C도 빈정댔다.
 대강의 짐작을 하고 있는 것 같은 A가 가만히 있어 주는 것이 동식에겐 고마웠다.
"상심한 베르테르, 꼭 그대로다."
B가 깔깔대며 웃었다.
"몸이 편찮아 보이는 친구를 그렇게 놀리면 쓰나."
유 선생은 이렇게 점잖게 나무래놓고,
"동식 군, 어디 아픈 것은 아니지?"
하고 근심스럽게 물었다.
"어제 조금 열이 났습니다. 지금은 괜찮아요."
 A가 함축 있는 시선으로 동식을 바라보고 있었다. 동식은 A의 눈을 피했다. 그리고 겸연쩍한 사이를 메우기 위해 최에게서 온 편지 얘기를 했다.
 그러자 최에 관한 얘기로써 한창 얘기꽃을 피웠다.
"최의 요즘의 신조가 뭔지 아나?"
B가 말했다.
"뭔데."

하고 C가 묻자 B의 대답은,

"대학을 나와 프랑스로 가는데 방해되는 일은 일체 하지 않겠다는 거야."

"최라면 그, 영웅이 되기보다 천재 되길 택하겠다고 했다는 학생 말이지?"

유 선생이 물었다.

"그렇습니다. 하여튼 걸물이에요. 걸물은 아무래도 시골에서 나는가 봐!"

C의 말이었다.

한바탕 잡담이 계속되고 난 뒤, 유 선생이 텍스트를 들고, 읽고 있던 희곡이 일단 끝이 났으니 이번에는 그 희곡의 역을 각자 맡아서 제법 연극처럼 해보자는 제안을 했다. 둘이 등장하는 장면은 A와 B가 맡고 넷이 등장하면 C가 끼이고 넷이 되면 동식이가 들어가고 다섯이 될 땐 유 선생도 한몫 들기로 했는데 이렇게 정해놓곤,

"프랑스인 사이에 일본놈이 끼이는 꼴이 되겠군."

하고 유 선생이 웃었다. 희곡의 내용은 대강 이런 것이었다.

'부르주아' 출신의 청년이 공산당에 입당했다. 입당하자 당으로부터 받은 명령은 어떤 지도자를 암살하라는 것이었다. 그 지도자도 공산당 간부였는데 당의 주류파의 의견과는 달리 보수 정당과 군주 정부와 연합 정권을 세워야 한다는 것이었다. 당의 주류파는 이것을 알고 그 지도자를 미리 제거하자는 것이다. 청년은 그 지도자의 비서로 취직했다. 그런데 그 지도자의 매력에 끌려만 갔다. 그러나 지령을 내린 자들의 독촉을 받고 어느 날 청년은 드디어 그 지도자를 죽이고 만

다. 감쪽같이 이 암살은 정치적인 관계가 아니라 치정 관계에 의한 살인이라고 카무플라주할 만한 상황 속에서 이루어졌다. 청년은 5년의 형을 받았으나 2년 만에 특사되어 나왔다. 청년이 감옥에 있을 때 독이 든 초콜릿을 청년에게 보내 온 사건이 있었다. 청년은 그것을 누가 어떤 이유로 보냈는가도 알 겸, 같은 당원 동지이며 옛날의 애인이었던 여자를 찾아갔다. 그러자 그곳으로 청년을 죽이려는 당의 간부들이 들이닥쳤다. 청년의 애인은 청년을 죽이러 온 사람들에게 그 청년이 당으로 복귀 가능한가를 타진할 시간의 여유를 달라고 호소한다. 그래놓곤, 청년을 보고 그 지도자의 암살 이유나 암살 경위를 일체 불문에 부치고 다시 당으로 돌아오면 살길이 있다고 말한다. 청년은 그 이유를 물었다. 알고 보니 당이 청년을 없애려는 것은 당이 소련의 지령을 받고, 그들이 죽여버린 그 지도자의 주장 그대로 연합정권을 세울 방침을 결정한 때문이었다. 이럴 때 청년이 나타나서 그 지도자를 죽인 것은 치정 관계로서가 아니라 당 주류파의 명령에 의한 것이라고 폭로하면 당의 입장이 곤란하게 되는 것이다. 자기가 죽인 지도자의 동상이 서고 전국의 도시 거리마다에 그 지도자의 이름이 붙을 상황 속에 자기는 어떻게 되느냐고 울부짖으며 그 지도자를 죽인 동기를 밝히는 동시 자기도 죽기로 결심한다.

그 희곡을 그저 읽어 내려갈 때와 극중의 인물이 되어 대사로서 말할 때는 감동이 전연 달랐다.

청년의 역을 맡은 A는 얼굴에 홍조를 띠고,

"정말 어떻게 해야 되지요? 그런 경우엔."

하고 극 중 청년의 흥분 그대로 울부짖었다.

"공산당 같은 데 들어가지 않으면 되지 뭐."

청년의 애인 역을 맡은 B가 말했다.

"공산당이 아니라도 그런 경우가 있잖겠어요? 이용할 대로 이용해 놓곤 죽여버리는……"

C의 말소리도 심각했다. 모두가 열띤 눈으로 유 선생을 바라보았다.

"모두들 흥분하지 말고 차분히 이 작품이 제시한 문제를 생각해 보도록 하지."

유 선생은 이렇게 서두를 하고 조직과 개인의 문제, 정치의 생리와 병리의 문제 등에 관해서 세밀한 설명을 시작했다. 그리고는 다음과 같이 덧붙였다.

"그러니까 난 정치가 싫어."

"정치가 싫다고 해서 문제가 끝날까요?"

B가 물었다.

"정치에 관심을 가져도 문제가 있고 싫어해도 문제가 있고, 그렇다면 싫어하는 방향에서 생기는 문제만을 감당하기로 하는 거지, 별수 있나."

"그건 노예의 철학이 아닐까요?"

C가 물었다.

"그럴지도 모르지. 그러나 나도 아까 누구 말처럼 영웅 되긴 싫으니까. 영웅이 될 각오 없이 정치에 관심을 가진다는 건 넌센스 아냐?"

유 선생은 조용한 어조로 말을 이었다.

"정치를 하려면 힘이 있어야 한다. 그 힘을 결집하는 덴 두 가지 길밖엔 없다. 하나는 수단 방법을 가리지 않는 길이고 하나는 수단과 방법을 가려가며 힘을 모으는 길이다. 정치를 하는 데도 양면이 있지. 한

면은 사람을 자꾸만 타락의 방향으로 하강시키는 면이고, 한 면은 사람을 높이는 면이다. 나와 같이 의지가 약한 사람은 힘을 결집하는 데도, 그 힘을 사용하는 데도 추잡하고 타락하는 방향으로만 기울어질 것이니 아예 단념하는 것이 옳다는 의견일 뿐이다."

이런 얘기를 듣고 있으면서도 쥘부채의 이미지를 통해 신명숙을 생각하고 있던 동식은 유 선생에게 물었다.

"아까 희곡의 경우처럼 당시 지령을 받고 어떤 개인이 악을 저질렀다고 합시다. 당은 벌할 수 없는 곳으로 가버리고 개인만 남았습니다. 그 명백한 정치의 악을 그 개인의 책임으로만 돌리고 사형을 과한다는 것이 옳은 일이겠습니까. 법률적으로가 아니라 철학적으로 말입니다."

"그러한 당의 지령을 받아야 하는 상황을 선택했다는 책임이 있지 않겠나. 아까의 작품은 그 선택의 책임까지를 문제로서 제시하고 있잖아?"

동식은 쥘부채 사건만은 빼고 신명숙의 얘기를 했다.

유 선생은 심각하게 그 얘기를 듣고 있더니 거기에 대한 직접적인 감상은 말하지 않고 다음과 같은 의견을 말했다.

"대한민국에 앉아 공산당을 욕하고 비판하는 것처럼 쉬운 노릇은 없다. 그럴수록 지식인은 공산당 비판을 신중히 해야 하는 것이지만 내 생각으론 다음 한 가지의 사실만으로도 공산당은 이 땅에 발을 붙일 수 없을 거다. 자네들 알지? 박헌영 일파를 미국 간첩으로서 숙청 처단한 사실을. 만일 박헌영이 미국의 간첩이었다면 해방 이후 이곳에서 활약한 좌익들은 모두 미국 간첩의 앞잡이로서 놀아났단 얘기가 아닌가. 미국 간첩의 지령을 받은 세력들이 어떻게 대한민국의 역적 노릇을 할 수 있었을까를 생각하면 놈들의 수작은 뻔한 것이지만, 하여간 그들은 박헌영을 숙청함으로써 그들 나름의 명분조차 죄다 말살하고 말았거든. 그런데 박헌영이가 미국의 간첩이 아닌데 그렇게 몰았다면 그들이 얼마나 음흉하고 무서운 놈들인가를 스스로 증명하는 꼴이 되잖나. 이렇게 해도 저렇게 해도 그들은 그들의 죄악을 그들 자신의 손으로 폭로하고 만 셈이 되지 않았나. 태백산에서, 지리산에서 대한민국의 역적으로 죽은 사람들이 김일성 도당으로부터 미국 간첩의 앞잡이 취급을 받았으니 불쌍한 건 그들이다. 자네가 말한 신명숙이란 여자도 그 불쌍한 망자 가운데의 하나라고 볼 수 있지 않을까.”

동식은 신명숙에 관한 문제를 두고 좀더 진지하게 이야기를 끌고 가보고 싶었는데 C가 앞지르고 나섰다.

“공산당은 그렇게 나쁘니까, 대한민국이 좋다는 말씀이지요?”

유 선생은 C의 진의가 어디에 있는지를 모르는 듯 잠깐 얼굴을 바라보더니,

“가능이 있다는 점이 좋지.”

했다.

“어떤 가능이죠?”

“예컨대 너희들이 좋아하는 프랑스와 같은 나라를 만들 수도 있고 영국 같은 나라를 만들 수도 있고……”

“선생님은 어떤 나라같이 되었으면 합니까?”

이번엔 A가 물었다.

“나?”

하더니 유 선생은 답을 보류하겠다고 했다. 그리고는 스웨덴 같은 나라가 되었으면 하고 얘기도 하고, 글도 쓰다가 혼난 적이 있다고 했다.

“요컨대 선거 때 표 한 장 던지는 행동 이상의 정치 행동은 너희들도

안 하는 게 좋을 거다. 정치를 하다가 자칫하면 어떤 분파의 편협한 의견에 사로잡힌 괴물이 되거나, 평생 자기가 자기의 주인 구실을 못하고 꼭두각시 노릇을 하거나, 자만만 늘어 인생의 기미를 모르고 지나거나, 공소한 표현 속에 진실을 분실해버리거나, 기껏 한다는 것이 비민주적 처사를 하기 위해 민주 절차를 가장하고 공짜나 바라고…… 그러나 이건 나의 의견이고 내 경험에서 얻은 것이니 하나마나한 이야기길 뿐이다."

유 선생을 너무 많이 지껄였다는 듯이 기지개를 켰다.

유 선생의 집을 나서자 A가 동식이더러 따졌다.

"오늘도 너 혼자 빠질 참야?"

"아아니."

하고 동식은 고개를 저었다.

넷은 나란히 걸어 광화문 쪽을 향했다.

"앞으로 빠지지 말어. 네가 없으니까 바둑의 토너먼트도 안 되구, 마작을 하자니 쉴 새가 없구."

B의 말이다.

"헌데 유 선생, 생각하기보담 속물인데."

C가 불쑥 이런 말을 했다.

"어째서?"

하고 A가 따졌다.

"그 사상, 아니 사고가 지나치게 기는 것 같고 너무나 범속적 아냐?"

"자아식, 위험 사상을 가지고 있어야만 속물이 아닌가?"

"난 그 부드러운 눈빛 저편에 적어도 무시무시한 아나키즘쯤 깃들고 있지 않나 하고 기대했거든."

"네가 이놈아 속물이야. 유 선생은 아무리 낮추어 봐도 드물게 보는 딜레탕트야. 우리나라에 아쉬운 건 바로 유 선생 같은 봉 상스 있는 딜레탕트란 말이다."

A와 C의 응수를 듣고 있다가 B가 한마디 거들었다.

"임마 C, 입 밖으로 나오는 사상하고 가슴속에 간직된 사상하곤 다를 수가 있는 거다. 넌 왜 그리 얄팍하노."

"넌 두툼해서 썩은 두부 같구나."

"썩은 두부라도 좋다. 빙산의 일각도 채 못 될 정치담 한 번 듣고 이렇구 저렇구 평을 해? 그게 얄팍하다는 거다."

"유 선생 얘기는 그만둬. 아까 스웨덴 얘기 하다가 혼났다고 하지 않더냐. 그 도피주의를 우리들만은 긍정해줘야 할 게 아닌가. 사십 년이 넘는 세월 속에서 배운 그 도피주의의 지혜를 우린 건강한 식욕으로써 소화해야 할 게 아냐?"

"A, 너 언제부터 그처럼 어른이 됐노."

B가 한 말이지만 동식의 마음도 그랬다.

오래간만에 바둑 토너먼트를 하기로 했다. 토너먼트를 해서 1위에서부터 4위까지를 정하는데 이 클럽의 관례는 이색적이다. 1위가 400원을 내고 2위가 300원, 3위가 200원, 4위가 100원을 내서 대폿값으로 하게 되어 있다.

대폿집에 간다고는 하나 아직은 술맛은 몰랐다. 그저 영락한 분위기를 즐기며 백탁한 술잔을 앞으로 하고 앉아 되는 대로 떠들어대는 것이 취미였다.

"동식이, 요 전날 우리가 어딜 갔는지 알아맞혀 봐."

B가 A와 C를 번갈아 보곤 말했다.

"치사스러, 집어쳐."

하고 A가 소리를 질렀다.

"우린 H동에 있는 사창굴에 갔어. 약방에서 무장 기구를 사들고."

"H동 입구에서 A가 창녀에게 붙들렸거든."

C가 B의 말을 거들었다. B가 깔깔대고 웃으면서 A를 가리켰다.

"저 녀석, 비명을 지르고 내빼는 꼴이란!"

홧김인지 A는 자기 앞에 놓인 대폿잔을 단숨에 들이켰다.

C가 말을 이었다.

"동정은 부담이 돼서 못 쓰겠다고 하는 것이 쟤의 입버릇 아냐? 그렇게 선동해서 우리를 거기까지 끌고가놓곤, 선봉에 섰던 놈이 비명을 지르고 내뺐으니 꼴이 뭐 됐겠어."

동정이 부담이란 말을 A에게서 들은 적이 있다. 동식이 들은 말은 이랬다.

"동정이란 그만큼 호기심이 많다는 얘기가 아닌가. 여자만 보면 이상해진단 말야. 이래가지곤 어찌 여자를 냉정하게 관찰할 수 있겠어? 여자를 냉정하게 관찰하고 정당하게 평가하기 위해서라도 동정은 빨리 깨뜨려버려야겠어. 그런데 이 편의 편리를 위해 학교에 다니는 계집애들을 건드릴 수도 없고 거리에 다니는 처녀를 무책임하게 꾈 수도 없고 아무래도 우리의 동정을 육(肉)의 암시장에 갖다버려야겠어."

A는 또 이런 말도 했다.

"동정의 사랑은 아무래도 여자에게 대한 진짜 사랑이 되지 못할 것 같애. 어떤 우연으로 만날 수 있게 된 여체에 대한 호기심을 우리들은 첫사랑으로 오인하고 있는 것이 아닐지."

동식은 세 친구를 돌아보며 자기만이 동정이 아니라는 사실을 깨달고 숙연해졌다.

"오늘 또 H동에 가 볼까?"

B가 A의 눈치를 살피며 말했다.

"오늘은 그만두지."

A가 말했다.

"목사의 아들이란 게 그처럼 속박 관념이 되는 걸까?"

C의 말이다. A는 목사의 아들이었다.

"너 사람의 비위를 건드려야만 직성이 풀리겠니?"

A가 흥분했다. A는 목사의 아들이란 말만 들으면 불쾌한 모양이었다. 부자연한 침묵이 흘렀다.

"이수근이라는 녀석, 너희들 어떻게 생각하니?"

A가 돌연 말을 꺼냈다.

"그 자식 자칫했더라면 즈그 동네에서 영웅될 뻔했잖아?"

C가 이렇게 말하자,

"영웅이 뭐야, 그런 녀석은 어느 동네에 가도 영웅은 못 된다. 우선 그 능글능글한 꼬락서니를 봐."

하고 B가 내뱉었다.

"어쨌든 일종의 비극이지."

C가 또 이렇게 말하자,

"비극? 비극 좋아하네. 비극이 되자면 인물에 어느 정도의 품위라는 것이 있어야 해. 사상과 인간성의 상극에서 오는 고민이라든가, 고민의 심연에서 풍겨지는 성격의 빛깔이라든가."

하고 B가 흥분했다.

"이수근에게도 성격은 있잖아?"

C가 부드럽게 말했다.

"그런 것은 비극이 될 성격이 못 된다고 하잖았어? 비극적 인물이라면 똑같은 행동을 했다고 치더라도 이수근 같은 그런 몸가짐, 그런 행세는 안 하는 거야."

B의 말을 들으면서 동식은 그 번들번들한 이수근의 이마를 생각했다. 그 이마를 생각하니 쥘부채 생각이 났다. 쥘부채로써 그 이마를 막았으면? 관상학은 성립될 수 있는 것이란 생각도 들었다.

B의 말은 더 계속되었다.

"입신 출세를 위해서는 동료, 동배를 모함하는 것쯤은 예사로 하고, 어떠한 모험도 감내하되 편리주의의 방향만을 택하고, 자기 때문에 어떤 손해를 남에게 끼쳐도 눈썹 하나 까딱하지 않고, 그러면서 자존과 자만만은 똥배에 가득차 있어 가지고, 거만하고 건방지게 구는 인간. 그런 인간은 어떤 사상을 가져도 구원받지 못해."

"경쟁 사회에 이겨 남을 표본적 인간이로구먼, 자네 말대로 하면."

C가 빈정대며 말했다.

"헌데 똥딴지같이 술맛 떨어지게 이수근의 얘기는 왜 꺼냈어?"

하며 B가 A를 노려보았다.

"아냐, 슬쩍 여자 생각을 해봤지. 어떤 주간 잡지에서 보니까 그 녀석 꽤 많은 여자를 농락한 모양 아냐? 그런 치에게 몸을 함부로 맡기는 것이 여자다 하고 생각하니 여자가 딱 싫어졌다는 얘기다."

"너무나도 간단한데."

하는 B의 말을 막고 A가 말을 이었다.

"간단하다니, 설혹 창녀라고 하자. 돈 받고 파는 여자 말야. 그런 여자라도 이수근이 따위의 사내는 거절한다. 이런 식으로 되어 주었으면

하는데 말야."

"너도 참, 붙들리기 전에 누가 이수근의 정체를 알았겠어?"

C가 말했다.

시무룩한 분위기가 흐르는 가운데 술잔은 돌았다.

이번엔 C가 말을 꺼냈다.

"개헌이 될 것 같애?"

"개헌이라니?"

A가 되물었다.

"헌법을 바꾸는 얘기 말야."

A는 흥미가 없다는 듯이 고개를 돌렸다.

"바꾸든 말든, 그게 무슨 상관야."—B.

"이놈아. 나라의 중대사다, 중대사. 그런 것을 무관심하게 보아넘겨?"—C.

"그럼 넌 개헌에 반대냐, 찬성이냐?"

B가 C더러 물었다.

"말해 뭣해, 자식아."

"어느 편이냐 말야."

"난 반대다."

C가 또박 말했다.

"이만큼 안정 세력도 만들어 놓았고 건설의 실마리도 잡았고 했는데 정권이 바뀌져봐, 또 혼란이 일어날 것 아냐? 개헌하지 않았을 경우의 대안도 생각하고 얘기해야 할 것 아냐?"

하는 B.

"이 자식 똑 누구의 말 같구나. 누가 나와도 대통령 후보는 나올 것 아닌가? 후보가 나타나면 선거하면 될 것 아닌가?"

하는 C.

"혼란이 있고 북괴의 공작도 있을 테니 말 아닌가."—B.

"혼란이 겁이 나서 민주주의 하지 말자는 얘기로군."—C.

"누가 민주주의 말자고 그랬나. 개헌도 민주적 절차를 밟아 할 테지. 달리 방법이 있나?"—B.

"민주주의는 민주적 절차를 밟는다고 되는 거가 아냐."—C.

"민주주의에 있어서 절차가 문제지 뭐가 문젠고."—B

"정신이 문제다."—C.

"정치란 그렇게 단순한 게 아니거든."—B.

"임마, 넌 언제부터 정치를 그렇게 잘 아니."—C.

"생각해 봐, 그저 감정적으로만 떠들어대지 말고."—B.

"감정적이 또 뭐야. 개헌을 해야 할 사람에게도 백 가지 이유가 있다고 치자. 해선 안 된다고 하는 사람에게도 백 가지 이유가 있다고 치자. 그럴 것 아냐? 그럴 때면 현재의 원칙대로 하는 거다, 원칙대로."—C.

"자아식 원칙 좋아하네."—B.

"그러나 나는 현재 대통령의 인격과 양식을 믿어. 개헌하지 않을 거야"—C.

"나는 현 대통령의 애국심을 믿어. 자기 인격과 양식을 만족시키기 위해서는 개헌을 하지 않을지 모르지만 나라와 민족을 위하는 애국심으로선 개헌을 할 거야."—B.

"개헌을 하게 되면 또 데모 소동이 일겠지?"

A가 근심스럽게 말을 끼었다.

"그걸 어떻게 알아."—B.

"만일 알 수만 있다면 너희들 한 달 전에쯤 내게 알려줘."―A.

"뭣 하게?"―B.

"제주도에나 갈까 해서."―A.

"제주도?"―C.

"바로 그때 피하면 비겁하다고 할 테니 미리 일찌감치 피해버리는 거야."―A.

"데모에 끼이지 않겠다, 그런 말이로구먼."―C.

"나는 데모에 끼이지 않는 행위 외엔 효도할 재간이 없는 놈이니까."―A.

"자아식 우습게 노네."―C.

B와 C 사이에 다시 토론이 시작되었다. A차 한참 동안 그 두 사람을 번갈아 보고 있다가 말했다.

"오늘 밤은 왜 이렇게 자꾸만 시사적·정치적으로만 놀려고 그래, 지금부턴 오락적·낭만적으로 놀자꾸나."

모두들 그 의견에 찬성했다. 그러나 오락적·낭만적으로 논다고 해봤자 설익은 음담, 몇 번이고 재탕을 한 재담을 되풀이하는 주제밖엔 되지 않았다. 드디어 C가 탄식을 했다.

"설악산에 갈 용기도 없고, 해프닝을 할 수 있는 재간도 없고, 히피가 되기에는 조숙해버렸고, 재즈에 미치기엔 신명이 적고, 데모에 끼일 박력도 없고, 매춘굴에 가서도 외입 한 번 못하고 납덩이 같은 동정을 끌고 돌아다니며 논다는 것이 매너리즘, 우리의 청춘은 치욕의 청춘이다. 청춘의 치욕이다. 아아 치욕의 청춘을 이 탁한 대포로써 탁화시켜라. 포도주를 마시는 유럽 학생은 아폴로의 총명을 디오니소스처럼 도취시키지만 탁주를 마시는 한국의 학생은 구정물을 마시는 돼지의 이

취泥醉를 배운다."

"말 한번 잘했다. 치욕의 청춘들아!"

B도 기세를 올렸다.

돌아오는 길, 버스 타는 곳까지 방향이 같은 A와 동식은 나란히 걸었다. A가 입을 열었다.

"납덩이 같은 동정이란 C의 표현은 좋았어. 이걸 빨리 없애야만 결혼 상대도 선택할 수 있을 것 같아. 이대로라면 누구든 제일 먼저 나타나는 여성과 아무렇게나 결혼해버릴 것 같애. 그것이 무엇인지를 알고 싶어. 우선 여자를 안아보고 싶은 호기심으로 말야."

"아무렇게나 닥치는 대로 결혼하라는 학설이 있대."

하고 동식이 말했다.

"잘난 여자는 잘난 여자대로, 못난 여잔 못난 대로, 유식하면 유식한 대로, 무식하면 무식한 대로, 정결하면 정결한 대로, 부정하면 부정한 대로 뜻이 있고 의미가 있다고 하잖아?"

A가 동식의 얼굴을 들여다봤다.

"동식이, 네 입으로 내게 그런 말을 해?"

동식은 비수에 찔린 것처럼 아찔했다. 마음에도 없는 소리를 지껄였다는 자책으로서였다. 따분한 공기가 두 사람 사이에 오갔다. 이번엔 동식이 입을 열었다.

"신이란 있는 것일까?"

"목사의 아들이라고 해서 내게 그걸 묻나?"

"아냐, 참으로 알고 싶은 거야."

"나도 뭔지 모르겠어. 우리 집엔 신의 은총이 가득차 있거든. 그 냄새가 바로 위선 같은 냄새라서 견딜 수가 없었지만 요즘은 달라졌어.

위선도 철저하기만 하면 선의 행세를 할 수 있다고 생각하게 된 거야. 나는 그 위선의 가면을 벗길 틈만 찾고 있었는데 그 가면이 피부와 완전히 유착해버려서 가면을 벗기려면 살을 에워내야 한다고 생각하게 됐거든. 그렇게 철저한 위선을 가능케 하자면 어떤 초월자가 있어야 하는 것 아냐? 그게 바로 신이 아닌가, 하는 생각도 해봤지."

"나는 그런 뜻으로서가 아니라, 전지전능하고, 벌을 줄 놈에겐 벌을 주고 보상을 해야 할 자에겐 보상을 하는 신이 있어야겠다고 생각한 거야."

"볼테르와 같구먼. 신이 없으면 신은 만들어야 한다고 하잖았어!"

"볼테르와도 다른 뜻이야."

"자네와 같은 그런 뜻이라면 신은 영영 없을지 모르지. 나의 백부는 명쾌하단 말야. 아버지를 보기만 하면 하시는 말씀이 있지. 예수고 뭐고 한 2천 년 믿어 별수 없었으니 그만두라는 거야. 이름난 목사로 알려진 아버지도 2천 년의 증거를 들이댄 이 강력한 발언엔 꿈쩍도 못 하드만."

밤하늘에서 눈이 내리기 시작했다.

설악산의 조난자들이 살아날 가망은 자꾸만 줄어들었다.

A와 동식은 버스 타는 곳에서 헤어졌다. 혼자가 된 동식은 자기에겐 그 '납덩이 같은 동정'이 없다는 의식을 새롭게 했다. 동식은 그의 동정을 성녀의 처녀와 맞바꾸었다. 버스간에 앉아 전등 불빛을 받고 휘휘 날리는 눈을 바라보며 동식은 선명한 영화의 장면을 방불케 하는 어느 날의 정경을 회상하고 있었다.

지난 가을 늦은 철의 어느 날 아침. 전화통에 성녀의 메조소프라노

음성이 울려왔다. 빨리 나오라는 것이었다. 제일 좋은 옷을 입고 머리를 곱게 빗고 종로에 있는 KI다방으로.

달걀색 코트 밑에 진회색 울 스커트를 입고 가느다란 목에 목주木珠의 목걸이를 달곤 성녀는 상냥한 웃음으로 동식을 맞이했다.

"워커힐에 빌라라는 것이 있어. 따로따로 떼어서 지은 일종의 방갈로지. 가본 일 있어? 없어? 거길 안 갈래?"

한번도 자진해서 어딜 가자고 말한 적이 없는 성녀의 이 당돌한 제안은 동식을 당황하게 하도록 기쁘게 했다.

"돈 걱정은 하지 마, 여게."

하며 성녀는 깔깔한 새 지폐가 모로 선 채 꽉 들어 있는 백을 열어 보였다. 부잣집 딸이면서도 돈을 그처럼 많이 가지고 나온 것도 성녀로서는 처음인 것이다. 빌라의 이름은 PEARL 7호였다. 가을의 한강이 눈 아래 흐르고 가을의 들이 멀리 가을의 산에까지 펼쳐 있고, 가을의 천호동이 가을의 하늘 밑에 가을의 정취를 풍기며 평화로웠다.

주스를 빨다가 말고 성녀가 말했다.

"당신, 아니 너 상징이란 말 아니? 심볼이란 상징, 상징이란 심볼."

동식은 잠자코 있었다.

"이 밀실에 여자를 가둬놓고 남자가 할 일을 아나?"

동식의 숨소리가 거칠어졌다. 성녀의 코트를 끄집어당기듯 벗겼다. 드레스 뒤에 잠겨진 지퍼를 풀어내렸다. 브래지어를 푸는 솜씨가 어색했다. 성녀 스스로 브래지어를 벗었다. 무사들의 갑옷을 방불케 하는 내의가 나타났다. 주렁주렁 달린 스타킹 슬립을 끄르고 마룻바닥에 꿇어앉은 채 그 긴 스타킹을 벗겨 내렸다.

"상징이 뭔지 알아? 상징이?"

성녀는 베드 위에서 신음했다. 처녀가 사라지고 동정이 사라지는 순간에 다시 한 번 속삭였다.

"상징이 뭔지 알아? 상징이."

동식은 성녀를 안은 채 잠이 들었다. 눈을 떴을 때 성녀는 곁에 없고 욕실에서 샤워를 하는 소리가 들렸다. 동식은 옷을 입고 창가에 앉았다. 샤워 소리를 들으며 가을을 봤다. 가을을 바라보며 샤워 소리를 들었다. 신혼여행 첫날밤에 들어야 할 그 샤워 소릴 왜 지금 듣고 앉았는가의 의미를 챙겨볼 마음의 여유도 없었다.

땅거미가 질 무렵 빌라에서 나왔다. 성녀도 동식이도 말이 없었다. 또 언제 만나자는 얘기도 없이 둘이는 헤어졌다. 그 이튿날 동식은 성녀에게 전화를 했으나 집에 없다는 대답이었고, 그 다음날 전화를 걸려는 참인데 성녀에게서 편지가 왔다. 결혼하게 되었으니 그리 알라는 간단한 사연이었다. 그 편지를 받곤 전화도 하지 못했다. 편지를 쓰지도 못했다. 워커힐에서의 그 하루의 충격적인 아방튀르에서 깨어나지 못한 채 슬픔도 고통도 아직 심상의 표면에 떠오르지 않았다.

한 달이 가고 두 달이 갔다. 동식은 실성한 사람처럼 되었다. 도대체 어떻게 해야 할지도 모르고 건성으로 날을 보내고 있는 참인데 한 장의 그림 엽서가 태평양의 섬 '괌'에서 왔다. 미국으로 가는 도중이라고 하고.

'여길 떠나면 당신을 영영 잊을 작정입니다.'

이름을 쓰진 않았으나 필적으로 보아 성녀의 그것이었다. 엽서의 그림은 한 그루의 꽃나무였다. 영문으로 된 설명은 '열대의 태양 밑에 불꽃나무는 그의 영광을 향해 화려하게 꽃피고 있다.'고 되어 있었다.

불꽃나무는 'In it's glory'란 표현이 꽉 어울리도록 진홍의 불꽃처럼 타오르고 있었다.

　결별의 선고가 '영광'이란 문자의 꽃과 동반하고 있다니 동식은 악의와 독기를 가슴속에 심었다.

　M동 산 13번지. 그곳엘 가야겠다는 생각은 하면서도 용기가 나질 않았다. A, B, C 누구에게라도 의논을 해서 동행을 청해볼까 했지만 내키지 않았다.

　설악산 조난자들의 시체가 전부 발견되었다는 소식이 있은 그 이튿날 동식은 설악산에 갔다 왔다는 어떤 산악회원을 찾았다. 가만 있을 수 없는 심정이라기보다 자기 자신도 뭐가 뭔지 알 수 없는 감정에 솟구친 행동이었다. 그 산악회원은 조난 현장을 상세히 설명했다. 그런데 그 설명 가운데 조난자들의 얼굴이 죄다 망가져 있더라는 말이 나오고 정면에서 들이닥친 얼음 바위 때문에 순식간에 만사가 끝난 것 같더라는 얘기를 듣고 동식은 총총히 물러나버렸다. 얼음의 동상이 되어 고귀하게 숨진 젊은이의 이미지가 일시에 무너지는 듯하면서 동식은 그 설명자를 미워했다. 그처럼 구체적으로 설명할 필요가 없는 것이 아닌가. 영원히 젊을 조난자들의 이미지를 그처럼 산문적으로 깨뜨릴 권리가 없는 것이 아닌가 하고 분개했다.

　그러한 설명은 영웅적인 죽음을 일상적인 죽음의 비참으로 격하시켜버리는 노릇이다. 누가 실질적인 설명을 요구라도 했던가. 과학적인 설명을 원하기라도 했던가. 영웅을 이해하기 위해서는 영웅적인 표현이 필요하다. 동식은 그 산악회원을 찾아간 것을 후회했다. 걷잡을 수 없는 흥분에 사로잡히기도 했다. 이런 흥분 상태에서 그는 M동 13번지를 찾게 된 것이다.

동회에서 물었더니 좁은 골목길을 거의 산마루까지 기어올라야 한다고 했다. 골목길을 기어오르면서 보지 않으려고 해도 눈에 들어오는 길갓집의 내부에 새삼스러운 감회를 가졌다. 기어들고 기어나는 집안인데도 좁은 마당이나 좁은 청마루가 깨끗하게 다듬어져 있어, 거기서 쉬어 갔으면 하는 마음을 돋우는 집도 있고, 사람의 내장을 끄집어내어 함부로 팽개쳐버린 것 같은 지저분한 집안 꼴도 있었다.

산마루 가까이에 이르자 골목 한 모퉁이에 사람들이 서성거리고 있고 어떤 집에선지 고함 소리가 터져나오고 있었다. 아마 어떤 집에 싸움이 난 것을 동리 사람들이 구경하고 있는 것이란 짐작이 갔다. 동식은 그 가운데 서 있는 노인 한 사람을 붙들고 M동 산 13번지를 물었다.

"이곳이 전부 산 13번지외다."

노인의 대답이었다.

양수연이란 분의 집이 어디냐고 거푸 물었다.

"바루 이 집이요."

하고 싸움이 나 있는 듯한 집을 노인이 가리켰다.

"헌데 무슨 소동이죠."

하고 묻자 노인은,

"여게서 들어보슈. 들어보면 알 게요. 그런데 댁은 이 집 허구 무슨 관계가 있는 사람이오?"

"아무런 관계도 없습니다."

노인은 수상쩍은 눈으로 동식의 아래위를 훑어보더니 다시 그 집 안으로 시선을 옮겼다. 그 집은 골목길에서 한 단쯤 낮은 곳에 있는 집이어서 좁은 뜰과 뜰 한구석의 장독대 마루에, 또는 뜰에 서 있는 사람들이 죄다 바라보였다.

"그러질 말구 썩 물러서시우."

집 안에서 앙칼진 노파의 소리가 울려나왔다. 이에 겹쳐 젊은 남자의 목소리도 울려나왔다.

"안 된다면 안 된단 말예요."

남자의 말엔 울먹이는 투가 있었다.

"야, 보슈. 그놈은 원수요, 원수. 우리 명숙의 원수란 말요, 그 원수놈 허구 어째?"

노파의 앙칼진 소리였다.

"아니라니까요, 할머니. 아니라구요."

청년은 여전히 울먹거렸다.

"아니던 기던 상관할 것 없으니 이 일에 방해하지나 마슈."

이번엔 남자 노인의 소리였다.

"성례를 하려면 우리 형님 허구 해야 헌단 말예요. 그밖의 딴사람허 군 못헌단 말예요."

"참 기가 차서. 어디서 난데없이 날라들어가지곤 생떼를 쓰니 에이 기가 막혀. 이 동네는 사람도 없나, 이 사람을 쫓아줄 사람도 없나."

노파가 고래고래 소리를 질렀다.

"여보쇼, 젊은 어른. 생떼를 쓰지 말고 썩 물러서시오."

무당의 의상을 한 중년 여자가 창을 하는 사람에게 흔히 보는 탁 가라앉은 소리로 청년을 타일렀다.

"안 된단 말예요. 안 된단 말예요."

청년은 밀어내는 중년 여자의 손을 뿌리치며 울먹이는 고함을 질렀다.

동식은 어떤 내용의 사건인지 도시都是 요령을 잡을 수가 없었다. 초조했다. 그래 아까의 노인더러 물었다.

"도대체 무슨 일입니까. 좀 가르쳐 주십시오."

노인은 잠깐 동안이나마 같이 서 있었다는 데 마음을 허할 생각이 났던지,

"우습기도 하고 딱하기도 한 일이오."

했다. 계속 나올 말을 기다리고 있는 듯한 동식의 눈초리를 보며 노인은 얘기를 시작했다.

"이 집 조카딸이 감옥에서 죽어 나왔소."

"신명숙이란 이름이죠?"

"이름은 뭔지 모르지. 헌데 처녀로서 죽은 귀신은 처녀 귀신이 된다고 하지 않던가배. 그래 이모 되는 사람이 조카딸 처녀 귀신 면해주려고 신랑감을 구하고 있는데……"

"죽은 사람의 신랑감을요?"

동식은 그 황당무계한 얘기에 하마터면 실소를 터뜨릴 뻔했던 것을 간신히 참았다.

"마침 이 동네에 총각으로 죽은 귀신이 있었거든. 그래 두 집에서 합의를 보고 오늘 그 성례식을 하려고 무당까지 불러 막 초혼을 시작하는 판인데 난데없이 어떤 청년이 나타나 결사적으로 반대를 하지 뭐야. 그 실랑이라우."

노인 말마따나 우습기도 하고 딱하기도 한 사정이었다.

집 안에선 계속해서 고함 소리와 울부짖는 소리가 들려왔다. 경찰관을 불러야겠다는 소리도 섞였다.

"쳇, 경찰인들 어쩔 건고."

노인은 혼잣말을 하며 웃었다.

동식은 그 청년이 혹시 ㄱ, ㄷ, ㄱ과 관계가 있는 사람이 아닌가 하는 생각이 들었다. 그렇다면 가만히 보고 듣고만 있을 일이 아니라고 생각했다.

"청년의 이름이 뭘까요?"

"그걸 내가 어떻게 아우?"

동식은 주저주저하면서도 문간에 들어서 층계를 내려 뜰에 섰다. 동식이 들어오는 것을 보자 노파가 한층 더 높은 소리로 외쳤다.

"이 동네에는 사람도 없나. 저놈을 쫓아줄 사람도 없나. 여보 젊은 양반, 저놈을 좀 쫓아주구려. 우리 불쌍한 명숙일 성례시키게 저놈 좀 쫓아주오."

동식이 말할 수 있는 계기가 생겼다. 동식은 거의 마흔 가까이 돼 뵈는 사람의 곁에 가서 조심스럽게 이름을 물었다. 그 사나이는 동식을 무슨 기관에 있는 사람인가 싶었던지 주춤하는 모양이더니,

"제 이름은 강덕호라고 합니다."

"어디 사시지요."

"충청도요."

"어떻게 된 일입니까."

"이번에 옥사하신 신명숙 씨와 저의 형은 서로 사랑하는 사이였어요."

하자 노파가 펄쩍 뛰었다.

"사랑하긴 뭘 사랑했단 말야. 원수지 원수. 그놈이 없었더라면 우리 명숙이가 뭣 땜에 감옥소엘 갔으며 이렇게 억울하게 죽었을 것인가. 아, 그놈이 꼬여, 그놈의 꾀임에 빠져 그처럼 기박한 팔자가 되었던 것 아닌가."

"형님의 이름은 뭐죠?"

동식은 자기의 어수선한 입장을 의식하면서 물었다.

"강덕기라고 했습니다."

불현듯 ㄱ, ㄷ, ㄱ의 부호가 생명을 띠고 동식의 뇌리에 나타났다.

"강덕기 씨는 지금 어디에 있습니까?"

간신히 흥분을 가라앉히며 동식이 물었다.

"죽었습니다. 십오 년 전에 사형을 당해 형무소에서 죽었습니다. 그때의 유언이 죽은 후에라도 명숙 씨를 사랑한다고 했고, 죽는 마지막 순간에도 명숙 씨의 이름을 불렀다고 형무관이 전해주었습니다."

"그놈이 그랬다고 우리 명숙이가 그놈을 용서해줄 줄 아나?"

노파가 악을 썼다.

동식이 마루 끝에 걸터앉으며,

"할머니."

하고 조용하게 불렀다. 노파의 눈물어린 시선이 바로 앞에 있었다.

"만일 명숙 씨가 강덕기 씨를 사랑하고 있었다면 어떻게 하시렵니까?"

"사랑하다니, 천만의 말씀이지. 그놈이 우리 명숙이를 꾀어서 산으로 들로 돌아다니다가 붙들려선 저는 죽고 명숙이에게 무기징역을 받게 했는데 명숙이가 그놈을 사랑해? 어림도 없는 얘기지. 어림도 없는 말이고 말고."

"그런데 만일이라는 게 있지 않겠습니까, 만일 사랑했더라면 어떡허시겠습니까?"

"그런 일 없대두요."

노파는 버럭 소리를 질렀다.

동식은 호주머니에서 부채를 꺼냈다. 노파가 질색을 했다.

"이거 어디서 난 거유, 우리 명숙이 건데. 짐을 챙길 땐 분명히 보였는데 집에 와 보니 없어졌지 뭐유. 그거 어디서 난 거유."

"명숙 씨가 내게 선사한 겁니다."

동식은 이상한 감동에 사로잡혀 자기도 모르게 이런 소릴 했다.

"선사를 하다니, 죽은 뒤 내 눈으로 분명히 보았는데 어떻게 선사를 했단 말유."

"죽은 후라도 뜻이 있으면 선사할 수 있는 겁니다. 자기의 뜻을 이루어 달라고 명숙 씨가 내게 선사한 것입니다."

이렇게 말하고 있는 동식의 시선에 벽쪽으로 기대어 놓은 낡은 사진이 들어왔다. 희미해진 사진이었으나 이마와 코를 비롯해서 윤곽만은 선명한 소녀의 사진이었다. 신명숙의 사진임이 틀림이 없었다. 오늘의 결혼식을 위해서 복사·확대해놓은 것이었다. 동식은 영리하게 빛나고 있는 명숙의 눈과 청초한 기풍을 풍기고 있는 얼굴을 바라보면서 말을 이었다.

"이 쥘부채에 명숙 씨의 뜻이 새겨져 있습니다. 보십시오. 이것은 나비지요? 이것은 나리꽃입니다. 명숙 씨는 이 부채를 만들어 어떤 사람에게 호소하고 있었습니다. 당신은 죽어서 나비가 되고 자신은 죽어서 꽃이 되리라고. 이 부채는 바로 그 염원을 새긴 부채입니다."

이런 유창한 설명을 하게끔 하는 힘이 어디서 솟았을까 하고 자기도 의심해보는 마음으로 동식은 말했다. 주위가 돌연 숙연해진 것 같았다. 창문에 기댄 채 동식을 바라보고 있는 중학생 또래의 소녀가 눈에 띄었다. 동식은 부채를 펴들고 그 소녀를 가까이 오라고 손짓했다. 다가앉은 소녀의 눈앞에 부채의 꽃 그림을 가리키며 동식이 물었다.

"봐, 여기 있는 글자를 알아 봐."

"시옷, 미음, 시옷."

또록또록 소녀는 읽었다.
"ㅅ, ㅁ, ㅅ이니 신명숙이란 뜻이지?"
소녀는 고개를 끄덕였다.
"자 그럼 이걸 읽어 봐."
하고 동식은 이번엔 나비의 날개 위에 있는 반점을 가리켰다.
"기역, 디귿, 기역"
"ㄱ, ㄷ, ㄱ이니 강덕기로 되잖아?"
소녀는 다시 고개를 끄덕였다.
"말하자면 신명숙 씨는 강덕기 씨에 대한 사랑을 안고 17년 동안 형무소 생활을 견디어 왔단 얘기가 됩니다. 강덕기 씨가 나비가 되어 꽃이 된 자기를 찾아주길 꿈꾸면서 긴 고난의 생활을 살아온 것입니다."
강덕호가 울음을 터뜨리고 노파도 통곡을 터뜨린다. 소녀는 눈물을 닦고 무당은 짐을 챙겼다. 총각 귀신의 어머니인 것 같은 다른 하나의 노파는 아들의 것인 성싶은 사진을 보자기에 도로 싸며,
"딴 사내를 좋아한 처녀 귀신을 내 아들인들 좋아할 턱이 있나."
하고 중얼거렸다.
동식은 자리에서 섰다.
"부채는 내가 가지고 갑니다."
하고 포켓에 넣었다. 아무도 반대하는 사람이 없었다. 골목길을 빠져나오는데 아까의 사나이가 뒤쫓아와서 고맙다고 했다. 언제 날을 정해 자기 형과 신명숙 씨와의 결혼식을 할 참인데 꼭 참석해 달라고도 했다.
동식은 뭐라고 대답할 수가 없었다. 그리고 생각했다.
'부채가 할 일과 내가 할 일은 끝났다.'

그날 새벽, 부채가 거기에 떨어져 있지 않았더라도, 그것을 자기가 주지 않았더라도 영혼끼리의 결혼이나마 어색스럽게 되었을 것이라고 생각하니 사람의 집념은 기필코 기적을 낳을 수 있는 것이란 확신을 얻었다. 동식에겐 이 확신이 소중한 것인지 몰랐다.

M동엘 다녀온 그 이튿날, 동식은 두 사람의 형사에 의해서 경찰서에 연행되었다. 무슨 이유로 출옥자의 동정을 살폈는가, 무엇 때문에 M동엘 갔는가 하는 것이 심문의 골자였다.
"요즘 학생들은 무턱대고 까분단 말야."
학사 출신이란 경찰관이 신랄하게 동식을 다루었다.
동식은 소설을 쓰기 위한 호기심 이외는 아무런 동기와 이유도 달리 없다고 말했으나,
"배후에서 시킨 사람을 순순히 대라."
는 추궁이 맹렬했다. 유 선생이 시킨 일 아니냐고도 했다. 동식은 유 선생은 훌륭한 인물이라고 증언했다. 그러자 경찰관은 현재의 상태보다 유 선생의 전력에 보다 중점을 두는 것 같았다. 동식은 자기 때문에 터무니없는 오해를 받게 된 유 선생에게 죄스러움을 느꼈다. 심문은 조금씩 사이를 두고 똑같은 심문의 반복으로 열 시간이나 끌었다. 호기심 이외에 아무런 이유도 배후의 인물도 없다는 것이 밝혀지자 동식은 풀려나왔다. 그때 경찰관은 다음과 같이 말했다.
"쓸데없는 호기심을 버리란 말야. 동백림 사건 같은 것도 그 호기심 때문에 저질러진 것이다. 따지고 보면 잠깐 동안 불쾌했겠지. 그러나 이해해라. 모두가 국가의 안전을 위한 일이다. 대한민국의 신경이 조그만 틈서리도 놓치지 않고 이처럼 경계를 치밀히 하고 있다는 것을

안 것만 해도 좋은 일이 아니냐."

　기다리고 있던 아버지와 더불어 밤길을 걸었다. 아버지는 먹고 싶은 것을 대라고 하고 봄철이 왔으니 양복을 만들자고도 했다. 구두도 사라고 했다. 그러나 동식은 그럴 신명이 나질 않았다.

　청명한 날, 동식은 단신 안산鞍山에 올랐다. 강덕기가 처형을 당하고 신명숙이 17년의 청춘을 묻은 서대문 교도소가 장난감처럼 눈 아래 보였다. 그러나 그날의 감상으로선 서울의 시가가 그 장난감 같은 서대문 교도소를 주축으로 짜여져 있는 것이었다. 그 교도소를 주축으로 눈에 보이지 않는 신경의 그물이 온 시가를 감싸고 있는 것 같은 느낌조차 있었다.

　동식은 가지고 온 휘발유를 쥘부채 위에 뿌리고 성냥을 그어 댔다. 붉은 화염이 일시에 일고 자줏빛 연기가 가늘게 진동하면서 하늘로 올랐다. '당신은 죽어 나비가 되고 나는 죽어 꽃이 되리라'는 염원이 자줏빛 연기가 되어 하늘에 올라 다시 퍼져 대기와 섞일 것이다. 그렇게 되면 신명숙의 집념은 이 우주에 미만하게 된다. 집념의 연기는 섭리의 기운을 불러일으켜 그 섭리는 몇 억 년, 몇십억 년, 몇백억 년, 몇천억 년 동안을 작용해선 산산이 흐트러진 강덕기의 원소와 신명숙의 원소를 한 마리의 나비로 한 떨기의 꽃으로 결합하는 생명 전생生命轉生의 기적을 나타낼 것이다.

　비는 마음에 몇천억 년인들 어떠랴. 인간의 집념에 보람이 없다면 인간은 지금 살고 있는 영광마저 포기해야 할 것이 아닌가. 억겁의 시간 속에 수유須臾를 살고도 의미가 있다면 억겁을 넘어 작용할 수 있는 집념의 보람됨이 있기 때문이다.

쥘부채의 형체는 말쑥이 사라지고 쥘부채에 새겨진 집념만이 뚜렷하게 맑은 공기처럼 남았다. 사라진 부채와 더불어 그녀에 대한 관심도 동식의 마음속에서 말쑥이 가셨다. 억겁을 살아남을 보다 진실한 집념을 가꾸기 위해 심상 위에 부침하는 포말은 이를 거둬버려야 하는 것이다.

어느덧 해가 기울었다. 박명의 시간이 주위를 에워쌌다. 전등이 꽃피기 시작했다. 유 선생의 의견에 의하면 이 시간이 가장 아름답다고 했다. 밝지도 어둡지도 않은 시간은 지혜의 시간이라고 했다. 어둠을 비추는 전등이 이 시간에만은 꽃의 역할을 한다고 했다. 이 시간은 또 노인의 주름살을 밉지 않게 하는 시간이며 초로의 잔주름을 뵈지 않게 하는 시간이며 청년의 미숙함이 나타나지 않는 시간이며 승자의 뽐냄도 패자의 억울함도 노출되지 않는 시간이며 미녀의 미도 추녀의 추도 발언권을 잃는 시간이며 만상이 제대로의 품위와 가치로서 나타날 수 있는 시간이라고도 했다.

이런 시간 속을 450만이 붐비는 하계를 향해 내려오는 동식의 그 모습은 자라투스트라를 닮아 고고했고 그 가슴엔 자라투스트라의 외침이 은은하게 메아리치고 있었다.

'진실로 인간은 더러운 강물과도 같다. 스스로를 더럽힘 없이 더러운 강물을 받아들이기 위해선 모름지기 바다가 되어야만 하는 것이다.'

패자의 관

K씨가 낙선했다. 이틀 동안 시소를 벌여 6만여 표까지 쌓아 올라갔는데 천 표 남짓한 아슬아슬한 표차로서 졌다. 최후의 결정이 발표되었을 때 나의 마음은 뭉클했다. 그 패배의 원인이 꼭 내게 있는 것 같아서다. 나는 K씨를 도우느라고 하면서 바득바득 악을 쓰는 식의 노력은 하지 않았다. 머리에 빗질을 하고 넥타이를 골라 매고 구두를 반들반들 닦은 차림으로 이 골목 저 골목을 어슬렁거리다가 간혹 아는 사람을 만나면

"저, K씨가 어떻습니까. 특별한 연고가 없으시거든, 저."

하는 따위의 선거운동을 했던 것이다.

만일 내가 바득바득 기를 쓰고 책략을 생각해내고 그 책략을 실천하는 방향으로 노력했더라면 6백 표쯤은 어떻게 되었을지 몰랐다. 그런데 '면'자가 들면 안 되는 일이 없는 세상이다. 내게 돈이 있었더라면, 또는 내가 부지런했더라면 하는 이 '면'자라는 것. 이건 회한도 아니고 반성도 아니고 한탄도 아니다. 어리석고 게으른 놈의 푸념이다.

그래 나는 개표하는 날 K씨의 곁에 있지 못했다. 웬지 송구스러워서

못 견딜 것 같아서였다. 그러나 K씨는 틀림없이 당선될 것이란 기대를 가지고 있었다. 그런 기대를 가지고 있었던 것인데 결과가 그렇게 되자 나는 돌연 전신에 오한을 느껴 허둥지둥 집으로 돌아와 자리에 누워버렸다. K씨의 낙선에 충격을 받았다고 하면 말이 좋다. 사실은 선거운동을 한답시고 돌아다니며 막걸리니 소주니를 가릴 것 없이 퍼마신 게 개표의 종결과 때를 같이해 탈이 나고 말았다. 당락이 판정된 순간 K씨와 내가 한 자리에서 같이 시름을 달랜 것처럼 모 신문은 보도하고 있었는데 그 기사를 보고 나는 다시 한 번 얼굴이 화끈해짐을 느꼈다.

내가 위로도 할 겸 K씨를 찾은 것은 그러고도 이틀쯤 뒤의 일이다. 면목도 없고 해서 무슨 말을 해야 좋을지 심히 망설이며 그를 찾았는데 그는 뜻밖에도 춘풍이 내왕한 얼굴을 하고

"이 선생 말馬을 보고 말 비슷하다고 하면 어떻게 되는 거요."

하며 웃곤, 얘기의 골자가 뭔지 알아차릴 수 없어 어리둥절하고 있는 나를 소년처럼 장난스러운 눈초리로 보면서 말을 이었다.

"어지간히 못난 말이길래 한 말 아니겠소."

이렇게 되니 내 마음도 누그러지지 않을 수 없었다. 이런 말 저런 말 씨알머리 없는 말을 지껄여대며 반나절을 같이 지냈다.

그 뒤 일주일쯤 지나서다. K씨를 위해 마음먹고 선거운동을 한 청년들이 우르르 내 집에 몰려왔다. '어굴타회'를 하자는 것이다. 비좁은 서재에 의자가 모자라 마루바닥에 앉기도 하고 서기도 하면서 북어를 안주로 맥주를 마셨다. 젊은 작가가 있었고 소장 실업가가 있었고 치과병원의 원장이 있었고 방송국의 아나운서도 있었고 어떤 여류 명사도 끼었다. 패배했다는 억울함이 그만한 시간이 흘렀어도 좀처럼 가셔

지지 않는 듯 말머리와 말끝마다 패배니 패잔병이니 하는 말투가 섞이고 '이번 싸움의 패인은' '이번 선거에서 실패한 까닭은' 하는 식으로 말이 엮어져 나갔다. 그래 내가 한마디 했다.

스포츠란 것이 있잖나. 스포츠는 어디까지나 룰을 지켜 선전·감투하여 승리를 노리되 이겨도 거만하게 으스대지 말고 져도 비굴하게 위축하지 말 것을 가르치는 게임이 아니겠나. 성공하기 위해선 수단방법을 가리지 않고, 이기기 위해선 권모와 술수를 예사로 쓰는 생존경쟁의 마당에서 스포츠가 지닌 의미는 바로 여기에 있다고 생각하는데 어떨까. 그런데 내가 생각하기론 선거는 스포츠의 정치적인 표현이라고 본다. 선거법을 지켜 최선을 다하다가 다행히 이기면 좋고 져도 비통해하지 않을 정도의 수양은 있어야 되지 않겠는가. 나는 K씨를 패배했다고 보지 않는다. 어떤 승리도 그것이 인생 궁극의 승리로 통해야만 의미가 있는데 이번 K씨는 비록 패배일지라도 인생 궁극의 승리로 전환할 수 있는 계기가 된다는 뜻에서 승리와 마찬가지다. K씨는 그만한 역량과 천부를 가지고 있는 사람이 아닌가. 골목골목을 다니면서 많은 사람을 만나 악수도 하고 선거라는 열풍 속에서 세상을 고쳐 볼 수도 있었을 것이니 그만하면 얻은 것도 많고 배운 것도 많았을 것이다. 그렇게 밑진 건 아니지 않을까. 그랬는데

"선생님은요. 점잖은 소리를 하시지만서도요. 나는요. 그렇겐 생각할 수 없습니다요. 당당한 인물에게 졌다면 이처럼 분하지도 않겠고요."

하고 R이라는 청년이 나섰다. 아마 그 감정이 솔직한 것일 게다. 그러나 그렇게만 생각한다면 민주적 인격이니 수양이니 하는 말은 모두 위선이란 말인가. 그래 나는 다음과 같이 말했다.

"나는 당당하지 못한 사람이 당선되었다는 데 더욱 더 큰 의미가 있다고 생각한다. 이 가운데는 그 선거구민이 틀려먹었다고 욕하는 사람도 있더라만 그건 잘못이다. 나는 되레 그 구의 사람들을 높이 평가한다. K씨에게 대해서도 그 인물을 알아주는 정도의 표를 보냈고, 당당한 인물은 아니지만 사십 수년 그곳에서 산 사람을 괄시하지 않았다. 듣건대 그 사람은 그곳에서 줄곧 이십여 년 동안을 남의 선거운동만 했다더라. 남의 선거운동을 이십 년이나 한 사람이 이번엔 자기의 선거운동을 하고 나섰을 때 고장의 사람들은 그를 저버리지 않았다. 말하자면 그 구의 사람들에겐 정이 있다는 얘기다. 정이 있는 곳이니 이편에서 정을 주면 반드시 반응이 있을 게 아닌가. K씨나 우리나 그런 마음먹이를 잊어선 안 될 줄 안다."

수삼 인의 반박이 있었다. 나는 공연한 소리를 했다고 후회할 만큼 그 반박은 치열했다. 이때 나이가 든 치과병원장이 나를 궁지에서 건져주었다.

"이 선생 말을 들으니 속이 후련하오. 나는 아직껏 왜 K씨가 졌을까, 그 패배를 어떻게 받아들여야 하느냐 하고 고민했는데 이제 이 선생의 말을 들으니 납득이 가는 것 같습니다."

그래 나는 '스포츠는 승리를 위한 노력인 동시에 패배를 배우는 훈련이기도 하다'는 것이 K씨의 신념이란 것을 설명하고 K씨는 이번의 시련을 통해 보다 큼직하게 성장할 것이라고 말했다.

이런 말 저런 말을 하다가 보니 밤이 깊었다. 모두들 아쉬운 마음으로 헤어지지 않을 수 없었다.

청년들이 돌아가고 난 뒤 나는 다시 K씨의 일을 생각했다. 사람에겐 두 종류가 있다. 실패를 하면 시들어가는 사람과 실패를 할수록 커가는 사람과. 나는 K씨가 후자에 속할 것이라고 확신했다. 구김살 없는 인간성, 일에 대한 의욕, 보다 착하고 보다 아름다운 것에 대한 정열, 게다가 민주적 인격, 이렇게 생각해보니 금번의 실패는 결코 K씨의 인생에 있어서 마이너스가 되지 않는 것이라고 할 수 있었다.

그러한 K씨를 생각하다가 나의 생각은 문득 노신호 씨에게 미쳤다. 노신호 씨는 선거 때문에 패가망신하고 선거 때문에 생명을 단축한 사람이다. 6년 전 그는 아직 50세도 안 되는 나이로 세상을 떠났는데 그 죽음은 비상수단을 쓰지 않았을 뿐이지 자살이나 다를 바가 없었다.

나는 국회의사당 앞을 지날 때마다 간혹 노신호 씨를 생각하곤 했던 것인데 그것은 해가 더함에 따라 그 빈도가 덜해갔다. 한때 열렬히 그를 지지한 사람이 시간과 더불어 그를 잊어간다는 건 인생으로서 하는 수 없는 일이지만 서글픈 일이다.

내가 노신호 씨를 만난 것은 한국동란이 휴전한 지 1년 후, 그러니까 1954년의 3월 하순경이다. 그때 나는 P라는 항구도시에 교사 노릇을 하다가 피난 겸 지리산 밑에 있는 고향으로 돌아온 채 다시 직장으로 돌아갈 생각을 포기하고 거기서 머물고 있었다. 전쟁을 겪고 나니 세상이 허망하게 느껴져 궁색하나마 노부모와 다만 하루라도 더 같이 지내야겠다는 마음의 탓이었다.

3월 하순. 지리산 쪽에서 모진 북풍이 불어오고 있던 저녁 나절, 밖에서 찾는 사람이 있다기에 나가보았더니 내겐 중학교의 1년 선배인 Y씨가 어떤 낯모르는 사람을 동반하고 서 있었다. Y씨는 곧 그 사람을 내게 소개했다.

그 사람이 노신호였다. 나이는 33~34세. 농과대학의 교수라고 했다. 키는 중키, 해맑은 얼굴, 맑은 눈동자, 지적인 면모인데도 정이 들 수 있는 그런 인상이었다. 나는 그들을 사랑방으로 안내했다.

"오늘 밤은 여기서 묵고 가야겠구먼."

Y선배의 말에 나는 좋다고 했다.

"황혼축객비인사黃昏逐客非人事란 말이 있지 않습니까."

그날 밤 콩알만 한 호롱불을 돋우고 밤이 깊도록 얘기를 주고받았다. 노신호 씨는 다가오는 3대 국회의원 선거에 출마를 해볼까 한다는 의향을 밝혔다. Y선배는 그의 출마를 강권한 사람 가운데 하나인 것 같았다. 나는 강에서 잉어가 뛰니까 사랑방 목침이 뛴다는 격으로 어중이떠중이가 다 나서는 세상에 노신호 씨 정도면 과히 손색이 없는 국회의원이 될 것이란 정도의 생각이 들긴 했지만 대학교수의 직을 그만두고 국회의원이 되겠다는 데 속물의 냄새를 맡았다. 그래

"대학교수로서도 충분히 사명을 다할 수 있을 텐데 국회의원은 해서 뭘 합니까."

하고 싸늘하게 말했다.

"간단하게 말하면 그게 가장 빠른 영달의 길이 아닐까 해서 해보고 싶어진 겁니다."

하며 노신호는 수줍게 웃었다. 내겐 그 대답이 마음에 들었다. 그 자리에서 국가를 위하느니 민족을 위하느니 하는 따위의 말을 했더라면 나는 그를 징벌했을지 모른다.

Y선배가 곁에서 거든 말에 의하면 이번 동란에 심한 충격을 받은 노신호는 뭐니뭐니해도 정치의 힘으로서밖엔 이 나라를 구할 수 없다고 느끼고 우선 국회의원으로서 정치생활을 시작해볼 발심을 했다는 것이다.

노신호는 국회의원이 되면 어떻게 하더라도 남북통일을 서두는 방

향으로 노력하겠다고 했다. 그리고 거기에 따르는 자기 나름대로의 방책을 말해보기도 했다.

"다시는 이런 참화가 없게 하기 위해선 국민들도 통일에 성의를 가져야 하고 국회의원의 제일의적第一義的인 의무가 통일의 성취라고 생각해요."

이렇게 말한 노신호의 눈빛과 말투는 진지했다. 노신호는 가혹한 법률을 없앨 것과, 특히 부역했다는 죄목으로 중형을 받은 사람들의 구제를 서둘겠노라고 했다.

"국민의 일부가 부역을 하도록 하는 상황을 만든 책임을 먼저 물어야 하지 않겠습니까. 만일 그 책임을 따질 수 없다면 부역했다는 명목으로 국민을 벌할 수 없죠. 국민의 생명과 재산을 보전하는 책무를 다하고 나서야 범법자를 다룰 수 있는 명분이 서는 겁니다. 일제에 아부하고 편승한 사람들을 불문에 부쳐놓고 참담한 전란통에 부역했다는 명목으로 중형을 과한다는 건 아무래도 불합리합니다. 부역자는 이를 벌할 것이 아니라 부둥켜안고 울어야 합니다. 허기야 그 가운덴 악질도 있겠죠. 양민을 해친 놈들 말입니다. 그런 부류만을 가려내면 되는 겁니다."

그는 농업의 진흥을 주축으로 한 공업화에 관한 자기의 비전을 설명했다. 하천 공사, 간척지 매립, 독산 개발禿山開發을 통한 국토의 확장, 유휴 노동력의 이용방안 등, 정밀한 숫자를 들어 설명하는데 그 방면에 상당한 연구를 쌓았다는 것을 알 수가 있었고 그 말에 설득력도 있었다.

보다도 내가 그에게 혹한 것은 그의 문학과 철학에 관한 깊은 소양이었다. 나이 서른 남짓한 사람이 언제 그렇게 많은 공부를 했을까 하고 놀랄 만큼 사회사상, 정치사상에 도통해 있었다.

나는 그가 말하는 '명증의 허위'라는 대목의 이야기에 흥미를 가졌다. 이론이 정연할수록 그만큼 현실과는 거리가 멀다는 얘기고 지나치게 명석한 증명은 그 추상작용이 준열하기 때문에 허위의 부분이 생겨난다는 얘기였다. 그리고 이어 그는 유심론과 유물론은 일단 이들을 대립적으로 생각하되 학문하는 사람의 내부에선 겸전의 방법, 절충의 방법, 또는 매거牧擧의 방법으로 어느 단계까지는 공동시켜야 한다는 의견을 설명했다.

"유물론적 이해방법과 유심론적 이해방법을 똑같이 활용해야 할 것 아닙니까. 인생은 그 가운데 어느 한쪽의 방법만으론 다루기 힘든 존재이니까요. 사랑이란 현상을 유물론적으로 이해할 순 있겠지요. 그러나 단면일 뿐일 것입니다. 유심론적인 해석이 따라야 사랑에 접근할 수 있지 않겠습니까."

또 그는

"변증법, 변증법 하지만 변증법이 그것을 존중하는 사람의 의견 그대로의 효능을 갖자면 변증법적 발전과 비변증법적 발전과의 또 다른 차원의 변증법적 작용을 인정해야 합니다."

하는 의견도 말했는데 이건 십 년 쯤 뒤에 내가 사르트르의 저작을 통해 재발견하고 노신호의 사색력에 새삼스럽게 놀랐던 것이다.

노신호는 우리의 문학이 청산문학의 고된 가시덤불의 길을 걸어야 했었는데 좌·우익 문학의 정치투쟁 때문에 그런 진지한 문제가 묵살되고 말았다고 하면서 언젠가는 우리나라의 문학이 이 때문에 비싼 값을 치러야 할 것이라고도 했다.

"남의 힘으로 얻은 독립에 편승한 채 우리 스스로 독립운동을 추체험하는 시련을 포기했기 때문에 6·25동란 같은 참화가 생겨났다고 보아야 할 때 문학도 보상 없인 전진하지 못할 겁니다."

당시 문학청년이었던 나는 이러한 노신호의 말을 통해서 새로운 세계를 얻은 것 같은 감동에 젖었다. 하룻밤을 같이 지내곤 나는 완전히 그의 신자가 되어 버렸다. 이 사람을 국회에 보내면 국회가 빛날 것이란 자신이 섰다. 나는 노신호를 국회에 보내는 운동이 바로 애국운동과 통한다는 것을 믿고 의심하지 않았다.

베드로가 고기잡이 그물을 팽개치고 예수의 뒤를 따라갔듯이 나는 그 이튿날부터 노신호를 따라 그의 선거운동에 나섰다. Y선배는 수제자격이고 나는 차제자격이었다.

나는 노신호를 따라 이 마을 저 마을을 헤매는 동안에 매일처럼 새롭게 그를 인식했다. 매력있는 교양인이란 정도를 넘어 희귀한 인격인으로서 내 내부에 그의 그림자는 날과 더불어 커갔다.

더욱이 나이많은 한학자와의 응수에 감탄했다. 어디까지나 겸손한 태도를 지니며 동양의 고전에 관한 토론을 전개시켜가면 한학자들은 감격의 눈물을 흘렸다.

"요즘 젊은 사람에게 이런 사람이 있다니. 젊은 사람의 한문에 대한 관심이 줄어가는 풍조를 개탄하고 있었는데 자네와 같은 사람을 만나니 참으로 반가우이."

모두들 이렇게 말하며 선거운동에 발 벗고 나설 각오를 피력하기까지 했다.

이런 식으로 우리들은 선거공고가 있기까지 선거구 일원을 거지반 돌았다.

드디어 선거공고가 있고 입후보자의 등록이 있었다. 우리 고을에선 도합 열두 명이 출마했다. 자유당 공천이 하나, 민주당 공천이 하나 있었을 뿐, 나머지는 모두 무소속이었다. 당에 소속할 필요가 없을까 하는 논의가 나왔을 때 노신호는

"자유당이나 민주당은 보수할 것도 갖지 못한 보수정당이고 부패에의 경사가 곧 보수인 줄 아는 부류니 가담할 의사가 없고 그렇다고 해서 이념정당에 가입하자니 그런 것도 없다. 지금의 정치 정세는 생신한 민주적 의욕을 가진 무소속이 많이 진출해서 그 가운데서 동지적으로 뭉쳐 국리와 백성의 의사를 반영하는 정당을 만들어야 한다"면서 무소속 출마를 한 것이다.

합동 정견발표회가 시작되자마자 노신호의 인기는 절정에 달했다. 여타 입후보자들은 거개가 무식하고 하는 말이라야 공소하고 고함만 큰 웅변조였는데 노신호는 차근차근한 어조로 자기의 소신을 밝혀나갔다. 때와 장소와 상대를 가려가며 정밀하게 꾸며지고 진지하게 토로되는 노신호의 연설은 가는 곳마다 식자들의 가슴을 사로잡았고 무식자들에게까지도 적잖은 감동을 심었다.

그 가운데 아직도 귀에 쟁쟁한 몇 개의 연설이 있다. 그 가운데의 하나는 당시 읍 소재지에 주둔해 있었던 군인들을 상대로 한 것이었다. 다음에 그 개요를 옮겨보기로 한다.

"저도 말을 잘할 줄 안다는 것을 여러분께 과시하기 위해서 여러 가지의 얘기를 준비하고 이 자리에 나왔습니다. 그런데 정복을 입고 철모를 깔고 땅바닥에 앉아 있는 여러분을 보니 그러한 준비가 모두 허탕이 되고 말았습니다. 정복을 하고 사는 인생이란 엄숙합니다. 항상 죽음을 각오하고 사는 인생이란 두렵습니다. 이처럼 엄숙하고 이처럼 두려운 여러분을 앞에 두고 감히 제가 무슨 말을 놀리겠습니까. 제게

도 정복을 입은 군인이었던 시절이 있었습니다. 그러나 그건 일본놈을 위해 총칼을 든 노예의 군대생활, 치욕의 군대생활이었습니다. 누구를 위해 무엇을 하자는 총칼이냐고 서러워하면서도 비굴하게 복종하지 않을 수 없었던 군대생활, 오늘날 국민들은 우리 민족 모두가 겪은 수난의 일환으로 보고 용서해주는 태도를 취하고 있습니다만, 그 너그러움에 저는 편승할 수가 없습니다. 불가피한 일이었다고 변명할 수도 없습니다. 명색이 고등교육을 받았다면서 반항하는 소리 한번도 지르지 못하고 고스란히 그 치욕의 생활을 견딘 것입니다. 제 자신 저를 용서할 수가 없습니다. 그런데 여러분은 조국과 민족을 위하는 영예로운 군인들입니다. 치욕의 군대생활을 한 자가 영예로운 군대생활을 하고 있는 여러분 앞에 무슨 말을 할 수 있겠습니까.

저는 이제막까지도 여러분의 부형들 앞에서, 모자들 앞에서, 목숨을 걸고 나라와 민족을 위하겠노라고 떠들고 다닌 사람입니다. 그런데 만일 이 가운데서 여러분이, 그렇다면 국회가 백병전을 바로 연출하는 싸움터라고 볼 때 아니 시시각각 죽어 넘어지는 전쟁터와 다름없을 곳일 때 너는 그래도 국회에 가길 원하느냐고 물으시면 솔직한 이야기로 저는 대답을 하지 못하겠습니다. 말하자면 저는 국가와 민족을 위하는 각오에 있어서 아득히 여러분께 미치지 못합니다. 여러분에게 미치지 못하는 각오를 가진 자가 어떻게 나를 국회에 보내주면 나라를 위하겠다고 떠벌릴 수 있겠습니까.

물론 제 나름대로는 할 얘기가 있습니다. 이 나라의 민주역량을 높이는 데 노력할 것과 이 나라를 살기 좋은 나라로 만들기 위해 일하겠다는 다짐에 있어서 누구에게도 뒤질 생각은 없습니다. 그러나 수많은 전투에서 동지를 잃은 그리고 그 전투에서 살아남아 다시 내일 치열한 전쟁터로 나갈 여러분 앞에서는 그러한 말들이 모두 외람된 노릇이 되고 말 것 같습니다. 제게 꼭 하고 싶은 말이 있다면 어떠한 전투에도 이겨 남도록 자중하고 자애하시란 것뿐입니다.

그런데 만일 여러분이 저를 국회에 보내주신다면 오늘 이 자리에서 저를 바라보고 있는 여러분의 그 진지한 눈동자를 잊지 않겠습니다. 나라 위하고 겨레 위하는 여러분의 각오를 지금부터서나마 배우겠습니다. 기어이 남북을 통일해야 하되 이 이상 한 사람의 희생도 내는 일이 없도록 하는 비법을 연구·안출하도록 정열과 성의를 다하겠습니다.”

이 연설이 있은 후 장내에 박수가 일지 않았다. 나는 이 연설이 실패하지 않았나 하고 걱정했는데 그것도 순간의 일, 단에서 내려오는 노신호를 군인들이 환성을 지르며 둘러쌌다. 그리고는 각기 손을 내밀어 노신호와 악수를 청했다. 더러는 눈물이 글썽한 군인들도 있었다.

또 하나의 연설은 읍 소재지에서 7킬로미터쯤 떨어져 있는 곳에 있는 나환자촌에서의 연설이다.

"반성해보면 사람이란 뻔뻔스럽기 짝이 없는 동물인가 봅니다. 사람이라고 말하면 실례가 되겠습니다. 저는 여러분 앞에 서서 저를 부끄럽게 생각합니다. 저는 여러분이 세상에서 격리된 채 이곳에 살고 계시는 것을 미리부터 알고 있었습니다. 자동차를 타고 이 앞을 지날 때면 전 눈을 엉뚱한 곳으로 옮기고 무서운 곳을 피하려고 했습니다. 이곳을 찾아볼 생각이나 여러분을 위문할 생각 같은 것은 엄두에도 내지 않았습니다. 그랬는데 선거 때가 되니까 표를 얻으러 여기에 나타났습니다. 참으로 뻔뻔스러운 노릇입니다. 그리고도 이곳에 와서 저는 여러분과 그 흔하게 하는 악수 한번 할 작정을 안 했습니다. 서럽기 짝이 없는 일입니다. 그러니 제가 무슨 말을 하든 선거 때가 되니까 뻔뻔스럽게 표를 얻으러 온 놈이라고 생각하시고 적당하게 취급해 주십시오."

이렇게 서두를 해놓고 그는 서정주의 시「문둥이」란 시를 읊고 '꽃같이 붉은 눈물'이란 대목을 감동적으로 설명했다. 이어 어떤 외국 나문학자癩文學者의 문장을 인용해선 '왜 하필이면 지금 죽어야 하느냐, 내일에도 죽을 수 있고 모레에도 죽을 수 있는데.' 하며 매일처럼 자살을 생각하면서도 죽지 못하는 나환자들의 고충을 말했다. 그리고 자동차가 시골에 와 서면 동리의 어린아이들이 모여들어 이곳저곳을 만지기가 예산데 이곳에 오니 아이들이 멀찌감치 서서 자동차를 바라만보고 서 있는 모습이 안타깝기 짝이 없다고 했다. 노신호는 결론으로

"여러분은 육체의 병을 고통하는 과정에 꽃같이 붉은 눈물을 흘리며 정신의 건강을 찾을 순 있는데 건강한 사람 가운덴 정신이 썩어가는 경향이 많습니다. 여러분은 항상 스스로의 고통을 지켜보는 밀도 짙은 인생을 살고 건강한 사람은 세속의 허영에 휘몰려 공소하게 인생을 낭비할 뿐입니다. 병자로서도 알차게 살 수 있다는 자부, 그 자부를 어떻게 실천하는가의 증거를 세우기 위한 인생으로서 여러분의 생활을 재설계하시길 빕니다. 값싼 동정은 여러분의 고통에 대해선 되레 모욕일 것이니 많은 말을 하지 않겠습니다. 인생은 병이 들어도 아니 병에 걸렸기 때문에 살아볼 만한 것이 아니겠습니까. 건강한 사나이의 무책임한 소리라고 들으셔도 좋습니다. 그러나 건강한 외양을 가진 제가 그 뻔뻔스러운 태도 한 가지로서만 보더라도 여러분 이상으로 내면에 있어선 썩어 있다고 판단하실 줄로 알아야 할 겝니다."

사실은 이보다 더 풀어 알기 쉽게 한 말인데 이 연설은 나환자들에게 커다란 감명을 준 모양으로 내가 기억하기론 단일 투표구 3백여 명의

투표자 가운데 9할에 가까운 수가 노신호에게 투표했다는 결과가 뒤에 밝혀졌다.

그때 자유당의 공천을 받은 사람은 G씨라고 하는 어느 면의 면장을 한 경력이 있는 노인이었다. 자유당의 탄압선거가 전국적으로 차츰 대두하기 시작한 무렵인데 우리 고을에선 가장 험악한 양상을 취했다. 노신호 씨의 인기가 결정적임을 알자 자유당은 경찰을 시켜 노신호의 운동자를 닥치는 대로 잡아들였다. 자동차는 정지 위반·주차 위반의 명목으로 압수했다. 동리마다에 공무원이 깔려 노신호에게 투표하면 뒷일이 좋지 않을 것이라고 위협하기 시작했다. 그런 상황이었으니 노신호의 차를 빨치산을 가장해서 습격할 것이란 풍문마저 돌았다. 어떤 수단을 써서라도 노신호만은 당선시켜선 안 된다는 지령이 중앙에서 왔다는 거짓인지 참말인지 모르는 말이 퍼졌다.

"선거고 뭐고 우선 사람을 살려놓고 보아야 할 게 아닌가!"

하며 노신호의 집안 노인들은 지팡이를 끌고 다니며

"우리 신호에게 투표하지 마시오. 신호가 만일 당선되면 생명이 위험하오."

하는 식으로 호소하고 돌아다녔다.

투표일을 일주일쯤으로 앞세워 놓고 노신호의 운동자에게 일대 검거 선풍이 불었다. 6·25동란 때의 부역사실 여부를 재조사한다는 것이다. 아직도 산에 빨치산이 남아 있던 때라 어떤 사람들은 산의 공비와 내통이 있다는 명목으로 체포당하기도 했다. 우리 고을은 완전히 공포 분위기에 싸였다. 노신호의 사무장이 체포되고 Y선배도 철창 신세가 되었다. 나까지 위험해졌기 때문에 나는 낮엔 뒷동산에 숨었다가 밤엔 이웃집 헛간에서 잤다.

노신호의 선거운동은 완전히 마비되고 말았다. 사람들의 입에서 노신호란 이름이 사라져갔다. 빨치산이 준동하고 있는 지구에서 빨갱이란 낙인이 찍힌 노신호를 주민들은 도울 수가 없게 되었다. 투표 사흘 전의 새벽 우리 고을의 동리마다 골목마다 하얗게 삐라가 뿌려졌다. '노신호 동무를 대한민국 국회로 보내자'로 된 이 삐라엔 재산(在山)빨치산 일동 또는 김일성이란 서명이 있었다. 재래식 한지에 조그마한 글로 등사한 이 삐라를 주워들고 나는 전율을 금하지 못했다. 만사 끝났다고 생각했고 선거 결과야 어떻든 노신호의 신변만 안전하면 좋겠다고까지 생각했다. 그래도 모자라 자유당은 상당한 무더기 표를 집어넣었다. 선거 결과는 보나마나였다. 말 한마디 제대로 못하고 제국주의가 민주주의보다 낫다고 생각하고 있는 노인이 국회의원으로 선출되었다. 제국주의가 민주주의보다 낫다는 얘기는 자유당 공천을 받은 G씨 당사자가 어느 연설장에서 다음과 같이 한 연설에서 비롯된 것이다.

"우리는 지금 민도가 낮아 민주주의를 하지만 빨리 노력해서 우리도 제국주의 해야 합니다. 제국주의를 해야 공산당을 때려잡을 것 아닙니꺼."

선거가 끝난 뒤 우리는 노신호를 부둥켜안고 울었다. 그러나 그는 울지도 않고 서글픈 웃음을 띠며

"나를 위해서 고생한 어른들에게 어떻게 보상해야 좋을지 그것이 괴로울 뿐 난 아무렇지도 않다"고 말하고

"내가 낙선한 건 당연해. 나는 말만 했지 국가나 민족을 위한 실적이 없었어. 만일 내게 실적이 있었더라면 우리 국민은 어떤 탄압에도 굴하지 않고 내게 표를 찍었을 것 아닌가. 국민은 위대하다. 우리 국민은 위대하다. 나 같은 사람에게 그처럼 곤욕을 받으면서도 표를 던졌으니

말이다."

하며 구김살 없는 심정을 토로했다. 하지만 우리는 분했다. 자유당이 그처럼 설쳤는데도 당선자인 G씨와 차점자인 노신호와의 표차는 불과 7백 표밖에 안 되었으니까.

노신호는 선거 때문에 J시에 있는 집을 팔고 시골에 있는 논밭을 팔았다. 그는 초라한 셋집에 들었다. 생활의 곤란이 뒤이었다. 그러나 노신호의 타격은 그로써 끝난 것이 아니다. 노신호는 선거 도중 당국이나 자유당에 의해서 빨갱이란 낙인이 찍혀버린 것이다. 가까이서 겪은 우리들로서 도무지 납득이 안 가는 얘기였다. 노신호는 어느 모로 보아도 공산주의자가 아니었다. 인간을 존중하고 민주주의적인 인격을 갖춘 사람을 진실한 반공인이라고 볼 때 노신호는 훌륭한 반공인이라고 할 수가 있다. 그런데도 그 후의 노신호는 빨갱이라는 낙인에서 벗어나지 못했다. 당국이 일단 노신호를 빨갱이라고 낙인을 찍고 난 뒤는 계속 그가 빨갱이라는 증거가 될 수 있는 사실만을 수집해서 기록에 보태는 모양이었다. 그 기록이 노신호가 가는 곳마다 따라다닌 것은 물론이다. 그는 온전한 직장 하나를 구하지 못하고 이곳저곳을 전전했다. 그러한 정황 가운데서도 그는 게으름 없이 공부하고 활달하게 살았다.

4대 선거 때 노신호는 출마조차 하지 못했다. 자유당 정권이 무너진 해 5대 선거에 노신호는 출마할 수 있었다. 그러나 Y선배도 직장을 가지고 있었고 나 역시 그래서 한두 번 고향에 내려가 보았을 뿐 선거운동을 도우지 못했다. 그러나 우리들은 자유 분위기가 보장된 이번엔 노신호가 당선될 것이라고 믿었다. 그런데 결과는 뜻밖이었다.

"6년 전과는 전연 달라. 6년 전엔 연설을 하면 반응이 있었는데 이번엔 그것이 없더라. 공소한 말을 피하려고 하니까 할 말이 없고, 정치정세를 투시하는 입장에서 허튼 소릴 지껄일 수도 없고 그게 패인인 것 같아."

노신호는 이렇게 자조적으로 말했지만 뒤에 알고보니 결국 노신호의 패인은 그에게 찍혀 있는 빨갱이란 낙인 때문이었다. 민주당은 새로운 전술로 노신호에게 대응했다.

한편에선 노신호가 빨갱이라고 선전하고 한편에선 그가 굉장한 애국자라고 선전했다. 굉장한 애국자라고 할 수 있는 근거로서 노신호가 6·25동란 때 많은 부역자를 잡아 당국에 넘겨주었고 보련 관계자를 처치하는 데도 큰 도움을 했다는 사실을 들었다. 물론 터무니없는 소린데 이와 같은 얘기를 부역을 한 경력이 있는 사람이나 보련관계자의 유족들을 찾아 음밀한 시늉을 하며 속삭였다는 것이다.

"노 선생을 빨갱이라니 터무니없는 소리 마시오. 노 선생은 진정한 애국잡니다. 부역자를 찾아내는 데 공로가 컸고 보련을 죽이는 데도 큰 도움을 했으니까요."

이와 같은 경위를 사전에 알았더라면 아니 그 당시에 알기만 했더라도 무슨 수단을 쓸 수 있었던 것인데 모든 것이 지나고 난 후에야 이런 사실을 알게 된 것이다. 공비 때문에 시달린 지구에서 빨갱이라고 하면 발붙일 곳을 갖지 못하게 된다. 그래놓고 그 반대편에 있는 사람에겐 또 역선전을 해놓았으니 어떻게 될 것인가. 우리 고을의 생리를 알고 있는 나는 이것이 그의 결정적인 패인이었다고 단언할 수 있다.

그래도 당선은 못 되었을 망정 노신호는 많은 표를 얻었다. 그러나 이번엔 그것이 그에게 위로가 되지 못하는 것 같았다. 말은 안 했지만 노신호는 그러한 중상과 모략에 결정적인 충격을 느꼈고 그러한 모략의 작용을 받은 선거구민들에게 환멸을 느꼈던 모양이다. 노신호는 나를 직장까지 찾아와서 앞으론 정치를 단념하겠다고 하며 쓸쓸하게 웃었다. 그 석상에서였다. 노신호는

"앞으로 일 년이 못가 쿠데타가 발생할 거다. 두고 보람."

하는 말을 내게 남겼다. 그런 방면에 익숙하지 못한 나는 쿠데타가 어떤 것인지 몰라 그저 흘려들었는데 이듬해의 5월 혁명을 보고 새삼스럽게 노신호의 통찰력에 놀랐다.

5·16혁명 후에도 노신호는 표면에 나타나지 않았다. 들리는 소리로는 서울 어떤 공사장에서 날품팔이를 한다고 했는데 육 년 전 돌연 나는 그의 부보訃報를 받았다.

달려가보니 금호동 판자촌, 다 쓰러져가는 판잣집의 단칸방에서 그는 영원한 잠길에 들고 있었다. 그 준수했던 이마엔 푸릇푸릇한 기미가 서려 있었고 맑은 눈동자는 부어오른 듯한 눈꺼풀이 덮고 있었다. 해박한 지식과 탁월한 통찰력을 담은 머리가 이미 하나의 물체가 되어 매장을 기다리고 있는 광경이 비수로서 찌르듯 나의 가슴을 찔렀다.

진정 나는 그를 의정 단상에 세워보고 싶었다. 그가 있고 없고에 국사가 좌우되리라고까진 그를 과대평가할 수 없지만 확실히 국회의 빛이 되었을 것은 틀림없었을 것이다. 뒤쫓아 온 Y선배는 노신호의 시체를 부둥켜안고 대성통곡을 했다.

"이런 인물을 매몰시켜버리는 이 한국이란 토양이 한없이 원망스럽다."

눈물을 씻은 다음 Y선배는 이렇게 말했는데 나는 그의 감상을 이해할 수 있을 것 같았다.

노신호의 무덤은 경기도 고양군에 있다. 중상과 모략·탄압밖엔 받

지 못한 고향에 돌아가길 싫어할 것이라고 짐작하고 몇몇 친구들이 뜻을 모아 그곳으로 정한 것인데 우리는 그의 비문을 위해 다음의 글을 새겼다.

'아마 성공할지 모른다.

그러나 확실히 죽는다.

그럼 마찬가지 아니냐.'

「아돌프」의 작가 콩스탕의 말이다.

천부의 재능과 성실과 의욕을 갖고도 패자의 길을 끝내 걷지 않을 수 없었던 노신호. 지금도 그의 이름을 들먹이면 가슴이 쓰리다.

나는 금번 낙선한 K씨와 노신호의 생각을 번갈아 하다가 잠을 자기로 했다. 유리창을 스치는 소리가 난다. 아마 비가 오는 모양이다. 나는 이 다음 공일 날씨가 좋으면 몇몇 친구와 더불어 노신호의 무덤이나 찾아볼까 했다. 초여름의 성록이 그 무덤을 둘러싸고 있을 것이다. 아득히 한강이 흐르는 조망을 즐기며 한잔 술을 나누면 이 해의 봄은 가고 여름을 맞이하는 셈이 된다.

고인의 무덤가에서 잔치를 벌이는 덧없는 행락은 살아 있기 때문의 주책이기도 하지만 머잖아 죽어갈 사람들의 촌가(寸暇)의 푸념이기도 한 것이다.

빗소리가 요란하다. 나는 몽롱해지는 의식 속에서 패자의 관(冠)이란 엉뚱한 관념을 되뇌어 봤다. 월계관이 승리자의 관이라면 패자의 관은 무엇으로 어떻게 엮어야 할까. 패자의 관일수록 화려해야 되지 않을까. 예수가 골고다의 언덕을 기어오를 때 쓴 가시 면류관은 이를 데 없이 화려한 관이었다.

패자의 관, 패자의 관, 나는 드디어 잠길에서 알았다. 패자의 관은 무형의 관이라는 것을.

패자의 관은 하늘이다. 바람이다. 흙이다. 풀이다.

다시 생각해본다. 이 세상에 패자가 아닌 사람은 없다. 어떻게 장식해도 죽음은 패배다.

대영웅도 대천재도 대정치가도 한번은 패자가 된다. 그리고 영원히 패자로서 남는다.

'아마, 성공할지 모른다.

그러나 확실히 죽는다.

그럼 마찬가지 아닌가.'

겨울밤 - 어느 황제의 회상

"바보스러워야 황제가 될 수 있다. 그렇다고 해서 영리한 구석이 있어서는 안 된다는 말은 아니다. 시대를 착오하면서도 시대를 앞지르고 있는 것처럼 환각에서 벗어나지 못한다. 낙천적이면서 염세적이고, 퓨리턴처럼 금욕적이면서 플레이보이처럼 향락적이기도 한데 슬퍼도 슬픈 표정을 짓지 못하는 것은 희극배우를 닮은 비극의 주인공인 까닭이다. 하늘 아래 어느 누구이고 황제 아닌 사람이 있을까만 대개의 경우 사람은 감옥 속에 유폐되어서만 스스로가 황제임을 깨닫게 된다. 자기의 운명을 인류의 운명과 결부시켜 명상하는 황제다운 습성을 익히고 번거로운 생활의 늪에 분실해버린 역사상의 자기좌표를 되찾아 황제다운 고독을 오만하게 침묵할 줄 알게되기 위해서도 사람은 감옥이란 이름의 궁전에 거처를 찾아보아야 하는 것이다."

 이러한 잠꼬대 같은 말을 쓰기 위해서는 겨울밤은 깊어야 한다. 겨울밤은 길다…….
 맥락도 없이 정열도 없이 기왕의 일들이 토막토막 캄캄한 무대 위에 그곳만 스포트라이트로써 조명한 장면처럼 뇌리에 명멸하는 시간이 하염없이 흐른다. 라이트의 빛깔은 화려한 추억처럼 핑크빛이기도 하고 때론 회한을 닮아 앰버 블루의 음울한 빛이기도 하다. 간혹 기적소리가 들려선 삼십 년 전 만주의 어두운 광야에 울려퍼졌던 기적소리와 겹치고, 창틀을 흔드는 바람소리는 감방의 철창에 흐느끼듯 하던 십 년 전의 바람소리와 겹친다. 십 년 전 나는 어떤 냉동고보다도 1도쯤 낮은 추운 감방에서 외로운 황제란 의식을 콩알만 한 호롱불처럼 돋우고 그 호롱불의 온기로 해서 빙화를 면했다. 그런데 지금 나의 방엔 스토브가 활활 타고 있다. 말하자면 호사로운 노예가 쓸쓸한 황제 시절을 그 스토브의 덕분으로 회상하고 있는 셈이다.

  그 무렵 나는 레인저 4호가 월세계에 착륙했다는 소식을 들었다. 4월에 있던 일을 12월에 들었으니 결코 빠르다고 할 수 있는 정보는 아니다. 나는 황제가 듣는 정보는 언제나 그처럼 늦어야 하는 것이라고 속으로 웃었지만 한편 노여움을 느꼈다. 세인트헬레나에 갇힌 몸으로 돼먹지 못한 놈들이 프랑스를 함부로 요리하고 있다는 소식을 들었을 때의 나폴레옹의 노여움과 비슷한 노여움이라고 못할 바는 아니었다. 나는 은근히 내가 황제라면 영유할 수 있는 유일한 영토는 월세계일 것이라고 믿고 있었던 것이다. 이렇듯 엉뚱한 생각을 가꾸며 일 년 남짓 더 그곳에 있다가 십 년의 형기를 이 년 칠 개월 만에 끝내고 나는 풀려나왔다. 친구들은 십 년 과정을 이 년 칠 개월에 졸업했으니 굉장한 수재라고 갈채를 보내왔지만 실상은 황제가 평민으로 격하된 것뿐이다. 우리들끼리는 서대문 교도소를 '서대문아카데미'라고 하고 줄여 '서아카데미'라고만 해도 통한다. 다른 종류의 사람들은 현저동 1번지라고 한다. 그러나 내 개인에 있어선 서대문 교도소는 언제나 두고 온 궁전이다.

두고 온 궁전! 그런데 그 궁전의 의미가 노정필盧正弼에겐 어떤 빛깔을 띠고 있을까. 노정필은 무기형에서 감형된 이십 년의 형기를 꼬박 채우고 이 년 전에 출옥한 사람이다. 나의 경험으로 치면 그는 이십 년 동안 제왕학을 익힌 셈이다. 제왕학을 철저하게 익힌 탓인지 그는 말이 적다. 말이 적은 것이 아니라 도시 말을 하지 않는다. 처음 만나는 사람에겐 물론이고 모처럼 그를 찾아간 옛 친구에게도 인사말 한마디 없다. 입을 다물고 멍청히 한순간 상대방을 바라보다가 시선을 엉뚱한 방향으로 돌리곤 석상처럼 앉아 있을 뿐이다. 부인의 말에 의하면 출옥 이래 이날까지 자기에게도 한마디 말이 없었다고 한다. 그래가지고 어떻게 사느냐고 물었더니 곁에 없을 때에도 살았고, 말하지 않아도 그의 생각을 알 수가 있다는 부인의 대답이었다.

몇 달 전에 작고한 스웨덴의 구스타브왕도 퍽이나 말하지 않기로 유명한 사람이지만 그런 국왕도 일 년에 한 번 한마디씩은 한다고 들었다. 구스타브왕은 스웨덴 왕실이 연례행사로서 베풀어오던 노벨상 수상자 초대연에서만은 꼭 한마디 한다는 기록이 있다. 펄벅 여사에게 대해선 말했다.

"나의 테니스 코치나 나의 대신들은 꼭같은 충고를 합니다. '폐하, 조금쯤 왼편으로 서십시오.'라고요."

윌리엄 포크너에 대해서는

"아직도 미시시피의 도박사가 있습니까."

하고 물었고 알베르 카뮈에겐

"자동차보다는 마차가 낫다."

고 밑도 끝도 없는 말을 했다는데 카뮈는 자동차 사고로 죽는 찰나

틀림없이 그 말을 상기했을 것이었다. 일본의 가와바타 야스나리를 보곤

"일본의 부채"

하다가 말을 끊어버렸다. 일본에서 볼만한 것은 그가 황태자 시절 일본 여행을 했을 때 본 기생들의 가슴팍에 꽂힌 부채뿐이더라는 말을 하려다가 그만둔 것임에 틀림이 없는데 상상력이 부족한 가와바타는 그런 짐작을 못 하고 구스타브 국왕으로부터 아무 말도 못 들은 양 그의 일기에조차 그 일을 기록하지 않았다.

하여간에 구스타브왕도 그 정도의 말은 했는데 우리의 노정필 황제는 그런 의례적인 인사말 한마디 없는 것이다.

내가 이 인물의 모습과 더불어 그 이름을 알게 된 것은 십 년 전이고 가까이 하게 된 것은 일 년 남짓이다. 그 후로 나는 노정필이라는 사람에게 대해서 비상한 관심을 가지게 되었다. 첫째 그의 제왕학의 내용을 알고 싶었다. 궁전에 들어가기까지의 과정, 그곳에서 이십 년 동안의 마음의 과정 그리고 그의 눈에 비친 세태라는 것은 어떤 것일까 하는 호기심에 나는 어느덧 사로잡혀 이런저런 구실을 꾸며선 그와 동좌할 기회를 만들었다. 그래 같이 앉은 기회가 열두세 번은 되지 않을까 한다. 그러나 다섯 차례까진 온갖 유도의 기술을 다했지만 아무런 보람도 없었다. 나는 드디어 실어증에 걸린 사람이란 낙인을 찍으려고 했는데 여섯 번째의 자리에서 그로부터 겨우 세 구절의 말을 얻어들을 수가 있었다.

옛날의 학자와 문인, 오늘의 학자와 문인들의 이름을 들먹여가며 그 가운데 혹시 아는 사람이 없는가고 집요하게 물었더니 삼신산의 바윗돌처럼 무겁게 포개진 그의 입으로부터 또박 말이 굴러떨어졌다.

"이원조하고는 대학 예과시절 동기였소."

이원조는 해방 후 북쪽으로 간 좌익 문인이다. 그곳에서 미국 간첩으로 몰려 사형당한 많은 지식인 가운데 하나다. 나는 이런 뜻의 말을

"김일성이 그 사람을 죽인 지 오래 됐소."

하고 표현했다. 움직일 줄 모르던 그의 눈동자가 순간 반짝하는 것 같았다.

"거짓말 마시오."

분노에 격한 어조였다.

나는 결코 거짓말을 한 것이 아니란 증거를 들고 설명하려고 했지만 그는 자기의 귀에 빗장을 지른 모양으로 내뱉듯이 말했다.

"그런 말 마시오."

이미 귀에 빗장을 지른 사람에겐 무슨 말을 해도 소용이 없다. 나는 다음 기회에 일인 작가 마쓰모토 세이초가 쓴 『북의 시인』이란 책을 갖다 보여야겠다고 마음을 먹고 그 자리에서 일어섰다. 『북의 시인』의 얘기 줄거리는 전부 허구로써 짜여져 있지만 그 말미에 붙어 있는 재판기록만은 실제의 자료다. 그 기록엔 이원조뿐만이 아니라 남에서 북으로 간 문인 지식인의 대부분이 사형선고를 받은 사실이 수록되어 있다.

그러나저러나 그때 노정필로부터 세 구절이나마 말을 들은 것은 대단한 일이었다. 그 말만으로도 그의 제왕학의 일단을 알 수가 있었기 때문이다. "거짓말 마시오", "그런 말 마시오." 황제가 함직한 말이다. 황제의 말에 설명이 있을 까닭이 없다. 부탁이 있을 까닭도 없다. 명령이 있을 뿐이고 부정이 있을 뿐이다. 눈은 보지 않기 위해서 떠 있는 것이고 입은 다물어버리기 위해서 여는 것이다. 그 눈과 그 입과 …… 그

눈에 봄빛을 담을 날이 없을까. 그 입이 웃음을 폭발해 보일 날이 없을까……. 이것이 그때의 내 생각이었다.

뜻밖인 장면이 뇌리에 펼쳐진다.
증조부 대로부터 물려왔다는 자기의 일본도가 얼마나 예리한가를 보여주기 위한 목적만으로 오니시라는 일본 장교가 젊은 중국인의 목을 베는 장면을 나는 지켜보고 있었다. 29년 전의 어느 초겨울 밤, 해질 무렵이다. 소주성의 성벽이 검붉은 피 빛깔로 낙일을 반사하고 있었다. 새들이 성 밖 숲 속을 향해 날아가고 있었다. 황량한 연병장의 끝, 철조망 저편으로 푸른 옷을 입은 행인들이 오고 가고 있었다. 멀찍이 민가로부터 저녁을 짓는 연기가 줄줄이 흘러나와 놀을 짙게 하고 있었다.
병사인 주제에 장교의 행동을 간섭할 수가 없었다. 한마디 항의를 해볼 엄두도 내지 못했다. 아픔과 같은 추위가 배 속으로부터 기어올라 턱이 덜덜 떨리는 판인데 그 턱을 떨지 않게 하려고 기를 쓰면서 그 잔인한 침묵을 지켜보고 있었다. 그래서 나는 죽음과 더불어 영원할 그 젊은 중국인의 영혼의 눈에 오니시의 공범으로서의 인상을 새겨놓고 말았다. 29년이 지난 오늘날에도 나는 간혹 그 장면을 꿈꾸곤 와들와들 몸을 떤다. 그런데 그 오니시란 자의 사진과 이름을 일본의 어느 잡지에서 발견했다. 오니시의 지금의 지위는 일본의 유력한 경제연구단체의 간부이고 그 잡지의 좌담회에 경제전문가로서 참가하고 있었다. 머리가 좋은 사람은 일본도를 휘둘러 사람의 목을 베기도 잘하지만 시류에도 편승하는 것으로 보았다. 뿐만 아니라 그는 어느덧 날씬한 인도주의자로 변신한 모양인 것 같았다. 그 좌담회에서 오니시는 경제에 관한 의견만이 아니라 작금 한일간에 문제가 되어 있는 사건에 관한 코멘트도 잊지 않았는데, "인도적으로 도저히 용서할 수 없는 일"이라고 제법 흥분한 투로 한국을 비난하고 있었다. 군자는 삼일불견三日不見이면 괄목이상대刮目而相對라고 한다지만 칼 자랑 삼아 사람의 목숨을 파리 죽이듯 한 자로부터 인도주의의 설교를 받아야 한다는 것은 너무나 어이가 없는 처지다.

그렇다고 해서 흥분할 이유는 없다. 그런 부하를 거느리고 수백만 중국인을 죽인 일본군대의 우두머리 오카무라 야스지는 전쟁이 끝나자 장개석 총통으로부터 국빈 대우를 받아 그 만년을 인생에 승리한 장군으로서 호화롭게 살았다. 중일친선을 위한다는 명분의 회를 만들어 그 회장이 되기도 했다. 전기작자는 오카무라를 "인자하고 훌륭한 장군"이라고 찬양하기도 했다. 인자하고 훌륭하다는 것은 어떤 뜻일까. 오카무라의 행적을 귀감으로 하면 인자하고 훌륭한 인간이란 어떤 것인가 하는 데 대한 답안이 나올 수 있을까.

생각이 난 김에 나는 서가를 뒤져 A.G.녹크가 쓴 『전쟁사업』The War Business이란 책을 꺼내본다. 그 책에 있는 통계에 의하면 1935년부터 1945년까지의 십 년 동안 중국인의 전사자는 150만, 전상자는 200만, 일반시민의 사망자와 행방불명자는 그 숫자가 너무나 방대해서 계산이 불가능한데 줄잡아도 1,000만 명의 전쟁희생자를 추정해야 할 것이라고 되어 있다. 이 살육의 규모 가운데는 난징학살사건 같은 무수한 사건이 끼여 있다. 난징사건은 수백 건을 헤아려야 할 참극 가운데의 하나일 뿐이다. 1937년 일본군은 난징경을 점령하자 무고한 시민들에 대해서 약탈·강간·학살·방화를 감행해선 2, 3일 동안에 20만 명을 살해했다. 임어당林語堂은 『폭풍 속의 나뭇잎』이란 책 속에 비분강

개를 담았고 에드거 스노는 『아시아전쟁』이란 책 속에 일본군의 잔학행위를 소상하게 기록하고 있다. 임어당이나 에드거 스노의 기록을 빌릴 필요도 없이 일본인 자신들도 자기들이 저지른 비인도적 행위를 기록하고 있다.

오카무라는 중국 대륙에서 범한 이 모든 죄과에 대해서 적어도 삼분의 일 정도의 책임은 느껴야 할 사람이다. 그런데도 인자하고 훌륭한 인물일 수 있으니 어떤 사람은 똥을 싸도 향료를 생산하는 사람으로 된다는 얘기다.

대륙에서의 만행, 그리고 한반도에서의 만행을 아울러 관찰하면 일본군대의 잔학이 문제가 아니라 그 깊은 뿌리를 국민성에서 찾아야 한다는 인식에 이른다. 그런데 오늘날 우리들은 그러한 일본인, 특히 오니시와 같은 원육군중위로부터 "인도상 도저히 용서할 수 없다"는 힐난을 받게까지 되었다. 그러나 나는 이런 감정으로 해서 오니시를 생각해낸 것은 아니다. 오니시의 칼에 목숨을 잃은 그 청년의 눈과 야무지게 단혀진 그 입에 노정필의 눈과 입을 발견한 때문이다. 눈과 입만이 아니다. 얼굴마저 닮아 보인다. 한 점의 췌육贅肉도 없이 눈과 코와 입, 기타 얼굴의 구조가 그 구조 본래의 윤곽대로 또렷또렷한 점, 여위어서 길다랗게 보이는 얼굴……. 그러고 보니 나는 노정필을 처음 보았을 때부터 29년 전 소주성외에서 낙명한 그 청년을 연상했던 것이다. 그 연상으로 해서 노정필에 대한 나의 관심이 그만큼 집중되었다고도 할 수 있다.

그 중국 청년의 이름이 무엇이었던지 본래 문제도 돼 있지 않았다. 그러니 사망통지 같은 것을 했을 리가 없다. A.G.녹크가 너무나 방대해서 계산을 포기해버린 그 불분명한 숫자의 바다 속에 던져진 채 있는 것이다.

그를 신사군新四軍이라고도 했고 민병의 지도자일 것이라고도 했다. 그러나 아무런 증거도 없고 본인의 해명도 없었고 보니 그 수많은 희생자 가운데의 하나의 생명이었을 뿐이다. 그런데 그 무명의 청년이 보여준 인간의 위신과 용기에 대해선 두고두고 목격자 가운데선 얘깃거리가 되었다. 그는 심한 고문에도 고함 한 번 지르지 않았다고 한다. 묻는 말에 대해서 모른다는 말조차 발성하지 않았다고 한다. 허허한 눈이, 가끔 이상한 광채를 발할 때도 있었으나 그건 고문자를 저주한다기보다 스스로의 내면을 지켜보고 스스로의 정신을 감시하기 위한 눈빛이었다고 한다. 어떤 경우에도 그 다물어진 입이 열린 적이 없었다고 한다. 이 불굴의 투지 앞에 오니시는 기겁을 해서 일본도를 휘둘렀을 것이란 의견을 말하는 사람도 있었다. 그런데 하필이면 내가 왜 그 자리에 입회하게 되었던가. 사소한 우연이라고 할 수밖에 없는 것은 그 사건이 내가 속한 부대의 영내에서 있은 일이긴 해도 우리 부대와는 관련이 없는 부대의 소행이었기 때문이다. 오니시는 우리 부대의 장교가 아니고 그때 마침 우리 부대의 영내에 일시 기류하고 있던 통과부대의 장교였다. 포로도 그들이 데리고 온 포로였고 그 중국 청년도 그들이 데리고 온 포로 가운데의 하나다.

일본군대에 예외가 있을까만 부대에 따라 조금씩 다른 점이 있는 것은 당연한 일이다. 내가 속해 있던 부대는 이른바 인텔리부대라는 찬사인지 멸칭인지 모를 낙인이 찍혀 있는 부대였는데 하사관 가운데는 대학교수도 있었고 소설가도 있었고 연극인도 있었고 만화가도 있었다. 게다가 직접 전투를 하지 않는 수송부대이기 때문에 전투부대와는 다른 분위기를 만들어내고 있었다. 중국 현지에서의 초년병 교육은 본국에서와 마찬가지로 각 부대별로 실시되고 있었는데 그 교육계획 가운데는 생신生身의 포로를 기둥에 묶어놓고 초년병으로 하여금 그 포로를 찔러죽이게 하는 훈련이 공통적으로 끼어 있다. 총검술의 훈련과 아울러 병사근성을 단련한다는 것이 명분이었다. 그런데 내가 속해 있던 부대에서는 사단에서 배급한 중국인 포로를 돌려보내고 그 훈련을 교육계획에서 빼버렸다. 덕분에 우리들은 생신의 중국인을 찔러죽이는 잔학한 행동을 피할 수 있었던 것이다. 외출을 나가 다른 부대에 있는 친구들로부터 그 훈련광경을 들었을 때, 나는 몸을 떨었다. 그리고 그 의도가 어디에 있었든 간에 그런 잔학한 훈련을 피하도록 한 부대의 간부들에게 고마움을 느꼈다. 그랬는데 오니시라는 자가 그 일을 저지를 때 나는 공교롭게도 위병근무를 하고 있었다. 타 부대가 하는 것이라도 영내에서 일어나는 일이었으니 위병이 입회하지 않을 수 없었다. 그래서 내가 차출되는 불운을 당하게 된 것이다. 지금도 그 중국 청년의 눈을 생생하게 눈앞에 그려볼 수가 있다. 그 입을 기억하고도 있다. 잘라 말해서 지옥을 보아버린 눈이고 운명이라고 하는 절대적인 벽 앞에 다물어버린 입이었다.

 그 눈과 입에 노정필의 눈과 입이 닮아 있는 것이다. 지옥을 보아버린 눈, 절대적인 운명의 벽 앞에 다물어버린 입! 나는 노정필을 처음 보았을 때의 광경에 생각을 미쳐본다.

 서대문 교도소 제 삼사가 당시 정치범을 수용하고 있던 옥사다. 상하 팔십여 개의 감방에 삼백여 명의 정치범이 도합 오천여 년의 징역을 안고 유폐되어 있었다. 그때 내가 있던 감방은 74호, 같이 네 사람이 있었는데 이만용은 전직이 경찰국장, 3·15부정선거에 가담했다는 죄목으로 7년의 징역을 선고받고 있었고, 유라는 노인은 용공단체에 가입하고 있었다는 죄목으로 10년 징역을 선고받고 있었고, 김이라는 청년은 유족회의 간부란 죄목으로 5년 징역을 받고 있었다.

 봄인지 가을인지 분명하지 않은 세월 속의 어느 날 우리 감방의 돌쩌귀에 고장이 났다. 감옥에 있어서 감방문의 고장이란 대사건이다. 보고가 있자 즉시 두 사람의 수인 목수가 파견되어 왔다. 감옥 안엔 목공장이 있어 목수의 경험이 있는 기결수나 장기수로서 그 기술을 익히고자 하는 사람이면 그곳에서 일할 수 있게 되어 있다. 목수의 하나는 키가 후리후리하게 크고 다른 하나는 작은 체구이긴 하나 야무지게 생긴 사람이었다. 두 사람 모두 장기수인 모양으로 푸른 수의나 푸른 모자가 체구에 어울려 푸른 상의의 바른편 어깨쯤에 다섯 개의 흰 줄이 그어져 있었다. 이른바 정근표지精勤標識라고 하는데 그것을 다섯 개나 받은 걸 보니 꽤나 감옥력이 길다는 짐작을 할 수가 있었다.

 문을 떼내어 망치질을 하고 있는 그들에게 내가 물었다.

 "꽤 감옥생활이 길었던 모양이죠?"

 "한 십 년 됐소."

 키가 작은 편이 말했다.

 "십 년!"

 하고 놀라며 나는 다시 물었다.

 "얼마나 형기가 남았습니까."

 "한 십 년 남았소."

 역시 키가 작은 편이 말했다. 나는 가슴이 뭉클함을 느꼈다. 십 년을 살고도 또 십 년이 남았다면 이건 예삿일이 아니다 싶었다. 섣불리 말을 걸어선 안 될 사람들이로구나 하는 생각도 들었다. 나는 조심스럽

게 태도와 어조를 꾸미곤 이번엔 키가 큰 편의 말도 들어보고 싶어서 그 편을 향해

"형씨도 그렇습니까."

하고 물었다. 그러나 그 사람은 나를 거들떠보지도 않고 망치질만 했다.

"저 사람도 나와 마찬가지요."

키가 작은 편이 나의 무안을 구했다.

나는 잠깐 망설이다가

"도대체 무슨 일이기에."

하고 중얼거려 보았다.

"6·25 때의 특별조치법 위반이라오."

키가 작은 사람이 아무렇지도 않게 이렇게 말했다.

6·25의 상흔을 보는 느낌이었다. 그러나 어떤 일을 했기에 이십 년이나 징역을 치러야 하는 것일까 하는 의혹이 남았다. 하지만 물어볼 수는 없었다. 그래 나는 이렇게 말해보았다.

"그 동안 고생이 많으셨겠습니다."

"요즘 감옥살이 같으면 지난 징역 도로 물렀으면 싶소."

옛날의 감옥살이가 훨씬 고통스러웠다는 얘기로 들렸다.

이때 이씨가 내 옆구리를 건드리곤 종이쪽지를 살며시 내 무릎 위에 얹어놓았다. 쪽지엔 다음과 같이 적혀 있었다.

"키가 큰 사람이 노정필 씨가 아닌가 물어보시오."

약간 거북한 일이었다. 나는 쪽지를 든 채 키가 큰 사람을 지켜보았다. 우선 그 해맑은 얼굴이 비범해 보였고 깊은 눈빛과 꼭 다물어진 입이 인상적이었다.

'보통 사람은 아닌 것 같다'는 느낌이 들었다.

나는 쪽지에 적힌 사실을 알아낼 기회를 노리면서 이런저런 얘기를 건넨 결과 그 두 사람이 당초 무기징역 선고를 받았는데 민주당 정권 시절, 이십 년으로 감형되었다는 사실을 알았다.

문짝이 고쳐지고 두 사람이 떠나려는 순간을 포착해서 나는 어제 사놓은 드롭스 두 통을 키가 작은 사람의 손에 쥐어주었다. 그 사람은 멈칫하는 태도로 쥐어진 드롭스를 내려다보았다.

"하찮은 겁니다만 받아 두십시오."

하며 나는 쪽지를 내밀고 그 사람의 표정을 살폈다. 그 사람은 나와 키가 큰 사람 쪽을 번갈아보더니

"노정필 씨가 어쨌다는 겁니까."

하고 되물었다. 순간 키 큰 사람의 눈이 정면으로 나를 쏘았다. 그러나 무표정한 눈빛이었다. 나는 얼굴을 숙이고 말았다. 두 사람은 연장을 챙겨들고 떠났다. 고쳐진 감방의 문이 육중하게 닫혔다.

"노정필 씨가 여기 있구나."

이씨가 크게 한숨을 쉬었다.

"그 사람을 압니까?"

내가 되물었다. 이씨는

"이 선생은 그 사람을 모르오? 이름도 들은 적이 없소?"

하며 내가 그 사람을 모른다는 사실이 의아하다는 듯 중얼거렸다.

"H군의 노부자 큰아들 아닙니까."

전직 경찰국장 이씨는 내 고향의 이웃 군의 출신이며 중학교 6년 선배고 고향의 경찰서장을 지낸 적도 있어 나와는 옛날부터 아는 사이였

고 우리 집안의 일도 잘 알고 있는 터라 우리 집안과 세위가 있어 보일 듯한 H군의 노부자 아들을 내가 모른다는 것이 이상했던 모양이었다.

H군의 노부자라면 나도 잘 알고 있다. 그 집안사람 가운덴 나의 친구도 있다. 나는 선뜻 노상필이란 이름을 연상했다. 중학교 시절 나보다 2년 선배인 노상필이 혹시 노정필과 무슨 관련이 있지 않을까 하는 생각도 들었다.

"노상필이란 사람을 혹시 아십니까."

하고 이씨에게 물었다.

"노상필인 모르겠는데, 지금 뭣하는 사람인데."

"모르겠어요. 그런 선배가 있었는데 학교를 나온 후는 전연······."

이어 나는 노정필에 관한 이야기를 이씨에게 물었다. 이씨는 뭔가 내키지 않는 그러나 말하지 않곤 석연할 수 없다는 그런 심정인 것 같았다.

다음은 그날 밤 전직 경찰국장 이씨가 한 이야기다.

이씨의 아버지는 일정 때 서부 경남의 부호 하 진사河進士의 소작자인 동시에 S군 T면에 있는 하 진사의 토지를 관리하는 마름이었다. 그런 관계로 해서 이씨는 중학시절 C시에 있는 하 진사의 집에 기식하고 학교에 다닐 수가 있었다.

하 진사 댁엔 이씨와 같은 나이 또래의 딸이 있었다. 여고보여자고등보통학교에 다니고 있었는데 부호의 딸이란 후광의 탓도 있었겠지만 재색을 겸비한 처녀로서 이름이 높았다. 이씨는 영신이란 이름을 가진 그 처녀를 짝사랑하게 되었다. 마음의 탓인지 그 처녀는 이씨에게 호의를 가지고 있는 것 같았다. 어느 날 학교에서 돌아와 행랑채 끝에서 발을 썼고 있던 이씨는 영신이 하녀를 나무라고 있는 소리를 들었다. 하녀가 이씨의 밥상을 들고 나오는 것을 뜰 가운데서 보고, 그 밥상이 너무나 허술하다고 해서 꾸짖고 있는 것이다.

"학생의 밥상을 함부로 그렇게 차리면 되느냐. 아버지나 우리의 상을 차리는 것과 꼭같은 정성을 들여야 한다."

하녀는 밥상을 도로 들고 들어가는 것 같았다. 그때부터 이씨의 밥상은 현저하게 달라졌다. 이씨가 3학년 때의 일이다. 이씨는 그런 일이 있고부터 더욱 열렬하게 짝사랑을 가꾸었다. 그러나 그 뜻을 전달할 방도는 없었다. 빨리 훌륭한 사람이 되어 버젓이 구혼할 수 있는 입장이 되었으면 했지만 사람은 콩나물처럼 빨리 클 수는 없는 것이었다. 이씨가 5학년이 되던 해 영신이 여고보의 4년 과정을 졸업하게 되면서 곧 결혼하게 되었다. 이씨는 하늘이 무너지는 것 같았다. 신랑은 H군의 노부자의 아들 노정필이라고 했다. 부호의 아들과 부호의 딸의 결합이니 있음직한 일이었다. 이씨는 그 결혼이 이루어지지 않기를 바랐지만 앉은뱅이 용을 쓰는 격이었지 가난한 소작인의 아들인 주제로선 뾰족한 수를 생각해낼 도리도 없었다. 가을철에 결혼식이 있었다. 그러나 그땐 이씨도 노정필의 얼굴을 볼 수 있었다. 겨울방학이 가까이 왔을 무렵 신랑 노정필이 처갓집에 며칠 묵었다. 밤엔 안채에서 자고 낮엔 가운데 사랑에서 지냈는데 그날 오후 노정필이 행랑채 마루 끝에 앉아 햇볕을 쬐고 있었다. 당시의 대학생엔 더러 엉터리가 있었다. 이씨는 노정필이 부잣집 아들로 그저 건성으로 도쿄의 사립대학에 올려놓고 놀 유遊자 유학을 하는 건달이겠지 하고, 골려줄 생각으로 어려운 수학문제를 내놓으며 풀어달라고 했다. 노정필은 동년배의 청년이 가르쳐달라는 바람에 수줍은 표정을 지었으나 요령 있는 말로 간단하게 그리고 알기 쉽게 그 문제를 풀어주었다. 이씨는 이어 영어의 부독본을 꺼내어 학교의 영어선생이 쩔쩔매던 문장을 골라 다시 가르침을 청했다. 노정필은 그것도 수월하게 해석해주었다. 이씨는 이건 진짜 대학생이라고 느끼고 지금까지 가슴속에 품어오던 묘한 대항심 같은 것을 포기하지 않을 수 없었다.

이듬해 이씨는 중학교를 졸업하자 순사시험을 치르고 경찰관이 되었다. 일본의 순사가 된다는 건 좀 뭣했지만 상급학교에 갈 수 없는 가난한 소작인의 아들이 기를 펴고 살려면 그 길밖엔 없다고 생각한 것이다. 어언 십 년의 세월이 흘렀다. 나라는 해방이 되었다. 그 무렵 이씨는 C시의 경찰서장이 되었다. C시는 전쟁통에 폐허가 되었다. 폐허가 된 C시로 다시 돌아와서 지리산에 있는 빨치산을 토벌하는 작전을 돕는 한편 공산분자와 부역자들을 검거하는 작업에 착수했다. 그러한 어느 날 아침, 이 서장은 어떤 중년 부인의 방문을 받았다. 방문을 받은 것이 아니라 출근하려고 관사를 나서는데 바깥문 밖에 기다리고 서 있는 어느 부인을 보았다. 그 부인은 하영신, 노정필 씨의 부인이었다. 이씨는 황급히 자동차에서 내려 부인 앞으로 가서 어떻게 된 일이냐고 물었다. 부인은 자기 남편이 부역자로서 경찰에 붙들려갔다면서 어떻게든 선처해달라고 눈물로 글썽이며 호소했다. 이씨는 경찰서의 자기 방에 들어서기가 바쁘게 관계 형사를 불러 노정필에 관한 일을 물었다.

노정필은 인민군이 점령하고 있는 동안 H군의 인민위원장을 하고 있었다.

"만석꾼 자식에 만석꾼 사위가 어렵게도 되었군."

이씨는 괘씸한 생각도 들었지만 만석꾼의 딸로서 꽃처럼 아름다웠던 하영신의 초라한 모습을 생각하니 그저 방치해버릴 수도 없었다.

"그 사람 만석꾼의 아들인데 어디 본심으로 그런 짓을 했겠나. 뒤집어씌워진 거겠지. 좋게 되도록 해봐!"

이 서장이 이렇게 말하자 담당 형사는

"아닙니다. 이 사람은 일제 때부터 사상운동을 한 사람이고 해방 직후에도 인민위원장을 한 사람입니다. 그 후 어디엔가 종적을 감추었다가 나타난 사람인데 결코 피동적이 아니라 능동적으로 빨갱이들과 협력한 사람입니다."

하고 만만찮은 반응을 보였다.

"그러나 본인이 개과천선하겠다고 하면 선도하는 것이 좋지 않겠나. 그다지 악질적인 사람은 아닐 테니 말이다."

이 서장이 이렇게 말해도

"만일 그 사람을 놓아준다면 지금 유치장에 잡아가둬 둔 놈들 전부를 풀어줘야 합니다."

하고 형사는 강경했다.

설혹 풀어준다고 해도 당장에 할 수 있는 일은 아니어서 차차 연구해 보도록 하고 형사를 돌려보냈다. 그리고 이어 갖가지의 방법을 써보았지만 노정필은 개과천선의 태도를 보이지 않았다. 부서장격인 경무계장을 시켜 타일러보았으나 H군에서 일어난 사건의 책임은 전부 자기에게 있다면서 변명은커녕 되레 단호한 태도로 나왔다. 그러한 태도마저 용인하고 범인을 석방한다는 건 일선 경찰서장의 직권을 넘는 일이었다. 이씨는 노정필에게 대한 관심을 포기하고 말았다. 그리고 그 후 바쁜 직무에 휘몰려 동분서주하다가 보니 그 이름조차 까마득히 잊었다. 그랬는데 그 노정필을 십 년이 지난 후 서대문 교도소에서 보게 된 것이다.

그 후 이씨는
"사람의 운명이란 이상도 하지. 빨갱이들이 말하는 성분대로라면 나는 빨갱이가 되어야 할 사람이고 그 사람이 내 입장에 서야 할 건데……."
하는 말을 가끔 중얼거렸다.
"그러고 보니 그 사람은 철저한 사상가였던 모양이죠."
어느 날 나는 이렇게 물었다.
"글쎄, 사람의 사상을 알 수야 있소. 어떻게 하다가 보니 빼지도 박지도 못할 형편이 되어버린 게 아닐까."
이씨의 말이었다.
나는 가끔 이씨를 골려줄 때도 있었다.
"원, 부정선거는 왜 했소, 표 도둑질을 하면서 어떻게 도둑놈을 잡는단 말요."
"나라를 위해선 표 도둑질 아니라 그보다 더한 것도 해야 하니까."
이씨는 늠름했다.
"우리나라는 민주주의 국가 아뇨. 그런데 민주주의를 짓밟아놓고 무슨 나라를 위한단 말요."
"나는 이 박사를 위하는 길이 나라를 위하는 길이라고 생각했소. 이 박사만한 애국자가 어디에 있겠소. 이 박사 말고는 전부 사리사욕에 날뛰는 정객들뿐 아뇨. 막연한 민주주의 하려다가 그런 사기꾼 비슷한 놈들에게 정권이나 주어 보소, 나라가 어떻게 되는가."
이씨는 이런 말을 정색하고 했다. 나는 멋쩍게 웃었다.

"소중한 건 민주주의요. 민주주의적으로 해나가면 하나하나 해결이 되는 겁니다. 그 해결이 틀렸으면 다시 민주주의적으로 고쳐나갈 수도 있구요. 민주주의적인 방식을 버린 어떤 행동도 설혹 그것이 현명한 성인의 결단이라고 해도 문제의 해결이 되는 것이 아니라 문제의 시작이 될 뿐이오. 바보스럽더라도 다수의 의견을 합친 것은 그때그때 해결이 되지만 비록 현명한 결단이라도 대중의 의사를 거역한 건 장래의 폭발을 준비하는 불씨가 될 뿐이오. 그런 까닭에 민주주의를 소중히 해야 된다는 것이고 선거에 있어서의 표를 존중해야 된다는 말입니다."

내가 이렇게 말했을 때는 이씨가 멋쩍게 웃었다.

"어쨌든 그 구름잡는 얘기 같은 민주주의 허구 이 박사를 바꿀 수 없었으니까."

나는 다시 민주주의 이론을 원용해서 공격하면 이씨는

"이 선생이 말하는 그런 것을 죄다 생각하고 경찰관 노릇을 어떻게 해먹겠소. 나는 사상가도 아니고 공격자도 아니고 경찰관이었을 뿐이오."

하며 토론을 종결하자고 했다.

이런 말을 해서 격에 맞을 만큼 이씨는 엄격한 경찰관이기도 했다. C시의 경찰서장으로 있을 때의 일이다. 이씨의 동생이 경찰양성소를 졸업하고 C시의 경찰서로 보직되어 왔다. 그 인사를 하러 서장실에 들어가서 형인 서장의 책상 앞에 비스듬히 서며 "형님 저도 이 경찰서에 근무하게 되었습니다." 했다. 그랬더니 이 서장은 벨을 울려 경무계장을 부르곤 자기 동생을 가리키며 "아직 이 순경은 상관에게 신고할 줄도 모르는 놈이다. 정문의 보초로 석 달 동안 세워 재훈련시키도록 하라"고 고함을 질렀다는 일화가 있다.

그런가 하면 이씨는 유머의 폭이 있는 사람이기도 했다. 6·25 당시 C시엔 야간통행금지가 엄했다. 술 마시기를 좋아하고 놀기 좋아한 우리들은 번번이 시간을 어겨 경찰에 끌려가곤 했다. 그때마다 일행 중의 한 사람이 야간근무를 하고 있는 서장실에 빠져들어가서 구원을 청하면 그는 똥을 찍어 먹은 곰처럼 얼굴을 찌푸리고 우리가 억류되어 있는 방으로 와선 관계 경찰관을 보고 고함을 질렀다.

"저기 있는 무리들은 사람이 아니다. 토끼나 노루와 다름없는 동물이다. 야간 통행금지는 사람에게 대한 금지다. 저 동물들은 풀어줘라."

개나 돼지나 다름없는 동물이라고 할 수도 있었을 것을 토끼나 노루를 들먹여 대신했다는 점에 당시의 우리들은 철이 없었으면서도 이 서장의 인간을 보았던 것이다.

감방에서의 이씨는 이와 같은 옛날 얘기에 꽃을 피우다가도 돌연 침울한 표정으로 돌아가버리곤 했다. 이럴 때였다. 어느 날 이씨가 내 귀에 대고 속삭이듯 말했다.

"아무리 생각해도 살아 밖으로 나갈 수 있을 것 같지 않소."

뭔가 예감이 스스로의 운명을 암시하는 모양인가 보았다. 이씨는 우리와 석 달쯤 같이 지내다가 다른 방으로 전방하더니 거기서 두 달을 넘기지 못하고 옥사하고 말았다.

만석꾼의 아들 노정필은 이십 년의 감옥살이를 견디어냈는데 소작인의 아들 이씨는 이 년의 옥살이도 이겨내지 못했다는 이야기가 된다.

옥사는 감옥 수인들의 말을 빌리면 "뒷문으로 나간다"로 된다.

뒷문으로 나가는 것은 집행당한 사형수의 경우도 마찬가지다. 살아 제 발로 걸어 들어왔다가 죽어 관 속에 담겨 나가야 하는 운명엔 어떤 위로도 거절하는 처절함이 있다. 나는 부득이 또 하나의 옥사를 회상하지 않을 수 없다.

내가 서대문에 들어갔을 때는 삼복더위가 한창인 계절이었다. 지정된 방은 53호 감방이었다. 시키는 대로 녹슨 놋그릇을 들고 감방 안으로 들어갔더니 거긴 삼베 고의적삼을 깔끔하게 입은 선비가 하나 앉아 있었다. 어느 모로 보나 갓을 씌웠으면 어울릴 이조의 선비풍을 닮은 사람이었다. 수인사가 있었다. 그 선비는 대구 근교 반야월이라는 곳에서 과수원을 경영하고 있다고 했고, 이름을 두응규杜應圭라고 했다. 어떤 정당에 가담한 적이 있었으나 반년 전에 탈당했는데 붙들린 이유는 그 정당과 관련된 일이라고 하면서 조사가 끝나기만 하면 간단히 풀려나갈 것이란 퍽 낙천적인 태도를 보였다.

이어 다음 다음으로 사람이 들어와 네 사람이 정원인 듯한 방에 일곱 사람이 붐비게 되었는데 두응규 씨는 언제나 낙천적인 태도와 말로써 동방의 친구들을 위로하기에 바빴다. 그는 일제 때 대구농림학교를 졸업했다고 하는데 농업에 관한 지식 이상으로 영화배우에 관한 지식이 풍부했다. 한동안을 일본에서 머무른 적이 있는 나 이상으로 일제 때 날린 영화배우에 대해서 소상한 지식을 가지고 있었다. 그만큼 단순한 호인이기도 했다.

제일 먼저 알게 되었다는 인연으로 해서 나와 그는 가장 친하게 지냈다.

매일 밤 담요를 같이 깔고 나란히 누워 피차의 과거지사를 샅샅이 얘기한 탓도 있어 넉 달을 같이 있는 동안에 백년의 지기처럼 되었다. 감옥에서 풀려나가면 나는 그의 과수원을 찾고 그는 나의 집을 찾아 형제처럼 지내자는 말도 오갔다. 그러는 동안 나는 가끔 나가서 검사의 심문을 받곤 했는데 그에게는 일절 출정出廷하라는 통지가 없었다.

그 이유를 그는

"검사가 내게 물어볼 건덕지가 있어야지."

하고 풀이하고 있었다.

그해의 11월 초에 나는 기소통지를 받았다. 그는 자기 일처럼 나의 비운을 서러워하고 도리어 내가 그를 위로해야 할 정도로 내 일을 걱정했다. 그리고는 입버릇처럼 말했다.

"그러나 이형, 걱정하지 맙시다. 재판을 하면 무죄가 될 테니까요."

그리고 12월, 기소되지 않은 사람은 전원 석방해야 하는 시한의 날이 닥쳐왔다. 두웅규 씨는 그때까지 기소되어 있지 않았다. 한번도 조사를 받지 않았는데 기소될 까닭도 없었다.

그날 밤, 창가에 눈이 훨훨 날리고 있었다. 복도에서 소리가 있었다. 이름을 불린 사람은 각기 소유물을 싸가지고 대기하라는 것이었다. 두웅규 씨는 자기의 물건을 싸기 시작하면서 역시 눈물을 흘렸다. 나를 두고 나가게 되었으니 마음이 아프다는 심정이었던 것이다.

차례대로 이름이 불리었다. 그러나 두웅규 씨의 이름은 하마나 하마나 하고 기다려도 부르지 않았다. 부르는 소리가 끝났다. 계속되려니 했지만 그것이 마지막이었다. 53호 감방에서 불리지 않은 사람은 이미 기소가 되어 있는 나와, 전라도 순창의 임씨 그리고 두웅규 씨 세 사람이었다.

감방문을 여는 소리가 차례대로 들렸다. 이제 막 불린 사람은 밖으로 나와 복도에 앉으라는 것이다.

나는 두웅규 씨의 얼굴을 볼 수가 없었다. 인원 점검을 하고 있는 간수를 보고 혹시 빠진 사람이 없는가 하고 챙겨봐 달라고 부탁했다. 간수는 서류를 자세히 검토하고 복도에 늘어앉은 인원수를 헤아려보더니 틀림없다고 했다.

"기소되지 않은 사람이 불리지 않았는데 어찌된 셈일까요?"

했더니 간수는 "그런 사람에겐 내일 아침에라도 기소통지가 오겠지요."

하고 퉁명스럽게 말하고 지나가버렸다. 나는 다시 한 번 두응규란 이름을 찾아봐달라고 했으나 되돌아보지도 않았다. 일곱이 붐비던 방에 세 사람이 남고 보니 처량했다. 풀린 사람들은 함박눈을 밟으며 집으로 돌아갈 것이었다. 훈훈한 방, 활짝 핀 가족의 얼굴, 밝은 전등불이 그들을 맞이해줄 것이었다.

창밖에 눈은 여전히 내리고 있었다.

"술이라도 있었으면 한잔하고 싶은 꼭 그런 기분이네요."

전라도의 임씨가 또박 한마디 했다.

"두형, 두형의 사건은 하두 대수롭지 아니한 게 돼놔서 잊어버린 것 같소. 내일 내 변호사에게 연락해서 알아보도록 할 것이니 걱정 말고 술은 못 마시더라도 술얘기나 합시다."

하며 나는 보퉁이를 끄르려는 두응규 씨를 말렸다.

"싼 건 그대로 두고 담요나 내놓으시오."

"참말로 이 사람들이 나를 잊어버린 건가."

"하두 대수롭지 않은 사건이니 잊기도 하겠지."

두응규 씨의 얼굴에 조금 화색이 돌아났다.

그러나 검찰이 잊은 것이 아니었다.

그 이튿날 아침 두응규 씨에게 사정없이 들이닥친 것은 기소통지였다. 감방에 있으면서 듣는 얘기는 모두들 자기의 형을 가볍게 또는 무죄의 방향으로 꾸민 것이 대부분이다. 그러나 두응규 씨의 사건은 어떤 가혹한 척도로 다뤄도 죄가 되기는커녕 기소될 건덕지가 없는 것이었다. 일시나마 미결수로서 감방에서 살아야 한다는 것 자체가 이상스러울 정도였다.

천진하기 소녀 같은 두응규 씨는 그날부터 침울한 사람으로 변했다. 언제나 웃음기를 품고 있던 눈이 난처한 일을 당한 소년의 눈처럼 당황하는 눈빛이 되었다. 나는 그를 위로하기 위해 안간힘을 썼다. 전화위복할 수 있다는 인생을 설명하기 위해 별의별 얘기를 끌어대고 심지어는 얘기를 꾸미기조차 했다. 난세에 있을 곳은 감옥이 제일이란 말도 했다. 황제로서의 자각을 일깨워 보려고도 했다. 동서고금의 소화笑話를 기억 속에서 파내선 그를 웃기려고도 했다. 싱거운 음담패설도 서슴지 않았다. 대체로 나의 노력은 성공한 셈이 되었다. 두응규 씨는 가끔 다니엘 다류며 코리느 뤼시엘의 이름을 들먹이게 되었고 그레타 가르보와 디트리히가 지금 어디에 있을까 하는 궁금증을 털어놓기도 했다. 그럼 나는 신이 나서

"두형, 됐소. 황제는 그런 걱정만을 해야 하는 거요. 치사스런 세속의 일은 속인들에게 맡겨버리고 우린 세계의 미녀 이야기나 합시다."

하고 조르주 상드, 사라 베르나르, 이사도라 덩컨의 정사情史를 펼쳐 보이곤 했다.

그리고 한 달쯤 지났을까, 내게 돌연 전방명령이 내렸다. 53호 감방에서 59호 감방으로 옮기게 되었다. 말하자면 53호부터 여섯 개 저편의 방으로 옮기는 것인데 감옥 속의 규칙을 샅샅이 알 수는 없지만 어떻게 해서 하필이면 그런 시기에 나 혼자만 전방을 하게 되었는지를 아직껏 알 수가 없다. 나는 그 전방으로 인해 생살이 찢어지는 것 같은 아픔을 느꼈다. 두응규 씨도 꼭같은 감정이었다는 것을 안다. 내 보따

리를 싸면서 그의 손은 쉴 새 없이 떨었다. "이 일을 어떡하지? 이 일을 어떡하지?" 내 얼굴을 보지도 못하고 자기가 먹던 약까지를 집어넣으면서 실신한 사람처럼 중얼거리고 있는 그 모습을 나도 차마 볼 수가 없었다.

여섯 개의 방을 격했다고 하지만 감옥에서는 그것이 천리 길에 해당되는 거리다. 나는 소제하는 사람을 통해 간신히 그의 안부를 전해 들을 수가 있었지만 "잘 있습니다." 하는 말 이외 구체적인 사실을 알 길이 없었다. 그러는 동안 나의 공판은 진행되어 검사로부터 15년의 구형을 받았다. 나는 이 사실이 두응규 씨에게 알려질까 겁냈다. 구형을 받고 돌아온 날 저녁 나는 소제부를 통해 "공판은 유리하게 진행되고 있다"고만 전했는데 두응규 씨로부터는 자기의 판결일이 결정되었다는 소식을 전해왔다. 1962년 1월 17일이란 일자였다. 나는 그날을 두응규 씨가 감옥에서 풀려나는 날이라고 믿고 의심하지 않았다. 어떤 착오로 기소하긴 했지만 유죄판결을 내릴 건덕지가 아무리 주책없는 재판이라고 치더라도 있을 까닭이 없다는 것을 나는 알고 있었기 때문이다.

1월 16일이 되었다. 내일이면 두응규 씨가 나가게 되겠구나 하는 마음으로 무슨 연락방법을 생각하고 있는데 돌연 식구통문이 열리더니 소제부의 겁에 질린 듯한 얼굴과 함께 "두응규 씨가 죽어갑니다." 하는 소리를 남기곤 다시 식구통 문을 찰싹하고 닫아버렸다. 나는 얼빠진 사람처럼 멍청해 있다가 조금 후에야 그 말뜻을 알고 요란하게 패통을 쳐서 간수를 불렀다. 느릿느릿한 걸음이 감방 앞에 와 멎더니 시찰구가 열리고 간수의 눈이 나타났다.

"53감방에서 두응규 씨가 죽어가는 모양인데 나를 그 방으로 좀 데려다주시오."

애원하듯 이렇게 말했으나 간수의 대답은 냉정했다.

"상사의 명령 없이 그럴 수는 없소."

"그럼 그 명령을 좀 받아주었으면."

"교대할 사람이 없어서 안 됩니다."

시찰구는 무자비하게 닫히고 간수의 발소리는 멀어져 갔다.

두응규 씨는 의무실로 옮겨지는 도중에 숨을 거두었다고 한다. 그런데 그 이튿날 있은 판결은 두응규 씨는 물론 그 관계자 전원에게 무죄를 선고하고 있었다. 만일 내가 전방만 하지 않았더라도 씨알머리 없는 잡담으로나마 그의 팽팽해진 신경을 어루만져 파열하지 않도록 방지했을지 모를 일이었다. 하두 어처구니없이 되어나간 일을 겪은 나머지 두응규 씨는 내일로 다가온 판결공판에 지레 겁을 먹었을 것이 분명했기 때문이다. 두응규 씨는 낙천적인 한편 그처럼 소심한 사람이었다. 반야월의 과수원을 에덴동산처럼 꾸미겠다는 그의 꿈도 그의 죽음과 함께 사라졌다.

두응규 씨의 얼굴에 조용수의 얼굴이 겹친다. 면회하러 온 사람이 있다기에 대기실에 들어갔더니 수많은 사람 가운데 조용수만 수갑을 차고 앉아 있었다. 사형의 언도를 받은 사람은 감옥 안에서도 수갑을 차고 지내야 하는 것이다. 조용수는 나를 보자 놀란 빛으로 "선생님도 이곳에 와 있었습니까." 하고 중얼거렸다. 조용수는 고등학교 당시 내가 가르친 제자다. 일본에서 자금을 만들어 신문사를 경영하고 있었는데 그 자금의 출처에 말썽이 붙어 극형을 받는 처지가 되었다. 나는 뭐라고 말할 수가 없었다. 입이 떨어지지 않는 것이었다. 조용수는 "선생님 마음 단단히 가지시고 몸조심하시오." 하는 말을 남겨놓고 면회장으로 나갔다. 그래도 나는 한마디 말을 못했다. 사형을 받은 제자로부터 15년의 구형을 받은 사람이 도리어 위로의 말을 듣고 이른바 은사라는 입장의 인간이 떳떳한 말 한마디 못 했다는 것이 슬픈 일이다. 나는 조용수의 눈물이 얼어붙은 듯한 눈을 잊지 못한다. 준수한 얼굴을 물들인 그 깊은 우수를 잊지 못한다. 설혹 어떤 죄를 지었기로서니 그 청춘, 그 얼굴, 그 눈빛으로선 사형을 당할 수 없는 인물이었던 것인데……. 나는 그날로부터 불과 수일 후 그의 사형집행이 있었다는 소리를 듣고 통곡을 했다. 그때의 감정을 나는 다음과 같이 적었다.

"……엄지손가락만한 쇠창살이 10센티미터 가량의 간격을 두고 세로 일곱 줄 박혀 있는 넓이의 창이 창살을 30센티미터의 폭으로 석 줄의 쇠창살이 가로질러 있다. 그 쇠창살 안으로 각각 여섯 칸의 사각형으로 나눠진 유리 창문 두 짝이 미닫이식으로 달려 있다. 이렇게 가로세로 꽂힌 쇠창살에 열두 칸의 유리창이 겹쳐 누워서 보면 어린이가 서툴게 그려놓은 그래프 바닥처럼 보인다. 이 그래프에 좌표처럼 해가 걸리고 달이 걸리고 별이 걸린다. 생각하니 나는 해를 가두고 달을 가두고 별을 가두어놓고 살아 있는 셈이다. 얼마나 오만한 황제냐. 내가 갇혀 있는 것이 아니라 태양과 달과 별을 내가 가두어놓고 있는 것이니 말이다. 그런데 하늘을 금 지어놓고 태양과 달과 별을 가두어놓은 창 앞에서 발돋움을 하면 막바로 사형장의 입구가 보인다. 두터운 담장의 일부에 거기만 푸르게 페인트칠한 문, 두 사람이 한꺼번에 들어갈 수는 없을 정도로 좁고, 키 작은 사람이라도 난장이가 아니면 꾸부리지 않고는 들어갈 수 없을 정도로 낮은 문이다. 문! 대통령이 관저로 들어가는 문, 유적流謫의 황제가 유랑의 길에 오르기 위해 나서는 문, 어린 학생이 란도셀을 메고 학교로 들어가는 문, 술과 미희가 기다리고 있는 요정으로 들어서는 문, 쇠사슬에 묶여 들어가는 감옥의 문, 시체가 되어 거적때기를 쓰고 나가야 하는 감옥의 뒷문! 사람의 생활이란 따지고 보면 문을 드나드는 행동에 불과하다. 인류는 살아오는 과정에서 무수한 문을 세웠다. 앞으로 살아가는 과정에서 역시 무수한 문을 세울 것이다. 문 가운데 문을 세우고 또 그문 속에 문을 세우는 문, 인생의 수를 무한하게 적분한 만큼의 수의 문을 드나들며 무수한 다른 문은 다 젖혀놓고 인생은 왜 하필이면 저 문으로 들어가야 하는가!

어제 조용수가 사형집행을 당했다는 소식이 흘러들었다. 시간을 알아보니 내가 한창 식사를 하고 있던 무렵이었다. 불과 일백 미터도 떨어져 있지 않은 곳에서 옛날의 내 제자를 도살하는 작업이 진행되고 있었는데 나는 보리밥덩이를 분주히 입속에 집어넣어 내 속의 돼지를 먹이고 있었던 것이다. 제자가 사형을 당했다고 해서 내가 밥을 먹지 말아야 할 까닭은 없다. 죽는 자로 하여금 죽게 하라! 죽을 만한 짓을 했기에 죽음을 당하는 거겠지……. 그런 운명이었기에 죽어간 것이겠지……. 어젠 청명한 날씨였다. 나뭇가지에 미풍이 산들거리고 새는 흥겹게 재잘거렸다. 이러한 날, 그 드높은 하늘 아래 그 밀실에서 법률의 이름을 빌려 사람이 사람을 교살하는 작업이 진행되고 있었던 것이다.

사형이 뭣 때문에 필요한가를 생각해본다. 사형이 필요하다는 논의만을 가지고라도 능히 하나의 도서관을 이룰 수 있는 부피가 될 게다. 동시에 그만한 부피의, 사형이란 있을 수 없다는 논의도 가능할 것이 아닌가. 어떠한 경우라도 사람이 사람을 죽여선 안 된다면 설혹 신의 이름, 법률의 이름으로써도 사람을 죽일 순 없는 것이 아닌가. 이것을 한갓 감상론이라고 할지 모르나 사형에 관한 문제는 이미 이론의 문제를 넘어 신념의 문제인 것이다. 어떤 사람은 사형을 폐지하려면 이러이러한 조건의 충족이 선행되어 있어야 한다고 말한다. 그러나 인간만사에 있어서 모든 조건의 충족을 기다려 이루어지는 일이란 드물다. 웬만한 조건으로서 타협하는 것이 인생이다. 그러니 우선 사형부터 없애놓고 그러한 조건이 충족되게끔 계속해서 노력할 수도 있을 것이 아닌가. 베카리아 이래 많은 사형폐지론이 나왔다. 그 골자는 사형이 궁극에 있어서 범죄예방을 위해 효과적이 못 된다는 것이고 회복 불가능한 것이고 속죄의 길을 막는 것이며 혹 오판이라도 있었을 경우 상환 불능한 것으로 그저 보복의 뜻만 강한 형벌이란 것이다. 그리고 사회의 질서를 위해서 사람이 사람을 율律하지 않을 수 없으되 인간이 인간의 생명을 빼앗는 정도까지 율한다는 건 인간의 권능을 넘는 월권행위가 아닐까. 하지만 이러한 논의가 얼마나 무력한 것인지 나는 잘 알고 있다. 사형폐지의 문제는 이론의 문제가 아니고 신념의 문제라고 하는 이유가 여기에 있다.

어떤 흉악범이 "나는 죽어도 내가 지은 죄는 남는다"고 말했다. 진정 그렇다. 그 범인은 죽어 없어지더라도 그 범인이 범한 죄는 남아 있다. 죄는 미워하되 사람을 미워해선 안 된다는 말이 있다. 이럴 때 미워해야 할 죄를 남겨놓고 미워해선 안 될 사람만 없앤다고 해서야 말이 안 된다. 두고두고 죄인이 스스로 범한 죄를 속죄할 수 있도록 생명을 허용해주는 것이 옳지 않을까. 꼭 그렇게 안 되겠다면 흉악범 이외의 죄인에 대해선 사형을 적용하지 않는 배려만이라도 할 수가 없을까. 그것도 안 된다면 그 죄인에게 부모가 생존해 있을 경우엔 그 죄인의 사형집행을 부모님이 돌아가시고 난 연후로 연기하는 배려라도 있을 수 없을까.

　교수대의 삼줄은 단말마의 고통을 겪은 사형수들의 목에서 분비된 기름으로 해서 반들반들 윤택이 나 있다고 한다. 반들반들 윤택이 나 있는 교수대의 삼줄을 상상해본다. 무수한 생명을 묶어 없앤 그 삼줄을 만든 삼은 넓은 하늘 밑, 넓은 들판에서 무럭무럭 자랐다. 4, 5월의 태양을 흠뻑 받고 농부들의 정성으로 해서 자랐다. 시골의 아낙네, 청순한 소녀들이 이빨로써 그 삼을 벗기고 하얀 포동포동한 살결의 무릎 위에서 꼬아 만들어진 삼줄이 교수대 위의 흉기로써 걸리게 된 것이 아닌가……. 아무리 법률이 잘 정비되어 있고 신중하게 재판이 진행되었다고 해도 판결은 언제나 오판의 부분을 포함하고 있는 것이다. 똑같아 보이는 천의 사건, 만의 사건은 사람의 경험과 환경과 성품을 고려에 넣을 때 천 가지로 만 가지로 다른 사건으로 나타난다. 그것을 불과 얼마 안 되는 경화된 법조문으로 다루려고 하면 법관의 양심문제는 고사하고 필연적으로 오판의 부분이 생겨나지 않을 수가 없다. 최선을 다해도 오판의 부분이 남는다는 법관의 고민이 진지하다면 극단의 형만은 삼가야 할 것이 아닌가. 작년만 해도 이 감옥에서 처형된 사형수의 수가 57명이나 된다고 한다. 57명의 생명이 그 문으로 들어간 것이다 …… 조용수는 그 문으로 걸어들어가며 무엇을 생각했을까. 아아, 나는 이 감옥에서 나가는 날부터 사형폐지운동을 해야 하겠다. 꽃피는 아침에 눈을 비비며 일어나 엄마를 부르던 아이가 커서 옥중에 앉아 사형을 기다리다가 드디어 저 문 속으로 사라졌다."

　고요히 깊어가는 밤, 나는 담배를 피워 물고 귀를 기울인다. 그 고요를 가득 채워 사자들의 소리가 들려온다. 반세기를 살아오는 동안 나는 무수한 죽음을 겪었다. 병사나 횡사를 막론하고 억울하지 않은 죽음이란 없었다. 죽음이란 모두가 억울한 것이다. 사랑하는 사람, 존경하는 사람의 죽음을 참고 견디는 것은 나도 한 번은 죽을 것이란 그 체념으로 인해서다. 죽음엔 조금 빠르고 조금 늦다는 것이 있을 뿐이다. 그런데 그 조금 빠르고 조금 늦다는 건 시간의 대해에서 보면 순간에 불과하다. 지금 내 곁에 한 장의 엽서가 있다. 내가 가장 존경하고 사랑한 박기영 군으로부터 온 편지다.

'건강이 제일이다. 건강 이외의 것은 물거품에 지나지 않는다. 건필을 빈다. 일주일 후 자네를 찾을 것이다.'

후두암의 재발로 병상에 누운 채 쓴 편지다. 그 편지를 받고 사흘이 지났을 때 나는 그의 부보訃報를 들었다. 부보를 듣고 인천에 있는 인하대학의 사택으로 달려갔더니 그는 고이 눈을 감고 그가 그처럼 신앙하던 천주의 품 안에서 깊은 잠에 들고 있었다. 그날 아침 신문을 달라기에 신문을 주었더니 누운 채 신문을 펼치려다가 "신문을 들 힘도 없구나." 하는 말과 동시에 신문을 떨어뜨리곤 운명했다고 한다. 나는 밖으로 나와 뜰 가득히 지어놓은 새장을 보고 그 텅텅 빈 새장의 한 곳에 이마를 대고 소리없는 눈물을 흘렸다. 그가 살았으면 그 새장엔 구관조와 앵무새들이 주인의 능숙한 영어와 프랑스어를 배워선 백인여성들의 사교계처럼 화려하게 떠들썩했을 것이었다. 그는 50세를 못 다 채운 나이로 돌아갔지만 그의 성실함엔 보통 사람이 백 년을 애써도 미치지 못할 것이다.

장 콕토는 자기의 유언을 다음과 같이 썼다.

"사랑하는 사람들이여! 내가 죽거든 슬퍼하지 말고 눈물을 흘리지도 말라. 슬픈 척만 하고 눈물을 흘리는 척만 하라. 예술가란 본래 죽을 수가 없다. 죽은 척만 하는 것이다."

나는 이에 덧붙이고 싶다.

"어찌 예술가뿐이랴. 사람이란 본래 죽을 수가 없다. 죽은 척만 하는 것이다."

죽은 척만 한 사람들의 무수한 군상들이 뇌리에 흐른다. 소주蘇州의 병원에서 죽은 사람, 콜론마루의 침몰과 더불어 죽은 친구, 6·25동란 때 희생된 이광학, 강달현, 박창남, 그리고…….

육신은 살아 있으면서 사자와 다를 바 없는 사람, 그 가운데의 하나가 노정필 씨다. 노정필 씨는 내가 그에게 마쓰모토의 『북의 시인』을 갖다준 지 일주일 후에 뜻밖에도 나를 찾아왔다.

"어떻게 된 일입니까."

하고 나는 반겼다.

노정필 씨는 들고온 『북의 시인』을 응접탁자 위에 놓으며 무표정한 눈빛으로 나의 서재를 한 바퀴 둘러보았다. 널따란 방의 사면의 벽을 천장까지 채우다 모자라 방바닥에도 흐트러져 있는 책의 더미를 보고도 그것에 관해선 말이 없었다.

노정필 씨는 앞에 놓은 『북의 시인』을 가리키며

"이거 사실인가요?"

하고 물었다.

"재판기록은 북쪽에서 발표한 그대로이지만 얘기는 사실이 아닙니다."

하며 나는 우선 작중의 안영달安永達이 노동자 출신이 아니라 나와 같이 일제 때 학병으로 간 사람이란 것과 그 소설엔 임화가 전향한 사실을 은폐하기 위해 미군기관과 손을 잡았다는 것으로 되어 있으나 임화의 전향은 이미 널리 알려져 있던 사실이란 것 등을 설명했다. 노정필 씨는 담담히 듣고 있더니

"안영달은 나도 잘 아오."

하고 또박 말했다.

"그럼 안영달이 이주하와 김삼용을 붙들어준 사실도 알고 있습니까?"

나는 이렇게 물으며 그의 표정을 살폈다. 노정필은 긍정도 부정도 하지 않고 있더니 이런 질문을 했다.

"이현상이 어떻게 죽었는지 혹시 알고 있소?"

이현상이란 6·25동란 중 지리산에서 빨치산의 두목 노릇을 한 사람이다.

"자세히 알 수 없습니다만 그 당시의 미국 타임지에 난 기사를 보았죠. '학자 빨치산의 죽음'이란 제목 아래 그의 죽음을 보도한 것인데 그 죽음은 미군이나 국군의 탄환을 맞고 죽었다고는 할 수 없는 이상한 점이 있다는 기사였다고 기억하고 있습니다."

노정필 씨는 아무런 반응도 보이지 않았다. 그러나 내 짐작으론 그 자신 이현상의 죽음에 의혹을 품고 있었는데 『북의 시인』을 읽고 그 의혹을 더욱 짙게 한 것이 아닐까 했다.

"공산당 내부의 암투가 꽤 치열했던 모양이죠?"

나는 이렇게 유도해 보았으나 그는 여전히 말이 없었다.

"남로당과 북로당 사이의 암투는 대단했던 것 같은데."

이렇게도 말했으나 여전히 반응이 없어서 나는 『북의 시인』에 있는 재판기록을 들먹이며 다음과 같이 말해보았다.

"박헌영과 이승엽을 미군의 스파이라고 해서 죽였는데 그렇다면 박헌영이나 이승엽의 지령을 받고 행동한 남로당원들은 모두 어떻게 되는 겁니까. 그 지령을 받고 움직이다가 죽은 사람들은 어떻게 되는 겁니까. 노 선생도 그 지령을 받고 일하다가 이십 년 징역을 치르게 된 것이 아닙니까."

노정필 씨의 표정은 무겁게 굳어져 있었으나 역시 말은 없었다. 나는 공연히 그를 자극만 할 것이 아니라고 생각하고 화제를 돌려 주로 문학 이야기를 했다. 사르트르의 문학, 노만 메일러의 문학, 헨리 밀러의 문학을 들먹이며 그들의 세계인식의 내용과 방법 같은 것을 설명했다. 내 딴으론 노정필 씨를 경화된 마르크스주의자로 보고 마르크스주의 이외에도 생생하고 보람 있는 인생과 역사와 사회에 대한 인식이 있고 가치 있는 문학이 가능하다는 것을 증거 세워보고 싶었던 것이다.

그러나 노정필 씨는 조금도 흥미를 느끼는 것 같지 않더니 돌연 입을 열었다.

"라리사 라이스너의 책을 혹시 가지고 있어요?"

나는 그의 엉뚱한 질문에 놀랐으나 나의 장서가 풍부하다는 것을 자랑할 수 있는 기회가 생긴 것을 다행으로 생각했다. 그러나 곧 치사스런 허영이라고 느끼고 그런 허영을 노정필이 눈치채지 않을까 하고 얼굴을 붉혔다.

"가지고 있습니다. 꼭 한 권이지만요. 『전선』戰線이란 제목의 르포르타주를 가지고 있습니다."

그러나 그 책을 찾기 위해선 난잡하게 쌓아둔 고서의 더미를 헤쳐야 했기 때문에 이따가 찾을 요량을 하고 나는 다음과 같이 물었다.

"라리사 라이스너를 찾는 특별한 이유라도 있습니까?"

"……."

라리사 라이스너는 폴란드에서 나서 독일과 프랑스에서 자란 러시아의 여류작가다. 10월혁명에 가담하고 직접 전투에도 참가했다. 그 르포르타주를 내가 가지고 있는 것이다.

라리사는 열렬한 혁명투사였으나 1923년 NEP 정책에 회의를 느끼면서부터 소비에트를 비판하기 시작했는데 1926년 실의에 싸여 삼십세의 젊은 나이로 죽었다. 소련은 트로츠키파라고 해서 라리사 라이스너의 문학을 말살하고 말았다.

나는 노정필 씨가 동경유학을 하고 있던 시대를 꼽아보며 라리사 라이스너의 아름다운 얼굴과 광채 있는 문학에 노정필 씨는 청춘을 느꼈던 것이 아닐까 했다. 그러나 나는 트로츠키파에 흥미를 가지고 있는가를 묻고 이어

"파쟁 때문에 문학을 말살하는 그런 나라를 어떻게 생각하느냐."

고 따졌다.

"이 선생은 철저한 반공주의자구먼."

노정필 씨는 무표정하게 말했다.

"나는 결코 반공주의자는 아닙니다. 공산주의자들이 쓰는 어떤 수단에 반대할 뿐이죠."

"작가는 언제나 대중의 편에 서야 할 것이라고 아는데."

"공산주의가 곧 대중의 편에 서는 주의일까요? 공산주의자는 공공연하게 부르주아 계급을 말살해야 한다고 외치고 있지 않습니까. 그런데 내가 보기엔 부르주아를 말살하는 동시에 인간도 말살하는 것 같던데요. 병을 고치려다가 사람까지 죽이는 서투른 의사 같은 데가 없잖

을까요?"

"새로운 사회를 만들려면 무리도 있는 법이오. 생각해보시오. 1억의 인구, 또는 7억의 인구가 돈 걱정 하지 않고 살 수 있는 사회를 만들기가 그렇게 쉽겠소. 자본주의의 나라를 보시오. 인간 가운데 최량最良의 부분이 돈 걱정 때문에, 아니 돈 때문에 썩어가든지 파멸되어가든지 하고 있지 않소. 공산주의사회엔 제1의 적으로 그런 병폐는 없을 것이 아니겠소. 일단 물질로 인한 노예상태로부터 사람을 해방시켜놓고 보자니까 그 작업이 힘들 것 아니겠소. 인간의 참된 자유는 대다수의 사람이 물질로부터의 자유를 획득한 연후에 이루어지는 것이 아니겠소. 그런 전제가 없이 들먹이는 자유란 모두가 잠꼬대요. 잠꼬대."

노정필 씨는 한 마디 한 마디를 다짐하듯 천천히 말했다.

나는 그의 말에 대한 즉각적인 반발로

"감옥에선 돈 걱정을 안 했지요? 돈 걱정 안 하는 그 자유만으로 조금이라도 만족할 수 있습데까?"

하고 말했으나 노정필 씨가 그 무거운 입을 열어 긴 말을 했다는 사실이 무엇보다도 반가웠다.

나는 노정필 씨를 상대로 이론투쟁을 할 생각은 전혀 없었다. 다만 그의 눈이 인간다운 빛을 띠고 그의 입이 인간다운 말을 할 수 있도록 바랐을 뿐이다

나는 라리사 라이스너의 책과 함께 내가 쓴 책『알렉산드리아』를 그에게 주었다. 마음의 탓인지 그 뒷모습에 인간다운 냄새가 풍겨나고 있는 것처럼 느껴졌다.

내가 찾아가면 노정필 씨의 부인은 반가워 어쩔 줄을 모른다. 남편이 입을 여는 것은 나에게뿐이기 때문이다. 내가 있으면 남편의 말소

리를 들을 수 있기 때문이다. 부인은 그 화려했던 청춘을 눈도 코도 없는 세월 속에 날려보내고 모진 서리를 맞은 국화꽃처럼 시들어가고 있는 것이다.

그 인생도 처량하다고 할 수가 있다. 노정필 씨는 옥중에서 이십 년 징역살이를 하고 부인은 밖에서 이십 년 징역살이를 했다.

바로 오늘 낮에 있었던 일이다.

찾아갔더니 노정필 씨는 벽을 등지고 반눈을 감은 채 앉아 있었다. 예나 마찬가지로 앉으란 인사도 없다. 나는 부인이 권하는 방석 위에 앉았다. 방안은 써늘했다.

"이 양반이 글쎄 겨울에도 방에 불을 넣지 못하게 한다오. 그러나 손님이 왔으니까 난로라도 지펴야지."

하고 부인은 석유난로에 성냥불을 그어댔다. 순식간에 온기가 돌았다. 나는 외투를 벗었다.

노정필 씨는 아무 말도 않고 몇 달인가 전에 그에게 주었던 나의 책 『알렉산드리아』를 집어들고 한군데를 펴선 내 앞에 놓았다.

연필로 괄호를 해놓은 부분이 있었다. 그 부분의 내용은 이러했다.

"……어떤 죄명으로 당초엔 사형선고를 받았다가 무기형으로 감형되어 13년을 복역한 죄수가 있었다. 그런데 이 죄수의 기왕 지은 죄가 또하나 발각되어 다시 재판을 받고 이번에도 사형선고를 받았다. 무기형으로 복역하고 있는 죄수이기 때문에 정상재량의 여지도 없다고 해서 극형이 언도된 것이다. 그 죄수의 형집행에 입회한 어떤 담당(그 사람은 그 일에 입회한 직후 형무관직을 그만두었다.)이 그 죄수의 마지막 말을 다음과 같이 전했다. ─나는 이왕 당하게 되었으니 하는 수 없지만 내 뒤엔 다시 이렇게 참혹한 일이 없도록 했으면 좋겠다……."

나는 하필이면 이 구절에 괄호까지 해놓고 내게 보이느냐는 투로 눈으로서 물었다.

"그 사람이 누군지 알았소?"

노정필 씨는 허허하게 눈을 뜬 채 말했다. 그 사람이란 다시 재판을 받고 사형된 사람을 뜻하는 것이 분명했다.

"모릅니다."

"그 사람은 내 아우요."

"엣!"

하고 나는 놀랐다.

"바로 내 친아우요."

그의 앉은 자세는 미동도 하지 않은 채 입만 움직였다. 격한 감정이 응고되어 돌이 되었다는 느낌이었다. 그러니 돌이 말하고 있는 셈이다.

"이름을 들먹이면 이 선생도 알 거요. 노상필이란 이름인데."

"노상필!"

하고 나는 또 한번 놀랐다.

"노상필 씨가 노 선생의 아우였습니까."

"그렇소. 중학교 때 한 또래가 아니었소?"

"2년 선배 됩니다."

나는 뭐라고 말을 이을 수가 없었다. 엊그제 본 얼굴처럼 노상필의 모습이 뇌리에 떠올랐다.

당시 노상필은 미남자라고 해서 교내외에 평판이 높았을 정도로 단정한 얼굴과 균형 잡힌 체구를 가지고 있었다.

"그 애는 내가 죽인 거나 마찬가지요."

그 말투는 창자를 찢는 듯이 비참했다. 냉방에 불을 지피지 않고 겨울을 지내려고 한 그의 마음이 등골에 얼음을 댄 것처럼 내 가슴에 저려왔다. 그러고 보니 노정필 씨의 그 돌이 되어 버린 자세는 자기가 겪은 이십 년 징역 때문이 아니고 육신의 처참한 죽음을 겪은 그 충격 때문이 아닐까 했다.

부인이 술상을 차려가지고 들어왔다. 노정필 씨는 술에도 담배에도 손을 대지 않는다. 나 혼자 피우고 마시고 할 수밖에 없었지만 무료히 벽에 기댄 돌을 대하고 있기보단 낫다는 심정이 들었다.

한참 동안을 침묵한 채 있은 뒤 내가 물었다.

"라리사 라이스너를 읽었습니까?"

그 말엔 대답하지 않고 노정필 씨는

"이 선생은 어떤 각오로 작가가 되었습니까?"

"기록자가 되기 위해서죠."

"기록자가 되는 것보다 황제가 되는 편이 낫지 않겠소?"

말의 내용은 빈정대는 것이었지만 투엔 빈정대는 냄새가 없었다.

"나는 내 나름대로의 목격자입니다. 목격자로서의 증언만을 해야죠. 말하자면 나는 그 증언을 기록하는 사람으로 자처하고 있습니다. 내가 아니면 기록할 수 없는 일, 그 일을 위해서 어떤 섭리의 작용이 나를 감옥에 보냈다고도 생각합니다."

제법 건방진 소리라고 내 자신 생각하면서도 나는 이렇게 버티어 보였다.

"이 선생은 어느 간수로부터 그 얘기를 들었을 때 그렇게 죽은 사람의 이름이 뭐냐고 물어보기나 했소?"

"물어보지 않았습니다."

침묵이 흘렀다. 그러나 그 침묵의 뜻을 나는 알아차렸다. 말로 번역을 하면 이렇게 될 것이었다.

'기록자를 자처하는 놈이 그런 끔찍한 얘기를 듣고도 이름을 물어 볼 용의도 없었소?'

아니나 다를까 노정필 씨는 다음과 같이 말했다.

"당신의 『알렉산드리아』라는 것을 읽어 보았소. 그런데 그건 기록자가 쓴 기록이 아니고 시인이 쓴 시라고 보았소."

나는 듣고만 있을 수밖에 없었다.

"기록은 철저해야만 비로소 기록이 될 수 있는 것 아니겠소? 시인의 감상은 그것이 아무리 훌륭해도 기록은 될 수 없을 겁니다. 기록이 되려면 시와 결별해야 하오. 기록자는 자기 속의 시인을 추방해야 할 거요."

나는 노정필 씨의 이 말에 얼떨떨했다.

기록이 문학으로서 가능하자면 시심 또는 시정이 기록의 밑바닥에 지하수처럼 스며 있어야 한다는 것이 나의 문학이론이었다. 그래야만 설득력과 감정이입이 함께 가능하다고 믿고 있었던 것이다.

"비참에게 아름다운 의상을 입힐 필요가 없다고 생각합니다. 단정한 형식을 꾸며내기 위해서 썩어가는 시체를 두부모처럼 잘라놓을 필요가 없다고 봅니다."

나는 일단 반발하지 않을 수 없었다.

"나는 기록이자 문학인 것을 노리고 있는 겁니다. 문학이자 기록이라고 바꿔 말해도 좋지요."

노정필 씨의 표정은 더욱 싸늘하게 되었다.

"기록의 뜻 이외에 문학이 무슨 뜻을 가졌다고 생각하는 걸 보니 이 선생은 시인입니다."

시인이 뭣이 나쁘냐고 반박하고 싶었지만 일단 그의 말을 들어두기로 했다.
 노정필 씨는 말을 이었다.
 "시는 구체적인 슬픔, 개체적인 죽음을 추상적으로 일반적으로 페인트칠해선 슬픔의 또는 죽음의 또 다른 의미가 있는 것처럼 꾸밉니다. 시는 바위덩어리와 같은 비참을 노래해서 사람을 취하게 하는 술과 같은 액체를 만들어 냅니다. 허무를 노래해서 허무에도 원인이 있고 그 원인을 잘라 없애야겠다는 의욕을 마비하게 합니다. 시는 또 절망을 노래해서 절망 속에 무슨 구원이 있는 것처럼 조작합니다. 복잡한 것을 간단하게 꾸며서 사태의 진상과 멀리하고 총알 하나면 말살할 수 있는 인간을 무슨 대단한 것처럼 추켜올리기도 하면서 무수한 생명을 짓밟은 발에 찬사를 써넣은 꽃다발을 보냅니다."
 내가 무슨 말을 하려고 하자 그는 여유를 주지 않았다.
 "시인은 패배를 미화해가지곤 모든 사람이 패배자가 되도록 권유합니다. 당신의 『알렉산드리아』는 그러한 시인의 교활한 작품이오. 모든 사람이 술에 취하지 않고 깨어 있어야 할 판인데 당신의 시인은 지옥을 천국처럼 그려 읽는 사람을 취하게 했단 말이오. 당신의 시인은 감옥에서 나가면 사형폐지 운동을 해야겠다고 했는데 그래 당신은 사형폐지를 위해서 무슨 노력을 했소. 그저 문학을 했다는 말만 가지고 통할 것 같소? 당신의 시인은 세상을 기만하고 당신 자신마저도 기만했단 말이오."
 나는 완전히 말을 잃고 말았다. 노정필 씨는 돌처럼 자세를 그냥 지니고 말을 이었다.
 "이 선생은 간혹 내 앞에서 마르크스주의의 과오 같은 것을 증명해

보이려고 하는데 그런 수작은 앞으로 말도록 하시오. 나와 마르크스주의와는 아무런 관계도 없소. 내가 이해한 마르크스주의는 똑같은 물인데도 젖소가 먹으면 젖이 되고 독사가 먹으면 독이 된다는 이치일 뿐이오."

나는 다음 말을 기다렸으나 노정필 씨는 그 이상 말을 하지 않았다.

다시 다물어진 입은 언제 말을 했더냐는 식으로 생기를 잃고 있었고 눈에도 아무런 빛이 돋아 있지 않았다. 표정은 싸늘한 석고상을 닮고 있었다.

노정필 씨가 어떤 이유로 그렇게 많은 말을 한꺼번에 쏟아놓았는가를 알 수가 없다. 그것은 내게 대한 미움 때문이 아니었을까 한다. 성실성도 모자라고 각오도 돼 있지 않은 인간이 기록자를 자부하고 나선 데 대한 반발이었는지도 모른다. 노정필 씨의 눈으로 보면 나는 설익은 글재주를 부려 자기 자신을 기만하고 세상을 농락하고 있는 얄팍한 속물로밖에 보이지 않았을 것이었다. 엄격하게 인생을 살아보지도 못한 주제에 심각한 문제를 건드리고 인간으로서의 최소한도의 지조도 지키지 못하면서 피와 눈물로써 인간의 품위를 지킨 사람들을 모독하는 것 같은 나의 언동이 심히 못마땅했을 것이었다. 어쩌면 그는 나의 가면을 갈기갈기 찢어버리고 싶은 충동에 사로잡혔는지도 모른다. 그럴 목적으로 그는 엉뚱하게도 내게서 시인을 추출해선 신랄한 비난을 퍼부은 것이리라. '시인'이란 말을 '너 같은 놈'이라고 바꾸어 놓았으면 노정필 씨의 진심이 그냥 표현되었을 것이었다.

그는

"당신은 사형폐지운동을 해야겠다고 했는데 그래 당신은 사형폐지를 위해서 무슨 노력을 했소."

하고 따졌는데 그것은 바로 나의 조작된 센티멘털리즘에 대한 화살이었다.

그는 나의 『알렉산드리아』를 읽고 싸늘한 분노를 느꼈던 것이 분명했다. 육신의 동생을 사형장에서 잃은 사람, 그 자신 죽음의 고빗길을 몇 차례 겪고 이십 년의 감옥살이를 한 사람의 눈으로 보았을 때, 나의 작품은 잔재주를 부리기 위해선 신성모독까지를 삼가지 않는 가장 저열하고 가장 비굴하고 가장 추악한 심성을 증거물처럼 보였을 것이다.

지금 조용히 앉아 생각하니 노정필 씨의 마음의 가닥가닥이 유리를 통해 들여다본 수족관의 내부처럼 선명하게 보인다. 내게 죄가 있다면 그런 사람 앞에 어줍잖은 나의 작품을 호락호락 내보였다는 바로 그 사실이다.

그러나 나는 후회하지 않겠다. 사람은 나름대로 살아갈 수밖에 없다. 나의 경솔함이 설혹 그의 경멸을 자초한 결과밖에 되지 않았다 하더라도 그 사실을 통해 노정필 씨의 인간회복을 촉진시켰다는 보람은 있었을 것 아닌가. 그는 그가 지닌 모든 미움을 보물처럼 아끼기 위해서 입을 다물어버릴 각오를 한 사람임에 틀림이 없는데 내게만은 그 미움을 털어놓지 않을 수 없었다. 그런 사람의 미움을 받을 수 있는 사실만으로서도 내겐 존재 이유가 있다는 역증명이 되지 않는가.

노정필 씨는 오늘도 내가 그 집을 나올 때 인사말이 없었다. 이를테면 철저한 황제로서의 처신이었다. 나는 바로 그 점을 기점으로 해서 그를 경멸할 재료를 만들 수가 있다. 그가 어떤 주의와 사상으로 잔뜩 무장한 성城이라고 치고, 내가 철저하게 서두르기만 하면 그 무장이 기실 돈키호테의 갑옷이며 그 성의 내부는 거미줄로 꽉 찬 폐품창고나 다름없다는 검증을 해낼 수 있을지도 모른다. 그가 쌓고 겪은 경험의 진실이란 것이 사실은 녹슨 칼과 창이라는 것을 증명할 수 있을는지도 모른다. 어떤 착각을 신념인 양 오인하고 있는 하나의 폐인廢人을 발견할지도 모르지만 설혹 그렇다고 치더라도 나는 그를 우리 민족의 수난이 만들어낸 수난의 상징으로 보고 소중히 감싸줄 아량을 가지고 있다. 나는 그로부터 경멸을 받으면서도 예의를 잃지 않았다. 그의 도발에 성내지 않았다. 내가 그에게 접근한 덴 아무런 불순한 동기도 없었다. 그는 그것마저 경멸할지 모르지만 인간적인 호의, 약간의 호기심, 그런 것뿐이었다. 나는 다시 소주성외에서 오니시의 칼에 목을 베인 중국 청년의 눈과 입을 상기한다. 그 눈과 입에 닮은 눈과 입을 가졌다는 사실만으로 나는 노정필 씨에게 대한 노여움을 풀어야겠다는 마음이 든다. 이 마음과 더불어 또하나의 얼굴이 솟아난다.

그 얼굴의 주인공은 사동수謝東修, 열두 살 난 중국의 소년이다. 내가 속한 중대가 상숙시常熟市의 근교, 청강진淸江鎭이란 곳에 일시 주둔한 적이 있다. 논에 벼가 푸르르고 사탕수수가 어른의 키를 훨씬 넘도록 자라고 연못엔 연꽃이 청정한 소녀가 하늘을 향해 합장하고 있는 것 같은 봉오리를 피우고 있는 무렵이었다.

어느 날의 대낮, 중대원들은 전원 진지 구축의 작업에 나가고 나 혼자 막사를 지키고 있었다. 그러다가 하도 더워 크리크運河의 물에 발을 담글 요량으로 크리크 언저리에 만들어놓은 나무대 위에 올라 앉았는데 그 나무대가 무너지는 바람에 나는 물속으로 빠져들었다. 깊은 물속인데다가 헤엄이라곤 칠 줄 모르는 나는 버둥거리기만 하는데 그럴수록 깊이 빠져들기만 했다. 간혹 새파란 하늘이 보이고 강둑의 수양버들이 보이곤 했다. 나는 버둥거리면서도 "이것이 죽는 것이로구나."

하는 의식만 바쁘게 회전시키고 있었다. 그러고는 의식을 잃었는데 의식을 회복한 것은 사탕수수밭에서였다. 사동수란 소년이 지나가다가 물속에 빠져 있는 나를 보고 크리크에 뛰어들어 익사 직전에 있던 나를 구해낸 것이었다.

  나는 그 소년으로부터 대충 설명을 들으면서 왠지 소주성외에서 참사당한 그 청년을 생각했다. 만일 이 소년이, 내가 그런 광경을 지켜보고만 있던 사람이란 걸 알았으면 과연 나를 구해주었을까 하는 생각이 떠올랐던 것이다. 그 뒤 나는 그 소년과 친숙하게 지냈다. 소년이 권총을 갖고 싶어하기에 병기창에 있는 친구를 꼬여서 원수 외의 권총을 그 소년에게 주었다. 그것이 화인이었다.

  도망병을 색출하기 위해 헌병대가 마을을 뒤지는 바람에 그 권총을 사동수의 서랍 속에서 발견한 것이었다. 사동수의 부모는 중경에 있었고 그 집엔 할머니와 사동수 둘만이 있었다.

  헌병들은 사동수를 동리 앞 정자나무에 꽁꽁 묶어놓고 권총의 출처를 대라면서 고문하기 시작했다. 내가 나설 눈치를 보자 사동수는 심한 구타 때문에 퉁퉁 부은 눈을 억지로 뜨고 내게 나서지 말라는 뜻으로 입을 다물어 보였다. 사동수는 두들겨맞는 고통보다도 내가 고백하지 않을까 하는 데 대해 더욱 신경을 쓰는 눈치였다. 사동수는 심한 매질 끝에 드디어 실신하고 말았다. 해가 질 무렵, 헌병들은 실신한 사동수를 배에 태웠다. 상숙시에 있는 본부로 데리고갈 작정으로 보였다. 작업터에서 돌아온 중대장에게 나는 사동수를 구해달라고 애원을 했다. 헌병들은 중대장의 간곡한 부탁을 간단히 거절했다. "무기의 문제이니까요. 일본군에서 나간 게 틀림없으니 이건 대문제입니다." 하고 헌병대장은 다시 중대장의 말을 들으려고도 않았다. 배는 떠났다. 통통통 하는 얌머 소리가 어둠의 저편으로 사라져갈 무렵이었는데 난데없이 총을 난사하는 소리가 연거푸 들렸다. 총소리가 멎자 다시 얌머 소리가 들리더니 헌병들이 돌아왔다. 실신한 줄만 알고 배 속에 그냥 뉘어두었더니 상숙과 곤산崑山으로 가는 수로의 갈림에서 사동수가 물 속에 기어들어갔다는 것이었다. 사동수의 물재주를 아는 나는 안도의 숨을 내쉬었다. "마을에 나타나면 붙들어두시오." 하는 말을 남겨놓고 헌병들은 떠났다. 나는 식사를 하는 둥 마는 둥 하고 수로를 따라 곤산 쪽으로 걸어내려갔다. 그랬는데 바로 가까이 사탕수수밭 속에서 "시이상."(선생님) 하는 사동수의 소리를 들었다. 나는 그를 끌어안고 실컷 울었다. 때마침 달이 솟아올랐다. 사동수의 얼굴은 보기조차 민망스러울 정도로 일그러져 있었다. 나는 막사로 돌아와 건빵과 모포를 가지고 다시 그곳으로 돌아왔다. 그리고 먹을 것을 날라다줄 것이니 그곳에 그냥 있으라고 이르고 사동수의 집을 찾아 그의 할머니를 안심시켰다.

그 일이 있고 사흘 후에 일본의 항복이 있었다.

사동수는 지금 사십 세의 장년이 되어 있을 것이다. 열두 살의 나이에 보여준 그 야무진 의지력이 반드시 훌륭한 인격으로 그를 키웠음에 틀림이 없다. 사동수를 생각하는 것은 내게 있어서 인생을 생각한다는 뜻이고 용기를 생각한다는 뜻이고 기필 내 인생을 보람 있게 해야 한다는 다짐으로 된다.

만약 사동수가 엉거주춤한 나의 생활태도를 알면, 노정필 씨 같은 사람으로부터 경멸을 당해 마땅한 사람이란 걸 알면 어떤 생각을 할 것인가!

노정필 씨는 시인이 아닌 나를 보고 시인이라고 했다. 시인을 무슨 대역을 범한 죄인처럼 비난하고 그 비난을 결국은 나에게 돌렸다. 과연 그럴 수 있는 일일까. 말하자면 시인은 나 때문에 본의 아닌 모욕을 받은 셈이다. 나는 그 시인들을 위해 변명해야 할 것이 아닌가. 그러자면 노정필 씨가 미워하는 시인이 되어야 할 것이 아닌가. 내 속의 시인을 발견해선 그 시인을 가꾸어야 할 것이 아닌가. 만 권의 기록을 한 줄의 시로써 능가할 수 있는 시를 증거로써 제시해야 할 것이 아닌가. 그리고 그 심판은 사동수에게 맡겨야 할 것이다.

노정필 씨는 아마 하늘은 비가 오기 위해서 있고, 거리는 교통사고를 있게 하기 위해서 있고, 집은 그 속에서 사람이 죽기 위해서 있고, 성공보다도 빛나는 실패를 위해서 인생은 있다는 것을 모르는 모양이다. 기록하지 않기 위해서 기록이 있고, 시를 쓰지 못하기 때문에 장황한 기록이 있다는 것도 모르는 모양이다. 용광로의 정열이 없으면 빙화하는 정열이라도 있어야 한다. 때론 허무를 보다 정치(精緻)하게 하기 위해서 천재를 필요로 할 때가 있다. 노정필 씨의 인간회복은 그러고보니 그가 미워하는 환각을 기르는 길 이외엔 달리 도리가 없는 것 같다. 환각이 곧 시가 아닌가. 환각 없이 노정필 씨는 그 가혹한 경험을 인간화할 방도가 없는 것이 아닌가.

노정필 씨는
"기록자가 되기보다 황제가 되는 것이 낫지 않겠느냐?"
고 나를 비꼬았다.

그때 내가
"돌이 되는 것보다 황제가 되는 게 낫지 않겠느냐?"
고 응수하지 못한 게 유감스럽다.

……

회상의 흐름도 현재를 살기 위해선 그 흐름을 멎게 해야 할 시간이 있다. 나는 불면의 백지를 펴고 굵다랗게 "어느 황제의 회상, 끝."이라고 쓴다. 끝이란 글자가 끝나기도 바쁘게 안양의 뒷골목이 나타나고 그 뒷골목에서 만난 어느 친구의 모습이 다가선다.

"여기 무슨 일로."

나는 뜻밖의 장소에서 뜻밖의 친구를 만난 놀람으로 물었다.

"자네는?"

그는 당황함을 감추지 못하고 되물었다. 나는 간단하게 안양엘 온 이유를 설명할 수 있었다. 그러나 그의 설명은 몇 잔의 술과 몇 시간이란 시간의 경과를 필요로 했다.

경건한 가톨릭의 신자인 그 친구는 자기의 잘못을 고해할 신부를 찾아 안양까지 온 것이었다.

"서울엔 신부가 없나?"

"서울의 신부님들은 모조리 다 찾았어."

"같은 신부님께 다시 고해하면 안 되나?"

"안 될 것은 없지. 그러나 꼭같은 과오를 몇 번이고 같은 신부님께 고해하기가 거북해서."

"무슨 과온데."

"나는 요즘 어떤 여자를 사랑하고 있다. 그 이상은 묻지 말게."

그의 웃음은 쓸쓸하다기보다 수줍었다. 그 친구는 2년 전 상처를 했다. 아직 재혼할 생각도 없어 보였는데 어쩌다 어떤 여자를 사귀게 된 모양이었다. 나는 그 얘기를 듣고 슬그머니 감격했다. 인간의 성실이라는 것을 보는 것 같은 느낌이었다. 인간의 성실이란 원래 그런 정도의 것이 아닐까. 사랑을 하고 죄를 느끼고 그리고는 고해를 하고, 고해를 하고도 사랑을 하고 또 죄를 느끼고 고해할 신부를 다음 다음으로 찾다가보니 서울의 신부가 바닥이 났다. 안양까지 신부를 찾아가야만 했다.

"안양의 신부도 바닥이 나면?"

"왜관까지라도 가야 되겠지."

그의 대답엔 구김이 없었다. 경박함도 없었다. 심각함을 꾸미는 제스처도 없었다. 인간 그대로의 천진한 모습이 있을 뿐이었다.

돌이 되어버린 무신론자의 노정필과 인간의 천진성을 그대로 지닌 그 친구의 얼굴을 비교해본다. 그 친구의 역정이 결코 노정필의 역정에 비해 수월했다고는 말할 수가 없다. 일제 때는 병정에 끌려나가 생사의 고비를 헤맸다. 전범재판에서 하마터면 전범의 누명을 쓰고 처형될 뻔한 아슬아슬한 고비도 있었다. 6·25동란 때는 친형을 잃었다. 그리고 2년 전엔 이십 수년을 애지중지해온 부인을 잃었다. 게다가 사형선고나 마찬가지인 병의 선고를 받고 한동안 사경을 방황하던 때도 있었다. 그러나 그는 언제나 활달하려고 애썼고 스스로의 고통 때문에 주위의 사람을 우울하게 하지 않으려고 신경을 썼다. 어떤 중대한 일도 유머러스하게가 아니면 표현을 못하는 수줍은 성격이기도 했다. 출중한 어학력을 가지고 있으면서 도리어 그것을 부끄러워하는 태도마저 있었다. 어학의 부족을 한탄하는 나를 보고 그는 "대인은 외국어를 잘 씨부릴 필요가 없다"는 말로써 위로했다. 보다도 가장 중요한 일은 철저한 천주교의 신도이면서도 친구들에게 자기의 천주를 강요하지 않았다. 기껏 이런 말을 할 정도였다.

"자네 모든 것이 다 좋은데 꼭 한 가지 탈이 있어. 그건 천주님을 모르는 일이다."

노정필 씨와 이 친구를 비교해서 우열을 말할 수는 없다. 그러나 인간은 인간적인 사람을 좋아하게 마련이다. 나는 천주교를 믿을 생각은 없지만 그 친구의 천주만은 믿고 싶은 생각이 있다.

인간이 보다 인간적일 수 있도록 하는 계기가 되는 천주란 기막힌 존재가 아닌가.

그런데 그 친구는 죽었다…….

이데올로그 비판과 담론확대 그리고 주체성

조남현 문학평론가·서울대 교수

　등단작은 대부분의 작가에게 원형으로 기능하게 마련이다. 중편 「소설·알렉산드리아」는 이병주의 등단작으로, 작품 곳곳에서 그의 소설의 원형으로 작용하는 흔적을 분명하게 드러내고 있다. 원형으로서의 작용은 주제나 형식 면의 특징을 반복 제시하는 것으로 구체화된다.
　「소설·알렉산드리아」에서 처음 나타나 이후 작품에서 유사형태로 반복 출현하는 것으로 주인공으로서의 이데올로그, 보조존재로서의 일인칭 인물, 관념적 서술, 시적 접근의 개입을 통한 입체적 구성이나 액자적 구성 등을 들 수 있다. 「소설·알렉산드리아」의 진정한 주인공은 '나'의 성실하면서도 끈질긴 중계에 의해 그 삶과 사고의 정수가 드러나버리는 '나'의 형으로 보아야 한다. '나'의 형은 일제 때 대학에서 입신출세와는 거리가 먼 공부를 하면서 코즈모폴리턴과 리버럴리스트를 자처했으며 5·16 직후에는 혁명의 파도에 휩쓸려 10년 형을 선고받아 감옥에 간 논설위원으로 그려져 있다.
　2천 편 이상 쓴 논설 가운데 "조국이 없다. 산하가 있을 뿐이다." "이북의 이남화가 최선의 통일방식, 이남의 이북화가 최악의 통일방식이라면 중립통일은 차선의 방법은 되는 것이다. 그런데 이것을 사악시하는 사고방식은 중립통일론 자체보다 위험하다." "이 이상 한 사람이라도 더 희생을 내서는 안되겠다. 그러면서 어떻게 해서라도 통일은 이룩해야 하겠다."(21쪽) 등과 같은 주장이 담긴 단 두 편의 논설이 '나'의 형이 감옥으로 가게 된 빌미가 되었다.

전형적 지식인이면서 이데올로그인 형과는 달리 플루트 부는 것을 직업으로 삼고 있는 '나'는 감옥에서 형이 보내온 편지 14통을 외항선원이자 프랑스인 말셀 가브리엘에게 보여주거나 알렉산드리아의 카바레 안드로메다의 무희인 사라 안젤에게 들려주어 형의 존재를 알리고 이해시키는 역할을 하긴 했다. 형은 감옥에 가지 않았으면 알렉산드리아에 가고 싶다는 말을 하지 않았을 것이고 또 형이 편지에서 간곡하게 이 말을 하지 않았다면 '나'는 알렉산드리아에 오지 않았을 것이다. 형의 육신은 서대문 형무소에 갇혀 있지만 마음은 동생인 '나'를 통해서 꿈과 낭만과 욕망의 도시 알렉산드리아에 와 있다.

이처럼 '나'는 형의 사랑스러운 대리자요 충실한 봉사자로서의 역할을 맡고 있기는 하나 형과 일정한 거리를 두고 있다. 가슴으로는 다가가고 머리로는 일정한 거리를 두는 형상이다. 이때의 거리감은 형에 대한 '나'의 이해력 부족으로 나타나곤 한다. 독일군 게슈타포였던 앤드레드에게 복수하는 데 성공한 한스와 사라가 알렉산드리아 법정의 명령에 의해 도시를 같이 떠나자고 했을 때 '나'는 형기가 아직 7년이나 남은 형을 여기서 기다려야 한다고 하면서 두 남녀의 제의를 거절한다. '나'는 앞으로도 7년이나 감옥살이를 해야 할 형의 자유를 대신 누려야 할 운명을 선택한 것이다.

그럼에도 '나'는 형은 천재가 아닌데 천재적인 역군이 되려 했던 것 때문에 비극이 싹튼 것이라는 냉철한 판단을 버리지 않는다. 근본적으로 '나'는 '사상'이니 '사상가'니 하는 말을 인정하지 않았다. '나'는 '사상'을 정/부정을 가려내고 선/악을 판별하는 것, 자연 속에서 벗어나려고 노력하는 것이라고 규정하면서 "그렇다면 사상이란 인간을 부자연하게, 그러니까 불행하게 만드는 작용 이상도 이하도 아닌 것이 아닌가."(19쪽) 하고 회의로 가득찬 질문을 던진다. 이러한 질문 끝에 '나'는 자연스럽게 사는 인간이며 형은 자초해서 부자연스럽게 사는 인간이라는 대비가 이어진다. 「소설·알렉산드리아」의 '나'처럼 이해력에 한계가 있는 인물을 초점화자로 내세우는 것은 주인공인 형을 긍정만 하지는 않겠다는 작가적 의도를 열어 보인 셈이다. 「소설·알렉산드리아」에서의 '나'와 형의 사고의 거리는 「겨울밤 – 어느 황제의 회상」에서 사회주의자 노정필과 '나'(작가 이병주)의 사상충돌로 직화直化되고 격화된다.

「소설·알렉산드리아」가 보여준 또 하나의 원형적 요소로 탈전통적이거나 실험적인 소설담론을 취한 점을 들 수 있다. 「소설·알렉산드리아」는 서간체소설, 사상소설, 관념소설, 법정소설 등의 요소가 어우러진 형태라고 할 수 있을 만큼 정통의 담론에서는 벗어나 있다. 인간, 역사, 전쟁, 이데올로기, 정치 등 큰 문제들을 정면에서 다루어야 할 것이라는 작가적 사명감에 충실하다 보면 관념적 서술은 자연스럽게 빚어지게 마련이라는 이치를 이병주만큼 잘 실증해준 작가도 드물다. 관념적 서술이 거리낌없이 행해진 곳은 형이 '나'에게 보낸 14통의 편지였다. 형이 보낸 편지는 논설의 그릇이요 사유의 공간이 되고 있다. 마지막 14번째 편지에서 고통과 절망의 신음이 조금 배어나고 있을 뿐 나머지 편지에서는 한결같이 사상가나 이데올로그로서의 자부심, 품위,

탐구벽, 견인주의 등을 내보이는 데 힘쓰고 있다.

'나'의 형은 잡스러워도 인간 체취가 풍기는 사상을 지향한다. 구원의 손길 때문에 견디어 나간다. 나는 고독한 황제다(편지 1)라고 하면서 알렉산드리아에 가고 싶다고 했고(편지 2), 10년을 잘 참고 지내겠다고 했다(편지 3). 그리고 죽음(편지 5), 황제의 음식(편지 6), 하나님의 금지규정(편지 7), 자유와 절대성(편지 8), 기독교의 본질과 권력(편지 9), 케네디 암살사건과 영광의 문제(편지 10), 죄의 본질과 감옥생활의 이점(편지 11), 사형폐지론(편지 12), 기독교에서의 기도와 교리(편지 13) 등을 깊이 있게 논할 기회를 갖는다. 이렇듯 여러 가지 문제를 근본적으로 성찰하고 있는 편지의 내용은「소설·알렉산드리아」를 사상소설 혹은 에세이 소설로 규정하게 만든다.

중립통일론이 용공으로 오인되어 10년 징역형의 사상범이 되고 만 「소설·알렉산드리아」에서의 형은 「쥘부채」에서 사형수 강덕기와 20년 형의 장기수 신명숙으로, 「패자의 관」에서 용공분자로 몰린 국회의원 입후보자 노신호 교수로, 「겨울밤」에서 지주의 아들이 사회주의에 발을 들여놓아 빨치산으로 활동하다가 붙잡혀 20년 감옥살이를 하고 나온 노정필로 재생되었다고 할 수 있다. 작가 이병주는 사회주의자 못지 않게 용공분자로 낙인 찍힌 존재에 대해서도 큰 관심을 가졌다. 「소설·알렉산드리아」에서의 '나'는 「쥘부채」에서는 동식과 유 선생으로 분화되어 재현되고 있으며 「패자의 관」과 「겨울밤」에서는 사람됨은 전혀 다른 '나'로 나타나고 있다. 「겨울밤」에서 사회주의자 노정필과 사상충돌까지 벌이고 있는 '나'는 이유는 분명치 않지만 오랫동안 옥고를 치르고 나온 것으로 또 소설 「알렉산드리아」를 쓴 것으로 그려지고 있다. 「소설·알렉산드리아」에서의 '나'의 형은 「겨울밤」에서는 빨치산 출신 노정필보다는 '나'에 가까운 존재로 보이기도 한다.

「쥘부채」에서 신명숙은 비상조치법 위반으로 무기형을 받았고 민주당정권 때 20년 형으로 감형되었으나 17년 되던 해에 병사하면서 강덕기와의 사랑의 표시로 쥘부채를 만들어 유품으로 남겨놓는다. 작중에서 관찰자와 해설자 그리고 해결사의 역할까지 맡고 있는 동식은 신명숙이 칫솔대를 갖고 나비와 나리꽃 모양을 중심으로 여러 모양을 정교하게 빚어내 만든 쥘부채를 세밀하게 설명하고 있다. 신명숙이 목숨을 바쳐 사랑한 남자 강덕기는 신명숙 이모가 "그놈이 우리 명숙이를 꾀어서 산으로 들로 돌아다니다가 붙들려선 저는 죽고 명숙이에게 무기징역을 받게 했는데 명숙이가 그놈을 사랑해?"(220쪽)와 같이 내뱉는 욕설을 통해 간신히 형상화되고 있는 정도다. 쥘부채는 누가 왜 만들었는가를 집요하게 추적한 동식의 노력으로 두 남녀가 겨우 형상화되고 있는 만큼, 「쥘부채」의 진정한 주인공의 자리는 동식이 차지하는 것이 당연하다. 그러나 강덕기와 신명숙이 빚어낸 사랑 이야기가 비록 뼈만 남았다고 하더라도 이 두 남녀가 이병주의 초기 단편소설 가운데 가장 비극적인 삶의 내용을 지닌 것임은 부정하기 어렵다.

「쥘부채」의 중심적인 스토리 라인은 프랑스 희곡 읽기 스터디그룹에 참여한 유 선생, 동식, A, B, C 등의 학우가 여러 차례 빚어내는 대화라든가 토론에서 찾을 수 있다. 이들 사이에서는 설악산 조난사고, 죽음의 방법, 공산당, 정치, 간첩 이수근 사건, 개헌 논의, 신, 치욕의 청춘, 케네디 대통령 저격사건 등과 같이 당대의 사건에서 초시대적인 철학적 문제에 이르기까지 다양한 테마로 대화가 오간다. 이들 사이의 대화가 보여주고 있는 추상적이며 관념적인 경향은 소설이 발표되었을 당시 표현의 자유가 냉전체제의 그늘 속에 있었음을 입증해준다.

「쥘부채」에서는 동식이란 인물만이 작가 이병주의 반영체가 되고 있는 것은 아니다. 동식과 그의 친구들의 정신적 지주이며 전력이 있는 유 선생도 작가 이병주의 분신에 해당된다. 동식으로부터 쥘부채 사건만을 뺀 신명숙의 사연을 들은 유 선생은 김일성으로부터 미제간첩 혐의를 뒤집어 쓰고 죽음을 당한 박헌영의 경우를 예시하면서 "태백산에서, 지리산에서 대한민국의 역적으로 죽은 사람들이 김일성 도당으로부터 미국 간첩의 앞잡이 취급을 받았으니 불쌍한 건 그들이다. 자네가 말한 신명숙이란 여자도 그 불쌍한 망자 가운데의 하나라고 볼 수 있지 않을까."(202쪽)라고 하여 남로당이라든가 빨치산의 비극성과 어리석음을 동시에 환기시키고 있다.

「쥘부채」는 액자 밖에 있든 안에 있든 주요인물들을 일정한 사상의 포회자로 그려낸 점에서 이데올로그 소설에 들어가고, 동식과 세 친구 사이의 토론성 짙은 대화가 큰 비중을 차지하고 있는 점에서 대화소설에 들어간다. 그런가 하면 비록 간단히 처리되긴 했지만 두 남녀의 끝내 이루어지지 못한 사랑 이야기를 들려준 점에서 사랑소설에 포함된다.

「패자의 관」에서 '나'는 국회의원 입후보자 노신호와 K의 선거참모를 연이어 맡은 것으로 설정되어 있는 만큼, 진정한 주인공은 노신호에게 돌릴 수밖에 없다. 노신호는 30대 중반의 농과대 교수로, 전쟁 때 받은 충격 때문에 정치에 관심을 갖게 되어 3대 국회의원 선거에 출마하였다. 그는 국회의원이 되면 남북통일의 조속한 추진, 가혹한 법률의 폐지, 부역자로 중형을 받은 사람의 구제 등에 힘쓰겠다고 하면서 농대 교수답게 하천 공사, 간척지 매립, 민둥산 개발 등도 서둘러 추진하겠다고 '나'뿐만 아니라 유권자들에게 약속했다. 무소속으로 출마한 노신호는 사상의 진취성과 사람의 진실됨이 인정되어 나날이 인기가 치솟는다. 군인들을 상대로 한 유세장에서 남북을 통일해야 하되 이 이상 한 사람의 희생도 내는 일이 없도록 해야 한다는 요지의 통일론을 펼친 노신호의 모습에서 「소설·알렉산드리아」의 형을 떠올리는 것은 어려운 일이 아니다.

자유당 정권의 노골적이고 전면적인 탄압 끝에 노신호와 선거운동원들은 부역자로 몰리고 만다. "빨치산이 준동하고 있는 지구에서 빨갱이란 낙인이 찍힌 노신호를 주민들은 도울 수가 없게 된"(241쪽) 상황이 벌어졌음에도 노신호는 700표 차이로 떨어지고 만다. 노신호는 민주당 정권 아래서도 반공세력과 보련관계자 유족들로부터 동시에 내몰린 나머지 제5대 국회의원 선거에서도 낙선한다. 우수하거나 유덕한 존재의 추락이 『시학』에 제시된 아리스토텔레스류의 비극의 원의임을 상기하면, 작중 '나'의 말처럼 "천부의 재능과 성실과 의욕을 갖고도 패자의 길을 끝내 걷지 않을 수 없었던 노신호"(245쪽)는 비극적 인간의 전형이 된다.

단순히 현실반영론에 충실한 작가라면 노신호가 공사장에서 날품팔이하며 지내다가 득병하여 죽는 것으로 소설의 끝을 맺었을 것이다. 소설제목이 「패자의 관」인 것처럼 이병주는 노신호에게 '관'을 씌워주는 절차를 밟는다. "패자의 관일수록 화려해야 되지 않을까." "패자의 관은 하늘이다. 바람이다. 흙이다. 풀이다." 등과 같은 상상력을 거친 다음 "어떻게 장식해도 죽음은 패배다. 대영웅도 대천재도 대정치가도 한번은 패자가 된다. 그리고 영원히 패자로서 남는다."(246쪽) 등과 같은 시적 표현에 닿아 있다. 이러한 표현들은 '모든 존재는 패자다'라는 충분히 화두가 될 만한 잠언으로 귀결된다. 물론 이러한 결말처리 방법에 대해선 작가가 독자들의 이해의 방향을 지나치게 자기중심적으로 이끌어가는 것이 아니냐는 비판이 있을 수 있다. 죽음은 패배이므로 모든 존재는 패배자라는 식으로까지 노신호를 위무해줄 필요가 있었는가 하는 의문을 가질 수 있다는 것이다.

「패자의 관」이 "아마 성공할지 모른다./그러나 확실히 죽는다./그럼 마찬가지 아닌가." 하는 콩스탕의 명구로 끝나고 있는 것처럼 「소설·알렉산드리아」와 「쥘부채」도 독일 철학자 니체의 잠언 한 구절을 인용하는 것으로 장식하고 있다. 「소설·알렉산드리아」에서는 알렉산드리아에 동이 트면서 생명의 신비가 넘치는 것을 묘사한 다음, "그러나 나는 애써 중얼거려 본다. '스스로의 힘에 겨운 뭔가를 시도하다가 파멸한 자를 나는 사랑한다.' 형이 즐겨 쓰는 니체의 말이다. 그러나 이 비장한 말도 휘발유가 모자란 라이터가 겨우 불꽃을 튀겼다가 담배를 갖다대기 전에 꺼져버리듯, 나의 가슴에 공동의 허전한 메아리만 남겨놓고 꺼져버린다."(128쪽)와 같은 현란한 서술로 소설의 대미를 장식했다.

「쥘부채」는 주인공 동식이 안산에 올라 서울 시내를 내려다보며 쥘부채를 태워버리고 강덕기와 신명숙의 사랑의 집념이 계속 살아 있기를 기원하면서 "가장 아름답고" "지혜의 시간"인 석양녘의 분위기를 음미하는 것으로 소설의 마지막 사건을 설정하였다. 이병주는 동식의 이러한 모습은 자라투스트라를 닮아 고고하다고 예찬하면서 "진실로 인간은 더러운 강물과도 같다. 스스로를 더럽힘 없이 더러운 강물을 받아들이기 위해선 모름지기 바다가 되어야만 하는 것이다"와 같은 니체의 철학서 『자라투스트라는 이렇게 말했다』의 한 구절을 인용하는 것으로 소설의 끝을 맺었다. 니체의 아포리즘을 중심으로 하여 시적 표현으로 끝맺음을 한 태도에서 작가 이병주의 창작의도가 특정인물이나 이념의 절대긍정과 같은 단순한 것이 아님을 확인할 수 있으며 이병주는 주관이 강한 작가임을 인정하게 된다. 그런대로 방향성을 지니고 달려왔던 스토리 라인이 소설 끝에 와서 시적 상상력이나 시적 표현을 만나면서 독자들의 작품이해에 다소 혼란이 생기는 것도 사실이다.

이병주는 문사철文史哲에 걸쳐 엄청난 독서량을 자랑하는 작가이거니와, 앞서 말한 니체 철학에의 경사는 그 좋은 예라고 하겠다. 「관부연락선」「지리산」「산하」 등과 같은 대하소설이 더 잘 일러주고 있는 것처럼, 이병주의 초인적인 다작과 박식현시 욕구는 엄청난 독서량에서 비롯된 것이라고 할 수 있다. 특히, 단편소설 「겨울밤」은 수많은 실존인물명과 책명을 제시함으로써 소설담론의 가능성을 활짝 열어 보인 효과를 갖는다. 이 소설은 이십 년의 형을 마치고 출옥한 사회주의자 노정필이 말이 없다는 점을 강조하기 위해 몇 달 전에 작고한 스웨덴 국왕 구스타브와 그가 노벨상 시상식장에서 만난 펄벅, 윌리엄 포크너, 알베르 카뮈, 가와바타 야스나리 등의 실명을 제시하고 있다.

이외에도 이원조, 김일성, 『북의 시인』을 쓴 마쓰모토 세이초, 오카무라 야스지, 『전쟁사업』의 저자 A.G. 녹크, 『폭풍 속의 나뭇잎』을 쓴 임어당, 『아시아 전쟁』을 쓴 에드거 스노, 조용수, 박헌영, 이승엽, 임화, 이현상, 이주하, 김삼룡, 장 콕토, 사르트르, 노만 메일러, 헨리 밀러 등의 국내외 인명과 책명이 나타나고 있다. 이러한 서술태도에 대해 불필요한 박식현시 욕구의 산물이라고 비판하는 독자들도 있을 것이고 소설양식의 격조를 높이는 것이라고 긍정적으로 평가하는 독자들도 있을 것이다.

「소설·알렉산드리아」를 발표한 지 10년이 다가오면서 작가 이병주는「겨울밤」을 발표하여 전범국 일본, 남로당 중심의 사회주의자, 지식인의 역할 등에 대한 그 동안의 자신의 인식방향을 점검해보고 자신의 작품「소설·알렉산드리아」를 냉정하게 평가하는 기회를 가질 수 있었다. 사회주의자 노정필의 입을 빌려「소설·알렉산드리아」를 조작된 센티멘털리즘, 잔재주, 신성모독, 저열하고 비굴하고 추악한 심성 등과 같이 혹평하게 한 것도 이병주가 냉혹하게 자기성찰을 시도한 것으로 볼 수 있지만 동시에 이 작품의 원형적 가치를 부각시키려 한 의도를 지닌 것으로도 볼 수 있다.
　「겨울밤」은 '내'가 얽혔다는 공통점을 갖는 다섯 가지 이야기로 구성되어 있다. 첫 번째 이야기는 이십 년 형을 살고 만기출소한 노정필이 실어증에 걸리다시피 하였으며 예과시절 동기 이원조가 북에서 미제간첩으로 몰려 숙청당한 것을 알지 못한다는 내용이다. 두 번째 이야기는 노정필의 말 없는 얼굴을 보고 '내'가 떠올린 것으로, 중국 소주성에서 젊은 중국인의 목을 벤 일본군 장교 오니시가 종전 후에는 일본의 유력한 경제연구회의 간부로 활동하는 모습을 목격하게 된다는 내용이다. 이 이야기를 들려주면서 작가 이병주는 일본군의 잔악한 범죄행위를 고발한 여러 책자를 소개하기도 하였다.
　세 번째 이야기는 감방 속에서 '내'가 3·15부정선거 가담죄로 7년 형을 받은 이만용 전 경찰국장으로부터 들은 사연으로 짜여져 있다. 일정 때 이만용 아버지 경남부호 하진사 집의 마름직 수행, 이만용 하진사 딸 영신 사모, 하영신과 H군의 노부자 아들 노정필 결혼, 일본 순사를 거쳐 해방 직후에 C시 경찰서장으로 지리산 빨치산 토벌대 참여, 노정필 H군 인민위원장 거쳐 빨치산 가담, 하영신의 구명운동 받아들인 이만용의 석방 노력 허사, 노정필 체포되어 복역, 십년 후 이만용도 서대문형무소행 등으로 짜여진 이야기는 운명, 역설, 인과응보 등의 단어를 떠올리게 한다.

빨치산의 존재는 이미 「쥘부채」에서 나타난 바 있고 부정선거의 모티프는 「패자의 관」에서 다루어진 바 있다. 소심증을 이기지 못해 무죄 석방되기 직전 자신을 죽음으로 내몬 허구적 인물 두응규와 사형수임에도 오히려 스승인 '나'를 걱정하면서 의연함을 잃지 않았던 실존인물 조용수의 대조는 「소설·알렉산드리아」에서 지식인은 난관에 부딪혔을 때 두 개의 자아로 분화되어 웬만한 고통은 잘 이겨내는 데 반해 무식한 사람은 고난을 당하는 자아밖에 없어 고통을 잘 이겨내지 못한다는 식으로 '나'의 형이 추상적으로 비교한 것을 보다 구체화한 것이라고 할 수 있다. '내'가 제자 조용수의 사형집행을 계기로 제시하게 된 사형제도 폐지론은 이미 「소설·알렉산드리아」에서 중립통일론을 부르짖은 논설위원인 '나'의 형에 의해 제기된 바 있다.

네 번째 이야기는 출옥한 후 '나'와 노정필이 공산주의라든가 문학이라든가 「알렉산드리아」를 화제로 삼아 토론을 벌이는 것을 기록해 놓은 것이다. 실어증 환자로까지 보였던 노정필은 '내'가 쓴 소설 「알렉산드리아」에 대한 반감을 기폭제로 하여 그동안 하고 싶었던 말을 다 털어놓듯 장광설을 펼쳤다. 공산주의의 정당성을 주장하는 노정필에게 '나'는 "공산주의자들이 쓰는 어떤 수단에 반대할 뿐"(281쪽)이라고 단서를 달면서 "공산주의는 부르주아를 말살하는 동시에 인간도 말살하는 것 같던데요. 병을 고치려다가 사람까지 죽이는 서투른 의사 같은 데가 없잖을까요?"(282쪽)라고 응수한다. '나'와 노정필은 작가=기록자라는 주장에 뜻을 같이했지만 이런 주장을 실천에 옮기는 방법에서는 상반된 입장을 드러낸다. 노정필은 시를 장식, 마취, 조작, 기만 등의 양식으로 생각했기에 "기록이 되려면 시와 결별해야 하오. 기록자는 자기 속의 시인을 추방해야 할 거요."(286쪽)라고 주장함으로써 소박한 반영론자의 태도를 보이게 된다. 이에 반해 '나'는 "기록이 문학으로서 가능하자면 시심 또는 시정이 기록의 밑바닥에 지하수처럼 스며 있어야 한다. 그래야만 설득력과 감정이입이 함께 가능하다."(286쪽)고 확신하고 있다.

작중의 '나'의 문학관이 작가 이병주의 문학관임은 두말할 것도 없다. 여기서, 「소설·알렉산드리아」 「쥘부채」 「패자의 관」 등이 시적인 표현으로 끝맺음하게 된 비의를 알 수 있게 되며 이병주의 소설 도처에서 미문, 관념적 서술, 낭만적 발상, 박식 과시 등의 방법이 자주 구현되는 배경요인을 짐작할 수 있게 된다. 물론 이러한 담론상의 특징이 반드시 긍정적 효과만을 갖고 오는 것은 아니다. 예컨대 성 참봉집 매화나무를 매개로 한 인과응보담을 들려주고 있는 「매화나무의 인과」는 결말 부분에서 볼 수 있는 것처럼 미문을 지나치게 의식한 나머지 소통에 한계를 드러내고 말았다.

이병주는 어차피 과거나 현재에 집착하게 마련인 반영론을 뛰어넘으려는 작가적 포부를 지니고 있었다. 반영론을 뛰어넘으려는 태도의 하나로 특정 이데올로기나 교조에 복속하는 인간을 비판하는 태도를 들 수 있다. 실제로 이병주의 소설에서는 이데올로기 비판보다는 이데올로그 비판이 더욱 강한 어조로 울려나오고 있다. 이병주가 「소설·알렉산드리아」에서 '나'의 형이 황제를 자칭하고 있는 것으로 그린 것이나 「겨울밤」에서 '내'가 노정필을 말없음과 거만을 앞세워 철저하게 황제로 처신하려는 존재로 파악한 것은 바로 이러한 이데올로그 비판의 한 예가 되기에 충분하다. 「겨울밤」에서의 '나'는 이념대립의 각을 세우고 있기는 하지만 노정필을 적으로만 몰아가고 있지 않다. 결과는 뜻한 대로 되지 않았지만 '나'는 노정필을 "우리 민족의 수난이 만들어 낸 수난의 상징으로 보고 소중히 감싸줄 아량을 가지고 있다."(290쪽) 「겨울밤」의 다섯 번째 이야기는 '내'가 노정필의 교조주의와 엄숙주의를 내세우며 황제연하는 태도를 비판하기 위해 큰 고난에도 신의 존재를 인정하면서 되도록 밝게 살려는 친구 이야기와 일본군으로 중국에 있을 때 물에 빠진 '나'를 구해주고 끝까지 '나'와의 의리를 지킨 중국 소년 사동수의 이야기로 짜여져 있다.

작가연보

1921 3월 16일 경남 하동군 북천면에서 아버지 이세식과 어머니 김수조의 사이에서 태어남. 호는 나림那林.
1931 북천공립보통학교(7회).
1933 양보공립보통학교(13회) 졸업.
1936 진주공립농업학교(27회) 졸업.
1941 일본 메이지대학 전문부 문예과 졸업, 와세다대학 불문과에 재학 중 학병으로 동원되어 중국 소주蘇州에서 지냄.
1948 진주농과대학과 해인대학(현 경남대학)에서 영어, 불어, 철학을 강의.
1954 등단하기 이전 이미 『부산일보』에 소설 「내일 없는 그날」을 연재함.
1955 『국제신보』에 입사, 편집국장 및 주필로 언론 활동.
1961 5·16 때 필화사건으로 혁명재판소에서 10년 선고를 받고 복역 중 2년 7개월 후에 출감. 외국어대학, 이화여자대학 강사 역임.
1965 중편 「소설·알렉산드리아」를 『세대』에 발표함으로써 등단.
1966 「매화나무의 인과」를 『신동아』에 발표.
1968 「마술사」를 『현대문학』에 발표. 「관부연락선」을 『월간중앙』에 연재 (1968. 4~1970. 3). 작품집 『마술사』(아폴로 사) 간행.
1969 「쥘부채」를 『세대』에, 「배신의 강」을 『부산일보』에 발표.
1970 「망향」을 『새농민』에 연재.
1971 「패자의 관」(『정경연구』) 등 중·단편을 발표하는 한편 「화원의 사상」을 『국제신보』에, 「언제나 그 은하를」을 『주간여성』에 연재.
1972 단편 「변명」을 『문학사상』에, 중편 「예낭 풍물지」를 『세대』에, 「목격자」를 『신동아』에 발표. 장편 「지리산」을 『세대』에 연재. 장편 『관부연락선』(전2권, 신구문화사) 간행. 영문판 『예낭 풍물지』(번역: 서지문, 제임스

작가연보 311

웨이드) 간행.

1973 수필집 『백지의 유혹』(강남출판사) 간행.

1974 중편 「겨울밤」을 『문학사상』에, 「낙엽」을 『한국문학』에 발표.

1976 중편 「여사록」을 『현대문학』에, 단편 「철학적 살인」과 중편 「망명의 늪」을 『한국문학』에 발표. 창작집 『철학적 살인』(한국문학)과 『망명의 늪』(서음출판사) 간행.

1977 장편 「낙엽」과 중편 「망명의 늪」으로 한국문학작가상과 한국창작문학상 수상. 창작집 『삐에로와 국화』(일신서적공사), 수필집 『성 - 그 빛과 그늘』(상·하, 물결사) 간행.

1978 중편 「계절은 그때 끝났다」와 단편 「추풍사」를 『한국문학』에 발표. 「바람과 구름과 비」를 『조선일보』에 연재. 창작집 『낙엽』(태창문화사), 장편 『망향』(경미문화사)과 『허상과 장미』(범우사) 그리고 『조선일보』에 연재했던 『미와 진실의 그림자』(대광출판사), 『바람과 구름과 비』(전9권, 물결출판사) 간행. 수필집 『사랑받는 이브의 초상』(문학예술사), 칼럼집 『1979년』(세운문화사) 간행. 『지리산』(세운문화사) 간행.

1979 장편 「황백의 문」을 『신동아』에 연재. 장편 『여인의 백야』(상·하, 문음사), 『배신의 강』(범우사), 『허망과 진실』(상·하, 기린원) 간행. 수필집 『사랑을 위한 독백』(회현사), 『바람소리, 발소리, 목소리』(한진출판사) 간행. 장편 『언제나 그 은하를』(백제) 간행.

1980 중편 「세우지 않은 비명碑銘」과 단편 「8월의 사상」을 『한국문학』에 발표. 작품집 『서울은 천국』(태창문화사), 소설 『코스모스 시첩』(어문각), 『행복어사전』(전6권, 문학사상사), 『인과의 화원』(형성사) 간행.

1981 단편 「피려다 만 꽃」을 『소설문학』에, 중편 「거년의 곡」을 『월간조선』에, 중편 「허망의 정열」을 『한국문학』에 발표. 장편 『풍설』(상·하, 문음사), 『서울 버마재비』(상·하, 집현전), 『당신의 성좌』(주우) 간행.

1982 단편 「빈영출」을 『현대문학』에 발표. 「그해 5월」을 『신동아』에 연재. 작품집 『허망의 정열』(문예출판사), 장편 『무지개 연구』(두레출판사), 『미완의 극』(상·하, 소설문학사), 『공산주의의 허상과 실상』(신기원사), 수필집 『나 모두 용서하리라』(집현전), 소설 『역성의 풍·화산의 월』(신기원사), 『행복어사전』(전3권, 문학사상사), 『현대를 살기 위한 사색』(정음사), 『강

변이야기』(국문) 간행.

1983 　중편「그 테러리스트를 위한 만사」를『한국문학』에,「소설 이용구」와 「우아한 집념」을『문학사상』에,「박사상회」를『현대문학』에 발표. 작품집『그 테러리스트를 위한 만사』(홍성사), 고백록『자아와 세계의 만남』(기린원),『황백의 문』(전2권, 동아일보사) 간행.

1984 　장편『비창』(문예출판사)으로 한국펜문학상 수상. 장편『그해 5월』(전5권, 기린원),『황혼』(기린원),『여로의 끝』(창작문예사) 간행.『주간조선』에 연재했던 역사기행『길 따라 발 따라』(전2권, 행림출판사),『당신의 뜻대로 하옵소서 - 소설 김대건』(대학문화사) 간행.

1985 　장편「니르바나의 꽃」을『문학사상』에 연재. 장편『강물이 내 가슴을 쳐도』,『꽃의 이름을 물었더니』,『무지개 사냥』(전2권, 심지출판사), 수필집『생각을 가다듬고』(정암),『지리산』(전7권, 기린원),『지오콘다의 미소』(신기원사),『청사에 얽힌 홍사』(원음사),『악녀를 위하여』(창작예술사),『산하』(전4권, 동아일보사) 간행.

1986 　「산무덤」을『한국문학』에,「어느 낙일」을『동서문학』에 발표.『사상의 빛과 그늘』(신기원사) 간행.

1987 　장편『소설 일본제국』(전2권, 문학생활사),『운명의 덫』(상·하, 문예출판사),『니르바나의 꽃』(전2권, 행림출판사),『남과 여 - 에로스 문화사』(원음사),『남로당』(상·중·하, 청계),『소설 장자』(문학사상사),『박사상회』(이조출판사) 간행.

1988 　『유성의 부』(전4권, 서당),『그들의 향연』(기린원) 간행. 역사소설「허균」을『사담』에,「그를 버린 여인」을『매일경제신문』에, 문화적 자서전「잃어버린 시간을 위한 메모」를『문학정신』에 연재.『행복한 이브의 초상』(원음사) 간행.

1989 　장편『소설 허균』(서당),『포은 정몽주』(서당),『내일 없는 그날』(문이당) 간행.

1990 　장편『그를 버린 여인』(상·중·하, 서당) 간행.『꽃이 된 여인의 그늘에서』(상·하, 서당),『그대를 위한 종소리』(상·하, 서당) 간행.

1991 　인물평전『대통령들의 초상』(서당),『달빛 서울』(민족과 문학사) 간행.

1992 　4월 3일 오후 4시 지병으로 타계.『세우지 않은 비명』(서당) 간행.